MEIN

Die Blutbande-Reih

A.K. ROSE

ATLAS ROSE

Warning

Diese Reihe ist Teil der Cosa Nostra Welt, die mehrere miteinander verbundene Reihen umfasst. Die Stimmung ist düster, es gibt eine Reihe von romantischen Interessen für unsere weiblichen Hauptfiguren und wir raten den Lesern zur Diskretion.

Weitere Informationen zu den inhaltlichen Warnhinweisen findest du hier.

Bitte sei dir über deine eigenen Trigger und Grenzen bewusst. Dies ist eine Welt, die mit Mafia- und Gang-bezogenen Situationen zu tun hat. Die Charaktere sind keine Helden, sie sind ehrgeizig, skrupellos, hungrig und tun sich und anderen schlimme Dinge an.

Wenn du damit einverstanden bist, lies gerne weiter. Ich wünsche dir viel Spaß mit dieser düsteren, verbotenen Reihe. Ich kann es kaum erwarten, dir so viel mehr zu liefern ...

Love Atlas, xx

Kapitel 1
RYTH

Die Flammen schlugen hoch in die Nacht und verzehrten den Raum im zweiten Stock unseres Hauses mit einem Getöse. Den Raum, der bis vor wenigen Augenblicken noch meiner gewesen war. Ich blinzelte, versuchte, meine Tränen zu verdrängen, und zitterte.

»*Ist da noch jemand drin?*«, schrie ein Polizist, während er auf unser Haus zustürmte und andere ihm folgten.

Aber Mom antwortete nicht. Sie starrte nur ausdruckslos auf das, was von unserem Leben übrig geblieben war, als es in Flammen aufging. Ich hustete und stotterte, als ich zu ihm stolperte, während er zur offenen Haustür rannte. Ich wollte ihm sagen, dass es sinnlos war ... wollte ihm sagen, dass es da drinnen nichts zu retten gab ... *nicht mehr.*

Unsere Sachen waren bereits weg. Unsere Autos, die Fernseher, sogar mein Laptop mit all meinen Schularbeiten. Alles war gestohlen worden, noch bevor die ersten Flammen ausgebrochen waren.

Die Beamten hatten sie als ›Beweismittel‹ mitgenommen. Wofür sie Beweise suchten, wusste ich nicht.

Ich betrachtete die wenigen Klamotten in meinen Händen. Sie waren alles, was ich noch hatte. Ich hatte nicht einmal mein Handy mitgenommen, das zum Aufladen auf meiner Kommode gelegen hatte. Das war alles, was ich in die Finger hatte bekommen können, als ich aus der Dusche gestolpert war, mir eine Jeans und ein T-Shirt übergeworfen hatte – eine Handvoll Klamotten, die ich vom Bett geholt hatte. Und dann war ich aus dem Haus gerannt. Ich hielt zwei Hemden und eine zerrissene Jeans in den Händen, dazu einen Slip zum Wechseln, aber keinen BH. Tränen traten mir in die Augen. *Was sollte ich ohne BH machen?*

Eine Bewegung lenkte meinen Blick auf die Straße hinter mir. Ein schwarzes Auto mit stark getönten Scheiben rollte vorbei. Die rot-blauen Blinklichter der Behördenfahrzeuge leuchteten auf dem glänzenden Lack. Ich hatte solche Autos schon gesehen und wusste, wer sie fuhr.

Die Rossis ...

»Mom?« Ich starrte sie an, als das schwarze Auto vorbeifuhr und die roten Bremslichter aufleuchteten, als es unsere Straße entlang rollte.

Ihre großen Augen leuchteten vor Panik. Sie hatte nicht mit mir gesprochen, kein einziges verdammtes Wort gesagt, nicht einmal, als die Polizisten Dad Handschellen angelegt und ihn abgeführt hatten.

»Was zum Teufel ist passiert?«

Sie zuckte zusammen, als ich näher trat und ihren Arm berührte. »Haben ... *Haben die Rossis das getan?*«

Ihr Atem stockte und sie schloss die Augen. Das war die einzige Antwort, die ich brauchte. Oh Gott. Ich schlang meine Arme um meinen Körper. Erst hatten sie ihn geholt, jetzt hatten sie auch noch unser Haus zerstört und uns mittellos zurückgelassen.

»Elle«, sagte eine Frauenstimme hinter uns.

Rote und blaue Lichter blitzten in der Dunkelheit auf und beleuchteten Stacey Cromwells Gesicht, als sie über die Hecke zwischen unseren Grundstücken stolperte und näher kam. Sie trug ein Nachthemd, das ihren Körper mit Satin verhüllte. Sie kam mit einer schwarzen Plastiktüte in der Hand auf uns zu, die sie meiner Mom hinhielt. »Für deine Kleidung, Schatz.«

»Geh weg.« Mom starrte nur unser Haus an, ohne sich umzudrehen, während es bis auf die Grundmauern niederbrannte.

Aber Mrs. Cromwell bewegte sich nicht. Sie starrte meine Mom einfach nur an, bis sie ihren Blick ruckartig auf unsere Nachbarin richtete und schrie: »*HAU ENDLICH AB!*«

Sie zuckte zurück, stolperte und warf den Müllsack auf den Boden, bevor sie so schnell wie möglich flüchtete.

»Das hättest du nicht tun müssen«, sagte ich, als ihr Handy mit einer Nachricht aufleuchtete.

Der gleiche Ersthelfer, der in unser Haus gerannt war, hustete und stotterte, als er aus der Tür stolperte. Das durchdringende Heulen der Sirenen erfüllte die Luft, als zwei weitere Trucks zu unserem Haus fuhren. Der Polizist zog seine Maske ab, schüttelte den Kopf und begegnete dem Blick meiner Mom. »*Es gibt nichts* ... was wir tun können. Es ist alles weg. Alles ...«

Bumm! Etwas im Haus explodierte. Ich wich zurück, ließ meine Klamotten fallen, packte Mom und zog sie mit mir, als der zweite Stock unseres Hauses zusammenbrach. Mom zuckte nicht einmal mit der Wimper. Sie schaute nur auf ihr Handy, als es mit einer Nachricht aufleuchtete.

»Was ist los?« Ich hob die Plastiktüte auf und steckte unsere Kleidung hinein.

Gott, bitte lass es nicht Dad sein.

»Wir müssen weg«, verkündete sie.

»Wohin gehen wir denn?« Ich richtete mich auf und deutete auf unser brennendes Haus, aus dem dichter Rauch quoll. »Wir können nirgendwo hin.«

Die Scheinwerfer prallten gegen das Wohnzimmerfenster, das gerade am Zerfallen war. Ich blickte hinter uns, wo ein Taxi in unsere Einfahrt fuhr, und starrte meine Mom an, als sie darauf zuging.

»Mom, was zum Teufel ist hier los?« Ich folgte ihr und dicke Tränen liefen mir über die Wangen.

»Steig einfach in das Taxi, Ryth.« Mom riss die Hintertür auf und stieg ein.

In der Heckscheibe des Taxis spiegelte sich mein feuchtes Haar, und mein T-Shirt klebte an meiner Haut. Ich hob die Hand und berührte das Mal auf meiner Wange, als ich erschauderte. Ich war gerade dabei gewesen zu duschen, nachdem ich die Verwüstung aufgeräumt hatte, die die Beamten hinterlassen hatten, als Mom ins Bad gestürmt war und geschrien hatte, dass das Haus brannte.

»*Er ist es!*«, hatte sie geschrien, als ich aus der Dusche gestürzt war, mir ein paar Klamotten übergestreift hatte und ihr die Treppe hinunter gestolpert war. »*Er weiß, was dein Vater getan hat!*«

Knack! Etwas in unserem Haus stürzte ein und schleuderte Glut in den Himmel. Ich starrte auf das Spiegelbild des Infernos im Taxifenster, bevor ich einstieg. Es war weg ... alles. Tränen füllten meine Augen und ließen das Innere des Fahrzeugs verschwimmen, als ich die Tür hinter mir zuschlug. Wir trugen den Gestank mit uns und färbten die ohnehin schon verdorbene Luft. Der Fahrer kurbelte sein Fenster herunter, bevor er den Gang einlegte und aus unserer Einfahrt fuhr.

»Wohin fahren wir?« Ich blickte zu ihr.

»An einen sicheren Ort«, murmelte sie und starrte aus dem Fenster.

»Sicher?« Der dunkle Wagen der Rossis ging mir nicht mehr aus dem Kopf. »Wo ist es sicher?«

Wir hatten keinen Ort, an den wir gehen konnten, alle unsere Freunde waren Dads Freunde, und im Moment waren sie ... *gefährlich.*

Die Worte erklangen, als wir unsere Welt hinter uns ließen und uns auf den Weg in die Stadt machten.

»Werden sie ihm etwas antun?«

»Nein«, antwortete sie leise. »Sie brauchen ihn.«

Sie brauchten ihn vielleicht, aber das hieß nicht, dass sie uns brauchten. »Aber das wird sie nicht davon abhalten, *uns* zu verfolgen, oder?«

Schweigen.

Das war die Antwort, vor der ich Angst gehabt hatte.

Ich lehnte mich in den Sitz zurück. *Mein Gott, Dad. Was zum Teufel hast du getan?* Die letzten zwei Tage waren wie im Flug vergangen. Erst der Streit und das Geräusch eines der allzu häufigen Schrei-Duelle meiner Eltern, dann das Chaos ... und dann die Beamten.

Der Schmerz in meiner Kehle fühlte sich an wie eine Faust. Ich schluckte und sah, wie die Lichter der Stadt in der Ferne heller wurden, bevor wir die Ausfahrt nahmen und nach Osten fuhren, in Richtung der Gegend, wo Millionen-Dollar-Häuser die Straßen säumten und reiche Jugendliche mit teuren Autos um die Wette fuhren. Wir kannten dort niemanden.

Meterhohe schmiedeeiserne Zäune und Überwachungskameras waren alles, was ich sah, bevor der Fahrer in eine Einfahrt fuhr, deren schwarze Tore geöffnet waren.

»Danke.« Mom reichte ihm einen Fünfzig-Dollar-Schein aus einem Portemonnaie, das ich bis jetzt noch nicht bemerkt hatte.

»Mom?«, murmelte ich, als sie sich wieder in den Sitz fallen ließ. »Wo sind wir?«

Aber sie antwortete nicht. Sie öffnete nur die Tür und stieg aus.

Ich folgte ihr und betrachtete das dreistöckige Haus, das von der Straße aus nicht zu sehen war. Ein nachtblauer Shelby Mustang stand davor, daneben ein dunkelblauer Lamborghini, und ein weiterer Parkplatz war leer. Was für Leute hatten so ein Auto?

Ich hielt inne.

»Es ist nur für ein paar Tage, Schatz.« Mom schaute nicht einmal in meine Richtung. »Nur bis ich eine Lösung gefunden habe.«

Ein Mann trat aus der Tür. Groß und eindringlich, sein Blick war auf meine Mom gerichtet.

»Elle.« Er schritt auf sie zu und zog sie in eine Umarmung. »Mein Gott, ich habe mir solche Sorgen gemacht.« Er warf einen Blick in meine Richtung und zwang sich zu einem Lächeln. »Gott sei Dank geht es euch beiden gut.«

»Es tut mir leid, Creed.« Mom wandte den Blick ab und wischte sich diskret die Tränen weg. »Ich hatte sonst niemanden, den ich anrufen konnte.«

»Es tut dir leid?« Er schien verwirrt. »Es muss dir nicht leidtun, Elle. Dafür sind Freunde doch da. Komm, wir bringen euch beide rein, du zitterst ja wie Espenlaub.«

Er legte seinen Arm um Moms Taille und zog sie zur Haustür. Aber es war der leere Parkplatz, der mich verunsicherte, sodass ich einen Blick über meine Schulter warf, bevor ich ihm folgte.

Schritte polterten die Treppe hinauf, bevor sich eine Tür mit einem Knall schloss. Ich zuckte zusammen und warf einen Blick nach oben.

»Mach dir keine Sorgen«, sagte Creed, als er meinen Blick erwiderte. »Du wirst drinnen nichts hören. Doppelt verglaste Fenster.«

Wie alle anderen auch, wanderte sein Blick zu dem Mal auf meiner Wange. Die hässliche, ekelhafte, rote Verunstaltung, die ich hasste. Hitze flammte auf, als ich mein Haar nach vorne strich, um es zu verstecken.

»Es ist nur für diese Nacht«, versicherte Mom. »Damit ich nachdenken kann.«

»Solange du einen Platz zum Leben brauchst, kannst du hier bleiben«, antwortete er. »Komm schon, du bist bestimmt erschöpft.«

Ich trug die Plastiktüte mit den Klamotten ins Haus und war mir bewusst, dass ich nur mit einem feuchten T-Shirt und einer schmutzigen Jeans bekleidet das Haus eines Fremden betreten hatte.

»Ich bringe dich in dein Zimmer«, rief er mir zu und ging auf die Treppe zu. »Dann können deine Mom und ich etwas trinken und versuchen, einen Ausweg aus dieser Situation zu finden.«

»Woher kennst du meinen Dad?«, fragte ich, während ich ihm folgte.

Seine Schritte gerieten kurz ins Stocken, als er sich über die Schulter schaute. »Deinen Dad? Ich kenne ihn nicht, nicht wirklich.« Er blickte in Richtung Mom. »Deine Mom und ich kannten uns schon auf dem College.«

Ich drehte mich um, als ich die Treppe hinaufstieg. Sie sah in diesem Moment so verloren aus, so völlig verwirrt. Ich folgte ihm in den dritten Stock, während ich das Dröhnen des Fernsehers aus einem Zimmer weiter hinten im Flur hörte. »Du hast einen Sohn?«

»Söhne ...«, antwortete er mit einem Lächeln. »Drei Nervensägen, leider. Aber mach dir keine Sorgen, zwei werden bald weg sein«, sagte er, während er vor mir herging. »Mein verdammtes Portemonnaie könnte eine Pause vertragen. Die fressen wie die Pferde.«

Er öffnete eine Schlafzimmertür und knipste das Licht an. »Das Zimmer ist ein bisschen unordentlich, tut mir leid. Wir benutzen es hauptsächlich als Lagerraum, aber auf dem Bett liegen saubere Laken.«

Auf den ersten Blick hatte er im Außenlicht jünger ausgesehen, aber als ich hier im helleren Licht stand, erkannte ich graue Stellen in seinem schwarzen Haar. Er begegnete meinem Blick, und der Blickkontakt ließ mir eine Gänsehaut über die Arme laufen.

»Ich hoffe, es wird dir hier gefallen«, murmelte er, als ich in den Raum trat. Ich flüsterte automatisch ein »Danke« und schloss die Tür hinter mir.

Das schwere Geräusch seiner Schritte hallte noch nach, als er ging. *Ob es mir hier gefallen wird?* Ich runzelte die Stirn. »Für die Nacht, sicher.«

Am Morgen würden wir einen neuen Plan haben. Mom, ich und unsere Anwälte würden einen Weg finden, um meinen Dad zu befreien.

Das leise Geräusch eines Motors lenkte meine Aufmerksamkeit auf das Fenster. Ich drehte um das Bett herum, zwängte mich zwischen eine Art Maschine, die mit einem Laken abgedeckt war, und schaute aus dem Fenster, als ein schwarzer Jeep Cherokee durch das offene Tor fuhr und auf dem leeren Parkplatz zum Stehen kam.

Söhne ... das Wort hallte in meinem Kopf wider. *Ältere Söhne ...* Älter als ich, zumindest. Ich lehnte mich näher an die Scheibe und versuchte einen Blick zu erhaschen, als er aus dem Wagen stieg und die Tür schloss. Aber er war versteckt und ließ mich auf seinen Schatten starren, bevor auch dieser verschwand.

Unten schloss sich die Haustür mit einem dumpfen Geräusch. Ich warf einen Blick zur Tür, dann ging ich um die Maschine herum und stieß mir dabei den verdammten Zeh an. »Scheiße!«, fluchte ich und stieß noch einmal zusätzlich gegen das verdammte Ding.

Das Laken verrutschte und enthüllte rostfreien Stahl ... eine Maschine ... eine *Atemmaschine*.

Ich hatte diese Dinger schon gesehen ... Beatmungsgeräte. Ja, so war es. »Ein Hoch auf meine regelmäßigen *Grey's Anatomy* Marathons«, murmelte ich.

Aber warum war es hier?

Ich zerrte an der Abdeckung und sah immer mehr von dem Raum, der mit medizinischen Geräten vollgestopft war. Noch dazu waren es neue Geräte. Auf einem Gerät war ein Aufkleber mit einem Ausweis zu sehen. Ich konnte mich nicht zurückhalten und schaute genauer hin.

»Naomi Banks.« Ich warf einen Blick zur Tür und ging um das Bett herum, wo ich einen Stapel Trauerkarten entdeckte, die unter einen Stapel Papierkram geschoben worden waren.

Ein Anflug von Traurigkeit durchfuhr mich, als ich mich bückte und sie herauszog. Ich wusste, dass ich mir so etwas Persönliches nicht ansehen sollte. Ich war nicht die Art von Mensch, die herumschnüffelte. Aber ich konnte nicht anders, als die erste Karte öffnete und zu lesen begann ...

Creed,

Dein Verlust tut mir sehr leid. Naomi war eine atemberaubende Frau, lebendig und dynamisch, besonders wenn sie über dich und die Jungs sprach. Die Welt wird ohne sie ein trauriger Ort sein. Ruf mich an, wenn du irgendetwas brauchst.

Aulla Goldsmith.

»Aulla Goldsmith?«, flüsterte ich. »Ich kenne diesen Namen.«

Dann fiel es mir ein. Senator Aulla Goldsmith war überall in den Nachrichten und in den sozialen Medien gewesen, um seine neue Kampagne für die nächste Wahlperiode anzupreisen, und hatte damit eine neue Welle des Spottes ausgelöst, als er vor Popeye's gestanden und ein Stück Hähnchen verschlungen hatte, als gehöre er zum einfachen Fußvolk. *Aulla der Beluga!* Die Sprechchöre erfüllten meinen Kopf. Es war ein Name, den niemand so schnell vergessen würde.

»Ein Senator?« Ich öffnete die nächste Karte und las weiter. Es war eine von Sting ... *Ja, dieser Sting.*

»Ach du Scheiße«, murmelte ich und schaute wieder zur Tür. »Der Typ ist eine große Nummer.«

Aber sie waren alle gleich, alles Karten von sehr einflussreichen Leuten ... datiert vor einem Monat und alle sagten dasselbe. Dass seine Frau geliebt worden war und sehr vermisst werden würde.

Und ich war zickig zu dem Typen gewesen, weil er uns geholfen hatte. »Gut gemacht, Ry«, murmelte ich und lehnte mich gegen das Ende des Bettes.

Das dumpfe Geräusch der Schritte auf der Treppe hielt inne.

Mein Puls pochte heftiger und ich spürte ein Stechen in der Brust, bis die Schritte wieder ertönten, nur dass sie diesmal näher kamen. Ich schob die Karten wieder an ihren Platz.

Ich musste kein Genie sein, um eins und eins zusammenzuzählen.

Dies war nicht nur ein Schlafzimmer oder eine Abstellkammer, auch wenn Creed Banks mir das weismachen wollte. Dieser Raum war ein Fegefeuer des Kummers. Die letzten Erinnerungen an eine Ehefrau – ich warf einen Blick auf die Tür – und eine Mutter.

Kapitel 2
TOBIAS

Der Rauchgeruch hielt sich auf der Treppe und wurde in der Nähe des Zimmers, in dem wir Moms Sachen aufbewahrten, immer stärker. Ich wandte mich von der geschlossenen Tür ab und ging zu Calebs Zimmer, wo ich die Tür öffnete. »Wer ist die Frau?«

»Kommt drauf an«, murmelte er, spielte COD und zuckte zusammen, als er getötet wurde, bevor er in meine Richtung blickte. »Meinst du die Mutter, die unten mit Dad flirtet, oder das Kind im Schlafzimmer?«

»Kind?« Ich warf einen Blick zur Tür.

Er zuckte nur mit den Schultern und machte ein dummes Gesicht, während er kämpfte. »Für mich sah sie wie ein Kind aus.«

»Was zum Teufel machen die hier?«

»Wenn ich das wüsste. Und jetzt verpiss dich, ich habe eine Mission zu erfüllen.«

Ich verließ sein Zimmer, ging an seinem Schreibtisch vorbei und kippte eine halbvolle Bierdose um, als ich ging.

»*Arschloch!*«, brüllte mein Bruder und sprang auf, als sich das Bier über seine nagelneue Konsole ergoss.

Ich mochte das nicht. Mir gefiel nicht, dass sie hier waren. Mir gefiel nicht, dass irgendeine Frau hier war. Wir hatten gerade unsere verdammte Mom beerdigt, um Himmels willen, und jetzt unterhielt er auch noch Gäste.

Nein, keine Gäste ... Frauen.

Ich atmete den bitteren Gestank des Rauches ein und ging in mein Zimmer. Ich zog mein Hemd aus, knöpfte meine Jeans auf und schob sie von mir, bevor ich ins Bett kroch. Aber ich konnte nicht schlafen, denn ich war immer noch aufgedreht von der Fahrt durch die Stadt. Egal, wie viele Stunden ich dort draußen verbrachte, das Bild von Mom ging mir nicht aus dem Kopf. Ihr hageres Gesicht und ihre gequälten Augen hatten nicht mehr nach meiner Mutter ausgesehen. Ich hob meinen Arm, stützte meinen Kopf darauf und starrte an meine Decke.

Versprich mir ... ihre letzten Worte klangen in meinem Kopf nach. Sie waren nur ein Flüstern gewesen ... eine winzige Bitte. *Versprich mir, dass du dich erinnern wirst.*

Als könnte ich das vergessen.

Ein Lachen drang von unten durch die Luft. Das Lachen meines Vaters. Ich sollte hinuntergehen, um zu sehen, ob er auch noch lachen würde, wenn er sah, wie ich zugerichtet war. Ich drehte mich um, als der Schmerz mich durchfuhr.

Er wusste nicht, wie Mom gewesen war. Er hatte sie am Ende nicht wirklich gesehen ... *keiner von ihnen hatte das.* Nein, sie hatten es sich leicht gemacht und in der Tür des Raumes gestanden, den wir wie ein verdammtes Krankenhaus eingerichtet hatten. Ihre letzten Tage hatte sie mit dem medizinischen Personal verbracht, das er bezahlt hatte, um ihr Gesellschaft zu leisten ... und mit mir.

Ich hatte sie nicht verlassen können.

Ich hatte ihre Hand gehalten, ihre Haut gestreichelt und zugesehen, wie der Krebs sie uns genommen hatte.

Das tiefe, verführerische Lachen einer Frau schallte durch die Luft. Ich zuckte zusammen und mein Schmerz wurde kälter, bis er nicht mehr brannte. Als ich meine Augen schloss und mir den Schlaf herbeiwünschte, antwortete ich ihr: »Ja, Mom, ich werde dafür sorgen, dass wir uns alle daran erinnern.«

━━━

»WAS ZUM TEUFEL MACHT SIE NOCH HIER?« Caleb schritt weiter ins Schlafzimmer.

Ich stand in der Tür und sah mir ihre Sachen an, die auf dem Bett verstreut lagen. Kisten. Klamotten. An einigen waren die Etiketten noch dran. »Woher zum Teufel soll ich das wissen?«

»Will er wirklich, dass wir das alles in die Garage schleppen?« Caleb riss die Abdeckungen weg und legte Moms Maschinen frei.

»Genau das hat er gesagt.« Wut kochte in mir hoch und schlängelte sich durch meine Brust, als ich näher kam und mich bückte, um ihre neue Jeans und ihre iPhone-Tasche zur Seite zu schieben. Zwei Tage. Mehr hatte es nicht gebraucht. Ich warf einen Blick auf das nagelneue MacBook, das auf dem

Kissen lag, dann auf den weißen Baumwollstoff mit Spitzenbesatz, der unter dem Laken hervorlugte.

Die waren nicht neu.

Caleb hob das Ende der Maschine an und zog sie nach hinten, bis er mit mir zusammenstieß.

»Hilfst du mir, oder stehst du einfach nur da?«, knurrte er.

Ich hob das Höschen auf. *Ihren ... Schlüpfer.* Dann schaute ich auf den schwarzen Plastikmüllsack, der immer noch in der Ecke des Bettes lag. »Du schaffst das schon.«

»Was zum Teufel machst du da?«, knurrte Nick aus dem Türrahmen hinter mir.

»Dad will, dass wir das hier rausbringen«, grunzte Caleb und schob mich zur Seite, sodass ich mich über das Bett lehnen musste.

»Und wohin damit?«

Weich. Benutzt.

»In die Garage«, sagte Caleb leise.

Das Höschen war klein in meiner Hand.

»Ryth Castlemaine«, sagte ich und hob ihren Slip an. »Sieht so aus, als würde Dad wollen, dass sie bleiben.«

»Tobias«, rief Nick meinen Namen wie eine Warnung.

Ich hatte versucht, das Lachen der beiden in der letzten Nacht aus meinem Kopf zu vertreiben und ein wenig Schlaf zu finden, auch wenn er mit Erinnerungen an Mom gefüllt gewesen war. Aber ich hatte nicht schlafen können ... nicht in dem Wissen, dass unten eine Frau war, und als ich gestern losgefahren war und versucht hatte, den Weg zu einem Ort zu finden, von dem ich nicht einmal wusste, ob er existierte, hatte ich mich gefangener denn je gefühlt. Wie eine überspannte Feder, die kurz davor war, zu zerspringen. Meine Hände hatten gezittert. Genau wie jetzt.

Als ich gestern Abend nach Hause gekommen war, hatte ich sie gespürt – *die Veränderung.* Das Geräusch ihrer Mutter im Wohnzimmer, das *Gefühl,* dass sie oben war. Das Mädchen, das ich vor meinem Schlafzimmer gesehen hatte, als sie in Richtung des gemeinsamen Badezimmers gehuscht war.

»Ich will, dass sie verschwinden.« Ich umklammerte ihr Höschen und hob es an meine Nase. »Dafür werde ich sorgen.«

»Tobias, nein. Sie ist doch noch ein Kind.«

»Sie ist achtzehn«, antwortete ich, während die Schlange sich in mir wand. »Ein Jahr jünger als ich.«

Die Erinnerung an sie kam in Windeseile zurück, wie sich ihre Augen kurz geweitet hatten, als ich aus dem Schlafzimmer getreten war und fast mit ihr zusammengestoßen wäre. Sie hatte zu Boden geblickt, um ihr Gesicht vor mir zu verbergen. *Ein Kind?* Ich hatte ihren Körper gemustert. Dünn, klein. Kleine Brüste unter einem von Calebs alten T-Shirts.

Es war mir scheißegal, was Dad für eine Ausrede hatte.

Ich schaute mich in dem Raum um, der mit den Geräten gefüllt war, die meine Mom noch ein wenig länger am Leben gehalten hatten, um mir noch eine Sekunde mit der Erinnerung an sie zu geben. Dieses Mädchen sollte nicht hier sein ... nicht in ihrer Nähe, nicht in diesem Raum ... und nicht in unserem Zuhause.

Abgebranntes Haus hin oder her, sie würde nicht hier bleiben. Nicht, wenn ich etwas damit zu tun hatte.

Von wegen Kind ... Ich würde dafür sorgen, dass sie es kaum erwarten konnte, von hier zu verschwinden.

Ich warf ihr Höschen auf das Bett, betrachtete das hübsche hellgrüne Kleid, das am Ende des Bettes hing, und ging aus dem Zimmer.

Kapitel 3

RYTH

»Dad.« Ich stand auf, als sie ihn herausbrachten. Aber er sah mich nicht sofort an, sondern blickte nur in meine Richtung und senkte dann den Kopf, als er humpelnd auf die Absperrung zuging.

Er war verletzt, schwer. Sein Auge war geschwollen, seine Lippen bluteten. Dieser Anblick traf mich hart. »Mein Gott.«

Er zwang sich zu einem Lächeln, als er sich setzte. »Ist schon gut, Ry.« Er nickte mir zu und forderte mich auf, es ihm gleichzutun.

»Haben sie dir das angetan?«, flüsterte ich und konnte meinen Blick nicht von seinem Gesicht abwenden. Sein armes, schönes Gesicht.

»Es ist nichts, womit ich nicht umgehen kann«, sagte er, als mir die Tränen in die Augen stiegen. »*Hey*.« Er lehnte sich näher an die Trennwand. »Sieh mich an.«

Durch den Schimmer der Tränen hindurch tat ich es.

»Es ist nichts, womit ich nicht umgehen kann. Du musst jetzt stark sein.«

Meine Stimme zitterte, aber ich beherrschte sie trotzdem. »Sie haben es dir gesagt? Sie haben dir von dem Haus erzählt?«

Er nickte nur und leckte sich über die Lippen, bevor er meinen Blick erwiderte. »Deine Mom wird ihr Bestes tun, um dich zu beschützen, bis ich hier rauskomme und alles geklärt ist.«

Beschützen? Die Angst hatte mich gefunden, also *waren* sie es gewesen ... *die Rossis.* Scheiße, das war schlimmer als ich dachte. »Wann, Dad? Wann wird das sein?«

»Ich weiß es nicht, Prinzessin.« Er leckte sich über die aufgesprungene Lippe und warf mir einen verzweifelten Blick zu. »Aber du sollst wissen, dass ich *nie* etwas tun würde, was dich oder deine Mom in Gefahr bringen könnte.« Er wich zurück, als der Schmerz seinen Blick trübte. »Ich würde es nicht zulassen.«

»Wer war es?« Ich ballte meine Hände zu Fäusten. »Sag es mir, sag es mir und ich werde ...«

Er sah mich, sah, wie mein Körper zitterte und mein Hass wütete, und schenkte mir einen Hauch von einem Lächeln, sogar mit seinen kaputten Lippen. »Was? Wirst du ihnen einen Besuch abstatten, meine kleine Löwin? Du warst schon immer mehr wie ich als wie deine Mutter.«

Doch augenblicklich verblasste sein Lächeln und Traurigkeit machte sich in ihm breit, als die Wache hinter ihm rief. »Es ist Zeit, Castlemaine.«

Er nickte und erhob sich. Ich tat es ihm gleich und blieb stehen. Mein Gesicht spiegelte sich in der Trennwand, dann hob ich die Hand und strich mir die Haare aus dem Gesicht.

»Sei vorsichtig da draußen, Prinzessin«, rief Dad und sein Blick wanderte zu dem Muttermal in meinem Gesicht. »Bleib stark. Ich werde schon bald hier raus sein.«

»*Castle!*«, bellte der Wächter. Ich warf ihm einen ruckartigen Blick zu und starrte ihn an.

Aber es war egal, was ich wollte, hier drin existierte mein Dad nicht. Er war ein Niemand, nur ein weiterer Insasse, der sich an die Regeln halten musste.

»Grüß deine Mutter von mir, Prinzessin. Sag ihr, dass ich an sie denke«, sagte Dad, bevor er sich umdrehte und durch die Tür verschwand, während ich zurückblieb.

Ich schlug mit der Faust gegen das Glas, was mir den bösen Blick eines Wächters einbrachte, bevor ich mich umdrehte und auf die Tür zum Flur zustürmte. Die Sonne blendete mich augenblicklich, bis ich den schnittigen Mercedes sah, der auf dem Parkplatz wartete. Creed Banks war ein netter Kerl, für einen Anwalt. Er hatte uns aufgenommen und uns für die letzten zwei Tage eine Unterkunft gegeben, er hatte uns sogar zum Einkaufen von Kleidung und anderen Dingen mitgenommen. Aber ich wollte nicht dort bleiben, nicht in seinem Haus mit seinen drei Söhnen, die ich von der Tür des Schlafzimmers aus erspäht hatte, in dem ich untergebracht war.

Nicht nur ein Schlafzimmer ... *die Abstellkammer.*

Diese Stimme in meinem Kopf flüsterte mir immer wieder abscheuliche Dinge zu, als ich den Parkplatz überquerte, die

Hintertür aufriss und einstieg. Sofort umwehte mich die kühle, klimatisierte Luft.

»Dad hat nach dir gefragt.« Ich starrte in Richtung Beifahrersitz, doch ich wurde von Stille begrüßt.

Mom starrte nur geradeaus, auch als Creed einen Blick in ihre Richtung warf und dann über seine Schulter zu mir blickte. »Ich bin froh, dass du deinen Dad sehen konntest. Ich bin sicher, dass er das gebraucht hat.«

»Er würde seine Frau gerne öfter sehen.«

Aber sie sagte nichts, sondern ließ nur den Kopf hängen und weinte. Sie war nicht mehr dieselbe, seit Dad verhaftet worden war, nicht mehr ansprechbar, gebrochen. Ich zuckte zusammen. »Mom, es tut mir leid.«

»Ist schon gut.« Sie griff hinter dem Sitz nach meiner Hand. »Das nächste Mal, ja?«

»Okay.« Ich ergriff ihre Hand und drückte sie.

»So ist es richtig.« Creed zwinkerte mir zu, bevor er den Gang einlegte und den Parkplatz verließ.

Es war über eine Stunde Fahrt zurück in die Stadt. Eine Stunde, in der ich mich in den Sitz zurücklehnte und mir Dads Worte noch einmal durch den Kopf gehen ließ.

Ich komme da raus, Prinzessin ... Ich komme da raus.

Er musste es schaffen. Unsere Familie hing davon ab. Bis er es geschafft hatte, würden Mom und ich in einem anderen Haus auf ihn warten.

»Hast du schon eine Wohnung gefunden?«

Sie schüttelte den Kopf. »Nein.«

»Scheint, als gäbe es ein kleines Problem«, mischte Creed sich ein.

»Was?« Ich warf ihm einen Blick zu, dann schaute ich wieder zu ihr.

Mom ließ den Kopf sinken und ihre Stimme klang verzweifelt. »Unsere Bankkonten sind gesperrt, wir haben nichts mehr.«

Nichts? Aber wir hatten doch gerade neue Klamotten gekauft ... und ein MacBook für die Schule ... Ich hob mein brandneues iPhone hoch. Wenn wir kein Geld hatten, dann ...

Ich richtete meinen Blick auf den Mann hinter dem Lenkrad. Ein Mann, der vor weniger als einer Woche noch ein Fremder gewesen war. Ein Mann, der gerade ein kleines Vermögen für Kleidung und andere Dinge für uns ausgegeben hatte.

»Dann werde ich mir einen Job suchen«, erklärte ich. »Was auch immer es kostet.«

»Nein, Ry, du hast Schule.«

»Scheiß auf die Schule, das hier ist wichtiger.«

»Deine Mom hat recht.«

Ich richtete meinen Blick auf Creed und biss mir auf die Lippe, um ihn nicht anzuschnauzen. Es ging ihn nichts an. Aber als meine Wut aufstieg, war sie genauso schnell wieder weg. Dieser Mann hatte gerade eine Menge Geld für uns ausgegeben und kein einziges Wort darüber verloren.

Warum?

Dachte er, ich würde es nicht herausfinden? Wollte er nicht, dass ich erfuhr, dass wir kein Geld hatten? Ich schämte mich für die Wut, die ich empfand. Ich starrte ihn an, als er uns nach Hause fuhr ... dieser Mann hatte sich für uns eingesetzt ... *für mich.*

Er hatte mich zu Dad gebracht.

Er hatte mir Dinge besorgt, die ich brauchte ... *und einige, die ich einfach hatte haben wollen, wenn ich ehrlich war.* Meine Eltern hätten auf keinen Fall so viel Geld für einen verdammten Laptop ausgegeben. Aber er hatte nicht ein Wort gesagt. Mom hatte gesagt: »*Such dir einen Laptop für die Schule aus, was immer du willst.*«

Also hatte ich genau das getan ... Ich war am normalen Sortiment vorbei in die Apple-Abteilung gegangen und war von Creed dabei erwischt worden, wie ich die brandneuen MacBooks angestarrt hatte. Schnell, schnittig ... *und so verdammt hübsch.*

Er hatte es gewusst.

Schon damals hatte er gewusst, dass wir kein Geld hatten, und trotzdem hatte er mir etwas Besonderes schenken wollen, etwas, das mich ein bisschen glücklicher gemacht hatte. Ich schluckte schwer und hasste mich für die Wut, die ich noch vor einer Sekunde empfunden hatte. »Okay, ich werde in der Schule bleiben.«

»Das kriegen wir schon hin, okay, Prinzessin?«, sagte Mom mit angespannter Stimme.

Als wir zurück zum Haus kamen, wurde es schon dunkel. Die Parkplätze vor dem Haus waren leer und aus irgendeinem Grund überkam mich eine Welle der Erleichterung. Es war nicht so, als würde ich seine Söhne nicht mögen, aber ich kannte sie nicht wirklich. Sie blieben meistens in ihren Zimmern. Ab und zu hörte ich Schüsse und Schreie aus einem ihrer Zimmer, das sich auf derselben Etage wie meines befand.

Nur einer hatte mich wirklich gesehen.

Mein Puls beschleunigte sich, als ich mich an diese Begegnung erinnerte. Sein düsterer, grüblerischer, mürrischer Blick, als er aus seinem Schlafzimmer gekommen war, nur mit einer grauen Jogginghose bekleidet, die tief an seinen Hüften gehangen hatte. In seinen Augen tobte der Hass, sobald er mich sah. Ich hatte nur auf den Boden geschaut und war an ihm vorbei geeilt. Ich betete zu Gott, dass er mein Mal nicht gesehen hatte …

Ich hob die Hand, berührte den Fleck auf meiner Wange und betete noch etwas stärker.

Das würde er irgendwann sehen.

Ich schloss die Augen, denn ich wusste, dass er lachen würde. Im Geiste bereitete ich mich auf die Sticheleien vor, die kommen würden.

Das taten sie immer.

Du siehst aus, als hättest du gerade eine Ohrfeige bekommen, Castlemaine, aber offensichtlich nicht hart genug.

Sie machten sich über mich lustig. Das taten alle. Ich schluckte schwer, drückte meine Finger an meine Wange und wünschte mir zum millionsten Mal, ich wäre normal geboren worden. *Warum konnte ich nicht einfach normal sein?*

»Zuhause«, murmelte Creed und zog meinen Blick auf sich, als wir in die Einfahrt einbogen.

Ich hob meinen Blick auf das prächtige Haus, während Panik in mir aufstieg. »Fürs Erste«, murmelte ich und löste meinen Sicherheitsgurt, als wir in die Garage fuhren.

Creed bremste und schaltete dann den Motor aus. »Ich habe heute Abend Lust auf eine Pizza.«

»Oh?« Mom warf ihm einen Blick zu und lächelte, als sie aus dem Auto stieg und in meine Richtung schaute. »Das ist Rys Lieblingsessen.«

»Wirklich?« Er warf einen Blick in meine Richtung, als er seine Tür schloss. »Stimmt das?«

»Ja.« Ich hasste es, wie mein Magen sich angesichts der Worte zusammenzog. »Pizza ist okay.«

»Nur okay, hm? Ich kenne einen Laden, der macht die beste Grillhähnchen-Pizza mit Speck. Der Käse ... oh, Mann. Er ist so perfekt geschmolzen und zieht Fäden, wenn du ein Stück von der Pizza nimmst.«

Mir lief das Wasser im Mund zusammen, als er sprach. Ich leckte mir über die Lippen. »Ja, ich könnte eine Pizza vertragen.«

Er lächelte, dann zwinkerte er Mom verschmitzt zu. »Wie wäre es, wenn du nach oben gehst und dich fertig machst, während ich sie bestelle. Sie liefern normalerweise innerhalb einer Stunde. Wie klingt das?«

In einer Stunde konnte ich anfangen, mein neues MacBook einzurichten. Aufregung summte in mir. »Ja, das ist perfekt.«

Er schritt zur Haustür, öffnete sie und wies mir den Weg. »Klingt nach einem Date. Es wird schön sein, dich und deine Mom hier zu haben. Ich liebe Pizza«, sagte er, blickte an sich herunter und rieb sich den flachen Bauch. »Obwohl die Taille da nicht zustimmt.«

Ich zuckte mit den Schultern und ging an ihm vorbei. »Du siehst gut aus ... für einen alten Mann.«

»*Alt?*«, knurrte er, als ich meine Schritte beschleunigte und das Lächeln auf meinen Lippen unterdrückte. »Du kleine ...«, knurrte er und tat spielerisch so, als würde er nach mir greifen.

Und schon war die Schwere des Gefängnisses wie weggeblasen.

Ich stieg die Treppe hinauf und machte mich auf den Weg in mein Schlafzimmer. Sogar das Haus fühlte sich anders an. Leichter, leerer. Fast wie ... ein Zuhause.

Zuhause.

Ich schluckte und mein flüchtiges Lächeln verschwand. Es war fast wie ein Verrat. Fast so, als wollte ich alles hinter mir lassen, die häufigen Streitereien, die ständigen Sorgen, die vielen Lügen. Ich hatte alles mitbekommen, alles durch die angelehnte Tür meines Schlafzimmers.

Ich schluckte schwer, öffnete die Tür zum neuen Schlafzimmer und blieb stehen. Es war leer ... Ich blickte auf den freien Platz am Fußende des Bettes. Alle Maschinen waren verschwunden. »Was?« Ich trat ein, schloss die Tür hinter mir und sah mich im Zimmer um. Die Abdrücke auf dem Teppich waren noch da. Aber abgesehen von dem Bett und einer Kommode daneben war das Zimmer kahl.

Ich warf einen Blick über meine Schulter. Hatten sie das getan? Waren sie reingekommen und hatten alle Sachen ihrer Mutter ausgeräumt?

Ich wusste nicht, was ich davon halten sollte. Ich war traurig. Aber auch froh, dass ich wenigstens auf die andere Seite des Bettes gehen konnte, ohne mir den verdammten Zeh zu stoßen. Ich warf einen Blick in die Ecke, in der der Stapel Papierkram und die darunter versteckten Trauerkarten gewesen waren, und stellte fest, dass auch sie verschwunden waren.

Als wären sie gar nicht da gewesen.

Aber etwas war anders. Ich warf einen Blick auf das Bett und rief mir in Erinnerung, wo alles gewesen war. Mein Blick fiel zuerst auf das MacBook auf meinem Kissen, dann auf meine Kleidung ... und blieb an dem zerknüllten Knäuel meines Slips hängen. Furcht durchströmte mich. Ich trat näher, hob ihn auf und dehnte ihn in meinen Händen.

Falten im Stoff.

Warum zum Teufel hatten sie meine Unterwäsche angefasst?

Vielleicht war sie runtergefallen. Vielleicht hatten sie sie vom Bett gestoßen, als sie die Maschinen herausgezogen hatten, und sie aufgehoben. Ich warf einen Blick auf die Stelle, an der ich den Slip unter meinen neuen Klamotten vergraben hatte, und verdrängte den Gedanken wieder.

Es spielte keine Rolle. Ich warf den Slip beiseite, ließ mich auf das Bett fallen, griff nach meinem neuen Laptop und verbrachte den Rest der Zeit damit, ihn aus der Verpackung zu holen, ihn aufzuladen und meine Einstellungen festzulegen. Dann lud ich ein hübsches Bild von einem lila Schmetterling auf den Bildschirm, bevor das dumpfe Geräusch von Schritten meine Aufmerksamkeit erregte.

Mein Puls raste, als das Geräusch auf dem Treppenabsatz vor meinem Zimmer aufhörte. Ich schob den Mac von meinem

Schoß und erhob mich, doch dann ertönte ein Piepton aus einem Handy und das dumpfe Geräusch von Schritten polterte wieder die Treppe hinunter.

Ich trat näher heran, als ich hörte, wie die Haustür geschlossen wurde.

»*Abendessen, Ryth!*«, rief Creed.

Ich öffnete die Tür und ließ meinen Blick über die Treppe zu ihren Zimmern schweifen. Die Türen waren geschlossen, keine Schüsse zu hören. Frieden. Ich ging die Treppe hinunter, als mir der berauschende Duft von Käse und Köstlichkeit in die Nase stieg.

»Oh Mann, das riecht ...«, begann ich, als ich das Esszimmer betrat, und erstarrte.

Sie waren alle da ... *alle drei.*

Drei erwachsene Männer und Creed ... und Mom. Sie alle starrten mich an.

»Köstlich«, knurrte der grüblerische Mann, der mich anstarrte.

»Was?« Ich warf ihm einen ruckartigen Blick zu.

Aber er antwortete nicht, sondern starrte mich nur mit funkelnden, dunklen Augen an.

»Die Pizza«, sagte einer der anderen und legte dem grüblerischen Arschloch den Arm über die Schultern. »Das ist Tobes Lieblingsessen.« Dann ließ er seinen Arm fallen und trat einen Schritt näher. »Ich bin Caleb, das ist Nick.« Er nickte in Richtung des anderen, der nur an der Wand lehnte und mit vor der Brust verschränkten Armen zusah. »Und den launischen Tobias kennst du ja schon.«

Ich leckte mir über die Lippen, begegnete jedem durchdringenden Blick und nickte, als Calebs Blick zu meiner Wange wanderte.

Nein!

Panik durchfuhr mich, als ich meine Hand hob, mein Haar zurechtzupfte und mich abwandte.

»Leute«, murmelte Creed. »Wie wär's, wenn wir uns setzen?«

»Ich bleibe stehen«, erklärte Tobias.

Ich spürte seine Blicke, als ich mich von ihnen entfernte, auf die andere Seite des langen Esstisches ging und mich an das Ende setzte, aber immer noch nah genug, um das Essen zu erreichen.

»Ryth, Schatz«, rief Mom und streckte sich über die offenen Pizzaschachteln und Berge von Knoblauchbrot, Krautsalat und Beilagen, während sie nach einem Teller griff. »Setz dich näher ran.«

Die beiden anderen Jungs setzten sich, ohne einen Blick in meine Richtung zu werfen. Aber ich konnte mich nicht bewegen, meine Wangen brannten vor Demütigung. Die Jungs knurrten, als sie sich Stücke schnappten, Bissen nahmen und sich unterhielten. Sie unterhielten sich sogar mit meiner Mom und fragten sie nach dem Feuer.

Ich hob meinen Kopf und nahm mir einen Teller, als Mom ihn Caleb reichte und mir zuwinkte. Er lächelte und zwinkerte mir zu, als er mir den Teller reichte, und zum ersten Mal, seit ich das Esszimmer betreten hatte, konnte ich aufatmen.

So schlimm waren sie gar nicht.

Ich schaute Nick an, der mich beobachtete, und zwang mich zu einem Lächeln. Ich erwiderte es leicht, als ich mir ein Stück Pizza nahm und hineinbiss.

»So ... verdammt ... gut«, stöhnte Creed am Kopfende des Tisches und grinste, als er in meine Richtung blickte. »Was denkst du, Rye?«

Rye?

»Gut.« Ich kaute und nahm einen weiteren Bissen und beobachtete aus dem Augenwinkel, wie Tobias auf den Tisch zuging und sich in den Stuhl neben mir fallen ließ.

Alle bemühten sich, nicht in seine Richtung zu schauen, selbst Mom lächelte die anderen an und bediente sich an mehr Essen, als ich sie jemals zuvor hatte essen sehen.

Plötzlich fühlte es sich fast normal an. Essen, Freunde ... abgesehen von dem glotzenden Arschloch, das seinen Blick von meinen Brüsten auf meine Augen lenkte, als er einen riesigen Bissen von seiner Pizza nahm und kaute.

Kapitel 4
TOBIAS

Sie hatte keine Ahnung. Überhaupt keine. Ich sah ihr mit gesenktem Blick beim Essen zu und starrte das hässliche Muttermal auf ihrer Wange an, bis Nick mich unter den Tisch stieß. Ich warf ihm einen finsteren Blick zu und er schüttelte leicht den Kopf.

Sie war schließlich noch ein Kind, nicht wahr? Ich warf einen Blick auf ihre prallen kleinen Titten. Nein, kein Kind. Mein Schwanz wurde hart und meine Wut wuchs. Hass verstand ich. Aber sie so zu sehen, so verdammt klein und sanftmütig, wie sie winzige Bissen von ihrer Pizza nahm, als wäre sie eine verdammte Maus, löste etwas Gefährliches in mir aus. *Quiek, quiek,* kleine Maus.

»Tobias.«

Der Klang meines Namens auf ihren Lippen ließ mich zusammenzucken. Ich hob meinen Blick zu der Frau, die neben Dad saß. »Ja?«

»Ich habe nur gefragt, ob es dir in Clarence gefällt. Du studierst doch BWL, oder?«, fragte sie, als wäre es ein alltägliches Gespräch.

»Nein, eigentlich nicht«, antwortete ich. »Ich habe vor zwei Monaten abgebrochen.«

»Was?« Dads Kopf schoss hoch, und er hatte Käse auf den Lippen, während er finster dreinblickte. »Seit wann hast du diese Entscheidung getroffen?«

»Als ich beschlossen, dass die letzten Tage, die ich noch mit meiner Mutter hatte, wichtiger waren.«

Das Gespräch verstummte.

Caleb und Nick erstarrten und schauten dann langsam von mir zu Dad, der die Dreistigkeit hatte, zu erbleichen, und dann *hart* schluckte.

»Du weißt schon ...«, fuhr ich fort und hielt seinem Blick stand. »*Bevor sie gestorben ist.*«

»Tobe ...«, begann Nick.

»Plötzlich habe ich keinen Hunger mehr.« Ich erhob mich vom Tisch und wandte mich ab, wobei ich dem Blick der kleinen Schlampe begegnete, als ich ging.

Aber es war kein kranker Anflug von Mitleid, den ich in ihren Augen sah. Nein, es war eher so etwas wie Traurigkeit ... als könnte sie meinen Schmerz fast *verstehen*. Was eine verdammte Lüge war. Sie wusste nicht das Geringste über mich.

Ich verließ das Esszimmer und ließ eine Leere hinter mir zurück. Ich hatte die Freude über Dads Moment und die aufblühende Freundschaft, die diese verdammte Frau mit uns haben wollte, in mich aufgesaugt, dann war ich damit die Treppe hinaufgegangen und verschwunden.

»Das tut mir leid ...«, murmelte Dad und seine Worte erreichten mich kaum.

»Schon in Ordnung«, antwortete Elle Castlemaine. »Das muss dir ganz und gar nicht leidtun.«

Ich polterte absichtlich mit meinen Stiefeln, bis ich mein Stockwerk erreichte, und betrachtete ihr Zimmer. *Ihr verdammtes Zimmer.* Ich warf einen Blick über meine Schulter, ging darauf zu und riss die Tür auf. Mein Gott, es roch sogar anders. Der beißende Geruch von Krankenhaus-Desinfektionsmittel und der schwache Geruch des Todes, den ich nicht loswurde, egal wie tief ich einatmete, waren verschwunden.

Es roch nach ... Vanille.

Verdammter Vanille.

Ich warf einen Blick auf die kleine Parfümflasche auf der Kommode. Pure, stand auf dem goldenen Etikett. Ich schluckte schwer, als mein Schwanz heiß wurde. Pure? Rein? Verdammt, ich wollte daran riechen ... wollte ihr Bett nach den Höschen durchsuchen und es mit dem Zeug einsprühen. Ich trat näher, durchstöberte das Durcheinander ihrer Kleidung, von der sie die Etiketten abgerissen hatte, und fand ihre Unterwäsche unter einer zerrissenen schwarzen Jeans versteckt.

Ich durchquerte das Zimmer, griff nach der Parfümflasche und hielt sie an meine Nase. Aus Wut pumpte ich den Nebel über ihre Unterwäsche, bevor ich die Flasche zurückstellte. Ich knüllte den Slip in meiner Hand zusammen und steckte ihn in meine Tasche, bevor ich aus dem Zimmer schritt.

Die Tür schloss sich leise hinter mir und ließ den berauschenden Duft des Parfums zurück. Ich wusste nicht, warum ich das getan hatte, warum ich sie hasste ... oder ihr weißes Baumwollhöschen und die Flasche Pure, die sich in meinen Kopf eingebrannt hatte. Aber ich nahm es ... *ich nahm es mit, weil sie mir auch etwas genommen hatte.*

»Verpiss dich aus meinem Haus«, murmelte ich, als ich in mein Zimmer trat und die Tür schloss.

Die Dunkelheit verschluckte mich. Die Verdunkelungsrollos waren zugezogen, die Wände waren dunkel stahlgrau gestrichen. Ich wollte kein Licht in meiner Welt. Ich zog das Höschen heraus. Ich wollte keine Frauen, keine Vanille ... und ganz sicher wollte ich sie nicht.

Ich schloss meine Augen, hob es und atmete tief ein.

Der Duft drang in mich ein.

In meinem Kopf sah ich sie nackt, die kleinen Spitzen ihrer Brüste hart und erregt. Ich schluckte, als ich steif wurde. Ich wollte sie lecken, wollte ihre Beine öffnen und sehen, wie rein sie war. Sie konnte nicht allzu rein sein. Keine Achtzehnjährige blieb lange Jungfrau.

Aber der hässliche Fleck auf ihrer Wange ließ mich vermuten, dass sie eine war. Wahrscheinlich versteckte sie sich jedes Mal, wenn ein Typ in ihre Richtung schaute. Wahrscheinlich war sie deswegen noch nie geküsst worden ... oder berührt.

Verdammte. Scheiße.

Ich griff nach unten, öffnete den Reißverschluss meiner Jeans und holte meinen Schwanz heraus. Ein Schmerz pulsierte tief in mir, als ich mich in die Hand nahm und an mir herunter blickte. Die Spitze war rot und hungrig. So hart war ich schon lange nicht mehr gewesen ...

Ewig nicht mehr.

Ich drückte meine Faust zu und presste die weiße Baumwolle an mein Gesicht. In meinem Kopf zappelte sie unter meinem Griff.

Bist du eine verdammte Maus?, brüllte ich sie an.

In meiner Fantasie hüpften und zitterten ihre kleinen Titten, als sie ihre Hüften unter mir wand. Ihre dunkelrosa Nippel wurden noch steifer, als sie sich wehrte.

Bist du eine verdammte Maus in meinem gottverdammten Haus, Schlampe?

Lass mich los!, schrie sie und ihre trüben grauen Augen starrten in meine. *Traurigkeit. Traurigkeit und Verzweiflung.* Genau das hatte ich unten gesehen. So hatte sie mich angesehen, als würde sie sich um mich scheren. Als würde es sie interessieren!

Ich stieß ein tiefes, raues Grunzen aus und kam in meine verdammte Hand. Mein Schwanz zuckte und die Ader pulsierte, als ich tief einatmete und krächzte: »Was zum Teufel war das?«

Ich ließ ihr Höschen fallen, als mich ein Schaudern des Ekels durchfuhr.

Was zum Teufel tat ich da? Ich schob meinen Schwanz zurück in meine Jeans, durchquerte das Zimmer und warf ihr Höschen auf das Bett, bevor ich mir ein paar Taschentücher schnappte. Das war nicht richtig. Sie war tatsächlich noch ein Kind. Ich drehte mich zu meinem Schreibtisch um, setzte mein Headset auf und öffnete ein Spiel, um meine Aufmerksamkeit auf etwas anderes zu lenken.

Doch mein Blick wanderte zu dem weißen Stoff, der auf meinem Kopfkissen lag. Der Duft verweilte, erfüllte mich und nahm den Platz ein, den vorher der bittere Geruch von Desinfektionsmittel in Anspruch genommen hatte. Ich wusste nicht, was schlimmer war.

Es klopfte an meiner Tür, bevor sie sich öffnete. Ich zog mein Headset aus, als Caleb mit einem Teller Pizza und Knoblauchbrot hereinkam. »Ich dachte mir, dass du irgendwann mal Hunger bekommen würdest.«

»Danke.« Ich starrte auf den Bildschirm und wusste nicht einmal mehr, um welches Spiel es sich handelte.

Er schloss die Tür, stellte den Teller vor mir auf den Tisch und setzte sich an das Ende meines Bettes. »Warum zum Teufel sind sie hier?«

Ich zuckte nur mit den Schultern und tat so, als wäre es mir egal.

»Dad lächelt tatsächlich.«

Angesichts der Worte zuckte ich zusammen.

»Ich habe ihn noch nie lächeln sehen ...«

Ich warf ihm einen bösen Blick zu und mein Puls pochte in meinem Kopf. *Sag das nochmal ... Sag die Worte und ich haue dir eine rein.* Aber Caleb zuckte zusammen, als hätte er tatsächlich begriffen, was er da sagte. »Wie auch immer. Essen,

Arschloch, und lass Dad in Ruhe, ja? Er tut nur einem Freund einen Gefallen, sonst nichts.«

Ich blickte zurück auf mein Spiel. »Seit wann ist er ein guter Freund?«

»Das ist Vergangenheit, T. Findest du nicht, dass es an der Zeit ist, nach vorne zu schauen?«

»*Dich* hat er ja auch nicht vor die Hunde gehen lassen, oder?«, murmelte ich.

Er trat näher und kickte gegen die Unterseite meines Stuhls. »Du warst der dumme Arsch, der Lazarus Rossi verfolgt hat, also belassen wir es einfach dabei, okay?«

Die Wut schoss durch mich hindurch und brannte in dieser Minute noch genauso heiß wie vor einem Jahr. »Er hat mein Auto demoliert und dann seine Schläger geschickt, um mich in der Schule heimzusuchen, was hätte ich denn tun sollen?«

Caleb schüttelte nur den Kopf. »Du hast dich an sein Mädchen rangemacht. Ich denke, seine Reaktion war gerechtfertigt, meinst du nicht?«

»Sie war nicht einmal sein Mädchen. Er hat sie nicht geliebt, er hat sie kaum angeschaut. Sie war Freiwild.«

»Du wolltest sie auch nicht, T. Du warst nur ein Arschloch, dessen Mom gerade mit Krebs diagnostiziert worden war. Hör zu, du hast dich daneben benommen, das verstehe ich. Ich sage nur, dass wir die Vergangenheit ruhen lassen sollten. Dad tut hier etwas Gutes, indem er diesen Leuten hilft, indem er ihnen eine Unterkunft gibt und einen Weg findet, den Vater des Mädchens aus dem Gefängnis zu holen.«

Meine Lippen kräuselten sich und ich starrte meinen Bruder an, als wäre er ein Fremder. Denn in diesem Moment war er das auch. Er sah Dad nicht so wie ich, sah nicht, dass er kein ›guter Mann‹ war, denn Männer wie mein Vater änderten sich verdammt nochmal nicht.

Er war ein Hai, der im Wasser fraß, von einem Ziel zum nächsten zog, immer hungrig ... und verdammt kalt.

»Danke für die Pizza«, murmelte ich und wandte mich wieder meinem Spiel zu.

»Ich habe gesehen, wie du sie angeschaut hast«, murmelte Caleb vorsichtig, ohne auf die verdammte Andeutung einzugehen. Sein Blick wanderte zum anderen Ende des Bettes, und ich wusste sofort, dass er ihr weißes Baumwollhöschen sah. Er blickte kurz finster drein, bis ihm bewusst wurde, wem es gehörte. Aber er sagte kein Wort, sondern redete einfach weiter. »Und Nick hat das auch gesehen. Lass sie in Ruhe, Tobias. Sie ist ... süß.«

Meine Mundwinkel zuckten. *Süß.*

»Ich meine es ernst, halt dich von ihr fern ... und reiß dich zusammen.«

»Verpiss dich, Caleb«, knurrte ich und starrte den Fernseher an.

Er blieb noch eine Sekunde länger dort und ging dann. Ich wollte den verdammten Teller nach ihm werfen, wollte Dad eine reinhauen, und der kleinen Schlampe noch zusätzlich eine verpassen, um meinen Standpunkt zu verdeutlichen. Stattdessen ging ich zur Tür, schnappte mir meine Schlüssel von der Kommode und schlug die Tür hinter mir zu.

Scheiß auf ihn ...

Scheiß auf sie ...

Und scheiß auf die Rossis.

Ich schritt die Treppe hinunter und durch die Haustür. Mein Gesicht brannte, als ich sie alle hinter mir ließ. Zweifellos würde Dad irgendeine bescheuerte Ausrede erfinden.

Vergiss mich nicht ...

Moms Worte ertönten, als ich auf die Fernbedienung drückte und dann ins Auto stieg. Ehe ich mich versah, fuhr ich rückwärts aus der Einfahrt, bremste, sobald ich auf der Straße war, legte den Gang ein und trat das Gaspedal durch.

Die Reifen quietschten, bevor sie einrasteten und ich vorwärts schoss. Ich fuhr dieselben verdammten Straßen entlang, auf denen ich schon seit Wochen unterwegs war, seit Caleb und Nick für eine Weile zurück nach Hause gezogen waren. Sie waren unter dem Vorwand gekommen, als Familie zusammen zu sein, aber in Wahrheit fühlten wir uns entfremdeter als je zuvor.

Sie brachten mir eigentlich nie Essen, sprachen kaum mit mir und gaben sich damit zufrieden, in ihren Zimmern zu sitzen und alles von anderen erledigen zu lassen. Keiner von ihnen sprach mit mir über Mom, und in die Nähe des Zimmers gingen sie schon gar nicht.

Halte dich von ihr fern. Calebs Warnung hallte in meinem Kopf wider, als die Scheinwerfer durch die Nacht schnitten. Andere Scheinwerfer leuchteten hinter mir auf, sodass ich meine Fäuste um das Lenkrad ballte und auf die Stadt zusteuerte.

Und wie immer kehrten meine Gedanken zu ihr zurück.

Dieser Schmerz erfüllte meine Brust, als wäre er mein Herz. Ich konnte nicht atmen, konnte mich nicht zusammenreißen ...

Ich riss das Steuer herum, bremste und fuhr rechts ran. Mein Puls raste, bis ich nichts anderen mehr hören konnte. Ich lehnte mich über das Lenkrad und schloss die Augen, während ich zitterte und bebte. *Was zum Teufel war mit mir los?*

Ich war dabei, auseinanderzufallen.

Ich wurde zu dem Versager, von dem Dad immer gewusst hat, dass ich es war.

Und die einzige Person, die immer an mich geglaubt hatte, war weg ...

Vergiss mich nicht ... flüsterte sie, als sich der Schmerz in meiner Brust zu einer Faust ballte und sich in meinen Hals rammte. *Vergiss mich nicht* ...

Ich riss die Augen auf, stieß ein verletztes Stöhnen aus und verdrängte den Schmerz zurück in mein Innerstes, wo er hingehörte. Ich wollte ihn nicht nach außen dringen lassen, wollte nicht, dass sie mich so sahen. Ich holte tief Luft, bis die Welle abgeklungen war, blickte dann in den Seitenspiegel und fuhr wieder los.

Ich fuhr durch die Straßen bis zu einem Aussichtspunkt hoch über der Stadt und parkte dort. Helle Lichter glitzerten und funkelten wie Juwelen unter mir. Ich versuchte, an etwas anderes zu denken als an den aufgewühlten Abgrund der Trauer in mir, und langsam drehten sich meine Gedanken um sie ...

Das Kind, das kein Kind war.

Ryth Castlemaine.

Ich holte mein Handy heraus und suchte ihren Namen. Die üblichen sozialen Medien: Facebook, TikTok, ein Instagram, das ich seit Monaten nicht mehr geöffnet hatte. Ich durchsuchte ihre Profile und ging ihre Fotos durch. »Du bist zu vertrauensvoll, nicht wahr, Ryth?« Ihre Fotos waren alle da, für jeden einsehbar.

Augenblicklich erinnerte ich mich an ihr Höschen und ihren verdammten Geruch. »Rein, nicht wahr?«

Ich hasste es, wie ich über sie dachte. Ich war nicht so, war nicht so verdammt grausam zu Frauen. Ich hielt bei einem Bild von ihr an, auf dem sie mit ihren Eltern am Strand war ... ein Video. Ich drückte auf ›Play‹ und hörte, wie sie lachte. »Wir sind am Strand und ich bin hier ganz allein. Wo zum Teufel sind meine Eltern?«

Ich beugte mich vor und sah, wie das Lächeln auf ihrem Gesicht schwankte.

Die Kamera schwenkte nach außen und fing die beiden Gestalten weiter hinten am Strand ein. So wie sie sich gegenüberstanden und mit den Händen in der Luft fuchtelten, war es nicht schwer zu erkennen, was vor sich ging. Sie stritten sich. Sie zog die Kamera weg.

»Sieht aus, als wären sie beschäftigt«, hauchte sie und ihre Worte klangen panisch und überstürzt. »Aber ja, Leute, das ist Castlemaine Beach, benannt nach der Familie meines Vaters, ziemlich cool, oder?«

»Cool«, murmelte ich, als das Video endete und ihr Gesicht einfror.

Dieses verdammte Muttermal prangte im Blickfeld der Kamera.

Bestimmt wurde sie in der Schule deswegen gehänselt, bestimmt machten sich alle Kinder über sie lustig. Irgendetwas in mir verkrampfte sich bei diesem Gedanken. Meine Atemzüge wurden tiefer und mein Körper wurde lebendig. Es gab etwas an ihr, das etwas in mir auslöste. Irgendetwas an den Sommersprossen auf ihrer Nase und diesen verwaschen aussehenden grauen Augen. Was waren das für verdammte Augen?

Ich leckte mir über die Lippen und erinnerte mich daran, wie sie mich angesehen hatte, als ich aus dem Esszimmer gegangen war ... als wollte sie mich mögen ... als bräuchte sie einen Freund.

Ich war nicht ihr verdammter Freund.

Ich war alles andere als ein Freund.

Für sie war ich das *genaue Gegenteil*.

Ich scrollte durch ihre Fotos und ließ mich mitreißen, bis ich einen Blick auf die Uhrzeit warf. Mist. Ich war stundenlang hier gewesen, stundenlang hatte ich mir ihre verdammten sozialen Medien angesehen. Ich lehnte mich nach vorne, startete den Wagen, fuhr los und machte mich auf den Weg nach Hause.

Als ich in die Einfahrt bog, war das Haus bereits dunkel. Ich warf einen Blick auf die Uhr, als ich den Motor abstellte. Es war fast elf ... noch früh genug. Die doppelt verglasten Fenster dämpften die Geräusche von draußen. Sie würden mich nicht einmal hören. Etwas bewegte sich oben, als ich ausstieg und die Tür schloss.

Ich hob meinen Blick zu dem Schatten im Fenster des dritten Stocks. In dem Raum, in dem früher die medizinischen Geräte meiner Mutter gestanden hatten, und jetzt sie ...

Ich hielt inne und starrte sie an, während sie mich beobachtete. Sie musste mich sehen, sie musste wissen, dass ich sie auch sah. Vielleicht war es ihr egal ... vielleicht war die kleine Ryth Castlemaine gar keine Maus. Der Gedanke daran ließ mich erschaudern. Mein verdammter Puls raste. Ich schluckte schwer und wandte mich ab. Aus dem Augenwinkel sah ich, wie die Vorhänge wieder an ihren Platz fielen.

Meine Schlüssel glitten ins Schloss, ich drehte sie um und schlüpfte lautlos ins Haus. Stille empfing mich, nur das leise Knarren des Hauses war zu hören, als ich die Tür hinter mir schloss, sie verriegelte, die Alarmanlage aktivierte und die Kette an ihren Platz schob. Meine Schritte waren geräuschlos, als ich die Treppe bis in den dritten Stock hinaufging und dann im Flur vor ihrem Zimmer stehen blieb.

Ich wollte reingehen, wollte sehen, wie sie sich im Bett zusammenrollte, wollte diese Augen noch einmal betrachten ... bis ein Geräusch durch die Dunkelheit nach oben drang.

Ein Stöhnen.

Leise ... fordernd ... und es kam aus dem zweiten Stock.

Ich warf einen Blick über meine Schulter, als das Geräusch erneut erklang.

Nur dass das Stöhnen dieses Mal weiblich war.

Und es kam aus dem Schlafzimmer meines Vaters.

Kapitel 5
RYTH

Ich verkrampfte meinen Kiefer und wollte, dass der Schmerz in meiner Blase nachließ, als ich mich auf dem Bett hin und her wälzte und mit den Laken rang. Ich hatte zu lange versucht, so zu tun, als müsste ich nicht gehen, und jetzt konnte ich an nichts anderes mehr denken. Daran und an das Geräusch seiner Schritte, die vor meinem Schlafzimmer verstummten.

Nicht vor meinem Schlafzimmer.

Sondern vor ihrem.

Das war nicht mein Haus. Es war nicht meine Familie. Es war nichts anderes als ein Ort, an dem wir bleiben konnten, während wir eine Lösung für all das fanden. Ich drehte meinen Kopf und versuchte, auf Bewegungen zu lauschen. Hatte er sich schon ins Bett gelegt? Hatte ich das Zuschlagern seiner Schlafzimmertür verpasst? Ich musste bald pinkeln.

Der Druck in meinem Bauch wurde immer stärker und schoss tief in mich hinein. Ich zuckte zusammen und zog meine Knie an meine Brust. *Nicht daran denken ... nicht ... an das Pinkeln denken.* Ich hätte die zweite Cola nicht trinken sollen, auch wenn Nick mich noch so sehr dazu gedrängt hatte. Aber ich wollte dazugehören ... ich wollte, dass sie mich mochten. Und jetzt sieh sich einer an, wohin mich das geführt hatte.

In Qualen.

Mein Inneres krampfte sich zusammen und umklammerte das schwere Gewicht in meinem Unterleib. Ich konnte nicht länger warten, sonst würde ich mir in die Hose machen. Ich öffnete die Augen und erhob mich aus dem Bett. Die Qualen ließen mich zusammenzucken, als ich einen Schritt zur Tür machte und lauschte.

Stille.

Das war alles, was ich hörte. Er musste schon weg sein. Ich griff nach der Klinke und riss die Tür auf, bevor ich wieder wartete. Aber er war nicht da, er stand nicht an der Treppe, beobachtete mich nicht und starrte mich von seinem Schlafzimmer aus an. Also öffnete ich die Tür einen Spalt breit und schlich auf Zehenspitzen zum Badezimmer, das direkt hinter seinem Schlafzimmer lag. Mein Puls dröhnte in meinem Kopf, als ich die Badezimmertür schloss und mich beeilte, auf die Toilette zu kommen.

Erleichterung ließ mich erschaudern, als ich mich nach vorne beugte und meine Blase entleerte. Ich wischte mich ab, stand dann auf und drehte mich panisch um. Sollte ich spülen und riskieren, dass sie es hörten? Ich konnte es nicht die ganze Nacht da drin lassen. Auf keinen Fall. Sie würden wissen, dass ich es gewesen war. Ich schloss den Deckel leise und betete, dass das Geräusch nicht zu laut sein würde. Dann betätigte ich den Griff und zuckte zusammen, als das Rauschen die Luft erfüllte.

Aber es war nicht laut, nur ein dumpfes Dröhnen, das in einer Sekunde vorbei war. »Gott sei Dank.« Ich ging zum Waschbecken und wusch mir die Hände, bevor ich sie an einem Handtuch abtrocknete und ging.

Ein Teil von mir erwartete, dass er draußen auf mich lauern würde. Aber das tat er nicht. Er war nirgends zu sehen. Ich lächelte und ging an seinem Schlafzimmer vorbei, dieses Mal langsamer. Zweifellos lag er im Bett oder schmollte, sein Gehör gedämpft durch diese Gaming-Kopfhörer, die ich gestern gesehen hatte, als ich an der offenen Tür zu seinem Zimmer vorbeigegangen war.

Tobias war ein Arschloch, im Gegensatz zu seinen Brüdern, die sich beim Abendessen wirklich Mühe gegeben hatten, nett zu mir zu sein. Sie wussten, dass dies nur vorübergehend war. Morgen oder übermorgen würde Mom wieder auf ihre Konten zugreifen können und dann wären wir hier weg. Ich leckte mir über die trockenen Lippen und schaute zur offenen Tür meines Zimmers, denn mein Körper schmerzte noch immer ein bisschen von der viel zu vollen Blase. Ein Glas Milch, dann würde ich mich beruhigen können. Das hatte zu Hause immer geklappt.

Langsam ging ich die Treppe hinunter, bis ein dumpfes Geräusch mich zum Stillstand brachte. Aber es war augenblicklich wieder weg. Wahrscheinlich nichts ... bis es wieder ertönte ... tief ... gequält.

»Fuck, fühlst du dich gut an«, knurrte eine männliche Stimme. Ich warf einen Blick auf die geschlossene, dunkle Tür und realisierte, dass es sich um Creeds Schlafzimmer handelte.

Hitze stieg mir in die Wangen. Ich wandte mich vorsichtig ab, bis eine Frauenstimme folgte. »Fester, Creed ... Oh Gott, fick mich härter.«

Ich richtete meinen Blick auf die Tür, als eine eisige Welle des Schocks über mich hereinbrach, durchbrochen von dem lauten Geräusch von Haut auf Haut.

»*Creed* ...«, stöhnte Mom.

Ich zuckte zusammen und richtete meinen Blick auf eine Bewegung, die aus den Schatten kam. Ich war wie erstarrt, als Tobias im Flur vor ihrem Schlafzimmer aus dem Schatten trat und seine dunklen, unerschrockenen Augen den meinen begegneten.

Er war da ... und hörte zu.

Wie die beiden es trieben.

»Elle«, knurrte Creed aus dem Zimmer.

Und meine Mom schrie auf. Das Geräusch wurde genauso schnell wieder gedämpft. Aber ich wusste es ... Ich wusste, was sie taten, und Tobias wusste es auch.

Abscheu traf mich wie ein Schlag ins Gesicht. Tränen stiegen mir in die Augen, als ich rückwärts stolperte. Tobias sah nur zu, wie ich davonhuschte. Meine Füße rutschten fast auf der Treppe aus, als ich mich in mein Zimmer stürzte und die Tür mit einem leichten Knall hinter mir schloss.

Nein ...

NEIN!

Ich ballte meine Fäuste, als die Wut an die Oberfläche kochte.

Das langsame, methodische, dumpfe Poltern seiner Schritte kam immer näher, als Tobias mir die Treppe hinauf folgte.

Ich drehte mich um und starrte die geschlossene Tür zu meinem Zimmer an.

Ich hatte vor, ihn zu schlagen, wenn er sie öffnete.

Ich würde schreien und mich auf ihn stürzen, ihm die Augen auskratzen und seinen Kopf gegen die Wand knallen. Ich würde ihm wehtun, auf jede erdenkliche Weise. Ein Wimmern entrang sich meinen Lippen, als das Stöhnen meiner Mutter meinen Kopf erfüllte. Die Tränen, die zu fließen drohten, ließen die Tür vor mir verschwimmen, bevor ich mich drehte und mich auf das Bett fallen ließ. Ich sank in die weiche Matratze und die zerwühlten Laken.

Nein ... Mom. Nein.

Diese Geräusche verfolgten mich, als ich meine Augen zusammenkniff. Ein Schrei blieb mir in der Kehle stecken. Ich schlug mir die Hand vor den Mund und drückte mein Gesicht in das Kissen. *Sie ... Sie vögelte ihn.*

Sie vögelte einen Fremden in seinem eigenen Haus, während seine Kinder schliefen.

Nein.

Nicht schliefen.

Zumindest nicht alle von ihnen.

Und er war kein Fremder.

Ich kannte deine Mutter schon auf dem College. Ich kniff die Augen zusammen, als mir Creeds Worte wieder in den Sinn kamen. Sie kannten sich. Natürlich kannten sie sich. *Sie waren ein Liebespaar.* Ich ballte meine Fäuste, als sich dieser erstickende Schrei der Wut in meine Kehle bohrte.

Ich konnte nicht atmen ... konnte nicht ... Ich drückte mein Gesicht noch fester in das Kissen.

Tobias' dunkle Augen verfolgten mich, als er vor dem Schlafzimmer seines Vaters gestanden und ihnen zugehört hatte. Abscheu überkam mich und riss diesen wilden Klang endlich aus meiner Brust. Ich musste diesen Ort verlassen ... und Mom mitnehmen.

Kapitel 6

TOBIAS

Ich lauschte ihren erbärmlichen Lauten, als sie weinte und wimmerte, und hasste es, dass ein Teil von mir dasselbe empfand. Aber wir waren nicht gleich. Nicht einmal annähernd. Ich ging in mein Zimmer und schloss die Tür hinter mir.

Hass erfüllte mich, als ich meine Schlüssel auf die Kommode warf und meine Stiefel auszog. Das war der letzte verdammte Verrat, von dem ich gewusst hatte, dass er kommen würde. Ich war wirklich überrascht, dass er so lange damit gewartet hatte. Bestimmt hatte er es nicht abwarten können, bis Mom starb, damit er weiterziehen und eine andere Frau ficken konnte. Aber warum musste es ausgerechnet sie sein?

Warum musste es ausgerechnet die Mutter dieser kleinen Schlampe sein?

Ich riss mein Hemd auf, als ihr Schluchzen mich erreichte, ballte die Fäuste und drehte mich zur Tür. »Halt die Klappe, oder ich gebe dir einen Grund zum Heulen«, murmelte ich leise vor mich hin.

Die Geräusche wurden leiser und ich drehte mich wieder zu meinem Bett um. Ich knöpfte meine Jeans auf, zog sie aus und schlüpfte unter die Laken. Aber ich schloss meine Augen nicht. Stattdessen starrte ich in der Dunkelheit an die Decke, während ihr Grunzen und Stöhnen einen Platz in meinem Kopf einnahm.

Aber es waren ihre gequälten Augen, die sich durch diese verdammten Geräusche hindurchbrannten.

Das Weiß hatte in der Dunkelheit fast neonfarben geleuchtet.

Wie sie ihren Blick ruckartig auf mich gerichtet hatte, als ich in ihr Blickfeld getreten war. Ich wusste nicht, warum ich gewollt hatte, dass sie mich sah, warum ich wollte, dass sie sich so verraten fühlte wie ich. Warum ich diesen Moment teilen hatte wollen, diesen verdammt brutalen Moment. Ich schloss meine Augen und drehte mich auf die Seite, als mich eine Welle von Parfüm traf.

Vanille.

Ich öffnete meine Augen und entdeckte den blassen Fleck in der Dunkelheit. Ihr Höschen. Ein weiches, getragenes Baumwollhöschen, das nur brave Mädchen trugen. Ich leckte mir über die Lippen, und Panik machte sich in mir breit, als ich es näher heranzog. In meinem Kopf wurden die Geräusche unserer Eltern zu unseren.

Meine winzige, enge kleine Maus.

Mein Gott, wie hart mich diese Vorstellung machte.

Aber sie war nicht so gefügig ... nein, in meinem Kopf strampelte und wand sich. Sie kämpfte darum, ihre Jungfräulichkeit zu behalten. Ich ballte meine Faust um den Stoff, während meine Eier sich zusammenzogen und hart wurden. Sie hatte etwas an sich, das mir gefiel ...

Wie ein blendendes Licht in meiner Dunkelheit.

Und ich war die Dunkelheit, die sie *unbedingt* verzehren wollte.

Aber dieses Mal griff ich nicht nach meinem Schwanz. Stattdessen ließ ich die Fantasie in meinem Kopf spielen, und je lebendiger sie wurde, desto mehr wurde mir bewusst, dass ich sie wollte. Ich wollte diese kleine Maus. Ich wollte sehen, wie sie sich wand, wie ihre Wangen rot wurden. In ihren Augen das Spiegelbild meines eigenen Schmerzes zu sehen.

Ich wollte, dass sie sich so fühlte, wie ich mich fühlte: verletzt ... verlassen ... *verraten*. Ich wollte, dass sie sich wehrte und weinte. Ich wollte, dass sie gedemütigt wurde. Ein Schmerz durchzuckte meine Brust bei diesem grausamen Gedanken. Ich schloss die Augen, atmete tief ein und ließ ihren Untergang in meinem Kopf ablaufen ... und schlief schließlich ein.

⌷

MEINE AUGEN BRANNTEN, als ich aufwachte. Mein Herz hämmerte und Panik durchfuhr mich, als ich meine Augen aufriss und mich aufrichtete. Ich sah mich in meinem dunklen Zimmer um und entdeckte nichts als düstere Finsternis. *Was zum Teufel?* Ich ballte meine Faust um etwas Weiches und blickte nach unten.

Weiß.

Ich blinzelte, bekämpfte die Unschärfe und sah noch einmal hin.

Ein weißes Höschen ...

Und plötzlich fiel es mir wieder ein: die Geräusche, die gestern Abend aus dem Schlafzimmer meines Vaters gekommen waren. Die Faust in meinem Bauch kehrte zurück, als Abscheu mich überkam, aber dann veränderte sie sich ... wurde härter, kälter ... Ich blickte zur Tür, dann wieder auf meine Faust hinunter. Sie verwandelte sich in etwas, das mir Angst machte ... und mich gleichzeitig erregte.

Ich schlug die Bettdecke auf, stand auf, verließ mein Zimmer und ging ins Bad, um zu pinkeln. Als ich fertig war, drehte ich mich um und ging zu Nick. Ich stieß die Tür auf und trat ein, wobei ich mir einen schwarzen Spitzenslip aus dem Weg kickte. Er schlief immer noch, einen Arm um Natalie gelegt ... die nackt neben ihm ausgestreckt lag.

Ihre großen Titten lagen zur Seite, die dunkelbraunen Brustwarzen weich und glatt. Ich trat näher heran und ließ meinen Blick von ihren Brüsten zu ihrem runden Bauch und ihrem rasierten Venushügel wandern. Doch da war nichts, keine Welle der Lust, nicht einmal ein Zucken meines Schwanzes. Sie hätte genauso gut ein Kerl sein können.

»Hey.« Ich richtete meinen Blick auf meinen Bruder. »Steh auf, verdammt.«

»Verpiss dich«, murmelte er, ohne seine Augen zu öffnen.

Ich trat gegen die Seite des Bettes, was der Freundin meines Bruders ein Stöhnen entlockte. »Wir müssen verdammt nochmal reden.«

»Nick«, stöhnte sie und drehte sich um. »Mach, dass der böse Mann verschwindet.«

Den bösen Mann? Ich starrte Natalie an, als Nick seine Augen aufriss. »Was zum Teufel ist los?«

Ich warf noch einen Blick auf die Schlampe neben ihm, dann sah ich ihn wieder an.

»Gut ...«, stöhnte er und gab ihr einen Schubs. »Nat ... Zeit zu gehen.«

»Oh mein Gott, *ernsthaft?*«, meckerte sie, stieß dann ein langes, tiefes Stöhnen aus, öffnete die Augen und warf mir einen finsteren Blick zu, als sie sich vom Bett erhob. »Weißt du, du saugst wirklich das ganze Glück aus der Welt.«

»Ich freue mich auch, dich zu sehen, Natalie«, murmelte ich. »Grüß Derek von mir.«

Ein Kissen flog durch die Luft und traf mich in den Magen. Natalie knurrte nur und schnappte sich ihre Klamotten vom Boden, bevor sie sie wütend wieder anzog. Ich schenkte ihr keine Beachtung. Stattdessen starrte ich meinen Bruder an, der sie völlig uninteressiert beobachtete, bis sie seine Schlafzimmertür aufriss und hinausstürmte.

»Gut gemacht«, grummelte Nick. »Jetzt wird sie die nächste Woche über mich meckern, weil du ein verdammtes Arschloch bist.«

»Warum war sie überhaupt hier? Sie hat dich betrogen ...«

»Es war ein Fehler«, murmelte er, während er den Blick abwandte.

»Welches Mal?«

In seinem Blick loderten Funken der Wut. »Fick dich, Tobias.«

Das Problem war nur, dass er auf die falsche Person wütend war. Ich hatte gehört, wie sie ihn angefleht hatte, sie zurückzunehmen, und ihm gesagt hatte, dass alles ein Missverständnis gewesen war ... bis die Wahrheit ans Licht gekommen war. Dann waren die Tränen geflossen. Wie ein Fußabtreter hatte Nick sie zurückgenommen.

Aber es war nur eine Frage der Zeit, bis sie es wieder tun würde. Wenn nicht mit Derek Carmichael, dann mit irgendeinem anderen Idioten. Die Haustür schlug mit einem Knall zu, und Minuten später hörte ich, wie ihr Auto ansprang. »Du verdienst etwas Besseres.«

»Und du kannst die Klappe halten«, bellte er und schob die Laken zur Seite. »Was weißt du überhaupt von Liebe?«

»Du liebst sie, wirklich?«

Er kräuselte nur die Lippen und zeigte mir den Stinkefinger, während er nach seinen Boxershorts kramte. »Was war denn so verdammt wichtig, dass du mir den Abend ruinieren musstest?«

»Dad fickt jemanden.«

Er verstummte und warf mir einen überraschten Blick zu. »Was? *Wen?*«

»Was glaubst du denn, du Arschloch?«

Es dauerte eine ganze Sekunde, bis es ihm dämmerte. »Die Frau da unten?«

Ich nickte nur.

»Auf keinen Fall.« Er zog seine Boxershorts an und fuhr sich mit den Fingern durch die Haare. »Du lügst.«

»Ich habe sie letzte Nacht gehört.«

Er schluckte, suchte in meinen Augen nach der Wahrheit und schwankte dann rückwärts. »Verdammte Scheiße ... *sie?*«

»Sie«, antwortete ich vorsichtig. »Und ich war auch nicht der Einzige, der sie gehört hat.«

»Caleb hat es auch gehört?«

Ich schüttelte den Kopf. »Nein, nicht Caleb.«

Da dämmerte es ihm. Ich sah, wie er zusammenzuckte, bevor er stockte, und als er wieder sprach, war seine Stimme heiser. »Sie hat ihre Mom und unseren Dad gehört?«

Ich nickte.

Er versuchte dagegen anzukämpfen, versuchte das Bild zu verdrängen, das in ihm aufstieg. Ich ... sie ... wie wir da standen und unseren Eltern beim Ficken zuhörten.

»Was hat sie gemacht?«, fragte er und blickte langsam in meine Richtung.

»Die dumme kleine Tussi wusste zuerst nicht, was es war. Ich habe das Stöhnen auf dem Weg in mein Schlafzimmer mitbekommen ... bevor ich sie aus dem Bad und die Treppe hinunterkommen gehört habe. Sie hielt inne, als ihre Mom Dad aufgefordert hat, sie noch härter zu ficken.«

»Oh Gott.« Er leckte sich über die Lippen. »Das hat sie gehört?«

»Das hat sie ...« Eine Ladung Erregung durchfuhr mich, pulsierend, *zitternd*. Ich brauchte nicht hinzusehen, um zu wissen, dass es mir gefiel, und an der Art, wie er schluckte und scharf einatmete, wusste ich, dass es ihm auch zusagte.

»Sie ist noch ein Kind.«

»Sie ist achtzehn.«

»Ein ... Kind ...«

»Ich wette, sie wurde noch nie gefickt.«

Er schloss seine Augen. »Tobias, lass das, du kranker Wichser«, stöhnte er.

»Ich habe gesehen, wie sie eines von Calebs T-Shirts getragen hat. Ihre kleinen Titten waren prall.«

Er schüttelte den Kopf und senkte ihn. »Nein.«

»Ihre Mom fickt unseren Dad, nicht einmal einen Monat nach dem Tod unseres Vaters.« Ich nannte die Fakten. »Glaubst du, dass er sie jetzt einfach ausziehen lässt?«

»Er ist ein guter Mann«, knurrte mein Bruder, hob den Kopf und begegnete meinem Blick.

»Wenn du das immer wieder sagst, wirst du es eines Tages vielleicht glauben.«

»Frische junge Muschi«, fuhr ich fort. »Ich wette, sie wurde noch nie geleckt. Ich wette, sie schmeckt ... *rein*.«

Reiner als Natalie ... und ich hatte das Zimmer neben meinem Bruder lange genug bewohnt, um zu wissen, dass er nicht nur gerne fickte, sondern auch gerne leckte.

»Hast du sie angefasst?«, fragte er. Aber dieses Mal gab es keinen Anflug von Abscheu. Diesmal wütete die Erregung in seinen Augen.

»Noch nicht«, antwortete ich, während Lust und Wut miteinander verschmolzen. »Aber das werde ich ...«

»Wenn Dad dich erwischt, wird er dich rausschmeißen.«

»Das wäre nicht das erste Mal, oder?« Ich begegnete seinem Blick. »Außerdem werde ich nichts tun, was er nicht tut. Wenn sie ausziehen, werde ich Ryth nie wieder sehen.«

»Aber wenn sie es nicht tun, was dann?«

»Dann muss ich meine Wut wohl an ihrem süßen jungen Körper auslassen, oder?«

»Du bist krank«, murmelte er.

»Und du bist genauso geil auf sie. Der einzige Unterschied ist, dass du zu schwach bist, etwas zu unternehmen. Du fickst einfach weiter dieselbe Schlampe, die dich mit anderen Typen betrügt, und tust so, als wäre es Liebe.«

»Verpiss dich, Tobias«, warnte mein Bruder. »Bevor ich vergesse, dass wir blutsverwandt sind und dir die Fresse einschlage.«

Er würde es tun ... Ich hatte ihn wütend gesehen.

Ich hatte gesehen, wie er mit der Faust ein Autofenster eingeschlagen hatte.

Ich hatte ihn auch schon den Schwanz einziehen weglaufen sehen.

Aber ich hatte ihn noch nie so gequält gesehen wie in diesem Moment, als er sich die Lippen leckte und zur Tür schaute. Er dachte darüber nach. Oh ja, das tat er. Sein Körper verlangte nach etwas, von dem sein Verstand wusste, dass es falsch war. Es war nur eine Frage der Zeit, bis einer der beiden Teile gewinnen würde ... die Frage war nur, *welcher?*

Kapitel 7

RYTH

»Ich dachte, du könntest den Laptop gut gebrauchen.«

Ich starrte die Butter an, die auf den Teller tropfte.

»Ryth?«

Ich hasste sie. Ich hasste es, wie sie vor mir stand. Ich hasste es, dass ich diese Geräusche nicht mehr aus meinem Kopf bekam.

»*Ryth?*«

Ruckartig hob ich den Blick. »*Was?*«

Mom zuckte zusammen, als hätte ich ihr eine Ohrfeige verpasst. »Was zum Teufel ist heute in dich gefahren?«

Was zum Teufel ist in DICH gefahren?, wollte ich schreien. *Ach ja, stimmt ... sein Schwanz.* Ich warf einen Blick auf Creed, der am anderen Ende der Insel saß, seine Lesebrille in der einen und sein iPad in der anderen Hand, und mich überrascht anstarrte.

Aber sie sollten nicht überrascht sein, verdammt. Es sollte ihnen *verdammt peinlich* sein.

Sie hatte mich angelächelt, als ich den Mut aufgebracht hatte, die Treppe hinunterzugehen und mich ihr zu stellen. Sie tat so, als wäre es ein ganz normaler Tag im Haus eines Fremden, und für eine Sekunde hätte ich ihr glauben können. Ich hätte mir einreden können, dass das, was ich letzte Nacht gehört hatte, nur ein böser Traum gewesen war ... bis Creed die Treppe heruntergekommen war und Mom ihn angelächelt hatte, so wie sie meinen Dad nie angelächelt hatte ... meinen Dad, der im Gefängnis saß.

Es gab keinen Zweifel mehr an der Wahrheit. Ich hatte sie gestern Abend gehört. Ich hatte sie *zusammen* gehört. Sie hatte nicht einmal den Anstand, verlegen auszusehen. »Was ist heute Morgen mit dir los?«

»Das könnte ich dich auch fragen«, sagte ich vorsichtig und mein Puls hämmerte.

Ich wollte ihr sagen, dass ich von ihnen wusste, aber die Worte steckten in meiner Brust fest und ließen sich nicht lösen. Ich konnte es nicht tun. Ich konnte die Worte nicht aussprechen, denn sobald ich es tat, würde sich alles ändern.

Das Poltern von schweren Schritten war von der Treppe hinter mir zu hören. Auf meinen Armen stellten sich die Haare auf, als Tobias mit nacktem Oberkörper in die Küche schlenderte. Sein Haar war noch feucht von der Dusche und der Duft von etwas Männlichem schlug mir entgegen, als er an mir vorbeiging.

»Dad.« Er schnappte sich eine Tasse aus dem Oberschrank und schob sie unter den Auslauf der Kaffeemaschine, bevor er auf Start drückte und sich umdrehte. »Elle«, grüßte er meine Mom.

»Tobias«, sagte sie vorsichtig und richtete ihre Aufmerksamkeit nicht mehr auf mich.

»Tut mir leid wegen gestern Abend.«

Sie versteifte sich und schaute dann zu Creed, der überrascht eine Augenbraue hochzog.

»Der Wutausbruch«, fügte Tobias hinzu und ging langsam an mir vorbei.

»Schon gut«, sagte sie langsam, während sie einen erleichterten Blick aufsetzte. »Ich verstehe.«

Er sah mich mit seinen dunklen Augen an. »Das entschuldigt aber nicht, dass ich so ausgerastet bin. Ich weiß, dass Dad nur versucht, euch zu helfen, euer Zuhause zurückzubekommen. Also werde ich mich in Zukunft zurückhalten.«

Aber in diesem Blick lag noch etwas anderes, eine Art Gefahr, die nur ich sah.

»D–Danke«, antwortete sie, ohne zu merken, dass er mit ihr spielte, und leckte sich über die Lippen, verzweifelt auf der Suche nach einem Weg, das Gespräch am Laufen zu halten.

»Du könntest Tobe nach Duke fragen«, schlug Creed vor. »Er hat dort vor ein paar Jahren aufgehört.«

Duke? Wie in Duke High?

»Oh, du willst dorthin gehen?«, fragte er vorsichtig und drehte sich zu mir um.

»Was?« Panik überkam mich, als ich meinen Blick von ihm zu meiner Mom wandte.

»Das wollte ich auch gerade sagen.« Sie warf einen Blick auf Creed. »Wir dachten, du könntest die Schule wechseln?«

Wir? Seit wann waren sie ein ›wir‹?

Seit letzter Nacht. Ein Schmerz durchzuckte meine Brust. Ich schüttelte den Kopf. »Ich bin in meinem letzten Jahr.«

»Dann wird es ein einfacher Prozess sein.« Sie lächelte und wusste ganz genau, was sie mit mir vorhatte. »Du gehst vielleicht ein paar Mal hin. Ein paar Kurse, dann machst du deine Prüfungen, und das war's.«

Sie hatten das besprochen? Untereinander? Mir stieg die Hitze in die Wangen. »Nein, Mom.«

»Wenn du dir Sorgen um den Transport machst ...«, begann Creed. »Ich bin sicher, Tobias fährt dich gerne.«

Tobias' Blick wurde wütend und der Kaffee tropfte weiter in seine Tasse.

»Siehst du«, sagte Mom strahlend. »Tobias wird dich nur zu gerne fahren, Schatz.«

Aber er sah überhaupt nicht glücklich darüber aus. Die Muskeln seines Kiefers spannten sich an, als er die Tasse aus dem Automaten an seine Lippen hob und dabei nicht ein einziges Mal den Blick von mir abwandte.

Sie sah ihn nicht, den wilden Hass, der in ihm brodelte. Die Art, die meinen Bauch verkrampfen ließ.

»Natürlich«, antwortete er vorsichtig. »Wenn du das möchtest.«

»Ich dachte, wir gehen nach Hause«, sagte ich leise und sah Mom an. *Bitte, Mom ... nein.*

»Ryth, das Feuer hat alles zerstört. Es gibt nichts, wohin du zurückkehren kannst.« Sie trat um die Insel herum auf mich zu. »Sobald ich meine Konten wieder habe, könnten wir uns hier eine Wohnung suchen.«

Sie arbeitet immer noch daran, uns von hier wegzubringen. Das ist schon mal was, denke ich. Vielleicht war die Sache mit Creed nur ein *Fehler*. Ich wette, sie war betrunken. Ich wette, das waren sie beide. Schuldgefühle erfüllten mich.

»Das könnte eine Weile dauern«, fügte Creed hinzu. »Das verdammte FBI scheint ein besonderes Interesse an deiner Mom zu haben. Bis dahin kannst du dieses Haus als dein Zuhause betrachten. Mach mit dem Zimmer, was du willst. Wir können dir sogar einen Schreibtisch und einen Stuhl besorgen, vielleicht sogar ein kleines Bücherregal. Was hältst du davon, Kleine?« Er zwinkerte mir zu.

Tobias hielt mitten im Schlucken inne. Seine Augenwinkel zuckten und seine Halsmuskeln verkrampften sich, bevor er zu Ende schluckte. Die Muskeln seines Kiefers spannten sich an, während die Funken in seinen Augen kälter wurden ... bis sie mich an Glasscherben erinnerten.

Scherben aus reinem Glas ...

Plötzlich fühlte es sich an, als wären die Fronten verhärtet. Der kalte Blick ließ mich nicht los, und meine Mom ... meine Mom *lächelte*, ohne zu merken, wie dieses *Arschloch* mich anstarrte. Ich wollte meine Hand heben und meine Wange verstecken. Ich wollte langsam zurückgehen, bis ich die Treppe erreicht hatte, dann wollte ich rennen.

Ich wollte raus aus dem Haus und weit weg von den eiskalten Blicken dieses Arschlochs. Ich wollte, dass die Panik, die in mir aufstieg, aufhörte. Ich wollte einfach nur, dass alles aufhörte. Er. Sie.

Aber ich hatte kein Zuhause, zu dem ich laufen konnte, und keine Möglichkeit, zur Schule am anderen Ende der Stadt zu kommen, zu den Freunden, die mich vor dem Mobbing der anderen beschützten. *Schau dir ihr Gesicht an. Heilige Scheiße, dafür brauchst du eine Papiertüte! Hat jemand eine Papiertüte für Ryth Castlemaine?*

Die Hänseleien stiegen in meinem Kopf auf. Ich wusste, dass sie kommen würden. In einer neuen Schule würde ich allein sein ... und verletzlich. In einer neuen Schule wäre ich Freiwild. *Gott, bitte nicht ...*

Mom strahlte und schaute Creed an, der sich von seinem Stuhl erhob und auf sie zuging. »Dann wäre das ja geklärt.«

»Sieht so aus, als müssten wir noch ein paar Dinge organisieren, dann lassen wir euch in Ruhe.« Er zwinkerte Tobias zu, als sie gingen und uns beide zurückließen.

»Sie wollen, dass wir Freunde sind.« Ich schluckte schwer.

Er stellte seine Kaffeetasse auf den Rand der Insel und machte einen Schritt auf mich zu. »Da bin ich mir sicher.«

Ich schluckte schwer, als die Erinnerung an die letzte Nacht zurückkehrte. Die Art, wie er mich jetzt ansah, war genau wie gestern. Kalt. Brutal. Hass wallte in ihm auf, als er seinen Blick auf meine Brüste senkte.

Ich zuckte zusammen und versuchte, den Blick von ihm abzuwenden, also schaute ich zur Treppe. Das dumpfe Geräusch der Schritte meiner Mutter verstummte nun.

»Willst du, dass ich dich zur Schule fahre, Ryth?«

Mein Name auf seinen Lippen klang ... *falsch*. Ich zuckte zusammen und wandte meinen Blick wieder zu ihm.

»Hör auf, mich so anzustarren.« Ich verschränkte meine Arme vor der Brust.

»Wie denn?« Er machte einen Schritt und drängte mich nach hinten.

»*So*.«

Seine Mundwinkel zuckten. Seine perfekten, vollen Lippen kräuselten sich. »Ich habe keine Ahnung, wovon du redest.«

Aber in seinen Augen war derselbe wilde Blick zu sehen. Der, den ich gestern Abend gesehen hatte, als er vor dem Schlafzimmer seines Vaters gestanden hatte.

»Du willst, dass ich deinen verdammten Chauffeur spiele?«, fragte er leise und sein Blick glitt erneut an meinem Körper hinunter.

Ich schluckte schwer und wich noch einen Schritt zurück, dann bewegte er sich, bis ich gegen den Tresen am Ende des Raumes stieß. *Hör auf ... hör auf ...* Ich schaute zum Eingang der Küche.

»Suchst du jemanden, der dich rettet?«

Ich zuckte zusammen und warf ihm einen raschen Blick zu. »Nein.«

»Nein?«

»*Nein*«, sagte ich gezwungen, aber innerlich geriet ich in Panik.

»Ich werde dich fahren, Ryth.« Er hob seine Hand und stützte sie ebenfalls gegen die Schranktür. »Nachdem ich meinen Schwanz in dich gesteckt habe.«

Angesichts der Worte zuckte ich zusammen, und mir wurde heiß im Gesicht. Schock machte sich breit. »W–Was hast du zu mir gesagt?«

Ich hatte mich verhört. Ich *musste* mich verhört haben.

»Du hast mich schon verstanden.« Er hob seine andere Hand auf den Tresen neben mir, um mich einzukesseln. »Das ist es doch, was du willst, oder? Du ... und deine verdammte Mom. Willst du gefickt werden, kleine Maus? Ich wette, du hattest noch nie einen Schwanz zwischen deinen Beinen, stimmt's? Ich werde dir deine Jungfräulichkeit nehmen. Aber ich werde dabei nicht nett sein ... Tatsächlich werde ich sogar verdammt grob sein.«

Jungfräulichkeit? Er weiß, dass ich noch Jungfrau bin? Ein Gefühl des Grauens durchflutete mich. Ich warf einen Blick zum Eingang der Küche und hoffte verzweifelt, dass einer der anderen hereinkommen würde.

»Sie werden dich nicht retten.«

Ich wandte meinen Blick ruckartig zu ihm. »Ich werde schreien.«

Er lächelte nur. »Ich hatte gehofft, dass du das tun würdest.«

Er würde mir wehtun, meine Kleidung zerreißen, meinen Körper befummeln. Er würde sich in mich rammen und er würde nicht nett sein. Er würde mich ficken, wie sie es auf diesen Seiten taten. Bei dem Gedanken wurde mir heiß und ich schluckte schwer.

Lauf weg! Angst machte sich in mir breit. Ich trat zur Seite, aber er bewegte seinen Körper und stellte sich mir in den Weg. Vor Panik zuckte ich zusammen, als er ein paar Strähnen meiner Haare zur Seite strich. Sein Blick ruhte auf dem hässlichen Fleck auf meiner Wange, bevor er seine andere Hand hob und sie auf meine Brust legte.

»Nein!« Ich schlug sie weg, aber er packte mein Handgelenk und fixierte es hinter mir. »Lass mich los, verdammt!«

Aber das tat er nicht. Er drückte seinen Körper einfach gegen meinen, umfasste meine Brust und seine grausamen Finger zwickten, bis ich mehr als nur Angst hatte.

»Sie werden dir nicht helfen, Ryth, denn du gehörst mir. Ich kann mit dir spielen, ich kann mit dir machen, was ich will. Du ziehst bei mir ein, nimmst das Schlafzimmer mit den Sachen meiner Mom in Beschlag ... während *deine* Mom meinen Dad fickt. *Das* hast du davon, wenn du versuchst, meine Familie zu ruinieren.«

Sein hässliches Gesicht verschwamm unter dem Glanz der Tränen, die an die Oberfläche drängten. »Ich habe nicht versucht, irgendetwas zu ruinieren. Ich will genauso wenig hier sein, wie du mich hier haben willst.« Tränen verwischten sein grausames Gesicht.

»Willst du weinen, kleine Maus?« Er stieß mich gegen das Ende der Theke.

Der Schmerz flammte auf, als er sich zu mir hinunterbeugte. Sein heißer Atem streifte meine Wange, während er mein Muttermal betrachtete. »Du gehörst jetzt mir und ich kann mit dir machen, was ich will.«

Du bist eine Kämpferin, Ryth. Dads Worte erfüllten mich, als ich ihn schlug. *»Fick dich!«* Ich riss mich los und stolperte erst zur Seite und dann rückwärts, um mich zu befreien. »Wenn du mir noch einmal zu nahe kommst, werde ich ...«

»Du wirst was?« Sein Lächeln war unverschämt.

Und dann grinste er. *Verdammtes. Arschloch.*

»Ich werde dafür sorgen, dass du das bereust«, flüsterte ich.

»Das werden wir sehen«, antwortete er, bevor ich mich umdrehte und auf die Treppe zu eilte.

Als ich oben ankam, verschwamm eine Bewegung in der Tür. Ich prallte gegen eine Wand ... eine, die mich festhielt, bevor ich rückwärts fiel.

»Whoa, langsam.« Nicholas hielt mich aufrecht und seine Augen blitzten besorgt auf, als er hinter mich blickte und mir dann in die Augen sah. »Was ist passiert?«

Er ... Er hat mich verdammt nochmal angefasst! Die Worte brüllten in meinem Kopf, bis mich dieses ekelhafte Gefühl wieder überkam. Das Gefühl, das sich über den Schmerz hinweggesetzt hatte. Hitze. Scham. Ich hob meinen Blick zu Nick, als es mir klar wurde. *Ich hatte nicht nur Angst gespürt, als er mich berührt hatte.* Es war nicht nur der Ekel gewesen, der sich in meiner dunklen Magengrube gesammelt hatte, als ich ihn gestern Abend vor der Tür seines Vaters stehen hatte sehen ... *wie er ihnen zugehört hatte.*

»Was hat er getan?«, fragte Nicholas mit heiserer Stimme.

Die Hitze stieg mir in die Wangen, als ich den Kopf schüttelte. Ich konnte es ihm nicht sagen, konnte die Worte nicht aussprechen. Aus Scham stieß ich mich von ihm ab, rannte in mein Zimmer und schloss die Tür mit einem dumpfen Schlag hinter mir.

Nein ... Nein, das darf nicht wahr sein.

Ich werde dich fahren, Ryth. Nachdem ich meinen Schwanz in dich gesteckt habe.

Diese Worte hallten in mir wider, als mich das Gefühl der Übelkeit und der Scham überkam. Ich schloss meine Augen und lehnte meinen Kopf gegen das Holz.

»*Ryth* ...«, rief Nicholas durch die Tür.

Ich schloss meine Augen, als das Donnern in meiner Brust einem Brennen wich. »Geh weg.«

Stille kam von der anderen Seite der Tür. Ich schluckte das Pochen in meiner Kehle hinunter und presste meine Hand auf meine Brust. Meine Brustwarzen waren hart und stachen in die Mitte meiner Handfläche. Das Gefühl durchströmte mich und zog sich zwischen meinen Schenkeln zusammen, als ich mit dem Finger über einen Nippel fuhr.

Ich kann mit dir spielen, ich kann mit dir machen, was ich will.

Das hatte er nicht so gemeint. Er wollte mir nur Angst einjagen, mich aus der Ruhe bringen. Ich schloss meine Augen fester, rollte meine Brustwarze zwischen meinen Fingern und schürte die Flammen. Ich hatte Männer wie ihn auf diesen Seiten gesehen, hatte gesehen, wie Frauen schikanierten ... wie die Kinder in meiner Schule. Hitze flammte in meinen Wangen auf und lenkte meine Aufmerksamkeit auf den Fleck in meinem Gesicht.

Genau wie die Kinder in der Schule es mit mir gemacht hatten.

Aber das hier war nicht die Schule ...

Hier war ich zu Hause.

Vorerst.

Ich wartete, bis das leise Poltern von Nicks Schritten verklungen war, bevor ich es wagte, die Tür zu öffnen. Das Haus war ruhig ... *zu ruhig.* Ich trat hinaus und eilte ins Badezimmer, bevor ich die Tür hinter mir schloss und verriegelte. Schwere Atemzüge entwichen meiner Brust und ich stolperte zum Waschbecken, um den Wasserhahn aufzudrehen.

Er war ein Tyrann ... einfach ein verdammt furchtbarer Tyrann.

Genau wie die, mit denen ich schon zu tun gehabt hatte.

Ich nahm das Wasser in meine Handflächen und spritzte es mir ins Gesicht.

Aber er war nicht genau wie sie ... *er war schlimmer.*

Ich musste hier raus, raus aus diesem Haus und weg von diesen Leuten. Wenn Mom mir nicht helfen würde, dann würde ich allein gehen. Ich drehte den Wasserhahn ab, trocknete mein Gesicht und machte mich auf den Weg aus dem Bad in den zweiten Stock. Mein Blick fiel auf Creeds Schlafzimmertür und eine unangenehme Welle des Grauens überkam mich.

Ich versuchte, die Erinnerung an die letzte Nacht zu verdrängen und ging stattdessen zu seiner Zimmertür, wo ich anklopfte. »Creed.« Ich wartete.

Aber es kam keine Antwort. Ich klopfte erneut, diesmal lauter, und öffnete die Tür. »Creed?«

Das Arbeitszimmer war leer, niemand war drinnen. Wo waren sie nur? Neugierig trat ich ein. Der Raum war schön, schwarze Bücherregale mit teuer aussehenden Büchern zogen sich über die gesamte Länge der Wand. Ich ging näher heran und entdeckte weinrote Hardcover mit Goldprägung. *Criminal Justice for the Guilty.*

»Die Schuldigen?«, murmelte ich und fuhr mit den Fingern an den Seiten entlang, bevor ich mich dem Schreibtisch zuwandte.

Wer zum Teufel war dieser Typ überhaupt?

Ein Anwalt, das war mir klar. Jemand, der Mom vor Jahren gekannt hatte. Papiere lagen auf dem Schreibtisch ausgebreitet. Ich warf einen Blick zur Tür und trat näher, um Dinge zu sehen, die ich eigentlich nicht sehen sollte. Aber in diesem Moment war mir das egal. Ich wollte hier raus, weg von seinem Sohn, dem Arschloch …

Die Phoenix Bank …

Unsere Bank.

Ich schnappte mir einen der Kontoauszüge und hob ihn hoch.

Das Vermögen wurde von der IRS eingefroren.

»Was zum Teufel?«

Sie hatten also die Wahrheit gesagt. Da war noch mehr. All unsere Bankkonten, all unser Geld … weg. Er hatte uns wirklich geholfen.

»Ryth?«

Ich drehte mich um, das Dokument immer noch in der Hand, und beobachtete, wie Creed die Augen verengte. Er sah sich im

Raum um und blieb dann vor mir stehen. »Alles in Ordnung?«

Mom folgte ihm nach drinnen, ihre Augen leuchteten und waren rot, als hätte sie geweint. Der Boden schien sich zu öffnen und mich zu verschlucken. Er hatte versucht, uns zu helfen. Er hatte mir von seinem eigenen Geld *teure Sachen* gekauft.

Dinge, die er nicht hätte kaufen müssen.

Er hatte alles getan, um uns zu helfen und uns eine Bleibe zu geben. Ich war ein Arschloch, weil ich hier reingeplatzt war und ihn ausspioniert hatte. Was wollte ich eigentlich? Dass wir gingen? Ich versuchte, die Wahrheit zu begreifen und schaute Mom an, als ich endlich verstand. *Wir hatten buchstäblich keinen anderen Ort, an den wir gehen konnten.*

»Ryth ... ich ...«, fing Mom an.

»Ich werde gehen.« Ich unterbrach sie und meine Worte entglitten mir, als ich Creeds Blick begegnete. »Ich werde auf die Dukes High gehen, was immer du brauchst.«

Moms Augen weiteten sich vor Erstaunen, und ein Ausdruck völliger Erleichterung überkam sie.

Creed grinste, durchquerte den Raum, nahm mir das Dokument aus der Hand und zog mich in eine Umarmung. »Ich wusste, dass du es dir überlegen würdest. Danke, Ryth, das bedeutet mir und deiner Mom sehr viel.«

Ich ließ zu, dass er mich umarmte, und löste mich dann langsam von ihm. »Aber nur unter einer Bedingung. Ich möchte, dass Nick mich fährt ...«

Creed nickte und sein Lächeln wurde noch breiter. »Abgemacht.«

Kapitel 8

RYTH

»Willst du, dass ich mit reinkomme?«, fragte Nick, während er den Eingang der Schule anstarrte. »Oder schaffst du es allein?«

Mein Puls raste, meine Panik geriet außer Kontrolle. Aber ich schluckte nur, drückte mein MacBook an meine Brust und riss den Türgriff des Wagens auf. »Danke, ich mach das schon.«

Meine Wangen brannten, auch als ich meinen Blick senkte und nervös mein Haar zurechtzupfte. *Schaut mich nicht an ... bitte, schaut mich nicht an.* Ich ging an einer Gruppe von Mädchen vorbei. Aber sie lachten nicht über mich ... sie sahen mich nicht einmal.

»Heilige Scheiße, ist das Nick Banks?«, murmelte eine von ihnen und starrte ihn an.

Der schwarze Mustang brummte und zog die Blicke aller Frauen in der Umgebung auf sich. Natürlich kannten sie ihn, vor allem die Mädchen. Ich meine, warum auch nicht? Grüblerisch, gefährlich ... *und extrem gutaussehend.*

Ich hätte ihn auch bemerkt ... wenn ich nicht mit ihnen zusammenleben würde. Ich hätte ihn bemerkt, und vermutlich angehimmelt. Tobias schlich sich in meine Gedanken, das grausame Zwicken in meine Brust, die Art, wie er mich mit seinem wilden Blick gefangen hielt. *Du willst, dass ich dich fahre, Ryth?* Ich drückte den Laptop fester an mich und verdrängte die Erinnerung an ihn, bis sie dem dröhnenden Geräusch des Mustangs wich.

Ich erwartete fast, dass Nick die Kupplung loslassen und an der Schule vorbeirasen würde, wie jeder andere reiche Knallkopf auch. Aber das tat er nicht. Stattdessen ließ er den Wagen langsam rollen und fuhr neben mir her.

»*Hey, Ryth!*«, rief er, als er das Beifahrerfenster herunterließ.

Das Feuer loderte tiefer, als ich meinen Blick über meine Schulter warf.

Er deutete mit dem Kopf auf den Halteplatz und sah mich besorgt an. »Ich treffe dich später hier, okay?«

Ich nickte nur, drehte mich um und huschte los. Ich spürte die Hitze der Aufmerksamkeit, als ich zum Verwaltungsgebäude eilte. Es war Tage her, dass ich zugestimmt hatte, hierherzukommen. Gerade genug Zeit, um zu vergessen, was für ein Arschloch Tobias in der Küche gewesen war, und gerade genug Zeit, um einen Sturm der Panik aufsteigen zu lassen, wenn ich daran dachte, dass ich mitten in meinem letzten Jahr an einer ganz neuen Schule anfangen würde.

Creed Banks hatte vorher angerufen und natürlich waren alle mehr als entgegenkommend. Warum sollten sie das auch nicht sein? Reich und mächtig. Was er wollte, schien er zu bekommen. Ich wollte nur, dass mein Dad aus dem Gefängnis kam und meine Familie wieder zusammen war. Ich schob mich durch die Tür und meine Turnschuhe quietschten auf dem Vinylboden, als ich den Eingang musterte, das Schild entdeckte und auf das Büro zusteuerte.

Als ich durch die Tür trat, war es still. Ein paar jüngere Kinder saßen auf einer Bank, und ein Mann stand untätig neben einer Auslage mit Flugblättern.

»Kann ich dir helfen?«, rief eine ältere Frau über den Tresen.

Ich leckte mir über die Lippen, strich meine Haare nach unten, hielt meine Hand über mein Gesicht und trat näher. »Ryth Castlemaine. Ich bin hier, um mit dem Unterricht zu beginnen.«

»Oh, Ryth. Ja, wir haben dich erwartet«, sagte sie lächelnd, dann hob sie die Hand und deutete auf jemanden hinter mir.

Ich warf einen Blick über die Schulter auf den Mann, der neben den Flugblättern stand. Er sah umwerfend aus, hatte dunkelbraune Augen und Grübchen. Er wandte sich mir zu und lächelte. Panik stieg in mir auf, als ich mich wieder der Frau zuwandte. »Was ... was machen Sie da?«

Sie lächelte vorsichtig, dann runzelte sie die Stirn. »Ich besorge dir einen Begleiter. Gio hat angeboten, dich zu deinem Unterricht zu bringen.«

»Das brauche ich nicht«, murmelte ich, als seine Schritte näher kamen. »Ich brauche nur einen Stundenplan und eine Karte.«

»Blödsinn.« Sie begegnete Gios Blick und lächelte ihn an. »Es ist gut, Freunde zu finden, besonders am ersten Tag.«

Ich wollte keinen ersten Tag.

Ich wollte keine Freunde.

Ich wollte nur einen Stundenplan. Wie schwer war es, mir einen verdammten Stundenplan zu geben?

Sie griff zur Seite, holte etwas hinter dem Tresen hervor und reichte es mir. »Willkommen an der Duke's, Ryth. Ich hoffe, du wirst dich hier wohlfühlen.«

Ich zwang mich zu einem Lächeln, nahm den Papierkram und wandte mich ab. Am liebsten wäre ich im Boden oder in der Wand versunken und hätte mich versteckt.

»Hey«, sagte er mit einem nervösen Lächeln und zuckte leicht mit den Schultern. »Giovani, die meisten nennen mich Gio.«

»Ryth«, murmelte ich.

»Ja, das habe ich mir schon gedacht«, sagte er lächelnd und nickte in Richtung Tür.

Ich wollte rennen, und zwar so schnell wie möglich. Ich wollte von hier weg und nie wieder zurückkommen. Ich wartete auf seinen Blick, als ich nach draußen in den Korridor trat. Hitze stieg auf und bahnte sich ihren Weg durch meinen Nacken, um sich in meinem Gesicht zu sammeln. Als Nächstes würde ich zusammenzucken, wenn er den Fleck auf meiner Wange sah. Dann würden die Fragen kommen ... und schließlich, wenn er unter seinen Freunden war, die Sticheleien.

»O–Okay«, stotterte er, dann hielt er inne und seine Stimme wurde leiser. »Deine K–K–Klassen.«

Er stotterte.

Er stotterte tatsächlich.

Er warf einen Blick auf meine schockierte Miene und wandte dann den Blick ab. »Die meiste Zeit ist es in Ordnung, es kommt nur raus, wenn ich nervös bin.«

»Du stotterst, wenn du nervös bist?«

Er leckte sich über die Lippen und nickte. »Ja.«

»Warum bist du in meiner Gegenwart so nervös?«

Seine Wangen wurden rot, als er den Blick abwandte. Oh Scheiße ... Okay. Das Bedürfnis zu fliehen erstarb in mir, als ich mich auf den Typen konzentrierte. Er war groß, muskulös und offensichtlich beliebt. *Aber war er das? Würde ein beliebter Typ jemanden an seinem ersten Tag herumführen? Jemanden, den er gar nicht kannte?*

»Sieht so aus, als hättest du als erstes Harkins, zusammen mit mir.« Er versuchte, das Thema zu wechseln. »Sie kann ganz schön anstrengend sein, vor allem, wenn du zu spät kommst, also gehen wir lieber.«

Ich folgte ihm einfach und spürte, wie der Sturm in mir abebbte. Vielleicht war es hier gar nicht so schlimm. Vielleicht konnte ich die letzten sechs Monate der Schule hinter mich bringen und, ich weiß nicht ... *normal abschließen, wie alle anderen auch?* Der Gedanke daran reizte mich.

Ich folgte ihm in die erste Unterrichtsstunde und setzte mich hinter ihn. Die anderen schauten in meine Richtung, aber sie konzentrierten sich schnell wieder auf die Vorbereitungen für den Unterricht und kaum jemand beachtete mich.

Als der Tag zur Hälfte vorbei war, war ich so gut wie unsichtbar ... aber trotzdem war es mir verdammt peinlich, als es zum Mittagessen läutete. Ich warf einen Blick auf Gio, dann auf das laute Getöse im Flur, der sich augenblicklich füllte.

»Danke, dass du mich herumgeführt hast«, sagte ich lächelnd und stolperte aus dem Weg, als sich ein Mädchen wütend an mir vorbeidrängte. Ich schaute in seine Richtung und wartete darauf, dass er sich einfach umdrehte und mich zurückließ. Schließlich hatte er ja noch andere Freunde, zu denen er sich setzen konnte, oder?

»Hast du Hunger?« Er schaute in meine Richtung und deutete auf die Cafeteria.

Inmitten einer Gruppe von Arschlöchern zu sitzen, die mich in Grund und Boden schikanieren würden? Das ist nicht meine Vorstellung von Spaß. Ich schüttelte den Kopf. »Danke, aber nein.«

»Gut. Ich hole mir etwas aus dem Automaten und gehe nach draußen, willst du mitkommen?«

»Ja.« Erleichterung machte sich in mir breit. »Danke.«

Er schenkte mir den Hauch eines Lächelns und ging dann zu einer Reihe von Automaten an der Wand. Ich holte meine Karte aus dem Portemonnaie meiner Handyhülle und drückte sie gegen das Lesegerät. Er warf einen Blick in meine Richtung und hob die Augenbraue. »Willst du mich zum Mittagessen einladen, Ryth?«

Ich zuckte nur mit den Schultern. »Ich dachte, das wäre das Mindeste, was ich tun kann.«

Sein Grinsen wurde breiter und zeigte Zähne, bevor er sich umdrehte und mit den Fingerknöcheln knackte. »Na gut, wenn das so ist ...«

Ich brach in schallendes Gelächter aus und sah, wie er grinste. Er nahm ein Sandwich und eine Cola und trat an die Seite, um auf mich zu warten. Ich folgte ihm, schnappte mir mein Essen und deutete auf den Ausgang.

Es war eine Erleichterung, nach draußen zu kommen. Wir setzten uns an einen abgelegenen Tisch und während wir uns über den Unterricht unterhielten, fühlte ich mich tatsächlich ... *glücklich.*

»Du bist also bei den Banks eingezogen?«, fragte er und nahm einen Schluck von seiner Cola.

Meine Freude wurde getrübt, als ich nickte. »Es ist nur vorübergehend.«

»Diese Typen können echte Arschlöcher sein«, murmelte er und warf mir einen vorsichtigen Blick zu. »Du solltest dich vor ihnen in Acht nehmen.«

In Acht nehmen?

Tobias drängte sich in meine Gedanken. *Du gehörst mir, Ryth.* »Ja«, murmelte ich und zwang mich, meine Gedanken auf Nick und Caleb zu richten. »Wie ich schon sagte, ist es nur vorübergehend, bis wir wieder auf die Beine kommen.«

Er warf einen Blick in meine Richtung und ich merkte, dass er noch mehr sagen wollte. Aber stattdessen leerte er nur seine Cola, als die Glocke läutete. »Sieht so aus, als wäre die Party vorbei. Apropos Party: Hanna Kresler schmeißt dieses Wochenende eine. Ihre sind ziemlich berüchtigt, falls du hingehen willst?«

Mir wurde flau im Magen. »Wie bei einem Date?«

Er zuckte nur mit den Schultern und stieß sich von der Tischplatte ab. »Date, kein Date, das ist mir egal.«

Date oder kein Date? Wenn es eines wäre, wäre es mein erstes überhaupt. Mein Puls beschleunigte sich bei dem Gedanken. Ich wollte sagen: ›*Warum ich?*‹ Oder sogar in den Spiegel schauen, um zu sehen, ob der hässliche Fleck, der unter der Foundation nicht verblasste, irgendwie verschwunden war. Aber ich wusste, dass das nicht der Fall war. Selbst wenn er stottern würde, würden sich andere Mädchen um ihn reißen, warum sollte er also mich fragen?

Heulst du gleich, kleine Maus? Tobias drängte sich in meinen Kopf. Ich bekam ihn nicht mehr raus ... weder seine Worte noch das Gefühl seiner verdammten Hand auf meinem Körper. »Klar.« Das Wort rutschte mir heraus, als ich seinem Blick begegnete. »Warum nicht?«

»Wirklich?« Er sah schockiert aus, dann lächelte er langsam. »Cool.«

Ich hatte keine Ahnung, wie ich dorthin kommen sollte, und obwohl ich meinen Führerschein schon seit Monaten hatte, kam es für mich nicht in Frage, Creeds Mercedes zu nehmen. Ich wurde mutiger, als ich neben Gio zum Unterricht schritt. Ich könnte sogar Tobias' Jeep nehmen ... und seine Schlüssel aus seinem Zimmer klauen, während er duschte. Ich wäre weg, bevor er merken würde, dass sein Auto verschwunden war. *Dann würde er sehen, dass ich keine Maus war ...*

Dieser Gedanke begleitete mich durch die Nachmittagsstunden, und als die letzte Glocke läutete, war ich fast traurig, dass ich gehen musste. Wir bahnten uns einen Weg durch das Gedränge zu den Eingangstüren des Gebäudes und dann nach draußen in den strahlend blauen Himmel und die frische Luft.

»Morgen um die gleiche Zeit?« Gio warf mir einen Blick zu, als wir uns auf den Weg zum Abholpunkt machten.

Das tiefe Brummen des Mustangs übertönte jedes andere Motorengeräusch und zog meinen Blick auf sich ... und Gios. Er runzelte die Stirn, als er das Auto sah, und ich konnte einen Anflug von Verärgerung in seinen Augen sehen. Aber er richtete seinen Blick auf mich und augenblicklich war dieses Aufflackern verschwunden. Für mich setzte er wieder ein Lächeln auf.

Vielleicht *hatte* ich ausnahmsweise mal einen echten Freund getroffen. »Klar.«

Er zwinkerte mir zu, was mir ein mulmiges Gefühl in der Brust verschaffte, ging davon und ließ mich allein zurück. Ich sah ihm noch einen Moment nach, bevor ich mich wieder dem Frauenmagneten zuwandte. Nick winkte hinter dem Lenkrad mit der Hand und zog meine Aufmerksamkeit auf sich. Als könnte ich ihn übersehen. Es war mir egal, dass andere mich anstarrten, als ich die Beifahrertür öffnete und einstieg.

»Du lächelst ja.« Nick warf mir einen Blick zu, als ich die Tür schloss. »Das ist ein bisschen beunruhigend, wenn man bedenkt, dass es dein erster Tag ist.«

Meine Mundwinkel zuckten nach oben. Aber er legte den Gang nicht ein, noch nicht.

»Der Typ, mit dem du unterwegs warst, wer war das?«

Ich zuckte mit den Schultern, als mein Ärger aufflammte. »Niemand.«

Er hatte keine Besitzansprüche auf mich. Warum musste er das wissen? Konnte ich denn nichts für mich behalten? »Ich habe seinen Namen nicht verstanden.«

»Sei einfach vorsichtig, Ry, okay?«, murmelte er, legte den Gang ein und fuhr mit einem Dröhnen aus der Wartezone ... um die Aufmerksamkeit der Leute zu erregen.

Mein Puls schlug heftig, als ich mich an der Armlehne festhielt und wir scharf abbogen, bevor wir weiterfuhren. Ry? Ich sah Nick an, wie er die Straße überblickte. Sein schwarzes T-Shirt schmiegte sich an seinen harten Körper. Die zerrissenen schwarzen Jeans saßen tief auf seinen Hüften und Gios Warnung kam mir wieder in den Sinn. *Diese Typen können echte Arschlöcher sein. Du solltest dich vor ihnen in Acht nehmen.*

Ich war etwas mehr als eine Woche in ihrem Haus gewesen. Eine Woche, in der ich denselben Lebensraum bewohnt hatte. Tobias war mit Sicherheit ein Arschloch, ein verdammter Tyrann. Aber Nick ... Nick war nett und Caleb auch. Zumindest waren sie das jedes Mal, wenn ich mit ihnen interagierte.

Nick musste meine Aufmerksamkeit gespürt haben, denn er schaute in meine Richtung. »Was?«

»Nichts.« Hitze stieg mir in die Wangen.

Er hatte sich nicht über mich lustig gemacht, hatte mir nicht einmal auf die Wange geschaut. Der intensive Blick, der dem von Tobias zum Verwechseln ähnlich sah, fixierte mich und wandte sich dann ab.

»Hast du Lust auf einen Shake? Ich kenne da einen Laden.«

»Einen Shake?« Ich lächelte. »Du weißt, dass ich kein Kind bin, oder?«

Er gluckste, murmelte etwas vor sich hin und riss das Lenkrad hart nach rechts, um auf der Straße zu wenden und die Richtung zu ändern. »Ja, ich weiß«, sagte er grinsend und griff über den Sitz, um mir in die Rippen zu stupsen.

Ich lachte. Er war eigentlich ein richtig netter Typ.

Er fuhr zu einem kleinen Café und bog in eine Gasse ein, die uns in die Dunkelheit tauchte, bevor er murmelte: »Warte hier.« Und stieg aus.

Er kommandierte mich herum.

Als könnte er das einfach so tun.

Ich sollte sauer sein. Ich sollte das Gegenteil von dem tun, was er sagte. Ich warf einen Blick auf den Griff und stellte mir fast vor, wie ich an dem verdammten Ding riss und tat, was ich verdammt nochmal wollte. Ich wollte ihm trotzen.

Meine Atemzüge wurden flach, als ich Nick im Seitenspiegel verschwinden sah. Das war es, was ich wollte. Ich wollte mich ihm widersetzen ... Mom ... *und Tobias.*

Ein gefährliches Gefühl durchfuhr mich und ließ mich auf dem Sitz hin und her wackeln, um Erleichterung zu finden. Ich hob die Hände, strich mit den Fingern über meine Brüste und tat so, als würde ich meine Haare richten. Aber sie waren hart ... fest und erregt.

Ich riskierte einen Blick in den Rückspiegel, als mich eine Schamesröte überkam. Mein Herz schlug bis zum Hals, als ich hier in Nicks Auto saß. Seine dunkle Stimme hallte noch immer in meinen Ohren wider und ich erwartete, dass er jeden

Moment zurückkommen würde. Doch die Hitze blieb, unerwünscht und unnötig, und lenkte meine Aufmerksamkeit auf sich. Ich sah noch einmal in den Rückspiegel und ließ meine Hand zwischen meine Schenkel gleiten.

Ein enges schwarzes Shirt.

Zerrissene Jeans.

Dieser dunkle, gefährliche Blick.

Willst du, dass ich dich fahre, Ryth? Ich drückte meine Finger gegen meinen Schritt und saugte den tiefen, intensiven Geruch des Leders ein. Ich verstand diesen ... Hunger nicht. Das Brennen wurde tiefer, als ich feucht wurde. Normalerweise tat ich so etwas nicht, nicht in der Öffentlichkeit, nur im Privaten, unter dem grellen Licht des Laptop-Bildschirms in der Dunkelheit.

Dunkel ... schmutzig. Die Verführung verschlang mich wie eine Fantasie.

Ich werde dich fahre, nachdem ich meinen Schwanz in dich gesteckt habe ...

Ich schloss meine Augen, krümmte meine Finger und drückte fester zu. Meine Atemzüge vertieften sich und rissen aus meiner Brust, als das Bedürfnis in mir aufstieg ... fast da ... fast da ... *fast–*

Das Schnappen des Türgriffs riss mich aus dem Moment. Ich zog meine Hand zwischen meinen Beinen hervor und meine Wangen wurden rot, als sich die Tür öffnete und Nick hinter dem Lenkrad Platz nahm, zwei riesige Shakes in den Händen. Er hatte eine braune Papiertüte, deren Boden fettgetränkt war, zwischen den Zähnen.

Gott ... hatte er mich gesehen?

Er reichte mir einen Shake und zog sich dann die Tüte aus dem Mund. »Ich hoffe, du hast Hunger«, murmelte er, sein Tonfall war tief und heiser.

Er sah mir nicht in die Augen, als er die Tüte zwischen uns fallen ließ. Er starrte nur geradeaus und blickte finster drein. Dann beugte er sich vor und startete den Wagen, bevor er den Rückwärtsgang einlegte.

»Danke«, murmelte ich, als er am Ende der Gasse abbremste, den Verkehr überprüfte und losfuhr.

Stille erfüllte das Auto, als ich einen Schluck nahm. Ich warf ihm verstohlene Blicke zu und versuchte, seinen Gemütszustand zu ergründen, während mein Herzschlag in meinem Kopf pochte. Er hatte mich nicht gesehen ... das konnte er gar nicht, nicht mit der Tüte im Mund. Ich nahm einen weiteren Zug von dem dickflüssigen Schoko-Shake und schaute wieder in seine Richtung.

»Hör auf zu starren, Ryth«, murmelte er, den Blick auf die Straße gerichtet.

Ich hatte erwartet, dass wir irgendwo hinfahren würden, in einen Park oder zu einem Aussichtspunkt, wo wir parken und das Essen und die Getränke genießen konnten. Aber das taten wir nicht. Wir fuhren nach Hause ... *zu ihnen nach Hause.*

Als wir die Einfahrt erreichten, parkte ein teurer, goldener Lexus vor dem geschlossenen Eingangstor. »Haben wir einen Besucher?« Ich konnte mir die Frage nicht verkneifen.

»Dad, nicht wir.« Er hielt am Tor an und kurbelte sein Fenster herunter, dann gab er den Code auf der Box ein und fuhr rein.

»Die Anwälte treffen sich schon den ganzen Tag mit ihm und deiner Mom.«

»Oh?« Meine Augenbrauen schossen nach oben, als ich das Auto betrachtete und Aufregung durch meine Adern floss.

Das war das erste Anzeichen von Fortschritt, das ich gesehen hatte. Hoffnung summte in mir, als wir anhielten und neben dem schwarzen Jeep parkten. Ich dachte nicht einmal an Tobias oder an das, was in Nicks Auto passiert war, als ich den Türgriff betätigte und ausstieg.

»*Ryth!*«, rief Nick hinter mir. »*Ich habe dir Pommes besorgt!*«

Essen war das Letzte, woran ich dachte. Ich schnappte mir den Shake und meinen Laptop und stürmte zur Tür, um sie weit aufzureißen. Das Haus war ruhig. Es war immer ruhig. Ich hob meinen Blick auf das Arbeitszimmer im zweiten Stock und stieg die Treppe hinauf.

Die Haustür schlug zu, bevor Nicks schwere Schritte hinter mir herpolterten. »Ich esse sie alle allein, wenn du nicht aufpasst.«

»Nur zu«, rief ich mir über die Schulter, als ich die Stimmen aus dem Arbeitszimmer hörte.

Ich blieb vor der geschlossenen Tür des Arbeitszimmers stehen und mein Herz hämmerte.

»Ich würde da nicht reingehen, wenn ich du wäre.« Nick blieb hinter mir stehen. »Anwaltsgespräche sind sowieso langweilig. Komm mit in mein Zimmer und wir können über deinen ersten Tag reden.«

Ich leckte mir über die Lippen und lauschte ihren gedämpften Worten, die durch die Tür drangen. Ich wollte durch den Flur gehen und sie öffnen, wollte wissen, was los war. Hatten sie Dad endlich rausgeholt? War das der Grund, warum die Anwälte den ganzen Tag hier gewesen waren?

»Ryth«, drängte Nick.

Ich löste mich von den Gesprächen und folgte ihm, auch wenn mir die Gedanken im Kopf herumschwirrten. Was zwischen Mom und Creed vorgefallen war, war echt gewesen, aber das musste kein Grund zur Sorge sein ... Ehen bestanden immer fort, auch wenn einer mal untreu war. Mom und Dad waren schon lange nicht mehr glücklich gewesen, aber das hier könnte ein Neuanfang sein, ein Weg, alles besser zu machen ... *Es würde besser werden.*

Ich folgte Nick, mit dem Bild vor Augen, dass wir wieder eine große, glückliche Familie sein würden, und ging in sein Zimmer.

Kapitel 9
TOBIAS

Nick: Isst Pommes. Sie hört nicht auf, darüber zu reden, dass ihre Mom und ihr Dad wieder zusammen kommen.

Ich starrte auf die Nachricht auf meinem Handy, Nachrichten von meinem Bruder im Zimmer nebenan, und biss die Zähne zusammen.

Nick: Aber du hättest sie im Auto sehen sollen, Mann. Die Augen geschlossen, den Kopf zurückgelegt und die Finger auf ihrer verdammten Muschi. Ich wäre fast über ihren verdammten Milchshake gekommen. Ich wollte in das Auto steigen und—

»Verdammte Scheiße«, knurrte ich, hob meinen Blick und warf das Handy auf das Bett.

Der schwache Klang ihrer gedämpften Stimmen drang durch die Wand. Ich ballte meine Fäuste, als mein Handy piepte.

Ich hatte nicht vor, sie zu lesen ... ich wollte nicht hinsehen. Aber ich konnte nicht aufhören, an sie zu denken, an die Art und Weise, wie der verdammte rosa Fleck auf ihrer Wange errötete, als ich sie in der Küche in die Enge getrieben hatte und sie erschrocken war. Wie ihr Atem sich beschleunigt hatte, als ich ihr gesagt hatte, was ich mit ihr machen würde.

Gott, und wie ich es wollte.

Ihre Mom und die Anwälte waren den ganzen verdammten Tag in Dads Büro gewesen. Sie waren schon da gewesen, als ich aus dem Fitnessstudio zurückgekommen war, und sie waren seitdem dort geblieben.

Piep.

Sieh nicht hin ...

Sieh nicht hin, verdammt!

Piep.

»Scheiße.« Ich griff hinüber und nahm mein Handy vom Bett.

Nick: Sie hat gerade eine Nachricht von ihrer Mom bekommen. Anscheinend gibt es heute Abend ein besonderes Essen. Sie redet davon, ein verdammtes Kleid zu tragen, verdammt nochmal.

Ein besonderes Abendessen?

Etwas Wildes durchfuhr mich. Meine Gedanken überschlugen sich und suchten nach allen möglichen Gründen, die es dafür geben könnte. Vielleicht wollten sie ausziehen? Vielleicht hatte Nick recht gehabt und er hatte nur einem Freund geholfen ... und unser Leben würde sich wieder normalisieren.

Vielleicht würde wieder alles wie vorher werden.

Dass ich Dad hasste.

Dass Nick und Caleb sich überall einmischten.

Das war der einzige Grund, warum sie geblieben waren ... weil sie nicht darauf vertrauten, dass ich ihn nach dem, was er getan hatte, nicht umbringen würde. Es war klug von ihnen, zu bleiben. Es gab eine Menge unausgesprochener Wahrheiten zwischen uns. Die Art von Scheiße, die hängen blieb ... die Art, die ich ihm am liebsten in den Rachen gestopft hätte.

Ich bin nur der verdammte Bote. Lazarus Rossis letzte Worte an mich verfolgten mich immer noch.

Die Worte, die er gesagt hatte, bevor ich ihn auf den Boden geworfen und ihm die Fresse eingeschlagen hatte. Damals hatte er keine Schlägertypen gehabt, nein, es waren nur er und ich gewesen.

Weil er mir vertraut hatte.

Der Gedanke machte mich stutzig. Er war mein Freund gewesen ... der Typ, den ich für einen Blutsverwandten gehalten hatte. Jetzt waren wir Feinde, und Dad war schuld daran.

Piep.

Ich warf einen Blick auf das Handy.

Nick: Sie ist verdammt aufgeregt, Mann. Du hättest sie sehen sollen, sie hat mich umarmt und ihre kleinen Titten an mich gepresst.

Mein Schwanz wurde hart, als ich tief einatmete und meine Wut sich mit meinem Hunger vermischte. Es war gut, dass sie gingen ... gut, dass sie diesen Ort und die verdammte Wut und den Gestank des Todes hinter sich ließen.

Lauf, kleine Maus. Lauf so schnell und so weit du kannst.

Ich wusste nicht, was passieren würde, wenn sie es nicht tat. Ich leckte mir über die Lippen und stellte sie mir in Nicks Zimmer vor. Sie hielt ihn für einen Freund, dachte, er sei der ›Gute‹. Aber das war er nicht. Er war genauso scharf auf sie wie ich es war. Er brauchte nur einen kleinen ... *Anstoß.*

Nick: Sie geht duschen und macht sich fertig. Ich frage mich, ob sie etwas Gesellschaft braucht?

Ich richtete meinen Blick auf die Wand, die unsere Zimmer trennte.

Das würde er nicht wagen.

Oder doch?

Ich griff nach meinem Handy und tippte eine Antwort ein. *Wenn du sie anrührst, bringe ich dich um,* schrieb ich und drückte auf Senden.

Sie gehörte *mir*, mir allein, wenn ihre Mom nicht ausziehen würde, verdammt.

Sie ging mir nicht aus dem Kopf, als ich mich zum Aufstehen zwang. Ich musste laufen, ich musste irgendwie von ihr wegkommen. Dieser Hunger in mir war nicht richtig. Ich zog meine Turnschuhe an, bevor ich zur Tür hinausging. Ich rannte die Treppe hinunter und hörte meinen Dad lachen. Ich war schon halb unten, als die Tür zum Arbeitszimmer aufging und er herauskam.

Unsere Blicke trafen sich und er hob überrascht die Augenbrauen. »Tobias.«

»Ich gehe joggen«, murmelte ich und sah, wie Elle Castlemaine lächelte und ihre Hand auf seinen Arm legte.

Als sie mich sah, weiteten sich ihre Augen und ihre Hand glitt vom Arm meines Vaters, während sie sich zu einem Lächeln zwang. Ich wartete nicht länger, sondern richtete meinen Blick auf die Treppe und ließ sie hinter mir. Mein verdammter Kopf dröhnte, als ich die Haustür aufriss und hinausstürmte. Als ich an meinem Auto ankam, schritt ich schon zum Eingangstor hinaus.

Wie sie ihn berührt hatte ... wie er gelächelt hatte.

Mit Mom hatte er nicht so gelächelt. Ich tippte den Code ein und schlüpfte um das Tor herum, als es sich öffnete. Dann war ich weg, verlängerte meine Schritte und beschleunigte meinen Lauf. Ich war heute Morgen schon drei Stunden im Fitnessstudio gewesen, aber das war immer noch nicht genug.

Ich konnte nicht aufhören, an sie zu denken, an ihre straffe kleine Titte unter meiner Hand und daran, wie sich ihre Brustwarze zusammengezogen hatte, als ich hineingekniffen hatte. Ich rannte schneller, als die Fantasie zurückkehrte. Es waren nicht meine Finger, die ihre Haut berührten.

Sondern auch meine Zunge. Und meine Zähne.

Rein ...

Der Duft von Vanille zog mit jedem Atemzug in die Tiefe. Ich konzentrierte mich auf die Straße und die Häuser. Ich konzentrierte mich auf die Kinder auf den Schaukeln, an denen ich vorbeirannte, und auf die Sonne, die am Himmel sank. Ich konzentrierte mich auf alles andere, und als ich wieder in meine Straße einbog und vor den Toren abbremste, war ich erschöpft.

Harte, tiefe Atemzüge verzehrten mich. Mein Shirt war durchnässt und klebte an meiner Haut. Mit zittrigen Fingern tippte ich den Code in den Torkasten und zog mir das Hemd über den Kopf.

Als ich die Haustür öffnete, konnte ich sie hören. Aus den Lautsprechern im Haus dröhnte Musik, etwas Altes und ... *Fröhliches.*

»Noch eine Flasche Champagner«, rief Elle Castlemaine, als ich zur Treppe schritt.

Aus dem Augenwinkel sah ich, wie mein Vater gluckste und in die Küche ging. Er hatte mich nicht gesehen, nicht dieses Mal. Aber irgendetwas an ihm war anders, etwas, das mir nicht gefiel. Er schien zu glücklich darüber zu sein, dass Elle Castlemaine und ihre Tochter ausziehen mussten. *Viel zu verdammt glücklich.*

Mein Mund verzog sich zu einem Knurren, als ich die Treppe hinaufstieg und auf das Badezimmer zusteuerte. Der Duft von Vanille traf mich wie eine Faust in den Magen, als ich eintrat und die Tür schloss. Oh Gott. Ich schloss die Augen, streckte meine Hände aus und stützte sie gegen den Waschtisch.

Mein Körper zitterte, aber mein Geist war immer noch hungrig, ausgehungert mit einem grausamen Bedürfnis. Ich riss mir die Klamotten vom Leib und warf sie in den Wäschekorb, bevor ich unter die Dusche stieg und den Wasserhahn aufdrehte. Das Wasser lief mir den Nacken und die Schultern hinunter. Während es mir in die Augen lief, sah ich ihre Sachen, ihr verdammtes Shampoo und ihre Spülung. Ich griff nach einer rosafarbenen Flasche mit Duschgel und öffnete den Deckel.

Gott.

Verdammt, das Zeug roch gut, wirklich gut. Ich drückte etwas davon auf meine Hand, verrieb es und fuhr damit über meinen Körper. Ich war schon verdammt hart, zu verdammt hart. Egal, wie oft ich mir auf den Geruch ihres Höschens und ihres Parfüms einen runterholte, ich wollte immer noch mehr.

Mehr von ihrem Körper.

Mehr von ihrer verdammten Seele.

Ich wusch und spülte mich mit meinem eigenen Shampoo ab, bevor ich aus dem Bad trat und mir ein Handtuch schnappte. Ein dumpfer Schlag ertönte auf der anderen Seite der Tür, bevor sie sich öffnete. Nick kam herein, er trug saubere Jeans und ein weißes Hemd mit offenem Kragen und hochgekrempelten Ärmeln. »Dad will, dass du runterkommst, anscheinend ist es ein wichtiges Abendessen.«

»Schön für ihn, guten Appetit.«

»Tobe.«

»Verpiss dich, Nick.«

Er blickte finster drein und seine goldbraunen Augen verfinsterten sich. »Was zum Teufel ist in dich gefahren?«

Ich verkrampfte mich und wickelte das Handtuch um meine Taille, bevor ich ihm auf dem Weg nach draußen die Schulter rammte. »Ich weiß nicht, was denkst du denn?«

Er verharrte einen Moment, dann ging er hinter mir her. »Du bist wirklich sauer deswegen?«

Ich drehte den Türgriff und trat in mein Zimmer. »Geh mir aus den Augen, Bruder«, knurrte ich, bevor ich die Tür vor seinen Augen schloss.

Ich rechnete fast damit, dass er mich verfolgen würde. Wenn er das tat, konnte ich ihm auf keinen Fall in die Augen sehen, ohne ihm eine auf die Nase zu geben. *Hatte er sie angefasst?* Der Gedanke stieg in mir auf. *Hatte er sie an sich gezogen, als sie ihn umarmt hatte? Hatte er an ihrem verdammten Haar gerochen und seinen Schwanz an ihren Körper gedrückt?*

»Komm runter, wir sind alle unten«, sagte Nick von der anderen Seite der Tür.

Ich warf nur einen Blick in Richtung des Geräusches, wickelte das Handtuch ab und lauschte, als er wegging. Warum sollte ich da runterkommen, um zu sehen, wie sie sich betranken und glücklich aussahen?

Der Raum, in dem die Maschinen meiner Mom gestanden hatten, kam mir in den Sinn. Maschinen, die wir in die Garage hatten schleppen müssen, um sie im Dunkeln zu lagern. Ich hob meinen Blick zur Tür und hörte ihre Stimmen. *Kommst du runter?*

Um zu sehen, wie verdammt glücklich sie waren?

Um Ryth in ihrem hübschen grünen Kleid zu sehen?

Ein Kleid, das ich ihr am liebsten vom Leib reißen würde …

Mit einem Knurren schritt ich zur Kommode, riss die Schublade auf und zog Boxershorts, Jeans und ein T-Shirt an. Ich würde verdammt nochmal zu ihrem Abendessen kommen und sehen, was sie zu sagen hatten. Ich würde meinem Vater und Elle ein Ultimatum stellen: Verpisst euch und lasst uns in Ruhe, sonst ...

Sie wussten es nur noch nicht. Also sollten es besser verdammt gute Nachrichten sein.

Die Jungfräulichkeit ihrer Tochter stand verdammt nochmal auf dem Spiel.

Kapitel 10
RYTH

Sie war glücklich ... so richtig glücklich. Was auch immer die Anwälte ihr erzählt hatten, es hatte sie in eine Frau verwandelt, die ich kaum kannte, eine Frau, die ihren Kopf zurückwarf und ein kehliges Lachen ausstieß, wenn Creed etwas zu ihr sagte ... ein leicht angetrunkenes Lachen.

»Setzt euch ... *setzt* euch«, rief sie, als sie wieder in die Realität zurückkam und sich daran erinnerte, dass wir tatsächlich in diesem Raum waren, und deutete auf den riesigen Esstisch.

Ich schaute nicht hin, sondern zog einen Stuhl heran und setzte mich, wobei ich mein Kleid unter meinem Hintern glattstrich.

»Was ist hier los?«, murmelte Nick und warf einen Blick auf seinen Dad, der grinste und ein halb gefülltes Glas Scotch in die Luft hob.

»Wir haben wichtige Neuigkeiten«, verkündete Creed mit einem Grinsen.

Es ging um das Geld ... und um Dad. Er kam aus dem Gefängnis und er *kam nach Hause*. In meinem Kopf kreiste der Gedanke, wie unser neues Leben aussehen würde. Es war mir egal, ob es mit dem FBI oder mit Gerichtsverfahren zu tun hatte. Ich wollte nur, dass er zu Hause und bei uns war.

Nick zog einen Stuhl heran und setzte sich zu meiner Linken, während er den Tisch mit einem verwirrten Blick betrachtete. Es war wunderschön gedeckt und die silbernen Teller glänzten auf der langen schwarzen Tischdecke, die meinen Schoß umspielte. Dieser Anblick steigerte meine Aufregung nur noch mehr. Ich konnte Mom im schummrigen Kerzenlicht kaum erkennen, als sie sich schwankend vorbeugte und ein Streichholz anzündete, um die dritte Kerze in der Mitte des Tisches anzuzünden.

Caleb saß am Ende des Tisches und sah sie finster an, als wäre ihm das alles fremd. »Willst du uns sagen, was hier los ist?«

Meine Brust zog sich vor Aufregung zusammen und ich bekam kaum noch Luft, als Creed sich am Tisch umsah. Er suchte nach Tobias, in der Hoffnung, dass er an den Feierlichkeiten teilnehmen würde. Ich leckte mir über die Lippen und die Worte lagen mir auf der Zunge. Ich wollte ihm sagen, dass das mit Tobias nicht wichtig war. Wir brauchten ihn nicht wirklich. Ich freute mich für uns alle.

Dad wird entlassen.

Das war alles, woran ich dachte, alles, was mich beschäftigte. Ich bemerkte die Bewegung kaum, erst als es zu spät war. Tobias zog den Stuhl zu meiner Rechten heraus und ließ sich neben mich sinken. Ich blickte in seine Richtung und mein Puls hämmerte, aber er sah mich nicht an. Er starrte seinen Vater mit demselben mürrischen Blick an.

Ich hatte ihn vorhin gehen sehen, vom Fenster in Nicks Zimmer aus. Die Pommes frites lagen mir schwer im Magen, ölig und hart gegen den kalten Schokoshake, den ich getrunken hatte.

Armer Nick.

Ich warf einen Blick in seine Richtung, als er mir ein vorsichtiges Lächeln schenkte, und blickte dann wieder zu seinem Dad, der sich räusperte und neben meiner Mom stand. Nick war nett zu mir gewesen, hatte mich zur Schule gebracht und mir Essen besorgt. Meine Wangen brannten bei der Erinnerung daran, was ich in seinem Auto getan hatte, aber ich verdrängte es schnell wieder. Ich war fast traurig, dass ich nicht mehr mit ihm reden konnte.

»Also, wir hatten heute eine ziemlich große Entwicklung«, begann Creed.

Moms Augen funkelten und fesselten mich an die Stelle.

»Wir wollten, dass ihr alle hier die Ersten seid, die es erfahren.« Creed schaute Mom an, dann wieder zu uns. »Elle und ich ...«

»Wir werden heiraten«, sagte Mom lächelnd, den Blick auf mich gerichtet.

Mein Magen verkrampfte sich. Das Dröhnen in meinen Ohren dämpfte ihre Worte.

»Was zum Teufel hast du gesagt?«, knurrte Caleb.

Aber Creed lächelte nur. »Ich weiß, das muss ein ziemlicher Schock sein.« Er hob sein Glas und leerte den Inhalt.

»Das kannst du nicht.« Meine Worte waren hohl, als ich Mom anschaute. »Du bist bereits verheiratet.«

Das berauschte Funkeln in ihren Augen wurde mutiger. »Nein, nicht mehr. Dein Vater hat heute die Scheidungspapiere unterschrieben.« Sie schluckte schwer. »Wir arbeiten immer noch daran, ihn da rauszuholen, Ry, aber wir wollten ein stabiles Zuhause für dich ... und deine neuen Brüder.«

Meine Brüder?

Nein ... *nein ... nein ...* ich schloss meine Augen und versuchte zu verstehen.

»Du willst sie heiraten?«, knurrte Nick und starrte meine Mutter an. »Kaum zwei Monate nach Moms Tod?! Ihr Körper ist noch nicht einmal kalt!«

»Glaubst du immer noch, dass er ein guter Mensch ist, Bruder?«, murmelte Tobias.

Ich drückte meine Augen fester zu. Das konnte doch nicht wahr sein ... *das konnte nicht wahr sein.* Das Tischtuch strich über meinen Schoß, bevor eine Hand auf meinem Oberschenkel landete.

Eine Sekunde lang verstand ich nicht, was passierte. Mein Verstand war hektisch und dumpf zugleich, wie ein unterdrückter Schrei, der mich verzehrte, als die Hand fester zupackte und zog ...

Ich riss meine Augen auf und der Schrei in meinem Kopf wurde immer deutlicher. Tobias starrte über den Tisch zu Creed und Mom, das Glitzern von zerbrochenem Glas in seinen Augen. »Heiraten ...«

Panik stieg in mir auf, als er mein Kleid hochschob und seine Finger gegen mein Geschlecht drückte.

Was zum Teufel ... Hör auf! Ich zuckte bei der Berührung zusammen und blickte ruckartig zu Mom.

»Wir wollen, dass ihr glücklich seid«, sagte Mom kehlig, während der Glanz glücklicher Tränen durchschimmerte. »Uns ist bewusst, dass das sehr plötzlich kommt ...«

Seine Finger glitten gegen mich und pressten. Der Schrei in meinem Kopf war gefangen und konnte nirgendwo hin ... er heulte und kreischte ins Leere. *Hör auf damit ... Hör sofort auf!*

»Ryth, Stiefbrüder zu haben, wird dir guttun«, sagte Mom und lächelte.

»Und eine kleine Stiefschwester zu haben, wird auch für euch drei gut sein.« Creed sah Tobias an.

Aber sie sahen nicht, was er tat ... sahen nicht, wie seine Finger gegen mich glitten, wie sie sich kräuselten, als er meinen Kitzler fand, wie hohl und seltsam seine Stimme war, als er antwortete. »Das glaube ich auch.«

Moms Augen schimmerten immer noch vor Tränen und ihr Lächeln war breit, als sie sich zu Creed umdrehte. »Ich wusste, dass das eine gute Idee war.«

Tobias zog den Gummizug meines Höschens zur Seite. Ich ballte meine Hände zu Fäusten und stemmte mich nach oben ... bis ich von Nicks Hand auf meinem Arm aufgehalten wurde.

Nick wandte seinen Blick zu mir und seine goldbraunen Augen verfinsterten sich zu demselben steinernen Blick.

»*Was?*«, flüsterte ich. »Nein.«

»Wir sind verliebt«, erklärte Mom, während sie Creed in die Augen starrte.

Ich versuchte, mich gegen den Tisch zu stemmen, aber Nick hielt meinen Arm fest und hielt mich an Ort und Stelle. »Stiefschwester«, knurrte er, als Tobias' Finger meine Klitoris fanden. Sie rieben, glitten und schürten die Hitze in mir.

Eine Hitze, die von Erdniedrigung durchdrungen war.

Überzogen mit Demütigung.

»Nick ... *bitte*«, flüsterte ich und schüttelte den Kopf.

Ich brauchte meinen Blick nicht zu heben, um zu sehen, wie meine Mutter und Creed sich küssten, ohne zu merken, was Tobias mit mir machte. Die Hitze wurde stärker, als er seine Finger tiefer in mich schob. Nicks Griff umklammerte meinen Arm fester. Von der anderen Seite des Tisches würde diese Handlung als Trost empfunden werden ... aber hier ... war es alles andere als das.

Mein Bauch verkrampfte sich und die fettigen Pommes brannten in meiner Magengrube, als Nick meine Hand vom Tisch zog und das Tischtuch beiseite schob.

Zuerst verstand ich es nicht ... bis er seinen Blick senkte.

Diese gierigen Augen starrten auf die Bewegung zwischen meinen Schenkeln. Er wollte es sehen ... sehen, was sein Bruder tat. Nick zerrte mein Kleid höher und bündelte es an meiner Hüfte, bis er nur noch die glitzernden Finger seines Bruders sah, wie sie in meine Muschi hinein- und wieder herausglitten.

»Wir wissen, dass es schnell geht«, gurrte Mom und schaute Creed in die Augen. »Aber es fühlt sich richtig an.«

»Das tut es«, drängte Tobias. »Sehr richtig.«

Ich schloss meine Augen und hasste es, wie das Verlangen unter der Scham in mir wuchs. Mein Körper bewegte sich gegen sein Eindringen, schaukelte und verlangte nach mehr. Ich wusste, dass ich feucht war. Ich würde kommen ... genau hier, vor allen ... *unter der Hand meines zukünftigen Stiefbruders.*

Dieser Gedanke entfachte die Panik in mir. »Nein!« Ich schob meinen Stuhl nach hinten, riss Tobias' Hand aus meinem Höschen und stolperte davon, um mich aus Nicks Griff zu befreien.

Mein Gesicht brannte und die Hitze verzehrte mich, als mir die Tränen kamen.

Mom warf einen Blick in meine Richtung, als mein Kleid fiel ... und sich um meine Oberschenkel legte.

»Ryth«, sagte sie mit schmerzverzerrter Stimme.

»Du *Schlange*«, zischte ich, und Hass durchströmte mich. »Du *verdammte Schlange!*«

»Ryth!«, brüllte Creed und seine Freude verdunkelte sich vor Wut. »So spricht man nicht mit seiner Mutter!«

Aber das war mir egal. *Es war mir scheißegal.*

Ich warf Tobias einen Blick zu, dann Nick. Beide sahen mich mit gnadenlosem Verlangen an. Für sie war ich nur ein Spiel, ein grausames, verdammtes Spiel. In diesem Haus war ich nicht sicher ... ich war die Beute.

Ich drehte mich um und stürzte mich aus dem Esszimmer und auf die Treppe zu. Meine Beine funktionierten nicht richtig, meine Knie knickten ein, als ich die erste Stufe erreichte. Ich klammerte mich an das Geländer, hielt mich fest und stemmte mich nach oben.

Die Treppe war durch meine Tränen nur noch verschwommen zu erkennen. Ehe ich mich versah, war ich im dritten Stock angekommen und ging in mein Zimmer, wo ich die Tür hinter mir zuschlug, bevor ich mich auf das Bett warf.

Sie hatte ihn betrogen ...

Sie hatte ihn verraten ...

Sie hatte meinen Dad hintergangen.

Die Tränen kamen schnell und heftig und sickerten in das Kissen. Ich umklammerte die Laken und schrie. »*ICH HASSE DICH, VERDAMMT!*«

Die Worte brannten und zerrissen mich. Aber selbst als die Hitze der Worte gegen mein Gesicht drückte, wusste ich, dass sie eine Lüge waren. Ich hasste sie nicht. Ich *konnte* sie nicht hassen, und das tat am meisten weh.

Leichte, dumpfe Schritte erklangen.

»Ryth«, rief Mom von der anderen Seite der Tür.

»*Geh weg!*«

»Ryth, Schatz, ich weiß, es ist schwer für dich, das zu hören.«

Sie würde nicht weggehen. Egal, wie sehr sich meine Fäuste ballten und wie sehr die brennende Grube in mir tobte, sie würde nicht gehen. Stattdessen hörte ich ihr Schluchzen durch die Tür. »Denkst du, das war leicht für mich? Dein Vater und ich sind schon lange nicht mehr gut miteinander ausgekommen. Aber ich bin geblieben ... *ich bin für dich geblieben.*«

Ich schüttelte den Kopf. Ich wollte das nicht hören.

»Dein Vater ist ein schlechter Mensch, Ryth. Er hat schreckliche Dinge getan ... *gefährliche Dinge.* Dinge, die uns in Gefahr gebracht haben ... Dinge, die dazu geführt haben, dass unser Haus niedergebrannt wurde.«

Ich hob meinen Kopf, mein Atem ging schwer und brutal.

»Wir sind *immer noch* in Gefahr«, flüsterte sie nahe der Tür. »Und ich tue hier, was ich tun muss. So beschütze ich uns.«

Ich stieß mich vom Bett ab, stolperte und machte mich auf den Weg zur Tür. Ich riss sie auf und sah den tränenverschmierten, gequälten Blick meiner Mom. Sie schaute mich an und brach erneut in Schluchzen aus. Sie stolperte auf mich zu und warf ihre Arme um mich. »Oh, Ryth. Ich wollte es dir schon so lange sagen. Ich *musste* es dir sagen. Aber du warst so jung und so unschuldig.«

Unschuldig.

So wie ich es letzte Nacht war?

Mein Körper verkrampfte sich und das Gefühl seiner Finger war immer noch so real. Ich schluckte, hielt sie fest, schlang meine Arme um sie und vergrub meinen Kopf in ihrem Nacken. Sie roch immer noch wie Mom, weich und warm und perfekt.

»Mom ...«, schluchzte ich.

»Ich bin glücklich, Ryth.« Sie schaffte es, mit dem Weinen aufzuhören und sah mir in die Augen. »Zum ersten Mal seit langer Zeit bin ich wirklich glücklich. Du musst nur für mich glücklich sein.«

Aber wie sollte ich das tun?

Wie konnte ich das, wenn sie noch vor wenigen Stunden mit meinem Dad verheiratet gewesen war.

Und unglücklich ...

Warme Tränen liefen mir über die Wangen. In meinem Kopf herrschte Krieg. Ich wusste, dass sie sich immer gestritten hatten, dass Dad immer weg gewesen war. Ich kannte die Männer, für die Dad arbeitete, gefährliche Männer. Die Erinnerung an den schnittigen schwarzen Wagen der Rossis, der an unserem Haus vorbeigefahren war, als es bis auf die Grundmauern niedergebrannt war, kam wieder hoch.

Mein Puls raste, als sie mir über die Haare strich. »Ich tue das für uns beide. Ich brauche dich, Ry ... Ich schaffe das nicht allein.«

Die Verzweiflung schwoll in mir an, als ich ihrem tränenverschleierten Blick begegnete.

»Kannst du das?«, flüsterte sie. »Kannst du es bitte einfach versuchen?«

Es versuchen? Mit dem Gefühl von Tobias' Fingern in mir?

Nicht Tobias ... mein Stiefbruder.

Das Donnern in mir wuchs, als Mom auf eine Antwort wartete. Ich wollte ihr erzählen, was passiert war, aber die Verzweiflung in ihren Augen ließ die Worte erstarren. »Ich werde es versuchen, Mom«, antwortete ich. »Ich werde es versuchen.«

Wieder brach sie in Tränen aus, dieses Mal vor Erleichterung, und drückte mich fest an ihre Brust. »Ich wusste, dass du es tun würdest, ich wusste es einfach. Ich liebe dich so sehr, Schatz.«

»Ich liebe dich auch, Mom«, sagte ich leise und starrte durch die offene Tür auf den Flur, während Tobias die Treppe hinaufschlenderte und mir einen Blick zuwarf, als er um den Geländerpfosten herumging.

Sie drückte mich fester an sich und zog mich dann zurück. »Ich weiß, das ist zu viel ... und ich weiß, es ist noch sehr früh. Aber ich habe mich gefragt, ob du meine Brautjungfer sein möchtest?«

Ich zuckte zusammen, als ich ihre Aufregung bemerkte.

»Creed und ich wollen es im kleinen Rahmen machen, damit es in der Familie bleibt, was sagst du dazu?«

Ich schluckte ...

Diese Worte klangen in mir nach, als ich nickte.

Es soll in der Familie bleiben ...

Wenn sie nur wüsste.

Kapitel 11
RYTH

Als ich am nächsten Morgen aufwachte, kam mir alles wie ein schlechter Traum vor. Mein Kopf war voll und pochte, meine Augen waren trüb und rau und erinnerten mich daran, dass das, was letzte Nacht passiert war, Wirklichkeit war. Meine Mom und Creed wollten heiraten und sie wollte, dass ich ihre Brautjungfer wurde ...

Aber das war nicht das Einzige, was mein Verstand nicht verstehen konnte.

Die Erinnerung an das, was Tobias mir angetan hatte, stieg auf wie ein Sturm, zerstörerisch und gefährlich. Ich schloss die Augen und mein Puls wurde durch die Erinnerung an seine Hand auf meinem Oberschenkel, die meine Beine auseinandergezogen hatte, beschleunigt.

Gott, seine Finger ...

In mir.

Ich schob meine Hand unter das Laken und griff nach unten. Ich war bereits feucht ... feucht bei dem Gedanken an ihn. Diese dunklen, grüblerischen Augen, dieser Schmollmund. *Du willst, dass ich dich fahre, Ryth? Ich fahre dich ... Nachdem ich meinen Schwanz in dich gesteckt habe.*

Oh ... *Gott.*

Ich schob meinen Finger hinein, dann bewegte ich ihn um meine Klitoris herum und tanzte auf der feuchten Haut.

»Ryth, Schatz«, rief Mom von der anderen Seite der Tür und riss mich aus dem Moment.

»Ja?« Ich hielt meine Augen geschlossen, während mein Finger immer noch in mich hinein glitt.

»Gehst du heute zur Schule?«

Ich riss meine Augen auf, als mich die Realität traf. Tobias ... *und Nick ...*

Nick, den ich für einen Freund gehalten hatte. Aber er war kein Freund, er war genauso gefährlich wie sein Bruder. »Nein, ich komme nicht mit.«

»Äh ... Schatz, das solltest du Nick vielleicht sagen. Er wartet unten, um dich zu fahren.«

Die Hitze durchfuhr mich augenblicklich. Ich stemmte mich hoch und kletterte vom Bett. »Er tut was?«

»Er wartet darauf, dich zur Schule zu fahren, Schatz«, murmelte Mom. »Er war unglaublich nett.«

Mein Inneres krampfte sich zusammen und das Bedürfnis pulsierte zwischen meinen Schenkeln. Er kann unmöglich ... Ich stolperte zum Fenster und spähte hinaus. Er lehnte am

Mustang, seine muskulösen Arme waren über der Brust verschränkt, entblößt von den kurzen Ärmeln seines Shirts.

Als wüsste er, dass ich ihn beobachtete, hob er seinen Blick zu meinem Fenster. Diese intensiven dunklen Augen forderten mich heraus ...

Nein. Das darf nicht passieren. Ich kann auf keinen Fall zu ihm gehen, in sein Auto steigen und so tun, als wäre die letzte Nacht nie passiert. *Nein. Auf keinen Fall. Niemals.*

»Ich glaube nicht, dass es eine gute Idee ist, wenn du an deinem zweiten Tag die Schule schwänzt. Außerdem hast du doch gesagt, dass du einen Freund gefunden hast, oder?«

Gio ...

Sein Gesicht schob sich an die Oberfläche. Er würde vor dem Klassenzimmer stehen und auf mich warten. Ich stieß ein Stöhnen aus und schloss meine Augen.

»Na also, Schatz.« Moms Stimme drang durch die Tür. »Ich sage Nick Bescheid, dass du auf dem Weg nach unten bist.«

Ich schluckte schwer und hörte, wie ihre Schritte vor meiner Tür verklangen. Ich verstand diese Welt nicht, dieses Schlachtfeld, in dem ich mich befand. Ich verstand sie überhaupt nicht.

Aber ich musste es ... denn das war jetzt mein Leben.

Ein Leben hier, mit den dreien.

Meinen neuen Stiefbrüdern.

Ich machte mich auf den Weg zu meiner Kommode. Meine Finger streiften das weiße Hemd, das man in dieser Schule tragen musste, bevor ich es auf das Bett warf. Als nächstes kam meine Unterwäsche und dann mein knielanger marineblauer Rock. Von allen Schulen, auf die sie mich hatten schicken wollen, hatten sie ausgerechnet eine ausgewählt, die eine verdammte Uniform hatte.

Ich schnappte mir meine Sachen und eilte ins Bad, wobei ich Tobias' Zimmer einen kurzen Blick zuwarf. Ich beeilte mich und schloss die Tür hinter mir ab. Ich musste jetzt schlauer sein, ich musste in ihrer Nähe vorsichtiger sein. Ich schloss die Augen und dachte an den gierigen Blick, mit dem Nick Tobias gestern Abend dabei beobachtet hatte, wie er es mir besorgt hatte.

Dann öffnete ich meine Augen, zog mich aus und duschte eilig. Als ich fertig war und mich angezogen hatte, grinste Nick schon. Ich schritt nach draußen und drückte meinen Laptop wie einen Schutzwall an meine Brust.

»Du lässt mich warten, Ryth?« Nick warf mir einen wütenden Blick zu, als er sich vom Auto abstieß, zur Fahrertür ging und mit dem Kopf zur Haustür deutete. »Steig ein und sei nicht dumm, deine Mom schaut zu.«

Ich warf einen Blick über meine Schulter zu meiner Mom, die in der offenen Tür stand. Sie schenkte mir ein vorsichtiges Lächeln und winkte mit der Hand. Sie stand immer noch in ihrem schwarzen Nachtkleid da. Ich winkte zurück, wobei mir die Wut in die Wangen kroch, bevor ich mich um das Auto herum bewegte und einstieg.

Nick griff nach vorne und ließ den Motor an. Ich wollte ihn anschnauzen, wollte die Tirade loslassen, die in meinem Kopf kreischte, als ich mich so fest wie möglich gegen die Tür presste. Aber er sagte kein Wort, legte nur den Rückwärtsgang ein, hielt sich an der Lehne meines Sitzes fest und gab Gas.

Ich schluckte und versuchte, meine Aufmerksamkeit nicht auf die Art und Weise zu lenken, wie sein Arm fast um mich gelegt war. Aber mein Blick wanderte trotzdem zu den angespannten Muskeln seiner Arme. Muskeln, die sich verkrampften, als ich sie anstarrte. Er war stark ... *und gut gebaut.* Die trainierten Brustmuskeln spannten sich an, als mein Blick zu ihnen wanderte.

Wir fuhren durch das Tor auf die Straße und entfernten uns in Windeseile vom Haus. Das Donnern in meinem Kopf rumpelte, als die Spannung zwischen uns wuchs. Ich zwang meinen Blick auf das Armaturenbrett, um ihn dann wieder zu seinen Händen zu lenken ... Ich erinnerte mich, wie er meinen Arm gepackt und mich festgehalten hatte, als Tobias mich berührt hatte.

Ich schluckte schwer und wurde ein wenig in den Sitz gedrückt, als das Auto beschleunigte. Ich konzentrierte mich auf die Straße, und stellte fest, dass ich sie nicht kannte. »Wo sind wir?«

Er antwortete nicht. Er starrte mich nur mit grüblerischem Blick an und sein markante verkrampfte sich, bevor er erneut abbog.

»Nick!« Panik erfüllte mich, als die Bäume den Gebäuden wichen und der Eingang zu einem Park vor mir auftauchte.

Er bremste und lenkte den Mustang auf einen Parkplatz mit Blick auf die Bäume. Ich musterte die Gegend und stellte fest, dass wir ganz allein waren, keine Kinder spielten auf dem Spielplatz, niemand ging mit seinem Hund spazieren. Nick stellte den Motor ab und drehte sich zu mir um.

»Willst du mich nicht ansehen, Ryth?«

Meine Wangen glühten, als ich geradeaus starrte.

Er drehte sich um, griff nach der Rückenlehne meines Sitzes und lehnte sich zu mir rüber. »Du willst also über letzte Nacht reden?«

Ich schüttelte den Kopf, als meine Panik wieder hochkam.

Dann spürte ich, wie sein Blick an meinem Körper hinunterwanderte und das weiße Hemd und den marineblauen Faltenrock musterte. »Verdammt«, murmelte er und wandte den Blick ab.

Er war wütend. Ich wusste nicht, auf wen er wütend war, auf sich selbst oder auf mich.

»Ich dachte, du wärst ein Freund.« Die Worte rutschten mir heraus.

Ich hasste es, dass sie herauskamen, und wollte sie unbedingt wieder herunterschlucken. Aber es war zu spät. Sie waren frei und verweilten zwischen uns. Er atmete schwer und tief ein und schaute mich wieder an. »Willst du, dass ich dein Freund bin, Ryth?«

Ich wusste nicht, was ich sagen sollte. »Zumindest ein Verbündeter.«

»Ein *Verbündeter*?«, knurrte er und ließ seinen Blick zu meinem Schoß gleiten. Mein Körper reagierte darauf mit Wärme und Pochen.

Ich verstand nicht, warum sie mich so berührten, warum sie diese dunkle, schmerzende Stelle in mir anzusprechen schienen. Er streckte seine Hand aus, strich mit den Fingern über meinen Oberschenkel und zog meinen Rock höher. »Ich bin nicht dein Freund ... du gehörst jetzt zur Familie«, murmelte er und sein Blick blieb auf meinem Oberschenkel haften, den er Zentimeter für Zentimeter entblößte.

Ich griff nach dem Rock und zog den Saum wieder nach unten.

»Ich habe dich gesehen, weißt du?«

Meine Hand erstarrte und ballte sich an meinem Bein zu einer Faust.

Er hob seinen Blick zu mir. »Gestern im Auto.«

Hitze stieg mir in die Wangen, als die Scham über mich hereinbrach. »Ich ... ich habe meine Jeans in Ordnung gebracht.«

»Lügnerin.« Seine goldenen Augen färbten sich bernsteinfarben.

Meine Atemzüge wurden tiefer und ich kämpfte gegen das Bedürfnis an, mir die Lippen zu lecken.

»Du hast dich selbst berührt.« Mein Körper pochte, als er meinen Blick suchte. »Du bist jetzt unsere kleine Schwester.«

»Stiefschwester«, schnauzte ich. »Und *noch nicht*.«

Er zuckte mit den Schultern. »Das kommt schon noch. Mein Dad ist anders mit Elle. Er mag sie ... sehr.«

Ich schüttelte den Kopf und schaute mich im Park um, verzweifelt auf der Suche nach einem Ausweg. Aber da war niemand ...

»Und da du unsere Stiefschwester bist, wollen wir sichergehen, dass auf dich aufgepasst wird.« Nick zerrte noch einmal an meinem Rock und zwang den Stoff aus meinem Griff. »Wir wollen sicherstellen, dass du bekommst, was du brauchst.«

Pochen ...

Mein Körper verriet mich. Ich schloss meine Augen. »Bitte, Nick ...«

»Ich will sicher sein, dass du dich richtig um dich kümmerst.«

Ich zuckte zusammen und schaute ihn an. Er war kein Freund. Keiner von ihnen war einer. Sie waren ... Ich wusste nicht, was sie waren.

Er leckte sich über die Lippen und sein Blick wanderte wieder zu meinem Oberschenkel. »Deshalb möchte ich, dass du es mir zeigst.«

»Was?«

»Zeig ... es ... mir ...«

Pochen ...

Angst und Erregung raubten mir den Atem. Ich konnte nicht mehr mithalten, weder mit dem Rauschen der Luft noch mit dem Donnern in meinem Kopf.

»Du bist doch noch Jungfrau, oder?«

Die Scham verschluckte mich. Ich konnte nicht antworten, konnte nicht denken. Ich warf noch einmal einen Blick aus dem Auto.

»Niemand kommt hierher«, versicherte er mir. »Es sind nur du und ich ... nicht anders als gestern. Du kannst so tun, als wäre ich gar nicht hier.«

Ich verkrampfte mich, weil mir angesichts seiner Worte ganz heiß wurde.

»Bist du ... eine Jungfrau?«

»Ja.«

Sein Atem stockte, bevor ein schmerzhafter Ausdruck über sein Gesicht ging. Als er wieder sprach, war seine Stimme heiser. »Dann zeig mir, wie du dich um dich kümmerst.«

Er würde mich nicht gehen lassen. Er würde nicht locker lassen. Nicht, bevor ich ihm gegeben habe, was er wollte.

Das Ringen um richtig und falsch verzehrte mich. In einer Nacht hatte sich alles verändert. Mom würde bald mit Creed verheiratet sein und ich würde diese Männer als Brüder bezeichnen müssen.

Aber sie waren keine Brüder, nicht blutsverwandt.

Und die Art, wie sie mich ansahen ...

Pochen ...

Ich fuhr mir mit den Zähnen über die Lippen, spreizte meine Schenkel und schob meine Hand langsam zwischen sie.

»So ist es richtig«, drängte er. »Ich muss sicherstellen, dass meine kleine Schwester zufrieden ist.«

Ich schob meine Hand über mein Höschen und schloss vor Verlegenheit die Augen, bevor ich mich zurückzog. »Ich kann nicht.«

»Du kannst.« Er zerrte meinen Rock höher. »Es sind nur du und ich, niemand sonst. Ich werde dich nicht einmal anfassen ... es sei denn, du willst es.«

Ein Blitz durchzuckte mich. Ruckartig riss ich die Augen auf und begegnete seinem Blick.

»Dreh deinen Körper zu mir, Ryth«, forderte er.

Meine Muskeln bebten, als ich mein Knie anhob und mich umdrehte. Ich hielt seinem Blick stand und mein eigenes verzweifeltes Verlangen kam an die Oberfläche, als ich meine Hand noch einmal zwischen meine Schenkel schob.

»Ist das ein Hello-Kitty-Höschen?«

Ich schluckte und nickte. Rosa Herzen auf weißem Untergrund. Ich fuhr mit der Hand an meinem Kitzler entlang und ließ ein Stöhnen hören.

Er erstarrte, unfähig zu atmen, gefesselt von der Art, wie sich meine Hand gegen meinen Körper bewegte, bis er murmelte: »Heb dein Bein höher.«

Ich tat es, drückte meine Wirbelsäule gegen die Armlehne der Tür und öffnete meine Schenkel weiter, bis er alles von mir sah. Ich musste mich nur ein paar Mal berühren und ein wenig stöhnen. Er würde denken, dass ich gekommen war ... und dann würde es vorbei sein.

Ich versuchte, mich zu konzentrieren, atmete tiefer und ließ die Augen diesmal offen. Gott, wenn uns jemand sah, wenn mich jemand sah. Ich ließ meinen Finger tiefer gleiten und fand meine Öffnung. Mein Höschen war bereits feucht und warm.

»Heilige Scheiße, Ryth.«

Meine Hand zitterte, als ich gegen das Verlangen meines Körpers ankämpfte, meine Atemzüge beschleunigte, ein Stöhnen erzwang und meine Augen schloss, bevor ich meinen Rock wieder herunterzog.

Er bewegte sich schnell und griff nach meiner Hand. »Was zum Teufel machst du da?«

Ich öffnete die Augen und das Mal auf meiner Wange brannte. »Was meinst du? Ich bin fertig.«

Seine Wut loderte. »Einen Scheiß bist du.«

Er wusste es ... ein Blick in seine Augen und ich erkannte, dass er es wusste. Ich senkte meinen Blick auf die Stelle, an der sein Schwanz gegen seine Jeans drückte, und begegnete seinem wilden Blick noch einmal.

»Mach es noch einmal«, forderte er. »Dieses Mal richtig.«

Ich wollte den Kopf schütteln, aber das Kräuseln seiner Lippen hielt mich davon ab.

»Ich werde das Auto nicht wegfahren, bevor du es nicht getan hast, Ryth.«

Der harte Tonfall verriet mir die Wahrheit. Er würde es nicht tun ... nicht, bevor ich ihm nicht gegeben hatte, was er wollte. Also senkte ich langsam meine Hand und meine Finger fanden das Brennen zwischen meinen Schenkeln. Ich begann mich zu bewegen, zu reiben.

»Langsamer.«

Ich gehorchte und ließ die Hand nach unten gleiten, bis ich den feuchten Fleck auf meinem Höschen fand.

»Ich will dich sehen.« Er begegnete meinem Blick. »Zieh ihn beiseite.«

Mein Unterleib bebte, aber ich tat, was er mir sagte. Ich schob meinen Finger unter den Gummizug und schob ihn zur Seite.

»*Heilige Scheiße ...*«

Meine Muschi verkrampfte sich und mein Kitzler pulsierte, als ich meine Finger über die empfindliche Haut gleiten ließ.

»Tiefer.«

Ich ließ zwei Finger in mein Inneres gleiten und sie kamen feucht wieder heraus.

»So verdammt schön.« Er leckte sich über die Lippen und ich war von der Bewegung gefangen.

Seine Lippen. Sein Mund ...

Ich stellte mir vor, wie seine Zunge in mich glitt.

Ich stieß ein Stöhnen aus, als die Welt zusammenbrach und die Scham mit sich riss. Das Ende rückte näher, als mein Körper sich gegen meine eigene Berührung stemmte. Ich sank tiefer und glitt wieder heraus, um mich zu reiben.

Winzige Impulse wuchsen und verkrampften sich um meine Finger.

In meinem Kopf waren es seine Finger.

Nicks ... Calebs ... *Tobias'* ...

Diese Welle brach über mich herein, drückte, bebte ... *und ließ mich wieder los.*

Ich ließ meinen Kopf nach hinten fallen und schrie auf.

Die Schwärze ... fraß sich an den Rändern meiner Sicht vorbei.

Meine Muschi zitterte gegen meine Finger. Ich zog sie heraus und wollte sie an meinem Rock abwischen.

»Nein.«

Ich erschrak, weil ich für eine Sekunde vergessen hatte, dass er da war, und öffnete meine Augen. Nick streckte seine Hand aus und seine dunklen, bernsteinfarbenen Augen funkelten auf eine seltsame, gefährliche Art und Weise, als er mein Handgelenk ergriff und es näher an sich heranzog. Er öffnete seinen Mund und schob meine Finger hinein.

Wärme durchströmte mich, als er an ihnen saugte, seine Zunge zwischen sie drückte und alles in sich aufnahm, was er konnte. Als er fertig war, ließ er mich los, drehte sich um, startete das Auto und fuhr vom Parkplatz weg.

Er sagte kein Wort zu mir. Er fuhr einfach weiter, während ich mich aufrichtete und meinen Rock herunterzog. Nach dem, was ich gerade getan hatte, stieg die Verzweiflung in mir auf. Ich wusste nicht, was ich sagen sollte, als er vor der Schule anhielt.

»Ich treffe dich hier.« Er klang wütend. »Und rede diesmal nicht mit irgendwelchen Jungs.«

»Das sind keine Jungs«, wehrte ich ab.

»Ach nein?« Er richtete seinen animalischen Blick in meine Richtung. »Glaube mir, Ryth. Sie wollen nur eines von dir ... *also sind sie Jungs.*«

Und du nicht?, wollte ich schreien. Aber ich konnte nicht. Ich öffnete die Tür, stieg aus dem Auto, schlug sie hinter mir zu und eilte davon.

Kapitel 12
NICK

Ich sah zu, wie sie wegging, und kämpfte gegen den verdammten Drang an, die Tür aufzustoßen und sie zurück ins Auto zu zerren. Aber als ich mich nach vorne lehnte, um den Motor abzustellen und aus dem Auto zu steigen, piepste mein verdammtes Handy. Ich blickte nach unten.

Natalie: Ich vermisse dich, Baby, wann kann ich wieder vorbeikommen?

Meine Augenwinkel zuckten. In dem Moment, als ich an sie dachte, kamen mir die verdammten Worte von Tobias in den Sinn. *Du hast was Besseres verdient.* Ich hob meinen Blick von dem Handy zu Ryth, als sie das Hauptgebäude der Schule erreichte. Etwas Besseres? Ja, denn ich wusste ganz genau, dass sie mich verarschen wollte. Ich wusste, dass sie sich mit anderen Typen traf. Ich wusste es, und trotzdem nahm ich sie zurück, wenn sie mich anflehte.

Ich hob mein Handy, drückte auf den Finder ihres Handys und wartete darauf, dass ihr Standort geladen wurde. Die Straßen verengten sich, und dann schwebte das blinkende Symbol über einer Adresse, die ich nicht kannte. Es war ganz sicher nicht ihre.

Wieder zuckte es in meinem Augenwinkel.

Nicht ihre Wohnung ...

Sie vögelte also wieder herum.

»Verdammte Hure«, knurrte ich und legte den Gang ein, aber als ich das tat, wurde ich von der Dunkelheit überrascht.

Ein schwarzer Audi stand auf der anderen Straßenseite des Halteplatzes, aber keine Teenager stiegen aus dem Rücksitz und gingen zu ihren Klassen ... nein, keiner stieg aus. Je länger ich das Auto anstarrte, desto mehr sträubten sich die Haare in meinem Nacken. Es war mir vertraut. *Wirklich verdammt vertraut.* Ich lenkte den Mustang aus der Parklücke und beschleunigte stark, aber als ich mich dem Audi näherte, wurde ich langsamer.

Ein Mann saß hinter dem Steuer, seine dunklen Augen bedrohlich, als er langsam den Kopf drehte, um meinem Blick zu begegnen. Ich erkannte ihn sofort ... *Freddy Sloane.* Was zum Teufel wollte er hier? Mein Magen verkrampfte sich und ich dachte sofort an die Waffe im Handschuhfach meines Autos. Wenn er hier etwas anzetteln würde ...

Mann, wenn Freddy hier etwas anzetteln würde, war ich am Arsch.

Das wusste sogar ich.

Aber er stieg nicht aus dem Auto und hob seine Waffe nicht. Stattdessen wandte er den Blick von mir ab und schaute zum Hauptgebäude der Schule. *Er war nicht meinetwegen hier ...*

Er. War. Nicht. Meinetwegen. Hier.

Panik schoss mir durch den Kopf, als ich mich umdrehte und nach Ryth Ausschau hielt. Aber sie war schon weg. Wahrscheinlich schritt sie gerade durch die Flure der verdammten Schule. Warum zum Teufel beobachtete Freddy sie dann? Ich bremste scharf ab und starrte den Audi im Rückspiegel an.

Dreh um.

Dreh dich um und zwing das Arschloch, dir zu sagen, was los ist.

Bei einer Schießerei hätte die wilde Bulldogge mich in der Hand gehabt. Aber im Nahkampf ... Ich leckte mir über die Lippen. Im Nahkampf hätte ich die Oberhand behalten. Doch dann fuhr der Audi vorwärts und bog scharf ab. Der Motor heulte auf, als er an mir vorbeifuhr und die Straße hinunterfuhr.

Ich brauchte ihm nicht zu folgen, um zu wissen, wo er hin wollte. Zurück zum Haus der Rossis. Er arbeitete zwar für seinen Vater, aber seine Loyalität galt Lazarus, dem Stidda-Mafiaprinzen. Der Junge, der in den letzten Jahren ebenso hart aufgewachsen war wie mein Bruder.

Ich trat das Gaspedal durch und wurde erst am Ende der Straße langsamer. Aber der Audi war weg ...

Warum zum Teufel beobachtete er die Kleine?

War es Vergeltung?

Ich hielt an und warf einen Blick in den Rückspiegel. Sollte ich ihm in die Stadt folgen und ein Treffen mit Laz verlangen? Oder sollte ich nach Hause fahren ...

Piep.

Tobias: Wo zum Teufel bist du?

Ich runzelte die Stirn und tippte eine Antwort: Ich bringe Ryth zur Schule, warum?

Tobias: Du weißt, warum. Was für ein verdammtes Spiel treibst du?

Was für ein verdammtes Spiel? Was? Dachte der kleine Scheißer eigentlich, dass Ryth ihm gehörte? Wenn er nur wüsste. Ich warf einen Blick auf den Beifahrersitz und erinnerte mich daran, wie ihr süßer Körper auf dem Sitz zu mir gewinkelt gewesen war und ihre dünnen Finger tief in sie hineingepumpt hatten. Mein Schwanz verhärtete sich bei der Erinnerung.

Ich griff nach der Beule und massierte sie. Verdammt, ich wollte mehr ... ich wollte sie schmecken. Ich leckte mir über die Lippen und meine Zunge suchte ihren Duft. Aber er war weg ... und ließ mich mit Verlangen zurück. Ich wette, wenn ich sie lecken würde, würde ich sie umhauen.

Der Gedanke daran riss etwas Wildes aus meiner Brust ... bis mein verdammtes Handy wieder piepte.

Tobias: Halt dich verdammt nochmal von ihr fern, Nick.

»Fernhalten? Für wen hält er sich eigentlich?«, knurrte ich laut und meine Wut kochte über. Ich griff nach meinem Handy. *Hör zu, die Kleine gehört nicht dir.*

Denn ... sie gehörte mir.

Der Gedanke traf mich aus heiterem Himmel. Hart und schwer, wie ein Schlagring auf meine Brust. Ich holte tief Luft und versuchte, meine Wut zu zügeln. Der kleine Scheißer dachte, er wäre der Einzige, dem es nach Moms Tod schlecht ging.

Aber sie war auch meine Mom gewesen.

Meine Mom, die ich mehr als alle anderen geliebt hatte ... Ich hatte einfach nicht ertragen können, sie am Ende zu sehen. Gewissensbisse warteten in dieser tiefen, dunklen Grube der Verzweiflung auf mich. Ich hatte versucht, sie zu verdrängen, hatte versucht, mich in Natalies Fotze zu vergraben. Aber dadurch hatte ich mich nur noch schlechter gefühlt.

Denn sie war eine betrügerische Schlampe. Und ich hatte es zugelassen.

»Nicht mehr. Ich bin fertig«, murmelte ich und drückte auf meine Nachrichten.

Aber es war nicht Tobias, dem ich antwortete. Es war die Vergangenheit. Ich hätte es schon vor langer Zeit tun sollen, als ich es das erste Mal herausgefunden hatte.

Lass mich in Ruhe, wir sind fertig, schrieb ich und drückte auf Senden.

Ich hätte sie ignorieren können. Das hätte sie verdient. Nein, sie hätte es verdient, mich tief in der Muschi einer anderen Schlampe zu erwischen. Das hätte den Spielstand ausgeglichen. Aber das gefiel mir nicht, nicht der Teil, in dem es darum ging, jemand anderen zu ficken. Nicht, wenn es nur eine Option gab.

Aber Ryth war nicht nur irgendeine Schlampe, oder?

Und je mehr ich darüber nachdachte, dass sie im selben Haus wohnte, zwei Zimmer weiter, desto näher kam ich an die

Grenze. Diese perfekte rosa Muschi, feucht, glänzend. Ich wollte sie lecken und saugen, ohne jemals wieder Luft zu holen.

Würde sie meinen Schwanz aufnehmen können?

Gott, ich hoffte es.

Das Pochen in meiner Hose wurde immer heftiger. Ich blickte nach unten und die Zacken meines Reißverschlusses glitzerten wie verdammte Lichter, als ich meine Jeans wieder zurecht zog. Ich hatte schon lange nicht mehr so einen Ständer ...

Ihretwegen.

Wegen meiner verdammten Stiefschwester.

Ryth.

Wenn Tobias sich doch nur zurückhalten würde ...

Bei Natalies Antwort hob ich mein Handy an. *Nick, was?!? NEIN! BITTE NICK! BIT–*

»Vergiss es.« Ich wischte nach oben und öffnete Tobias' Nachricht. *Nick: Ich habe gesehen, wie sie sich heute Morgen in meinem Auto selbst befriedigt hat. Ihre Muschi war so geil. Ich will sie. Also sage ich dir, T. Halt dich verdammt nochmal zurück.* Ich drücke auf Senden.

Ein Lächeln zerrte an meinen Mundwinkeln, als ich den Gang einlegte und losfuhr. Zum ersten Mal seit einer Ewigkeit fühlte ich mich gut. Wirklich verdammt gut.

Bis mich die Erinnerung an den Audi überfiel.

Ich musste besser auf Ryth aufpassen und sicherstellen, dass ich in dem Moment hier war, wenn die verdammte Glocke läutete, um sie zu unserem besonderen Park zu bringen. Zuerst hatte ich es als Witz gemeint, dass ich sie fahren würde ... aber jetzt wollte ich es nicht anders haben.

Kapitel 13

RYTH

Ich schritt den Flur entlang und hob meinen Blick zu dem riesigen Kerl, der vor der Tür der Klasse wartete.

»Du hast dir ja ganz schön Zeit gelassen.« Gio zwinkerte mir zu. »Ich dachte schon, du würdest nicht kommen.«

Ich wandte den Blick ab, als mir die Hitze in die Wangen stieg. »Tut mir leid, ich wurde aufgehalten.«

»Ach ja?« Er folgte mir und nahm den Platz hinter mir ein. »Irgendetwas Interessantes?«

»Okay, beruhigt euch alle«, rief der Lehrer und bedeutete uns, die Gespräche zu unterbrechen.

Ausnahmsweise hatte ich sie nicht gehört. Ich hatte nichts bemerkt. Weder das Lachen, noch das Gerede, noch das Gefühl, das sich unter Gios Blick in meinem Nacken breit machte. Ich saß immer noch in dem Auto und war aufgeregt und beschämt. Ich konnte nicht glauben, dass ich das gerade getan hatte ...

Oh, verdammt ... was hatte ich getan?

»Hey.«

Ich holte mich zurück in die Realität und drehte meinen Kopf.

»Bist du okay?« Gio sah mich finster an, sein Blick war ernst. »Du scheinst nicht ganz bei dir zu sein.«

Ich zwang mich zu einem Lächeln und nickte. »Klar.«

Aber das war eine Lüge ... so wie mein ganzes Leben, wie es schien. Ich versuchte, mich auf den Unterricht zu konzentrieren, aber ich war immer noch in dem Auto und mein Körper bebte, als ich Nicks Blicken ausgesetzt war. Das hatte ich nicht gewollt. Ich hätte das nicht tun sollen. *Das war nicht ich* ... das brave Mädchen, das alle sahen. Ich hob meinen Blick zum Unterricht, spürte das Gewicht von Gios Blick und schob meine Haare nach vorne, um mein Gesicht zu verdecken. Mit dem Verlangen kam auch die Angst.

Ich musste es aufhalten, was auch immer mit Creeds Söhnen vor sich ging. Mein Puls beschleunigte sich bei dem Gedanken. Es war falsch.

Mein Verstand war schwer, belastet von dem verzweifelten Bedürfnis, eine Lösung zu finden.

Gio begegnete meinem Blick und schenkte mir ein verwirrtes Lächeln, bevor ich mich abwandte. Meine Mom hatte sich von meinem Dad scheiden lassen, ohne dass ich es mitbekommen hatte ... und jetzt heiratete sie einen Mann, den ich kaum kannte, einen Mann, dessen Söhne nichts anderes wollten, als mich zu quälen und mit mir zu spielen. Ich musste hier raus, musste das beenden, bevor das Spiel, das sie spielten, noch weiter aus dem Ruder lief.

Ehe ich mich versah, läutete die Glocke. Die Stühle scharrten auf dem Boden, als die anderen Schüler hinausstürmten. Ich folgte ihnen und mein Herz klopfte wie wild. Ich wollte sie. Deshalb war ich so zwiegespalten. Ich wollte sie und ich mochte, was sie mit mir machten ... ein bisschen zu sehr.

»Wollen wir zusammen zu Geschichte gehen?«, fragte Gio in einem leisen und vorsichtigen Ton.

Ich lenkte meine Gedanken von ihnen ab und schaute ihn an. »Klar.«

»Du bist doch nicht sauer auf mich, oder?«

Ich begegnete seinem Blick, als wir aus dem Klassenzimmer traten und den Flur entlanggingen, der Herde folgend. »Nein, natürlich nicht. Tut mir leid, meine Mom hat mir gestern Abend erzählt, dass sie sich von meinem Dad scheiden lassen will.«

Eine Augenbraue hob sich vor Überraschung. »Wow, das ist heftig.«

Ich nickte. »Ja.«

»Kein Wunder, dass du abgelenkt bist. Für einen Moment dachte ich, es läge an mir. Ich dachte, diese Banks-Arschlöcher hätten gestern etwas über mich gesagt, nachdem er uns zusammen gesehen hat.«

»Nein«, sagte ich. »Sie wissen es nicht einmal.«

»Oh?« Er zuckte zusammen und schaute in meine Richtung. »Ich dachte mir nur ...«

»Was?«

»Dass du alles tust, was diese Arschlöcher dir sagen.«

Öffne deine Beine, zeig es mir ... Nicks Forderungen stiegen in meinem Kopf auf. *Ich muss sicherstellen, dass meine kleine Schwester zufrieden ist.* »Nein«, antwortete ich. »Nicht alles.«

»Gut. Denn ich hatte gehofft, dass du dieses Wochenende trotzdem zu Hannas Party gehen willst.«

Ich ging um eine Gruppe von anderen herum und dachte darüber nach. Es wäre eine Möglichkeit, mich von dem Einfluss, den sie auf mich hatten, zu befreien. Eine Möglichkeit, Freunde zu finden. Ich warf einen Blick zu Gio. Vielleicht sogar mehr als Freunde.

Als Gio meinen Blick bemerkte, strahlte er mich an. »Was?«

»Nichts«, murmelte ich.

»Starrst du mich an, Ryth?«

Ich wich zurück. »Nein.«

Seine grünen Augen wurden noch größer. »Doch, das hast du. Es ist o–okay.«

Sein Stottern wurde schlimmer, wenn er verlegen war. Vielleicht hatte ich ihn angestarrt, und vielleicht war ich ein bisschen verzweifelt, weil ich von Creed und seinen Söhnen weg wollte. Ich betrat das Klassenzimmer, nur dass Gio sich diesmal neben mich setzte.

Ich hörte kaum etwas von dem, was im Unterricht geschah und bekam gerade genug mit, um mir auf dem Laptop, den Creed mir gekauft hatte, Notizen zu machen. Damit musste ich wohl in Zukunft rechnen, da er ja mein Stiefvater war.

»Also, ich will bis Montag einen Aufsatz mit dreitausend Wörtern auf meinem Schreibtisch haben.« Die Worte des Lehrers rissen mich aus meinen Gedanken. Mein Blick fiel auf den grauhaarigen Möchtegern-Professor mit der Brille auf der Nasenspitze.

»Was?«, murmelte ich.

»Was?«, schnauzte Gio, und die ganze Klasse stöhnte auf.

»Ohhh, nicht doch«, schnauzte der Lehrer. »Ihr wusstet alle, dass das kommen würde. Ich habe letzte Woche einen ganzen Vortrag darüber gehalten.«

»Aber ich war letzte Woche nicht hier.« Ich suchte die Gesichter meiner Mitschüler ab.

Aber das war egal, sie hörten mich nicht. Keiner hörte mich unter dem gemurmelten Fluchen und dem genervten Stöhnen.

»Das ist mir egal ...« Der Lehrer schüttelte den Kopf. »Dreitausend Wörter über die gesetzliche Sozialreform der zwanziger Jahre«, rief er, als die Glocke ertönte und wir alle aufstanden und unsere Stühle zurückschoben. *»Und ich hoffe, ihr habt gut recherchiert, denn das macht zwanzig Prozent eurer Gesamtnote aus!«*

Zwanzig Prozent?

Zwanzig verfluchte Prozent? Das Klassenzimmer schien unter dem Gewicht meiner Panik zu verschwimmen.

»Ms. Castlemaine.«

Als ich meinen Namen hörte, erstarrte ich auf halbem Weg zur Tür und drehte mich um. Ein paar Köpfe drehten sich zu mir um und ich sah, wie ein paar der Mädchen tuschelten. Augenblicklich begann das Mal auf meiner Wange zu brennen.

»Ja?«

»Ich erwarte, dass du aufholen kannst«, sagte Davidson, oder wie auch immer sein Name war. »Ich werde dir keine besonderen Umstände zugestehen.«

»Ja, wie zum Beispiel, dass sie bei den verdammten Banks' wohnt. Eingebildete Schlampe«, rief jemand.

Ich ließ meinen Blick durch den Raum schweifen und musterte alle, die mich ansahen. Aber sie starrten nur ... bis Gio dazwischen ging. »Genug. Komm schon.« Er bedeutete mir, weiterzugehen.

»Was zum Teufel war das?« Ich warf einen Blick in seine Richtung, unfähig zu begreifen, was gerade passiert war. »Was haben sie gesagt?«

»Nichts.« Er erwiderte meinen Blick nicht, sondern schob mich einfach aus dem Raum.

Aber irgendetwas geschah. Es gab eine Veränderung ... eine dunkle, hasserfüllte Veränderung um mich herum. Ich hatte es vorher nicht bemerkt, vielleicht hatte ich einfach nicht aufgepasst. Aber jetzt spürte ich es, spürte die Wut und ihre Blicke. Ich warf einen Blick über meine Schulter, als sie mich anstarrten. In dem Moment, in dem ich durch die Tür in den Flur trat, wurde ich von hinten angegriffen.

»Geh mir aus dem Weg, du verräterische Fotze.«

Der Aufprall brachte mich aus dem Gleichgewicht. Ich stolperte zur Seite und blickte in ihre Richtung. Aber sie waren schon weg und schritten durch den überfüllten Flur voller Schüler.

»Oh Gott.« Gio packte mich am Arm und zog mich zu sich. »Alles in Ordnung?«

»Ja«, antwortete ich. »Was sollte das denn?«

»Nichts. Komm schon.« Er versuchte, mich wieder nach vorne zu ziehen, bis ich mich ruckartig aus seinem Griff löste.

»Du sagst immer wieder nichts, aber da ist eindeutig etwas. Was ist hier los, Gio?«

Ein gequälter Blick stieg in seinen Augen auf, bevor er mich sanft weiterzog und mich durch die Schüler zu unserer nächsten Klasse führte. Kaum waren wir im Klassenzimmer, stellte er sich vor mich. »Hör zu, einige der Schüler hier sind mit den Rossis befreundet.«

Die Rossis?

Das Blut wich aus meinem Gesicht.

Dad ... *darum ging es also.* Es ging darum, dass Dad sie verraten hatte. Langsam schüttelte ich den Kopf. »Aber das hat nichts mit mir zu tun.«

»Das spielt keine Rolle«, murmelte er und blickte über seine Schulter. »Nicht für sie. Deshalb musst du auch bei mir bleiben, okay?«

Ich sah mich hinter ihm um. »Hassen mich alle?«

»Nicht alle.« Er begegnete meinem Blick.

Da wusste ich, warum er so vehement darauf bestand, dass ich in der Klasse und beim Mittagessen neben ihm saß. Aber was ich nicht verstand, war, warum er ... *und warum ich?*

»Okay, beruhigen wir uns«, rief die Lehrerin.

Sie warf mir einen Blick zu, als ich mich umdrehte und meine Finger gegen den pochenden Schmerz auf meiner Stirn presste, der immer stärker wurde. Ich saß da, erntete Blicke von den anderen Schülern und hatte das Gefühl, dass die ganze Welt gegen mich war ...

Bis endlich die letzte Glocke läutete.

»Komm schon.« Gio erhob sich von seinem Platz neben mir. »Komm, wir bringen dich hier raus.«

Aber nachdem ich ihren Hass gesehen hatte, war er alles, was ich sehen konnte. Nicht alle sahen mich an, aber es waren genug. Ich schnappte mir meinen Laptop, verweilte lange genug, um mich aus dem Gedränge herauszuhalten, und machte mich dann auf den Weg zum Eingang der Schule.

Dann hörte ich das *Rumpeln.*

Ich blickte auf und entdeckte das dunkle Biest, das am Bordstein auf mich wartete. *Ich treffe dich hier ... und sprich dieses Mal nicht mit irgendwelchen Jungs.* Nicks Warnung ging mir nicht aus dem Kopf.

»Ich begleite dich ein Stück«, bot Gio an.

Ich schüttelte nur den Kopf und vertrieb das hämmernde Dröhnen in meinem Kopf. »Nein, danke, ich schaffe das schon.«

Ich ließ Gio hinter mir und ging auf den wartenden Mustang zu, während das Pochen in meinem Kopf immer stärker wurde. Nick beobachtete die anderen Autos, als ich die Tür aufriss und einstieg.

Er war heute Nachmittag nicht gesprächig, nicht fordernd und schnippisch. Gott sei Dank. Er legte den Gang ein, bevor ich die Chance hatte, den Sicherheitsgurt anzulegen. Und ehe ich mich versah, wurde ich hart gegen die Tür geschleudert, als wir abbogen. Schmerz schoss mir durch den Kopf, als ich gegen die Tür knallte, bevor ich nach dem Sicherheitsgurt griff und ihn um mich herum schloss.

Ich wartete auf das Knurren ...

wartete auf die Forderungen und die Erniedrigung.

Ich wartete auf *diesen* Nick.

Aber er war den ganzen Weg nach Hause still. In dem Moment, in dem er in die Einfahrt fuhr und den Motor abstellte, drehte er sich zu mir um. »Ryth ...«

»Lass es einfach«, murmelte ich und stieß die Tür auf. Ich konnte damit nicht umgehen. Mit nichts von alledem. Weder mit Dad, noch mit Mom ... noch mit meinen neuen Stiefbrüdern und jetzt auch noch mit den Schülern, die mich hassten. Für mich änderte sich nie etwas. Nichts. Ich ballte meine Fäuste und kämpfte gegen den überwältigenden Drang an, mich zu wehren oder wegzulaufen. Ich drückte den Laptop an meine Brust und schritt auf das Haus zu.

»*Warte*«, bellte Nick.

Aber ich tat es nicht. Ich stieß die Haustür auf und ging die Treppe hinauf.

Ich merkte kaum, dass es im ganzen Haus still war, als ich die Treppe hinaufging.

»*Ryth!*«, brüllte Nick und riss mich herum, damit ich mich ihm zuwandte. »Was zum Teufel ist dein Problem?«

Hinter mir öffnete sich eine Schlafzimmertür ... Das Geräusch schwerer Schritte folgte, als Tobias herauskam. »Was zum Teufel ist hier los, Nick?«

Ein Schaudern lief mir über den Rücken, als Tobias Nick anstarrte. »Bruder. Wir müssen uns unterhalten.«

Kapitel 14
TOBIAS

Sie rannte verdammt nochmal von uns weg, und warf mir kaum einen Blick zu, bevor sie in ihr Zimmer huschte. Das sollte sie auch. Sie sollte sich dort einschließen und nie wieder herauskommen. Wenn sie wüsste, was in meinem Kopf vorging, würde sie es tun. Kaum war sie weg, drehte ich mich zu ihm um ... *meinem Bruder.*

»Schau mich weiter so an, T, und ich lege dich um.«

»Schau mich weiter so an, Bruder, und ich werde mehr tun, als dich nur umzulegen.«

Seine Lippen verzogen sich zu einem Knurren. »Willst du das hinter dich bringen?«

»Es ist mein Haus.«

»*Unser verdammtes Haus, Tobias!* Und es wird Zeit, dass du dich daran erinnerst.«

Calebs Tür öffnete sich und er schritt hinaus. »Woran erinnern?«

»Der kleine Bruder hier hatte lange genug Zeit, um sich von seiner verdammten Last zu befreien.«

»Nick«, mahnte Caleb.

»Nein«, schnauzte mein Bruder und warf mir einen verärgerten Blick zu. »Es wird Zeit, dass wir das klären.«

»Das kannst du vergessen«, presste ich durch zusammengebissene Zähne hervor.

»Gut, dann geh weg und versteck dich in deinem verdammten Zimmer, weil du darin so verdammt gut bist. Aber diese Scheiße muss aufhören, Tobias. Mom würde nicht wollen, dass ...«

Er hatte keine Zeit, zu Ende zu reden. Ich stürzte über den Treppenabsatz und schlug zu, wobei ich den Bastard am Kiefer traf ... dann gingen wir zu Boden, als er zurückschlug.

»*Tobias!*«, brüllte Caleb, als ich mich auf Nick setzte.

Aber ich hörte ihn nicht.

MEINE ... dieses Wort dröhnte in meinem Kopf, als ich ausholte und meinen Bruder an der Wange traf. Sein Kopf kippte zur Seite und der heiße, wütende Blick in seinen Augen verwandelte sich in kalte, harte Wut.

Ich holte erneut aus und ließ eine Tirade von Schlägen los, bis meine Wut alles war, was ich sehen konnte. Einige trafen, andere gingen daneben und flogen nur wenige Zentimeter vor seiner Nase durch die Luft. Es spielte keine Rolle, wen ich traf. Ich musste es einfach rauslassen. Alles rauslassen. All den Schmerz und die Einsamkeit ... *Gott, ich vermisste Mom.*

»*T, verdammt nochmal!*« Nick holte zu einem harten Schlag aus und traf mich direkt auf der Nase.

Hinter meinen Augen leuchteten Sterne auf, als ich nach hinten kippte. Der Mistkerl nutzte die Gelegenheit, packte mich mit beiden Händen an der Kehle und stieß mich von ihm weg.

»*Beruhige dich, verdammt nochmal!*«, brüllte er, als das Geräusch von Dads Auto von draußen zu hören war.

Der Motor seines Mercedes machte mich nur noch wütender. *Er war da draußen ... mit einer anderen verdammten Frau ...* Ich schlug wieder zu, auch wenn sich Nicks Griff um meine Kehle fester zusammenzog.

Der Schlag landete erneut auf seiner Wange, an der gleichen Stelle wie beim letzten Mal. Seine Wange war bereits rot, seine Augen wild und die Zähne gefletscht, als Gelächter aus der Tür kam und durch das Haus schallte.

»Wir sind wieder da, Jungs!«, rief Dad.

»*Ryth, Schatz!*« Diese Schlampe rief nach ihrer Miniatur-Schlampe ...

Plötzlich war meine Wut wie weggeblasen, und meine Welt gleich mit. Ich stieß mich von dem Griff meines Bruders an meinem Hals ab und sog scharf die Luft ein.

»*Du verlierst den Verstand!*« Nick stach mit dem Finger auf mich ein, während er sich aufrichtete und seine blutige Lippe abwischte.

Es war mir egal, dass er blutete ... es war mir völlig egal. Aus dem Augenwinkel sah ich eine Bewegung. Ich drehte meinen Kopf und sah sie mit großen Augen in der Tür stehen und uns entsetzt anstarren. Wie sie da stand, so verdammt klein ... *so verdammt unbedeutend.* Eine Erinnerung an alles, was ich verloren hatte.

Mein Blick fiel auf den hässlichen Fleck auf ihrer Wange, als ich näher kam. *»Was zum Teufel glotzt du so?«*

Sie zuckte zusammen und wich einen Schritt zurück, wobei ihr Blick auf meine Brüder hinter mir fiel. Ich konnte es nicht verhindern ... konnte nicht verhindern, dass ich sie mit einer Hand am Hals packte. Mein Daumen streifte ihren Puls, kaum fest genug, um sie zu verletzen. Ich drückte sie gegen die Wand und ließ meinen Mund an ihr Ohr sinken. »Denkst du, ich weiß nicht, was du getan hast?« Die harten Atemzüge brannten tiefer. »Du zeigst ihm deine Muschi, aber mir nicht? Das wird ein Nachspiel haben, Ryth ... *Das kannst du glauben.«*

»Fick dich!«, keuchte sie unter meinem Griff und zwang ihren Blick zu mir. Tränen schimmerten in ihren Augen, aber darunter war etwas anderes. *Schmerz.* Genau das war es.

»Wir müssen die Hochzeitstorte probieren!«, rief die verdammte Hure da unten.

Der hässliche Fleck auf Ryths Wange wurde noch dunkler. Ich kräuselte die Lippen bei diesem Anblick und stieß sie weg. Sie keuchte und hustete und berührte die Röte, die ich hinterlassen hatte.

»Du drehst durch, T«, knurrte Caleb neben mir und kam näher, damit sie unten nichts hören konnten. »Reiß dich zusammen, *sonst* ...«

»Sonst was?« Ich warf ihm einen ruckartigen Blick zu. »Sonst *was*, Caleb?«

»Jungs?«, rief unser Vater.

Ich erwiderte den Blick meines Bruders. Ich wollte ihn auch verprügeln. Ich wollte sie alle verprügeln und immer weiter verprügeln. Ich richtete meinen Blick wieder auf Ryth. Alle bis auf sie. Ich wollte sie nicht schlagen ... ich wollte sie *besitzen*. Ich holte tief Luft, und dieser schwache, unverwechselbare Vanilleduft drang in mich ein, überflutete meine Nase und meine Sinne.

Bis ich mich umdrehte und in mein Schlafzimmer ging, wo ich die Tür mit einem Knall hinter mir zuschlug.

Verdammte Schlampe!

Ich stand mitten in meinem Zimmer und hörte die gedämpften Worte, mit denen sie versuchten, sie zu trösten. Eine Sekunde später knallte eine Tür zu. Ich brauchte nicht da zu sein, um zu wissen, welche es war. Meine Brust hob und senkte sich, als sich die Grausamkeit in mir auf das Niveau eines verwundeten Löwen beruhigte.

Fick dich, ertönten ihre erstickten Worte in meinem Kopf. *Ich sollte mich ficken?*

Die kleine Schlampe wusste nicht, mit wem sie sich anlegte. Ich verkrampfte meinen Kiefer und schaute zum Bett, wobei mein Blick ihren weißen Baumwollschlüpfer entdeckte, der unter dem Ersatzkissen hervorlugte.

Fick dich!

Es war Feuer in ihren Augen gewesen, als sie das gesagt hatte. *Ein echtes Feuer.* Das Wissen darum drang tiefer in mich ein ... meine kleine Maus hatte sich also Krallen wachsen lassen. Mein Schwanz zuckte, auch wenn die verdammte Seite meines

Gesichts pochte. Ich berührte meinen empfindlichen Kiefer und zuckte zusammen, aber der Hunger stieg in mir auf.

Die kleine verdammte Maus.

Ich schritt zum Bett, griff nach ihrem Höschen und hob es an meine Nase. Verdammte Vanille. Ich griff nach dem Reißverschluss meiner Hose, dann holte ich mein Handy neben dem Kissen hervor und rief Nicks Nachricht auf. *Ich habe gesehen, wie sie sich heute Morgen in meinem Auto gefingert hat. Ihre Muschi war so geil. Ich will sie. Also sage ich dir, T. Halt dich verdammt nochmal zurück.*

Sie hatte Nick ihre Fotze gezeigt ...

Ich griff in meine Hose und fasste meinen Schwanz an. Mein Gott, ich war so hart.

Sie hatte Nick ihre hübsche, kleine, jungfräuliche Fotze gezeigt.

Ich schloss meine Augen. Sie würde ihn ficken. Ich wusste es einfach. Und Caleb würde sie auch ficken.

Wir alle drei ... würden uns mit ihr abwechseln.

So wie wir fickten, würden wir sie bis zum Morgen ruinieren. Kaum hatte ich meinen Schwanz in der Hand, verkrampften sich meine Eier. In meiner Fantasie wechselten wir uns *immer und immer wieder ab.* Sie würde unser kleines Geheimnis sein, unsere eigene private Hure. Sie würde alles tun, was wir wollten ...

Alles, was wir wollten.

Mein Arsch spannte sich an und die Ader unter meinem Schwanz pochte, als ich hart ... und schnell kam.

Ich öffnete meine Augen. Der Gedanke daran hallte in der Dunkelheit wider. Ich spürte den Schmerz in meinem Kiefer kaum noch. Alles, was ich fühlte, war der Hunger und die Vorstellung, wie wir alle drei sie in die Vergessenheit ficken würden. Meine Finger zitterten, als ich meinen Schwanz fallen ließ, nach meinem Handy griff und Nicks Nachricht noch einmal öffnete.

T: *Du willst sie? Tja, ich will sie auch.* Ich drückte auf Senden.

Er brauchte nur eine Sekunde, bis die Antwort kam.

Nick: Was zum Teufel willst du damit sagen?

Ich hob meinen Blick von der Nachricht. Die Vorstellung, wie sie unter mir lag, während meine Brüder ihren Mund und ihren Arsch fickten, stieg in mir auf.

T: *Wir alle bekommen sie.*

Nick: Was meinst du mit ›alle‹?

T: *Finde es selbst heraus.*

Stille. Schweigen, während ich darauf wartete, dass er eins und eins zusammenzählte. Er war noch nie der Hellste gewesen. Vielleicht hatte er auch nicht die Eier dazu. Vielleicht fühlte er sich wohl dabei, eine Schlampe zu ficken, von der er wusste, dass sie ihn betrog.

Piep.

Ich blickte auf das Handy herab.

Nick: Du bist ein kranker Wichser, Bruder, fast so krank wie C. Aber es gefällt mir ... es gefällt mir verdammt gut. Ich bin dabei.

»Ja«, murmelte ich und mein Gesicht schmerzte, als ich lächelte. »Das sind wir alle, Bruder. Und jetzt«, ich schaute zu meiner Tür, »muss ich nur noch Caleb davon überzeugen, dass er das genauso sehr will wie wir.«

Ich wusste nicht, wie ich es anstellen sollte.

Aber ich wusste, dass ich es wollte.

Ich wollte sie sehen, wie sie sich wand, schrie und uns anflehte, aufzuhören.

Und ich wollte sehen, wie sie endlich nachgab, wie sie dem Verlangen ihres Körpers nachgab ... dem Verlangen nach uns ... Ich öffnete meine Nachrichten und begann zu tippen.

Kapitel 15
RYTH

»Kommt runter, Jungs!«, rief Mom, die gar nicht wusste, was gerade passiert war. »Wir brauchen Hilfe.«

Ich warf einen Blick auf die anderen beiden und rannte dann zur Treppe.

Denkst du, ich weiß nicht, was du getan hast? Tobias' Worte spukten in meinem Kopf herum. *Also zeigst du ihm deine Muschi und mir nicht? Das wird ein Nachspiel haben, Ryth ... Das kannst du glauben.* Schwere Schritte kamen von den anderen hinter mir, als ich die letzte Stufe erreichte und mich auf den Weg in die Küche machte.

Auf der großen Insel in der Küche waren Kuchen ausgestellt. Ich starrte auf die kleinen Miniversionen und bekämpfte das Bedürfnis, mich zu übergeben.

»Der Schokoladenkuchen ist nicht mein Favorit.« Mom warf einen finsteren Blick auf die Kostproben, dann hob sie den Blick. »Also brauche ich deine Meinung, Ry.« Dann warf sie einen Blick auf Nick und Caleb hinter mir. »Und die von euch beiden auch.«

»Da ihr wahrscheinlich das meiste von dem verdammten Ding esssen werdet«, murmelte Creed und schenkte sich einen Scotch ein.

Sie bekamen nichts mit und lebten in ihrer eigenen Welt, einer Welt, die aus Hochzeitsplänen und heimlicher Liebe bestand. Diese Liebe zeigte sich auch, als Mom sich mit einem strahlenden Lächeln an Creed wandte und ihm einen scherzhaften Schlag verpasste. Sie spielten und lachten, bis Creed sie in seine Arme zog und ihr einen langen, innigen Kuss gab.

Ich stand einfach nur da und spürte Tobias' Griff an meiner Kehle, als ein Handy piepte. Nick griff nach seinem Handy und blickte finster auf die Nachricht hinunter.

Seine Wange war rot und geschwollen und der kleine Schnitt an seiner Lippe war blutverschmiert.

»Also«, drängte Mom, löste sich aus Creeds Armen, nahm eine Gabel von der Theke und hielt sie mir hin. »Probier und sag mir, welche du lieber magst.«

Ich zwang mich näher an sie heran und nahm ihr das Besteck aus der Hand. Doch als ich in den ersten Kuchen stach und ein Stück auf die Gabel nahm, bemerkte ich, wie Nick seinen Blick zu mir hob.

»Ich glaube nicht, dass es die Kinder wirklich interessiert, Schatz«, murmelte Creed und zog Mom noch einmal in seine Arme.

Abscheu machte sich in meinem Bauch breit, als ich mir den Kuchen in den Mund steckte und kaute. Sie bemerkten es nicht, auch nicht, als Nick sein Handy zu Caleb hob und ihm die Nachricht zeigte. Eine Gänsehaut lief mir über die Arme, als sie mich beide ansahen.

Mein Puls beschleunigte sich und der Kuchen in meinem Mund wurde zu einem harten Bissen, den ich hinunterwürgte. Nick wandte sich wieder seinem Handy zu und seine Finger flogen über die Tastatur, als er antwortete. Aber es war Caleb, der mich jetzt beobachtete, Calebs dunkler, unergründlicher Blick, der mich dazu brachte, mein Gewicht zu verlagern und in den nächsten Kuchen zu stechen.

Ich probierte alle vier Kuchen, zeigte auf den einfachen Vanillekuchen und murmelte: »Der da.«

Mom grinste, dann richtete sie ihre Aufmerksamkeit auf die beiden Jungs. »Was denkst du?«

Nick schritt auf mich zu und seine Lippen verzogen sich zu einem Strich. In dem Moment, in dem ich seinem Blick begegnete, saß ich wieder in seinem Auto, meine Hand streichelte mein Innerstes und sein Blick war wie gefesselt von seiner Bewegung.

»Ich kann dir eine saubere Gabel besorgen«, begann Mom, als er mir meine aus der Hand nahm.

»Das ist in Ordnung. Es macht mir nichts aus, Keime mit meiner kleinen Schwester zu tauschen«, sagte er zwinkernd und wandte seine Aufmerksamkeit der Auslage vor ihm zu. Er hob die Gabel mit einer Hand an und ließ die andere auf die Vorderseite seiner Jeans fallen.

Ich wusste, was er dachte.

Ich wusste, woran er dachte, als er seine Faust um die Beule ballte.

Er ließ sich besonders viel Zeit und genoss jeden Bissen. Mom schien es zu freuen, denn ihre Augen funkelten, als er stöhnte und einen Bissen vom nächsten Kuchen nahm. »Ja, der Vanillekuchen. Ich liebe ihn. C?« Er hielt dem ältesten der drei Brüder die Gabel hin. »Willst du teilen?«

Nicks Worte und die Intensität in seiner Stimme hatten es in sich.

Auch Calebs Blick hatte etwas an sich, als er näher trat und seinem Bruder die Gabel abnahm, ohne ein Wort zu sagen. Mein Puls stotterte und mein Atem stockte, als Caleb lässig hinüberschlenderte und in einen Kuchen stach, dann etwas in den Mund nahm, zweimal kaute und schluckte.

»Das ist der beste«, sagte er und legte die Gabel auf die Insel, bevor er sich umdrehte und aus der Küche schritt.

Er sah mich nicht ein einziges Mal an, als er ging. Aber die schweren Schritte auf der Treppe trafen mich noch ein bisschen härter.

»Ausgezeichnet«, sagte Mom grinsend und drehte sich um. »Wollte Tobias auch mal probieren?«

»Nein«, antwortete Nick für ihn. »Er ist aber einverstanden und hat mir gerade eine Nachricht geschickt.«

Mom strahlte und drehte sich zu Creed um. »Ich habe es dir gesagt. Ich habe dir doch gesagt, dass sie mitmachen werden. Wir müssen ihnen nur eine Chance geben.«

Creed sah mich mit einem vorsichtigen Gesichtsausdruck an. Er war nicht so überzeugt, als Mom ihn umarmte und kicherte wie ein verdammtes Schulmädchen. »Das hast du.« Er schlang seine Arme um sie, seinen Blick immer noch auf mich gerichtet, als Nick sich umdrehte und aus der Küche schritt.

AM NÄCHSTEN MORGEN WACHTE ICH FRÜH AUF, viel zu früh. Kaum war ich aufgewacht, musste ich an sie denken. *Tobias, Nick ... und jetzt Caleb.* Ihre fixierte Aufmerksamkeit. Ihre dunklen, hungrigen Blicke. Ich schob die Laken beiseite und kletterte aus meinem Bett. Es war noch dunkel, als ich die Tür aufriss und der Stille lauschte, bevor ich ins Bad eilte. Dieser Ort hatte sich in ein Schlachtfeld verwandelt. Ich musste lernen, mich darin zurechtzufinden ... wenn ich überleben wollte.

Kalte Kacheln küssten meine Füße, als ich eintrat und die Tür leise schloss, bevor ich die Toilette benutzte. Dann hielt ich den Atem an, als ich spülte. Als ich zurück in mein Zimmer rannte, war mein Puls schon außer Kontrolle. Ich schloss die Tür hinter mir, schaltete das Licht an, schnappte mir meinen Laptop vom Ende des Bettes und machte mich an die Arbeit an meinem Schreibtisch.

Stiefbrüder hin oder her, ich hatte bis Montag eine Aufgabe zu erledigen, auf die ich nicht vorbereitet war. Ich loggte mich in das Schulportal ein und rief die Details auf, bevor ich ein neues Dokument öffnete und begann, meinen Entwurf zu formulieren.

Als ich den Kopf hob und bemerkte, dass es draußen heller wurde, steckte ich schon mitten in den komplizierten Zusammenhängen der zwanziger Jahre. Ich warf einen Blick auf die Kritzeleien auf dem Papier vor mir und all die Ideen, die ich angefangen und dann durchgestrichen hatte. Ich schloss die Augen. So wie es momentan aussah, würde ich nie etwas Substanzielles finden, über das ich schreiben konnte.

Ich würde durchfallen.

Mein letztes Schuljahr und ich würde durchfallen.

Ich hob die Hand, berührte das Muttermal auf meiner Wange und stand auf. Mein Rücken schmerzte und mein Hintern fühlte sich flach und wund an. Ich massierte ihn, schnappte mir meine Schulsachen und eilte unter die Dusche.

Es war großartig, so früh am Morgen aufzustehen. Ich duschte, weil ich wusste, dass die drei Arschlöcher noch schliefen, und zum ersten Mal seit langem ließ ich mir Zeit. Ich rasierte mich, schrubbte mich ab und kam strahlend und rot aus der Dusche. Ich fühlte mich so lebendig wie seit Wochen nicht mehr. Meine gequälten Gedanken kehrten zu ihnen zurück, zu ihren grüblerischen Blicken, die immer auf mich gerichtet zu sein schienen.

Ich wollte wissen, was in der Nachricht stand, die Nick gestern Abend bekommen hatte. Ich wollte wissen, was so interessant war, dass er es Caleb hatte zeigen müssen ... und dabei schien es um mich zu gehen. Warum hätten sie mich sonst so ansehen sollen, wie sie es getan hatten ...

Warum sollte Nick sonst einen Steifen bekommen haben?

Er hatte einen Steifen bekommen. Ich erstarrte und umklammerte den Kamm, der in meinem Haar steckte. Durch den beschlagenen Spiegel entdeckte ich den hässlichen roten Fleck auf meiner Wange. Er hatte einen Ständer bekommen ... und er hatte mich angesehen. Ich schüttelte den Kopf. »Nein, das war nicht meinetwegen.«

Trotzdem blieb dieses nagende Gefühl.

War es nicht so?

Er war im Auto hart gewesen, als er von mir verlangt hatte, dass ich mich berühre. Er war hart gewesen, als er mich angesehen hatte. Bei dem Gedanken schloss ich die Augen. Noch nie hatte mich ein Mann so angeschaut. Keiner hatte mir auch nur einen flüchtigen Blick zugeworfen, geschweige denn eine solche Intensität, die in ihren Blicken brannte.

Zuerst war es Tobias gewesen ...

Dann Nick.

Und jetzt Caleb.

Ich zwang mich, die Augen zu öffnen, beeilte mich, mein Haar nach unten zu ziehen, um mein Gesicht zu verdecken, und verließ das Badezimmer. Meine nackten Füße trippelten leise, aber trotzdem stieg eine Welle der Panik in mir auf, als ich zu meinem Schlafzimmer rannte. *Mein Schlafzimmer* ... die Worte wiederholten sich in meinem Kopf. Ich hatte es genauso verdient, hier zu sein wie sie. Warum war ich dann diejenige, die Angst hatte und versuchte, sie nicht zu wecken?

Warum hatte ich überhaupt so viel Angst?

Ich warf einen Blick auf das Durcheinander von Kritzeleien auf meinem Schreibblock, während ich mir Socken anzog und meine Füße in die hässlichen, verdammten Schuhe schob. Ich wollte mich hier nicht mehr verstecken. Ich wollte mich nicht vor ihrer Wut verstecken. Ich wollte mich nicht mehr verkriechen. Das leise Schlagen einer Tür ertönte irgendwo im Erdgeschoss. Ich beeilte mich, griff nach meinem Laptop und rannte aus meinem Zimmer zur Treppe.

»Creed!«, rief ich so laut, wie ich mich traute.

Er blieb mit der Hand an der Tür stehen, bekleidet mit einer marineblauen Anzughose und einem weißen Hemd mit offenem Kragen. Er drehte sich zu mir um. »Ryth, alles in Ordnung?«

»Ja«, lächelte ich. »Ich hatte gehofft, du könntest mich zur Schule mitnehmen, wenn das okay ist?«

»Es ist zwar noch ein bisschen früh, aber klar«, sagte er lächelnd und neigte den Kopf. »Komm schon, Kind.«

Kind.

Das Wort fühlte sich fast fremd an, als ich ihm folgte und auf dem Weg an Nicks Mustang vorbeiging. Ich atmete tief durch und mein Blick blieb an dem glänzenden schwarzen Auto hängen, als ich die Tür von Creeds Mercedes schloss und den Sicherheitsgurt anlegte.

»Wenn ich ehrlich bin, bin ich froh, dass ich ein paar Minuten für mich habe.« Er ließ den Motor an und drückte auf den Knopf des Torsensors, bevor er rückwärts aus der Einfahrt fuhr.

Sein Hemd spannte sich, als er über die Schulter blickte und rückwärts fuhr, wobei er sich an der Rückenlehne meines Sitzes festhielt. Es war leicht zu erkennen, woher seine Söhne ihr gutes Aussehen und ihren Sexappeal hatten. Creed mochte zwar ein Vater sein, aber er war durchtrainiert und sah gut aus, vor allem, wenn er so gekleidet war.

Ich versuchte, ihn nicht anzusehen und zwang meinen Blick auf die Straße, als wir bremsten und weiterfuhren.

»Gefällt es dir, bei uns zu wohnen?«

Bei dieser Frage verkrampfte sich mein Kiefer, und mein Herz raste. *Ob es mir gefiel?* Mir wurde heiß, als ich mich daran erinnerte, wie Tobias mich unter dem Tisch berührt hatte und wie Nick meine Finger abgeleckt hatte, die von meiner eigenen Lust befeuchtet gewesen waren. Gefiel es mir? Ein Adrenalinstoß schoss mir zwischen die Schenkel, als ich meinen Mund öffnete, um zu sprechen.

»Ich hoffe wirklich, dass du zurechtkommst, denn um ehrlich zu sein, Ry, mag ich deine Mom wirklich.«

Seine Worte waren wie ein Spritzer kaltes Wasser auf das unkontrollierbare Verlangen.

»Ich mag sie wirklich.«

Ich warf einen Blick in seine Richtung und bemerkte, dass er leicht finster dreinblickte, und etwas in mir erstarrte. »Wirklich?«

»Ja.« Er sah mich an und wandte sich dann wieder der Straße zu. »Ja, und deshalb hoffe ich, dass du dich einfügst. Die Jungs scheinen sich gut um dich zu kümmern, sie fahren dich zur Schule und so.«

Um mich kümmern? Klar, sie kümmerten sich um mich, wenn man es so nennen kann, wenn sie mich unter dem Tisch fingern und meine Säfte von meinen Fingern lecken, Wenn man es so nennen kann, dass sie mich ansehen, als wäre ich Beute, und dass sie mich mit ihren grausamen Händen an meinen Brüsten und an meiner Kehle berühren.

Genau wie die Männer auf den Webseiten ...

Ich schluckte und versuchte mein Bestes, die Panik zu verdrängen, als Creed in meine Richtung blickte. Da war ein

Aufflackern von Sorge, von so etwas wie Angst. Aber er liebte meine Mom ... er liebte meine Mom wirklich, und ich hatte sie seit Jahren zum ersten Mal wieder glücklich gesehen.

Ich könnte alles kaputt machen ... ein Wort und ich würde alles kaputt machen.

»Ja«, antwortete ich, das Wort hohl und leer. »Sie kümmern sich um mich.«

Erleichterung machte sich in seinem Blick breit. »Oh, gut ... Das ist wirklich gut. Sie können manchmal sehr anstrengend sein und mir auf die Nerven gehen, vor allem, wenn alle drei zu Hause sind. Aber Nick und Caleb werden bald gehen und dann gibt es nur noch dich und Tobias.«

Ein Schaudern durchfuhr mich, als die Schule in der Ferne auftauchte.

Ich wusste nicht, wovor ich mehr Angst hatte: vor dem Gedanken, dass alle drei hinter mir her waren, oder dass Tobias mich allein plagen könnte.»Du bist ein bisschen früh dran, aber ich bin sicher, dass der Lernraum offen ist.« Er hielt den Wagen an und ließ mich aussteigen. Ich griff nach dem Türgriff, riss die Tür auf und stieg aus. »Und Ry ...«

Er hielt mich auf, als ich aus dem Auto stieg, und zwang mich, mich umzudrehen und mich wieder hineinzubeugen. »Ja?«

»Ich genieße es wirklich, dich als meine Stieftochter zu haben. Das sollst du wissen, und ich will deinem richtigen Vater auf keinen Fall etwas wegnehmen. Es ist nur so, dass ich immer ein Mädchen wollte. Deshalb bin ich froh, dass ich dich jetzt habe.«

Das Universum könnte nicht grausamer sein, selbst wenn es das wollte.

Ich nickte und schenkte ihm den Anflug eines Lächelns, bevor ich murmelte: »Ich bin auch froh.«

Sein Lächeln wurde noch breiter, als ich die Tür schloss und wegging. Ich wartete und fühlte mich wie die größte Versagerin der Welt, als er den Wagen wendete und wegfuhr. »Ich bin auch froh?«, murmelte ich. »Du hattest eine Chance, die Sache zu beenden, und das ist alles, was du von dir gibst? Ich ... *bin auch froh?*«

Seufzend drehte ich mich um und machte mich auf den Weg zum Lernraum, der überraschend gut besucht war, als ich eintrat. Der Lehrer lächelte mich an und deutete auf eine Reihe freier Plätze. Ich hatte gerade meinen Laptop herausgeholt und mich in das WLAN der Schule eingeloggt, als mein Handy piepte.

Ich holte es heraus und warf einen Blick auf die Nachricht.

Nick: Wo zum Teufel bist du, Ryth?

Angst durchfuhr mich, als ich die Nachricht noch einmal las. Aber diese Angst wurde schnell durch etwas anderes ersetzt, etwas Tieferes ... etwas, das mich nicht zusammenzucken ließ. Stattdessen lächelte ich und tippte eine Antwort ein.

Ryth: In der Schule.

Und ich drückte auf Senden. Kaum eine Sekunde später ...

Nick: Ich fahre dich zur verdammten Schule.

Mein Lächeln wurde noch breiter. »Jetzt nicht mehr, Arschloch«, flüsterte ich.

»*Pst* ...«, zischte mich ein anderer Schüler an.

Aber auch das konnte die Erregung in mir nicht dämpfen. Nick und die anderen dachten vielleicht, sie hätten mich durchschaut. Sie dachten vielleicht, dass ich genau das tun würde, was sie wollten ...

Sie dachten vielleicht, ich sei kleinlaut und erbärmlich. Ich strich mir die Haare über die Wange. *Wirst du ihnen einen Besuch abstatten, meine kleine Löwin? Du warst schon immer mehr wie ich als wie deine Mutter.*

Dads Worte erfüllten mich, als ich mein Handy wieder in meine Tasche steckte. Eine Maus ... so hatte Tobias mich doch genannt, oder?

Eine Maus.

Mein Handy vibrierte, aber ich ignorierte es.

Und als es wieder vibrierte ... und wieder, schaltete ich die Benachrichtigung auf lautlos.

Eine Maus, was?

Ich würde ihnen zeigen, was ich wirklich war.

Kapitel 16

RYTH

Ich arbeitete an meiner Aufgabe und konnte mich endlich darauf konzentrieren, was ich schreiben wollte, bevor die Glocke ertönte. Alle anderen hatten es eilig, also folgte ich ihnen und warf einen Blick auf meinen Stundenplan und die Karte, als ich den Weg zu meinem Klassenzimmer fand. Wie immer stand Gio draußen und wartete.

»Ich habe dich heute Morgen gesucht«, brummte er.

»Oh, hast du? Ich bin früher gekommen.« Ich ging an ihm vorbei in den Raum und nahm einen Platz an der Seite ein.

»Ja«, sagte er, als er sich hinter mir auf einen Platz setzte. »Lass mich raten. Nick Banks hatte wichtigere Dinge zu tun?«

»Nein«, antwortete ich und versuchte, den nagenden Ärger zu ignorieren. »Du stellst viele Fragen, wenn es um sie geht.«

Ich bemerkte das Schulterzucken. »Ich bin nur neugierig.«

Über mich oder die Jungs, mit denen ich zusammenlebe?

Stiefbrüder? Ich versuchte, sie zu verdrängen und mich auf den Unterricht vor mir zu konzentrieren. Aber so sehr ich mich auch bemühte, die Tatsache zu ignorieren, dass meine Mom Creed heiraten würde, so sehr drängte sie sich mir auf.

Sie hatte Hochzeitstorten mitgebracht, um Himmels willen. Der Gedanke ließ mich zusammenzucken und mein Herz schmerzte für meinen Dad. Ich wollte ihn sehen oder zumindest mit ihm reden. Vor allem aber wollte ich wissen, was die Anwälte unternahmen, um ihn nach Hause zu holen.

Die Stunde verging wie im Fluge, ebenso wie die nächste. Ich versuchte, an die Aufgabe zu denken, die am Montag anstand, und obwohl ich eine Idee hatte, worüber ich meine Arbeit schreiben würde, würde es mich viel Mühe kosten, sie im Kopf zu behalten. Als es zum Mittagessen läutete, schob ich meinen Stuhl beiseite und schnappte mir meinen Laptop. Als ich mich zu Gio umdrehte, sah er mich mit einem verletzten Blick an.

»Was?«, fragte ich.

»Du bist heute anders.« Er schüttelte den Kopf. »Das gefällt mir nicht.«

»Wie anders?«

»Ich weiß nicht.« Er zuckte mit den Schultern. »Mir gegenüber kälter. Gibt es etwas, das ich getan habe?«

»Darüber machst du dir oft Sorgen, nicht wahr?« Ich packte ihn am Arm und zog ihn mit mir zur Tür.

»Verdammte Verräterin«, rief jemand, als ich in den Flur trat.

Die Blicke schweiften zu mir. Sie alle starrten mich an. Meine Wangen brannten, aber dieses Mal rannte ich nicht weg. Ich versteckte mich nicht. Diesmal begegnete ich allen Blicken. »Wer hat das gesagt?«

Keiner antwortete. Stattdessen schlurften sie an mir vorbei und taten so, als wäre es nicht passiert.

Aber ich konnte nicht so tun, nicht mehr. Ich könnte genauso gut dastehen und zulassen, dass sie mir wehtaten.

»Ich bin keine verdammte Verräterin!«, schrie ich. »*Ich bin nicht mein Dad!*«

Schwere Atemzüge durchfuhren mich, als ich wütend wurde.

»Hey, bist du okay?« Gio berührte meinen Arm, woraufhin ich zusammenzuckte und mich zurückzog. Aber er wollte mich nur trösten.

»Tut mir leid«, murmelte ich und sah zu, wie alle vorbeigingen.

»Ist schon gut.« Er lächelte. »Warum holen wir uns nicht etwas zu essen und setzen uns draußen hin, ich lade dich dieses Mal ein.«

Ich nickte, folgte ihm zu den Automaten, nahm das Sandwich und die Cola, und begleitete ihn nach draußen. Die Sonne war warm und liebkoste meinen Körper, als ich mich auf den Tisch neben Gio setzte und meine Augen schloss.

»Hannas Party wird der Hammer.«

Ich bekam sein Geplauder vage mit, öffnete die Augen und erinnerte mich augenblicklich an das Thema Party. »Ich weiß nicht, ob ich es schaffe.«

»Was?«

»Zu der Party.« Ich warf einen Blick in seine Richtung. »Mom hat dieses Wochenende Anproben. Da muss ich wohl auch kommen.«

Panik durchzog seine Augen und einen Moment lang war ich verwirrt. Warum sollte er deswegen in Panik geraten? Dann bewegte er sich, beugte sich über den Tisch und küsste mich.

»Gio!« Ich schubste ihn weg und mein Gesicht brannte. »Was zum Teufel war das?«

Er sah schockiert und verwirrt aus. Er runzelte die Stirn, als er sich umsah, ob jemand gesehen hatte, wie ich ihn zurechtgewiesen hatte. »Ich dachte ... Ich meine, ich mag dich, Ryth.«

»Du magst mich? Du kennst mich doch kaum.« Ich kämpfte gegen das Bedürfnis an, das Gefühl seiner Lippen von meinem Mund zu wischen.

Wenigstens hatten Tobias und Nick nie versucht, mich zu küssen ...

Der ungewollte Gedanke tauchte auf, bevor ich ihn wegschieben konnte. Ekelhaft ... Ich wusste nicht, warum ich das dachte, warum mir das überhaupt in den Sinn kam, aber es war so ... und es brachte das Bild von Nick mit sich, wie er mein Handgelenk packte und meine glatten Finger in seinen Mund nahm.

Ich wusste, was er gewollt hatte, ich wusste, was das bedeutete, und ich wusste, was danach kam. Ich schloss meine Beine und versuchte, das kranke Verlangen zu unterdrücken.

»Es tut mir leid«, murmelte Gio und wandte verlegen den Blick ab, sodass ich mir wie eine echte Zicke vorkam.

»Nein, es tut mir leid. Ich habe mich nur erschrocken, okay? Ich habe nicht damit gerechnet.«

Er sah mich an und ein Funken Hoffnung flammte in seinen Augen auf. »Ich hab's verstanden. Ich habe mich zu stark aufgedrängt.«

»Ja, irgendwie schon.« Ich schenkte ihm ein Lächeln.

»Aber das ist kein Nein ...«

Gott möge mir helfen. »Nein, das ist kein Nein.«

Er grinste, öffnete seine Cola und trank lange und ausgiebig, bevor er mir zunickte. »Nächstes Mal werde ich dich vorwarnen.«

Nächstes Mal ...

Ich unterdrückte meine Panik, indem ich mir mein Sandwich schnappte und nach Bewegungen Ausschau hielt, als ich die Packung öffnete und einen Bissen nahm. Er würde mich sicher nicht küssen, wenn ich den Mund voller Schinken und Roggenbrot hatte ... Und wenn er es doch tat, was dann?

Dann müsste ich es meinen Stiefbrüdern erzählen, oder?

Der Gedanke daran erfüllte mich. »*Jemand hat mich heute in der Schule geküsst.*« Ich konnte die Wut in ihren Augen bereits sehen.

Sie waren besitzergreifend.

Und kontrollierend.

Und absolut ekelhaft.

Die Hitze stieg in mir auf.

»Du lächelst.«

Ich riss mich von dem Gedanken los und spürte, wie sich meine Lippen kräuselten. Sofort tötete ich das Lächeln ab. »Ich denke nur über die Hochzeit nach.«

»Oh? Du bist also dafür?«

»Wenn es Mom glücklich macht.«

»*Ist* sie glücklich?«, fragte er, als es zum Unterricht läutete.

Ich warf die Packung in den Müll und rutschte vom Tisch. »Ja, ich glaube, das ist sie wirklich.«

Umso schlimmer war es, mit diesen Arschlöchern zu leben. Warum konnten sie nicht normal sein, anstatt schön und reich und heiß, mit teuren Autos? Warum konnte ich mich nicht ein einziges Mal in den Schatten verkriechen?

Ich folgte Gio, als wir uns auf den Weg zum Unterricht machten. Kurz bevor ich eintrat, vibrierte mein Handy in meiner Tasche. Ich zog es heraus und sah mir die fünf verpassten Anrufe und zehn Nachrichten von Nick an. Er war stinksauer ... mehr als stinksauer.

Nick: Ich warne dich, Ryth. Es wird dir nicht gefallen, dieses Spiel mit mir zu spielen ...

»Wird es das nicht?«, murmelte ich und schaltete mein Handy aus, bevor ich es wieder in meine Tasche steckte. »Das werden wir ja sehen.«

»Wird?«, fragte Gio und nahm den Platz neben mir ein.

»Nichts.« Ich schüttelte den Kopf und konzentrierte mich auf den Unterricht.

Während der Stunde dachte ich die ganze Zeit an ihn, bis meine Gedanken bei Mom landeten. Die Torten waren nur der Anfang gewesen. Sie war anders, freier in Creeds Nähe ... sie war verliebt. Sah so Liebe aus? Als wäre man blind gegenüber allen anderen Problemen?

Die letzte Glocke läutete plötzlich und ließ mich aufschrecken. Gio war aufgestanden und griff nach meinem Arm, bevor ich zu ihm aufblickte.

Er sah mich an, als hätte ich ihm eine Ohrfeige verpasst. »Es ist in Ordnung, Ryth. Ich werde nicht versuchen, dich im Unterricht zu küssen.«

»Nein«, antwortete ich mit einem Lächeln, »das habe ich nicht gedacht.«

Ich ging mit ihm die Gänge entlang und trat noch einmal in den warmen Sonnenschein hinaus ... bevor ich gepackt und nach hinten gezogen wurde. Panik stieg in mir auf und ich kämpfte, während ich mich umdrehte. Nicks Blick war giftig, als er mich in Richtung des Parkplatzes zerrte, wo sein Auto wartete.

»*Nimm deine verdammten Hände von mir!*«, schrie ich und riss meinen Arm aus seinem Griff.

Doch sofort hatte er mich wieder gepackt und drängte mich an sich, bis ich nur noch ihn sah. »Das ist nicht so, wie du denkst, Ry. Steig jetzt in das verdammte Auto.«

Ich schüttelte den Kopf und riss mich von ihm los. Jetzt spürte ich sie, die schockierten Blicke der ganzen Schule, die Nicks besitzergreifende Wut beobachteten, und augenblicklich stürzte Nick auf mich zu, um mich an der Taille zu packen und hochzuheben. Ich konnte meinen Laptop gerade noch festhalten und klammerte meine Finger um den Rand, als ich auf seiner Schulter landete. Meine Füße baumelten und mein Hintern war in der Luft, als er auf den Mustang zuging und mich dann auf die Füße fallen ließ.

Er riss die Beifahrertür auf und drückte mich mit einer Hand auf meinem Kopf nach unten. »Bleib hier drin«, befahl er mit tiefer, feindseliger Stimme. »Wenn du vor mir wegläufst, Ryth, werde ich dich vor allen Leuten zu Boden werfen und dafür sorgen, dass dein Rock hoch genug ruscht, damit alle sehen, was mir gehört.«

Mein Herz raste. Mein Gesicht brannte, als ich in Richtung der gesamten Schule blickte, die zusah. Und Gio war da, er stand in der Mitte und starrte mich an.

»Willst du das?«, forderte Nick.

Ich schüttelte den Kopf und Tränen verwischten ihre Gesichter. »Gut, und jetzt schnall dich an, verdammt nochmal.«

Die Tür schloss sich mit einem dumpfen Schlag. Ich zuckte zusammen, aber ich konnte mich nicht bewegen und den Blick nicht von Gios finsterem Blick abwenden, der Nick mit spöttisch geschürzten Lippen anstarrte. Die Fahrertür öffnete sich und schlug dann zu.

Nick knurrte, bevor er über mich hinweg griff. Seine Hand strich über meine Brust, als er den Sicherheitsgurt über mich zog und ihn festhielt. Der Motor sprang mit einem lauten Knall an und wir entfernten uns mit quietschenden Reifen von der Abholstelle.

Jetzt gibt er an ...

Jetzt, als die Straße vor mir durch meine Tränen verschwimmt.

Jetzt, als alle mich anstarrten.

Nick starrte mich an, während er fuhr, wobei seine kurzen Blicke zwischen der Straße und mir wechselten, seine Hände um das Lenkrad gekrallt und sein Fuß schwer auf dem Gaspedal. Ich hasste ihn ... Ich hasste ihn ... *Ich hasste ihn!*

»Willst du zu unserem Park gehen?«

Angesichts der Worte stockte mir der Atem. Aber ich wagte es nicht, seinen Blick zu erwidern.

»Willst du mich anschreien und schlagen?«

Ich verkrampfte meinen Kiefer. »Nein.«

»Nein?«

Ich wandte meinen Blick ruckartig zu ihm. »*ICH HABE NEIN GESAGT!*«

»Tja, Pech gehabt, Ryth.« Er riss das Lenkrad herum und schleuderte uns in den Gegenverkehr.

Ich knallte gegen die Tür und unterdrückte einen Schrei, als er den Wagen bremste, einen Gang zurückschaltete und über die Straße raste, bis ein vertrauter Ort in Sicht kam. In dem Moment, als er bremste und den Mustang verlangsamte, riskierte ich einen Blick auf den Parkplatz.

Er war leer. Genau wie er gesagt hatte. Er war immer leer. Ich löste den Sicherheitsgurt, krallte mich an den Türgriff und stieß die Tür auf, bevor er die Chance hatte, ganz anzuhalten.

»*Verdammt nochmal!*«, brüllte er hinter mir, als ich über den Parkplatz rannte und auf die leeren Schaukeln zusteuerte.

Kaum eine Sekunde später hörte ich das dumpfe Geräusch seiner Schritte und das Auto blieb im Leerlauf stehen. Er war schnell, schneller als ich es je sein könnte.

Er packte mich um die Taille und hob mich hoch. Nur dass ich mich diesmal gegen ihn wandte und mich wehrte, aber ich stolperte und verlor das Gleichgewicht. Er fing mich gerade noch auf und zog mich gegen sich, als wir beide fielen und auf dem Boden aufschlugen.

Der Aufprall ließ mir die Luft aus den Lungen strömen. Ich versuchte zu atmen und mich von ihm zu befreien, aber er packte meine Handgelenke und drückte sie über meinem Kopf auf den Boden.

»Hör auf«, forderte er, während ich hustete und würgte und mich mit allem, was ich hatte, wehrte. »*Ryth, hör auf.*«

Ich holte tief Luft. »*Lass mich los!*«

»Nein.«

Ich stemmte meine Hüften in die Höhe und stieß so fest ich konnte gegen ihn, während seine bedrohlichen Augen auf mich herabblickten. Ich wusste, dass die augenblickliche Wut in ihm auf etwas anderes überging, etwas, das genauso hungrig und genauso gefährlich war ... Etwas, das *nach mir* hungerte.

»Willst du gegen mich kämpfen, Ryth?« Er drückte seinen Schwanz gegen mich.

Ich konnte sehen, dass er bereits hart war.

»Du willst nicht auf meine verdammten Anrufe oder meine Nachrichten antworten? Du willst nicht, dass ich dich zur Schule fahre, damit deine kleinen Freunde mich nicht sehen können?«

»Nein«, spuckte ich und starrte ihn an. »Nein, das will ich nicht.«

»Glaubst du, du hast eine Wahl?«

Er senkte seinen Blick auf mein Hemd, das nach oben gerutscht war, und bewegte dann meine Hände, damit er sie mit einer Hand fixieren konnte. »Du hast die perfekteste Muschi, die ich je gesehen habe.« Er griff zwischen meine Schenkel und seine Finger berührten mein Höschen. »Ich will dir in die Augen schauen, wenn du kommst, ich will hören, wie dein Atem stockt. Ich will sehen, wie du langsam in die Vergessenheit gleitest, wenn du dich uns hingibst.«

UNS??

Ich schüttelte den Kopf und kniff meine Augen zu. »Nein ... du bist mein Stiefbruder.«

»Wer soll dich denn sonst gut behandeln, kleine Schwester?«

Ich warf meinen Kopf zur Seite, als sein Daumen an meiner Muschi entlang glitt und meinen Kitzler fand. »Wer soll dir sonst geben, wonach dein Körper sich sehnt?«, fragte er.

»Nicht ... *ihr*.« Ich richtete meinen Blick auf ihn, damit er die Wut in meinen Augen sehen konnte. »Fahr zur Hölle, Nick ... *und nimm deine verdammten Brüder mit.*«

Kapitel 17

RYTH

Ich schubste ihn weg und rappelte mich auf.

»Okay.« Nick richtete sich auf und streckte seine Hände aus. »Ganz ruhig.«

Meine Atemzüge waren schwer und scharf und rissen aus meinem Körper, als ich meine Hand zu den Zweigen und Blättern in meinem Haar hob. »Du willst mich nach Hause bringen, Nick? Dann bring mich jetzt *sofort* nach Hause. Aber ich schwöre bei Gott, wenn du mir das noch einmal antust, erzähle ich Mom alles ... *alles*.«

Der Trotz in seinem Blick war wie ein Feuerwerk. »Das wirst du nicht, sonst hättest du es schon längst getan. Es hat dir gefallen, Ryth. Du kannst es dir selbst gegenüber verleugnen, so viel du willst, aber versuch nicht, mich zu belügen.«

Ich begann den Kopf zu schütteln.

»Willst du mir erzählen, dass du nicht nass bist? Ich wette, wenn ich jetzt deine Beine spreizen würde, könnte ich dich als

Lügnerin entlarven.«

Ich erstarrte, unfähig, ein weiteres Wort zu sagen.

Aber das brauchte ich auch nicht. Nick nickte nur. »Ich fahre dich, Ryth, hast du das verstanden? Wenn du *irgendwo* hinwillst, kommst du zu mir.«

Zu ihm kommen ... bei diesen Worten lächelte er. Ich wusste, dass ihm das gefiel und dass er es mochte, wenn ich ihn brauchte. Aber die Wahrheit war, dass ich ihn tatsächlich brauchte, es sei denn ... »Ich könnte jederzeit ...«

»Keine Chance.« Er unterbrach mich mit einem finsteren Blick, bevor er sich umdrehte. »Und komm nicht auf die Idee, meine verdammten Schlüssel zu nehmen, das Auto hat einen Not-Aus-Schalter. Ich würde dir augenblicklich den Motor abstellen und dich am Straßenrand stehen lassen, nur um dir zu beweisen, dass ich recht habe.«

Das würde er auch tun ... das wusste ich. Er deutete mir den Weg. »Komm schon, Ryth. Ich bringe dich nach Hause.«

Die Spannung zwischen uns schien sich zu lösen, als ich wieder in das Auto stieg. Ich schnallte mich an, als er mir einen Seitenblick zuwarf. Dann streckte er die Hand aus und wischte mir den Schmutz von den Knien. »Es soll doch niemand denken, dass wir uns nur im Dreck gewälzt haben, oder?«

»Aber genau das haben wir doch gerade getan«, antwortete ich.

Er lächelte und zwinkerte mir zu. »Nächstes Mal antwortest du auf meine Nachrichten, Ryth.«

Ich sollte jetzt also Anweisungen entgegennehmen? Wenn sie sagten, ich solle springen, musste ich springen. Und wenn ich nicht tat, was sie wollten, *zwangen* sie mich, es zu tun?

Ich konzentrierte mich darauf, geradeaus zu schauen, als Nick den Mustang in den Gang schaltete und aus dem Parkplatz fuhr. Es war nicht richtig, dass sie mich *zwangen*. Aber etwas in mir zitterte angesichts dieser Erkenntnis. Ein Teil von mir, der es wollte. Ich schaute zu Nick hinüber.

»Ich habe es dir schon mal gesagt, Ryth«, murmelte er, ohne in meine Richtung zu schauen. »Du musst nur fragen, dann kannst du dir ansehen, was du willst.«

Oh ... mein ... Gott ...

Ich wette, er würde den Wagen sofort anhalten, wenn ich ihn darum bitten würde. Ich wette, er würde mich auf den Rücken legen und sich um das ständige Pochen zwischen meinen Schenkeln kümmern, das in der Nacht begonnen hatte, als er mich stillgehalten hatte, damit sein Bruder mich anfassen konnte. Aber ich fragte nicht. Ich biss mir auf die Wangen und hielt den Mund, als Nick in unsere Einfahrt fuhr.

»Ryth«, rief Nick, als ich die Tür aufstieß.

Ich erstarrte und meine Hand umklammerte den Griff, aber ich drehte mich nicht um.

»Was immer du brauchst, Prinzessin.«

Ich schluckte schwer, schloss die Tür hinter mir und ging mit eiligen Schritten zur Eingangstür. Ich umklammerte meinen Laptop und raste die Treppe hinauf. Das Einzige, was mich im Moment tröstete, war die Tatsache, dass *sowohl Nick als auch Caleb gehen würden*.

Ich schloss meine Schlafzimmertür und drückte meine Wirbelsäule dagegen. Schritte polterten die Treppe hinauf und verweilten vor meiner Tür, bevor sie weitergingen. Ich verfolgte das Geräusch bis zu seinem Schlafzimmer.

Mein Handy vibrierte. Ich holte es aus meiner Tasche und fand eine Nachricht von Gio.

Gio: Geht es dir gut?

Ich zuckte zusammen, denn ich hasste es, dass er und der Rest der Schule gesehen hatten, was passiert war.

Ja, nur nervige große Brüder. Ich bin jetzt zu Hause und es geht mir gut.

Ich wartete auf die Antwort. Ich brauchte nicht lange zu warten.

Gio: Das sah nicht nach einem großen Bruder aus, Ryth. Eher wie ein eifersüchtiger Freund.

Ich starrte die Nachricht an und wusste nicht, was ich sagen sollte. Am Ende hielt ich mich zurück.

Alles gut, wir reden morgen, Gio.

Aber die Wahrheit war, dass ich nicht mit ihm reden wollte. Ich wollte mit niemandem reden. Sie verstanden nicht, wie es war, in diesem Haus zu leben. *Sie verstanden mich nicht.* Ich hatte keine Angst vor ihnen, nicht mehr. Was auch immer erschüttert worden war, als ich zum ersten Mal hierhergekommen war, war jetzt etwas anderes, etwas genauso Undankbares, genauso kaputt ... *genauso außer Kontrolle.* Ich warf einen Blick auf meine Tür, genau wie sie immer taten.

Aber ich verstand jetzt etwas, was ich vorher nicht verstanden hatte.

Irgendetwas an mir löste etwas in ihnen aus. Ich verstand es nicht. Ich mochte es nicht, aber ich spürte es ganz sicher. Ich hatte es heute in Nicks Augen gesehen und gestern Abend in Tobias', als er seine Hand um meine Kehle gelegt hatte. Sie ertranken im Schmerz ... von der Trauer mitgerissen, und aus irgendeinem Grund krallten sie sich an mir fest, rissen mich in Stücke, weil sie verzweifelt etwas fühlen wollten.

Ich ließ sie fühlen.

Verzweiflung.

Wut.

Lust.

All das.

Als ich mich auf den Weg zum Schreibtisch machte, warf ich einen Blick auf Gios Nachricht. *Eher wie ein eifersüchtiger Freund.*

Ein Freund. Sahen sie sich selbst so? Ich dachte an Tobias und den Hass und die Wut in seinen dunklen Augen. Ein Freund ... vielleicht Nick, aber nicht er. Ich glaubte nicht, dass Tobias sich als etwas anderes als einen Bösewicht sah. Vielleicht brauchte er nur jemanden, der ihm zeigte, dass er im Unrecht war?

Ich klappte meinen Laptop auf, öffnete meine Schlafzimmertür und sah mich im Flur um, bevor ich mich auf den Weg nach unten in die Küche machte. Ich machte mir etwas zu essen und holte mir ein Glas Orangensaft, bevor ich wieder nach oben ging. Das Grunzen und Stöhnen von Sex hallte von unter Tobias' Tür wider.

Ich blieb stehen und lauschte. Für einen Moment dachte ich, er hätte jemanden da drin, bis mir bewusst wurde, dass da niemand anderes war ... nur Tobias ... *der sich einen Porno ansah.* Meine Wangen brannten, als ich mich auf den Weg in mein Zimmer machte und die Tür hinter mir schloss.

Ich versuchte, mich zu beruhigen und mich auf meine Aufgabe zu konzentrieren, aber mein Blick wanderte immer wieder zur Tür. Ich wollte wissen, was er sich ansah, wollte wissen, was ihn erregte. Ich wollte sein Zimmer betreten und seine Sachen anfassen.

Ich wollte ihn anfassen.

Ich schluckte schwer, biss in das Sandwich und nahm einen Schluck Saft, um es herunterzuspülen, dann zwang ich mich zu arbeiten. Ich arbeitete, bis es dunkel war und ich endlich das Geräusch eines Motors hörte, bevor ich mich von meinem Sitz erhob und mich streckte. Ich kam in kleinen Schritten voran und sammelte die Informationen, die ich brauchte, um meinen Fall vorzutragen.

Wenn ich einen ganzen Tag Zeit hätte, um den Rest zusammenzutragen ...

Ich warf einen Blick zur Tür. Wenn ich ein oder zwei Tage zu Hause hätte, würde ich das fertig machen und vielleicht ... vielleicht würde ich Dad sehen können. Ich trat aus meinem Zimmer, ging leise an Tobias vorbei und klopfte vorsichtig an Nicks Tür.

»Ja?«, rief er.

Ich öffnete die Tür, trat ein und schloss sie leise hinter mir. Er saß über die Tastatur gebeugt und beobachtete eine Art Aktienbörse, die ich noch nie gesehen hatte.

»Brauchst du etwas, Prinzessin?«, murmelte er und schaute nicht einmal in meine Richtung.

»Du hast gesagt, du fährst mich, also will ich wohin gehen.«

»Jetzt?« Er blickte auf.

»Nein.« Ich schüttelte den Kopf. »Morgen.«

Dann drehte er sich zu mir um und lehnte sich in seinem Stuhl zurück. »Ich bin ganz Ohr.«

»Das Mitchelton-Gefängnis.«

Er hob eine Augenbraue. »Dein Dad?«

Ich nickte stumm.

»Um wie viel Uhr?«

»Zehn? Ist das okay?«

»Betrachte es als ein Date.« Er wandte sich wieder dem Bildschirm zu und seine Finger flogen über die Tastatur, während er Zahlen eintippte und Tasten drückte. »Brauchst du noch etwas, Ryth?«

Die Art, wie er das sagte, ließ meinen Puls rasen. »Nein«, antwortete ich schnell und ging. Ich schloss die Tür hinter mir und machte mich auf den Weg zur Treppe. Creed schenkte sich gerade einen Scotch ein, als ich die Küche betrat. Ich schaute mich um. »Ist Mom nicht bei dir?«

»Nein.« Er schenkte mir ein Lächeln. »Anscheinend ist sie bei einem Wein- und Käseabend, also sind wir auf uns allein gestellt.«

»Sie ist allein gegangen?«

Er schaute mich an und runzelte die Stirn. »Nein, wie kommst du denn darauf?«

Weil meine Mom keine Freunde hatte, jedenfalls keine, von denen ich wusste ... bis auf Creed.

»Sie ist mit einer Gruppe von Frauen gegangen. Meine Freunde.« Er kam um den Tresen herum und zog mich in eine Umarmung. »Mach dir keine Sorgen, deine Mom ist jetzt gut versorgt.«

Angesichts seiner Worte zuckte ich zusammen. Ich hatte nicht angezweifelt, dass sie gut versorgt war. Es schien, als wolle sie unbedingt ihr altes Leben hinter sich lassen, aber wenigstens nahm sie mich mit. Creed zog sich zurück und blickte auf mich herab. »Weißt du was? Scheiß drauf. Lass die Jungs für sich selbst sorgen, wie wär's, wenn wir beide allein etwas unternehmen. Was sagst du, Kleine?«

Ich hatte für einen Tag genug von seinen Söhnen gehabt. »Klingt gut«, sagte ich lächelnd.

Er lachte und umarmte mich noch fester, bevor er sich von mir löste und ich zum ersten Mal eine tiefe Sehnsucht verspürte. Ich sah Creed zu, wie er um den Tresen herumging, eine Schublade öffnete und eine Handvoll Speisekarten herauszog. »Entscheide dich einfach, was du essen willst.«

Er war nett zu mir und er sah aus, als würde er meine Mom wirklich mögen. Das ... was auch immer es war, fühlte sich gut an.

Ich fragte mich, wie Creeds Frau wohl so gewesen war. Ich fragte mich, was für eine Ehefrau sie gewesen war und ob sie eine gute Mom gewesen war. Bei dem Gedanken daran wurde ich traurig. Tobias war verletzt – die Art von Schmerz, die nicht aus dem Nichts kam. Sie hatte ihre Söhne geliebt, und sie hatte eine Leere hinterlassen.

Ich umrundete den Tresen und spürte den schmerzhaften Verlust, den die Frau, die ich nicht gekannt hatte, verursacht hatte, und dieses Mal war ich diejenige, die Creed umarmte. Ich schlang meine Arme um seine Taille. Er versteifte sich kurz, dann schmolz er dahin und zog mich an sich.

Gott, das hatte ich vermisst.

Ich vermisste Dad, auch wenn er noch nie so gewesen war, noch nie so anhänglich und nur selten zu Hause. Tränen traten mir in die Augen und rutschten heraus. Creed schien zu verstehen und hielt mich wortlos in seinen Armen, während ich schluchzte.

Ich wusste nicht, warum ich weinte. Aber ich wusste, dass einige meiner Tränen nicht für mich bestimmt waren. Sie waren für die Arschlöcher da oben. Die Arschlöcher, die mir langsam ans Herz wuchsen. Ich ertappte mich dabei, wie ich mich in sie verliebte ... in sie und in diese gestörte, kaputte Familie.

»Bist du okay?«, fragte Creed und brach den Bann.

Ich ließ meine Arme sinken, wischte mir über die Wangen und nickte. »Klar, ich bin nur müde, glaube ich.«

»Alles in Ordnung heute?«

Ich begegnete seinem Blick und seine dunklen, graublauen Augen schienen sich zu verfinstern. Seine Augen verengten sich, als ich den Blick abwandte.

»Sie wissen ... wissen über Dad Bescheid. Die Kinder in der Schule, meine ich.«

Er packte mich sanft am Arm und zwang meinen Blick zu ihm. »Haben sie etwas zu dir gesagt?« Sein Ton wurde kalt. »Haben sie dir ... wehgetan?«

Der Schubs fiel mir wieder ein, aber ich schüttelte den Kopf. »Es ist in Ordnung.«

»Es ist nicht in Ordnung, wenn sie dir wehtun, Ry.«

Der Schmerz in mir, der schon zu viel für diesen Mann und diese Familie empfand, schwoll an. »Es ist nichts, womit ich nicht umgehen kann.«

»Okay«, seufzte er. »Das respektiere ich. Aber wenn es doch einmal zu viel wird, möchte ich, dass du zu mir kommst.«

Ich schenkte ihm den Anflug eines Lächelns und nickte.

»Versprochen?«

Mein Lächeln wurde noch breiter. Er konnte es einfach nicht lassen, oder? Es war leicht zu erkennen, woher seine Söhne ihre Hartnäckigkeit hatten. »Und wenn du dich nicht wohl dabei fühlst, es mir zu sagen, dann möchte ich, dass du mit den Jungs redest. Sie kennen die Schule und werden dir helfen. Außerdem«, sagte er und schmunzelte. »Sie scheinen dich sofort ins Herz geschlossen zu haben. Ich habe Nick schon lange nicht mehr so weit weg von seinen verdammten Spielen gesehen.«

Mein Körper verkrampfte sich, als ich mich daran erinnerte, wie er mich wie eine Göre über die Schulter gehievt und vor allen Leuten zum Auto getragen hatte.

»Also, was das Essen angeht.« Creed schob die Speisekarten in meine Richtung. »Es ist dein Abend, also deine Wahl.«

Ich entschied mich für mein Lieblingsessen, Chinesisch, und als das Essen kam, saßen wir im Wohnzimmer und versuchten, uns gegenseitig mit unseren erbärmlichen Fähigkeiten im Umgang mit Stäbchen zu beeindrucken. Ich musste lachen, als er frustriert in eine Teigtasche stach und sie wie ein Höhlenmensch verspeiste.

Als Mom nach Hause kam, war ich glücklich und satt. Creeds Ärmel waren hochgekrempelt und er grinste so albern, als sie leicht angetrunken hereinkam. Mom warf einen Blick auf uns beide, wie wir lachend auf dem Sofa saßen, und gluckste. »Sieht aus, als hättet ihr eine bessere Nacht gehabt als ich.«

Gutes Essen.

Gute Gesellschaft.

Ein gemütliches Zuhause.

Was könnte ich mir mehr wünschen?

Mom lachte wieder, stieß sich die Schuhe ab und ging in die Küche. »Ich brauche Wasser.«

Ich sah ihr nach und ließ meinen Blick zu dem Schatten hinter Creeds Schulter auf der Treppe schweifen, ein Schatten, der sich bewegte, als ich länger hinschaute, ein Schatten, der vorwärts trat und mich anschaute, als hätte ich ihn betrogen.

Ein Schatten, der mein Stiefbruder war ...

Tobias.

Kapitel 18
RYTH

»Bist du bereit, Prinzessin?«

Ich hob meinen Blick von der Tastatur und blickte immer noch finster drein. »Ja.«

»Bedrückt dich etwas?« Er trat näher und betrachtete das Durcheinander von Informationen, die auf hundert verschiedenfarbige Klebezettel gekritzelt waren, die an der Wand hinter meinem Schreibtisch hingen. »Sieht kompliziert aus.«

»Ist es auch.« Ich schob mich nach oben, trat um ihn herum und schnappte mir meine Tasche. »Ich glaube, ich sterbe an Altersschwäche, bevor ich es fertig habe.«

»Wenigstens hast du etwas mehr Zeit«, sagte er vorsichtig. »Schließlich bleibst du die nächsten paar Tage zu Hause.«

Meine Wangen brannten bei der Erinnerung daran. Gestern Abend hatte Creed Mom erzählt, dass ich Probleme in der Schule hatte und dass mich das anscheinend sehr belastete. Ich hatte nicht vorgehabt, vor ihm zusammenzubrechen und zu weinen. Ich hatte nicht vorgehabt, vor irgendjemandem zu weinen. Es war einfach passiert.

Aber Mom nickte nur und strich mit ihren Fingern über meine Wange und über mein Mal, bevor sie mich an sich zog. Ich glaube, es war vor allem der Alkohol, der sie dazu brachte, mich zu umarmen. Aber ich ließ es trotzdem zu. Das war die Mom, an die ich mich erinnerte, die auf dem Boden der Tatsachen stand und nicht distanziert und kalt war.

Sie hatte kein Problem damit, dass ich zu Hause blieb, machte nicht einmal einen Aufstand, als ich sagte, dass ich Dad besuchen wollte, sondern nickte nur vorsichtig. Aber sie konnte ihre Erleichterung nicht verbergen, als ich ihr sagte, dass Nick mich fahren würde. Stattdessen schien sie überglücklich zu sein und schwärmte davon, wie gut sich die Jungs um mich kümmerten.

Wenn sie nur wüsste.

Ich unterdrückte ein Schaudern.

»Ich hole nur meine Tasche und ein paar Snacks.« Ich trat um ihn herum und griff nach meiner Umhängetasche und meiner Jacke.

»Snacks«, murmelte Nick und schüttelte den Kopf. »Was glaubst du, Ryth, was das hier ist, ein verdammter Schulausflug?«

Ich warf ihm einen bösen Blick zu. »Ich kann nicht zulassen, dass du dein ganzes Geld für Essen und Benzin ausgibst.«

Er schaute mich mit starrem Blick an und lachte dann laut auf. »Mein ganzes Geld, was?« Er trat näher heran und begegnete meinem Blick. Alles, was ich sah, war das Gold in seinen Augen. »Du müsstest die nächsten hundert Jahre jeden Tag dein Körpergewicht in Lebensmitteln essen, um mich auch nur annähernd auszunehmen, kleine Schwester. Also, danke für deine Sorge, aber ich denke, ich schaffe das schon.«

Hundert Jahre? Ich schaute ihn verwirrt an.

»Denkst du, ich sitze den ganzen Tag da drin und zocke?« Er strich mir mit der Hand die Haare aus dem Gesicht und sein Blick bohrte sich in meinen. »Kleine Schwester, ich habe so viel Geld in Bitcoin, dass ich nie wieder einen Finger rühren muss ... und meine Frau und meine verdammten Kinder auch nicht.«

Mein Atem stockte.

Frau ...

Kinder ...

Angesichts der Worte verkrampfte sich mein Herz, während der Raum um mich herum schwankte. Ich fühlte, wie ich den Halt verlor. Wir das Bedürfnis aufkam, mich an ihm festzuhalten. Dieses kranke, hungrige Bedürfnis, das mich zu kontrollieren schien, wenn ich in ihrer Nähe war.

»Geht es dir gut, Prinzessin? Du schaust mich gerade so komisch an.« Nick ließ seine Finger über meinen Hals gleiten und wusste genau, welche Kraft er auf mich ausübte.

»Mir geht es gut«, murmelte ich und schluckte.

Er lächelte und wurde immer frecher, bevor er seine Hand fallen ließ und wegging. »Damit wäre das ja geklärt«, rief er mir über die Schulter zu, als er aus meinem Zimmer schritt. »Keine verdammten Snacks im Auto.«

Ich schnaubte. Das war alles, was ihn interessierte, oder? Sein verdammter Mustang.

Ich folgte ihm und schwieg die ganze Zeit, als wir nach draußen gingen und in das dunkle Biest stiegen. Ehe ich mich versah, waren wir schon auf der Straße, vorbei an den grünen Wäldern diesseits der Stadt und auf dem Weg zum Highway.

Das letzte Mal, als ich diese Fahrt unternommen hatte, war ich mit Creed und Mom unterwegs gewesen, am Tag bevor sie ...

Bevor sie ...

Zusammengekommen waren.

Ich zuckte zusammen und starrte aus dem Fenster. »Was glaubst du, wie lange das schon so ging?«

Nick warf mir einen Blick zu, schaltete einen Gang höher und überholte die anderen Autos in gleichmäßigem Tempo. Sie flogen an uns vorbei, oder vielleicht war es auch andersherum. Ich war zu verängstigt, um hinzusehen.

»Deine Mom und mein Dad, meinst du?«

Ich nickte und wandte mich ihm zu.

Er biss den Kiefer zusammen. Vielleicht hatte er noch nie darüber nachgedacht, vielleicht hatte er es aber auch und die Antwort gefiel ihm nicht. So oder so spielte es keine Rolle.

»Lange genug. Ich glaube, das reicht als Antwort«, sagte er schließlich und beendete das Gespräch.

Aber ich war noch nicht fertig mit den schweren Fragen, und jetzt, wo ich Nick zumindest für die nächsten Stunden bei mir gefangen hatte, wollte ich so viel wie möglich herausfinden. »Wie war sie so, deine Mom, meine ich?«

»Mein Gott, Ryth«, murmelte er und fuhr in Richtung der Auffahrt, die uns nach Westen bringen würde. Eine Weile herrschte Schweigen, bis er zu reden begann. »Du weißt doch, wie es ist, wenn ein Sturm die Sonne verschluckt. Wenn es so dunkel wird, dass man meinen könnte, es sei Nacht. Wenn man einfach nur da steht und auf den ersten Donnerschlag und den Regen wartet ... Und dann ändert das Gewitter sich plötzlich. Er löst sich auf und durch die Risse des Sturms scheint die Sonne, die schon immer da war ...« Er verstummte, dann blickte er in meine Richtung und bei seinen nächsten Worten zitterte seine Stimme. »Sie war diese Sonne. Sie war jedermanns Sonne. So war sie.«

Naomi Banks.

Ich sah ihren Namen noch immer auf dem Aufkleber, der um die rostfreien medizinischen Geräte gewickelt gewesen war.

»Sie war herzlich und liebevoll. Sie hat Tobias sehr geliebt und er hat sie genauso sehr geliebt.«

Hörte ich da ein Echo der Trauer? Als wäre er nicht eifersüchtig auf diese Liebe gewesen, aber trotzdem traurig, dass er sie nicht auf die gleiche Weise bekommen hatte.

»Wie hat sie dich geliebt?«

Sein Lächeln erschien augenblicklich. »Es war einfach. Sie hat mich gelehrt, unabhängig zu sein. Fallschirmspringen, Motocross-Rennen, sie hat mich sogar mit zum MMA genommen, damit ich mir den Arsch versohlen lassen konnte.«

»Klingt grausam.«

Sein Grinsen wurde breiter. »Ich habe jede Sekunde genossen. Aber noch wichtiger ist, dass sie mir etwas über

Kryptowährungen beigebracht hat und wie man ein Trader wird.«

»Oh, das war also die Börse, an der du gestern gearbeitet hast.«

Er nickte. »Ja, ich habe einen Haufen verkauft und wieder einen Haufen eingekauft. Sie hat mir beigebracht, worauf ich achten muss: ein kleines Unternehmen mit einer soliden Basis und der Möglichkeit zur Expansion. Das ist es, was ich tue. Ich kaufe und handle.«

Deshalb hatte er also keinen Job, zu dem er ging.

»Mom hat mir das beigebracht, in all den Stunden, in denen ich in Vorstandssitzungen saß und ihr zuhörte, wie sie Unternehmen zerlegte und von Grund auf besser wieder aufbaute.«

Ich zuckte zusammen und richtete meinen Blick auf ihn. »Vorstandssitzungen? Aber ich dachte ...«

Er begegnete meinem Blick und sah mich finster an. »Du dachtest was? Du dachtest, Dad sei derjenige, der das Geld verdient hat? Dass er derjenige war, zu dem alle aufgesehen haben?«

Aber all diese Karten, adressiert an Creed. Ich hatte einfach angenommen, dass er die treibende Kraft in der Familie war ... Aber da hatte ich mich wohl geirrt.

»Mom sagte, sie hätten sich in Harvard kennengelernt und dass es für sie Liebe auf den ersten Blick gewesen war. Dad hingegen brauchte ein wenig Überzeugungsarbeit. Aber sie hatte noch nie eine Herausforderung erlebt, bei der sie nicht alles gegeben hätte, also kamen sie zusammen und verlobten sich. Als sie ihren Abschluss machte, schloss sie ihn mit mehreren Auszeichnungen ab. Es dauerte nicht lange, bis sie von einem großen Unternehmen übernommen wurde, bei dem sie eine Zeit lang blieb, bis sie mit Caleb schwanger wurde und sich selbstständig machte.«

»Das klingt beeindruckend«, sagte ich ehrfürchtig.

»Das war sie ... und sie ist es immer noch.«

Ich blickte in Richtung Straße. »Kein Wunder, dass Tobias uns hasst.«

»T ist einfach T. Ihr Tod hat ihn hart getroffen, härter als uns alle. Nimm es nicht persönlich.«

Ich warf ihm einen Blick zu. Es war leicht für ihn, das zu sagen. Es war nicht sein Körper, den sein Bruder unter dem Tisch missbraucht hatte, als unsere Eltern ihre Verlobung bekannt gegeben hatten. Eine Verlobung, die irgendwann zu Ende gehen würde ... und zwar bald.

Was dann ...

Was passierte nach der Hochzeit, wenn es keine Möglichkeit mehr gab, Tobias oder Nick aus dem Weg zu gehen? Ich warf einen Blick auf seine schwarzen Jeans, seine dicken Stiefel und die silbernen Ringe an seinen Fingern. Dann betrachtete ich die harten Muskeln unter seinem Hemd. Muskeln, von denen ich wusste, dass er sie täglich im Fitnessstudio im Erdgeschoss des Hauses trainierte. Ich hatte gesehen, wie er die Treppe hinauf zum Badezimmer gegangen war, sein Hemd durchnässt und an seiner Haut geklebt.

Tobias hatte ich nicht gesehen. Er zog es vor, frühmorgens aus der Einfahrt zu fahren, um Stunden später nach Hause zu kommen und, wenn er richtig sauer war, seine Turnschuhe anzuziehen und loszurennen. Caleb auch nicht, obwohl er nachts wegging. Jedes Mal, wenn ich versuchte, von der Tür meines Schlafzimmers aus einen Blick auf ihn zu werfen, war ich nicht schnell genug. Nein, Caleb mochte die Nacht und kam bei Tagesanbruch nach Hause.

Ich hörte ihn, hörte seine leichten Schritte im Treppenhaus, hörte, wenn er im Flur vor meiner Tür verweilte und schließlich ging. All das hörte ich, wenn ich im Bett lag, mein Atem in meiner Brust gefangen war und mein Puls zwischen meinen Schenkeln pochte.

Ich presste meine Knie zusammen und beobachtete, wie sich die Landschaft veränderte, als wir die Stadt hinter uns ließen und nach Mitchelton fuhren. Es war nicht allzu weit aus der Stadt heraus, aber weit genug, dass ich Nick beobachten konnte, wie er den Wagen gekonnt manövrierte. Je länger ich ihn beobachtete, desto mehr sah ich.

Ich sah die Jahre des puren Adrenalinrausches, erkannte es an seiner harten und schnellen Fahrweise und daran, dass es ihm scheißegal war, was die anderen von ihm dachten. Ich erinnerte mich daran, wie er sich auf mich gestürzt und mich über seine Schulter geworfen hatte, als ich aus der Schule gekommen war.

Als könnte er meine Gedanken lesen, murmelte er: »Bist du noch sauer auf mich wegen gestern?«

»Ja«, schnauzte ich. »Das bin ich.«

Er lächelte. »Gut. Ich mag es, wenn du etwas mehr Biss hast.«

Ich holte aus und schlug ihm gegen die Schulter. »Ich werde dir Biss geben.«

»Das will ich auch hoffen«, antwortete er und ließ seinen Blick über meinen Körper gleiten, bevor er sich wieder der Straße zuwandte. »Beiß mich, leck und dann schluck. Und zwar in genau dieser Reihenfolge.«

Hitze stieg mir in die Wangen und ich zwang meinen Blick weg.

»Ich liebe es, wenn du so rot wirst, Ryth. Das macht Dinge mit mir ... gefährliche Dinge. Dinge, die mich dazu bringen, einen verdammten Umweg zu machen und uns einen anderen abgelegenen Park zu suchen.«

Seine Worte ließen mich nur noch mehr erröten. »Das ist nicht lustig«, murmelte ich und versuchte, meine Atmung unter Kontrolle zu halten.

»Die Beule in meiner verdammten Jeans ist auch nicht lustig.«

Ich versuchte, nicht hinzusehen ... das tat ich wirklich. Trotzdem drehte ich den Kopf und warf einen Blick auf seinen Schritt. Mein Blick blieb auf der dicken, runden Beule haften und ich fragte mich, wie groß er wirklich war ... bis er mich erwischte.

Sein leises Glucksen hallte durch das Auto und verstummte, als er den Blinker setzte und auf die Straße mit den Schildern zum Mitchelton Gefängnis abbog. Die Sonne schien und prallte von den Dächern der Autos auf dem Parkplatz ab.

Der Mustang schlängelte sich durch die Parklücken und fand einen Platz in der Nähe des Eingangs, bevor Nick den Motor abstellte. »Soll ich mit dir reinkommen?«

Ich starrte die hohen Zäune und das kalte, hässliche Backsteingebäude an und schüttelte den Kopf. »Danke, aber ich schaffe das schon.«

Ich wartete nicht, bevor ich die Tür aufstieß.

»Ich bin hier«, sagte Nick, bevor ich die Tür schloss.

Diese Worte blieben mir im Gedächtnis, als ich auf den Eingang zusteuerte. Es war, als wüsste er, dass ich etwas zum Festhalten brauchte, als ich durch die automatische Tür trat und von den Wachen aufgehalten wurde. Ich gab meinen Namen und meine Daten an, dann wurde ich zügig durchsucht und die Besucherliste überprüft, bevor ich den Raum betreten durfte, um Dad zu sehen.

Ich wartete und mein Knie wippte vor Nervosität, die erst verschwand, als die Tür aufging. Aber es war nicht Dad, der hereinkam. Ich wartete ... und je länger ich wartete, desto aufgeregter wurde ich. Warum dauerte das so lange? *Wollte er mich nicht sehen?*

Die Worte trafen mich wie ein Stich in die Brust, bis sich schließlich die Türen öffneten und ein alter Mann heraus schlurfte. Es dauerte eine Sekunde, bis ich merkte, dass es Dad war. Er ging gebückt, mit einem langsamen, hinkenden Gang und erst als er nahe an der Plexiglaswand war, hob er den Kopf und sah mich an.

Es ging ihm schlecht ... wirklich schlecht. Ein Auge war schwarz und geschwollen, die Seite seines Gesichts aufgeschürft und blutig, seine Lippen dick und ihm fehlte ein Zahn.

»Dad?«

Diesmal gab es kein Lächeln, kein ›*Es geht mir gut, Ry. Mir geht's gut.*‹

Es gab nur ein Zucken und ein langsames, schmerzhaftes Absinken auf den Stuhl, der vor ihm stand. Bei seinem Anblick stiegen mir die Tränen in die Augen.

»Ryth, Schatz ... nicht. Nicht weinen.«

»W–Wer hat dir das angetan?«

Er schüttelte leicht den Kopf. Die geschwollenen Lippen öffneten sich.

Wärme rann mir über die Wangen. Ich machte keine Anstalten, die Tränen wegzuwischen. »Und sag mir nicht, dass du es unter Kontrolle hast.«

»Es ist nur ein Missverständnis, das ist alles.«

»Die *Rossis*?«

Er zuckte zusammen und sah sich um, wobei seine Panik kurz aufflammte. »Ryth, nein.«

Ich ballte meine Faust und lehnte mich dicht an die Barriere. »Dann sag es mir? Wer?«

»Ich weiß es nicht«, murmelte er und begegnete meinem Blick. »Und das ist die reine Wahrheit. Irgendjemand da draußen hat mich reingelegt. Ich weiß nicht, wer oder warum. Aber ich habe Leute, die daran arbeiten, es herauszufinden.«

»Du meinst Creed Banks?«

Dad nickte. »Er ist ein guter Kerl, Ry. Er wird deine Mom gut behandeln, besser als ich es je getan habe.«

»Sag das nicht«, flüsterte ich. Aber ich sah die Wahrheit in seinen Augen. Er glaubte es und das war gefährlich.

Ein Mann ohne Hoffnung war ein Mann, der kampflos unterging, und genau das sah ich, als ich ihn ansah.

Er griff nicht einmal nach einem Seil.

»Dad, du musst weiterkämpfen. Ich *will*, dass du nach Hause kommst.«

»Welches Zuhause, Kleine?«

Ich richtete mich auf und drückte mich gegen die Barriere. »Ich ... *Ich bin doch dein Zuhause, oder?*«

»Setz dich hin!«, rief der Wächter.

Ich ließ mich wieder auf den Stuhl sinken. In Dads Augen blitzte der Zorn auf, als er den Wachmann anfunkelte. Ich bemerkte diesen Blick. Er hatte nicht ganz aufgegeben, noch nicht. Ich hatte noch eine Chance.

»Ich habe gehört, dass die Hochzeit bald stattfindet«, sagte er leise. »Du musst für mich tun, was deine Mom braucht, Ry. Tu das für mich, denn ich kann es nicht. Ich kann ihr kein Glück schenken, aber du schon.«

»Das werde ich ... wenn du mir versprichst, dass du weiter kämpfst.«

»*Zeit abgelaufen, Castlemaine!*«, rief der Wächter.

Ich schüttelte den Kopf. »Aber wir hatten noch keine ganze Stunde.«

Dad schüttelte nur den Kopf und erhob sich vorsichtig, ohne auch nur einen Mucks von sich zu geben.

»Dad, wir hatten unsere Stunde noch nicht.«

Er schenkte mir ein Lächeln und trat zur Seite. »Ist schon gut, Schatz«, sagte er vorsichtig. »Wir haben noch viel Zeit, wenn ich raus bin.«

Er schimmerte, als frische Tränen meine Augen füllten. Ich sah hilflos zu, wie er davon schlurfte. Mit einem Nicken an den Wachmann schritt er durch die offene Tür und war verschwunden. Da verstand ich.

Ich verstand, warum er so lange gebraucht hatte.

Ich verstand, warum der Besuch abgebrochen worden war.

Er wollte mich nicht sehen.

Ein Wimmern brodelte in mir auf und riss sich los. Ich schlang meinen Arm um meine Taille und bebte unter dem Gewicht des Schmerzes. Aber es war nicht genug ... nichts reichte aus, um die Qualen in mir zu lindern. Ich stieß mich von dem Stuhl ab und stolperte unter Qualen aus dem Besuchsraum und den Flur entlang.

Ich hörte die Wachen kaum, als sie mit mir sprachen, sah kaum, wie sich meine Hand über das Blatt bewegte, als ich meinen Namen unterschrieb. Als ich in den Sonnenschein stolperte, verwandelte sich der Schmerz, der in mir brodelte, in einen Schrei. Ich stolperte vorwärts und konnte durch meine Tränen nichts mehr sehen.

Ich war kurz davor, zusammenzubrechen ...

Ich würde zusammenbrechen.

Ich würde fallen ...

»Ich habe dich.« Arme legten sich um mich. Ich spürte warme Haut. »Ich habe dich, Ryth. *Halt dich an mir fest.*«

Ich ließ meinen Kopf gegen ihn sinken, als mich das Schaudern überkam.

Er war alles, woran ich mich festhalten konnte.

Mein Anker in einer stürmischen See.

Das Zittern überkam mich. Nick führte mich zurück auf den Parkplatz und zum Mustang. »Steig ein, Prinzessin. Ich bringe dich hier raus.«

Diesmal wehrte ich mich nicht, sondern ließ zu, dass er die Tür öffnete und mich hineinließ, bevor er den Sicherheitsgurt anlegte. Ich zuckte zusammen, als die Beifahrertür zuschlug. Dann schritt er um den Wagen herum und stieg hinter das Lenkrad.

Das Auto sprang mit einem Aufheulen an und die Reifen quietschten, als wir aus dem Parkplatz fuhren.

»Hey.« Er griff über den Sitz und nahm meine Hand.

Ich starrte seine Finger an und ließ den Kopf sinken. Tränen fielen auf seinen Arm, aber er bewegte sich nicht. Er lenkte das Auto mit einer Hand und fuhr so schnell er konnte von dort weg.

Ich schloss meine Augen und krallte meine Finger um seine. Als er den Wagen verlangsamte und mich dazu brachte, den Kopf zu heben, waren wir nicht mehr in der Nähe des Gefängnisses. Wir waren irgendwo abgebogen und fuhren nun auf einen Imbiss mitten im Nirgendwo zu.

Nick lenkte den Wagen auf den Parkplatz und hielt auf einem schattigen Platz unter einer großen Eiche an, weit weg von allen anderen. Der Platz erinnerte mich an unseren Park, wo er mich zu Boden geworfen hatte.

Er stellte den Motor ab, machte aber keine Anstalten, auszusteigen. Stattdessen drehte er sich zu mir um und begegnete meinem wässrigen Blick. »So schlimm, was?«

Ich nickte und die Worte blieben mir in der Kehle stecken.

Die Blätter des Baumes bewegten sich über uns, erfasst vom Wind.

»Ich konnte auch nicht sprechen, als ich Mom das erste Mal an diese Maschinen geschnallt gesehen habe. Ich war wie erstarrt, wie ein verdammtes Kind, und dann bin ich rausgegangen. Ich ging in die nächste Bar, trank mich besinnungslos und geriet dann in eine Schlägerei.« Sein Kummer tat mir genauso weh wie ihm selbst. »Ich kann immer noch kein einziges verdammtes Wort mit jemandem darüber reden. Lieber würde ich mir einen Knochen brechen, als darüber zu reden. Du bist die einzige Person, der ich es je erzählt habe, die einzige, die weiß, was ich getan habe. Aber ihr Tod war verdammt schwer für mich und schlimmer als alles, was ich je gefühlt habe. Ich erzähle dir das, weil ich weiß, was so etwas mit einem macht. Ich weiß, wie sich Einsamkeit anfühlt, selbst wenn man in einem Haus mit einer Familie lebt.«

Dieses Mal war ich diejenige, die nach seiner Hand griff.

Seine große, schöne Hand. Ich starrte die Ringe an seinen Fingern an, als die verdammte Wand in mir zerbrach. »Er wollte mich nicht sehen.«

»Scheiße, das hat er gesagt?«

Ich schüttelte den Kopf. »Brauchte er nicht. Ich habe ewig gewartet, dann kam er in letzter Minute herein. Zuerst habe ich ihn gar nicht erkannt. Sie haben ihn schon einmal verprügelt, aber dieses Mal war es anders. Diesmal wollten sie ihn nicht nur verletzen, sondern töten.«

»Mein Gott, Ryth.«

»Sein Auge war schwarz, die ganze Seite seines Gesichts zerkratzt und blutig. Ihm hat ein Zahn gefehlt, er hat gehumpelt und seinen Arm an den Körper gepresst.«

Nick war still.

»Er hat mich aufgegeben.«

»Das weißt du doch gar nicht.«

Ich lächelte, aber das Lächeln war voller Kummer. »Doch, das weiß ich. Er hat mir gesagt, dass ich Mom glücklich machen soll und dass Creed ein besserer Ehemann sein wird, als er es je war.« Ich schniefte und ließ seine Hand los, um das Chaos wegzuwischen.

»Alles wird gut. Mein Vater wird den Kampf nicht aufgeben und deine Mom auch nicht. Es muss doch jemanden geben, der etwas weiß.«

»Sie haben ihn reingelegt.« Es war mir egal, wie hässlich ich in diesem Moment aussah. Ich wollte, dass er es verstand. »Auf keinen Fall war er unloyal. Er ist loyaler als jeder andere, den ich kenne.«

»Für einen Drogendealer.«

Mir stockte der Atem. Tief im Inneren wusste ich es ... *vielleicht hatte ich es schon immer gewusst.* »Ja, für einen Drogendealer.«

Nick nickte. Zumindest zwang er mich, ehrlich zu sein und die Wahrheit zu sagen, wie sie war. Keine Heuchelei, keine Lügen. Die hässliche, brutale Wahrheit. Genau wie das verdorbene Verlangen zwischen uns.

»Sie werden heiraten«, sagte Nick leise. »Es gibt kein Entrinnen, Ryth.« Er strich mit seinem Daumen über meinen Handrücken. »Du musst darauf vorbereitet sein.«

Ich war darauf vorbereitet ... das dachte ich zumindest.

Aber war ich wirklich bereit für sie?

Ich wusste es nicht ...

Aber ich hatte das Gefühl, dass ich es herausfinden würde.

Und zwar bald.

Kapitel 19
RYTH

Sie werden heiraten ... Darauf musst du vorbereitet sein.

Nicks Worte verfolgten mich, als wir in das kleine Diner gingen, Cheeseburger aßen, Cola tranken und dann nach Hause fuhren. Ich verbrachte den Rest des Tages damit, mich auf meine Aufgabe zu konzentrieren und fühlte mich betäubt und leer, nachdem ich Dad gesehen hatte, bis die Haustür zuschlug und Moms Stimme ertönte.

»RY! RY, LIEBES!«

Ich schob meinen Stuhl zurück und rannte die Treppe hinunter, wo ich die Kücheninsel mit Tüten beladen vorfand.

Mom drehte sich um, ihre Augen leuchteten vor Freude und sie hielt mir ihre Hand hin. »Kleider.«

Ich trat verwirrt näher heran.

»Für dich, als meine Brautjungfer.« Sie eilte auf mich zu. »Wenn wir uns für einen Entwurf entschieden haben, den du magst, können wir am Samstag zusammen anprobieren gehen.«

»Samstag?« Ich warf einen Blick in ihre Richtung und rechnete im Geiste aus, wie viel Arbeit ich noch an diesem verdammten Aufsatz hatte, um eine gute Note zu bekommen.

»Ja, Samstag. Die Hochzeit ist in einer Woche.«

Ich schluckte schwer. Natürlich war sie das. Es war wirklich so weit ...

»Also, Samstag.« Mom trat näher heran und fasste mich an den Schultern. »Du bist damit einverstanden, oder? Du hast deine Meinung nicht geändert?«

»Ihre Meinung über was geändert?«

Ich zuckte beim Klang seiner Stimme zusammen und drehte mich um, um zu sehen, wie Tobias in die Küche schlenderte, nur mit einer engen schwarzen Jeans bekleidet. Moms Augen weiteten sich, als sie seinen harten Bauch und seine muskulöse Brust betrachtete, bevor sie den Blick abwandte. Ihr stieg eine leichte Röte in die Wangen. »Die Hochzeit, natürlich.«

Tobias schnappte sich ein Glas aus dem Schrank und ging langsam zum Waschbecken, um den Wasserhahn aufzudrehen. Das hätte er nicht tun müssen. Ich wusste, dass er einen kleinen Kühlschrank in seinem Zimmer hatte, und ich wusste auch, dass er ihn immer gut gefüllt hatte ... warum also die Vorführung?

Er stellte den Wasserhahn ab und drehte sich um, seinen Blick auf mich gerichtet. »Warum um alles in der Welt sollte sich jemand der wahren Liebe in den Weg stellen wollen, stimmt's, Ryth?«

»Richtig«, antwortete ich vorsichtig und beobachtete, wie das Funkeln in seinen Augen noch ein bisschen heller wurde.

»*Oh, Mist, ich habe die Schuhe vergessen!*«, rief Mom, als sie von der Küche zur Tür rannte.

Tobias stellte sein Glas lässig hinter sich auf den Tresen und schlenderte auf mich zu. »Ich habe gehört, dass deine kleine Fahrt mit meinem Bruder ... *interessant* war.« Er warf einen Blick in Richtung Haustür und mein Puls stotterte, als er näher trat und sich zu mir herunterbeugte, um mir etwas ins Ohr zu murmeln. »Das ist deine letzte Warnung, pack deine geldgierige Hure von einer Mom ein und verschwinde aus meinem Haus.«

Seine Worte brannten mir wie Säure in der Magengrube. Meine Mom mochte vieles sein ... aber eine Hure war sie nicht. Ich drehte meinen Kopf und begegnete seinem Blick. »Und was passiert, wenn ich es nicht tue?«

Seine Lippen kräuselten sich zu einem kühlen Lächeln. »Wenn nicht, dann bist du Freiwild. Ich gebe dir bis zur Hochzeit Zeit, Ryth ... dann gehörst du *mir*.«

Er erwartete, dass ich vor ihm zurückschreckte, dass ich davonhuschte wie die kleine Maus, für die er mich hielt. Er dachte, er könnte mir Angst einjagen. Ich richtete meine Wirbelsäule auf, schaute ihm direkt in die Augen und antwortete. »Ich glaube, du bist nur ein verletzter kleiner Junge und vermisst deine Mom. Das kann ich verstehen. Aber deine Wut und deinen Schmerz an mir oder meiner Mom auszulassen, ist nicht der richtige Weg.«

In seinen Augenwinkeln zuckte es, ein winziger Hinweis. »Du denkst, ich habe Schmerzen? Oh, wie süß. Ich werde dir zeigen, was Schmerzen sind, kleine Maus.«

Moms eilige Schritte zogen meinen Blick auf sich.

Ehe ich mich versah, bewegte er sich und kniff mir fest in die Brustwarze, bis ich zusammenzuckte und aufschrie. Dann war er weg und ließ mich zurück, um die Qualen zu verbergen, während Mom mit geröteten Wangen und keuchendem Atem herbeieilte. »Oh, ist T weg?«

Seine schweren Schritte polterten auf der Treppe. Ich kämpfte gegen das Bedürfnis an, ihn anzuschreien, zu kämpfen und zu treten ... und zu weinen. Er war ein Mistkerl! Ein grausamer, manipulativer *Mistkerl!*, der dachte, er könnte mich einschüchtern, damit ich meiner Mom das Herz brach.

Ich gebe dir bis zur Hochzeit Zeit ...

Ich ballte meine Hände zu Fäusten und kämpfte gegen den Drang an, die Treppe hinauf zu stürmen, an seine Tür zu klopfen und ihm ins Gesicht zu schreien: »*Fick dich! Und scheiß auf deine Ultimaten!*«

Meine Brustwarze pochte höllisch, schmerzte und war geschwollen. Ich hasste es, wie es zwischen meinen Schenkeln widerhallte. Ich hasste es, dass er mich hasste und dachte, es sei okay, wenn er mich anfasste. Ich zuckte vor Unbehagen zusammen und kämpfte gegen das Bedürfnis an, meine Brust zu reiben.

Er wollte eine verdammte Schlacht?

Er wollte einen Krieg?

Dieses Spiel konnten auch zu zweit spielen.

»Die Kleider«, sagte Mom hoffnungsvoll und zog meinen Blick auf sich.

Ich zwang mich zu einem Lächeln. »Los geht's.«

Sie klatschte in die Hände wie ein aufgeregtes Schulmädchen und ihre Augen leuchteten, als sie lachte. »*Ich wusste, dass du dich freuen würdest.*«

Sie zog rosa Chiffon und goldenen Satin hervor und reichte sie mir nacheinander. Ich schnappte sie mir, lief die Treppe hinauf, um sie nacheinander anzuprobieren und vor ihr zur Schau zu stellen, und jedes Mal, wenn ich die Treppe hinunterging, schaute ich zu Tobias' Tür.

Wir entschieden uns für ein rosafarbenes, trägerloses Kleid, das meine Taille betonte, und weiße Heels.

»Fantastisch«, strahlte Mom, als ich auf sie zuging.

Die Haustür öffnete sich, als ich in den Flur trat.

»Wow«, murmelte Nick und zog damit Moms Blick auf sich.

»Ich weiß, oder? Sieht sie nicht wunderschön aus?« Mom trat näher, griff nach meinen Haaren und strich sie von dem hässlichen Muttermal weg, dann wickelte sie die Strähnen auf meinen Kopf.

»Mom.« Verlegen riss ich mein Haar aus ihrer Hand.

»Ich finde, du siehst wunderschön aus, Ryth«, sagte Nick in einem vorsichtigen Ton.

»Das finde ich auch, Nick.« Mom stützte ihre Hände auf die Hüften und starrte mich an. »Danke, dass du das festgestellt hast. Meine Tochter ist immer so unglaublich schüchtern.«

Sie sah nicht, wie sein Blick über meinen Körper glitt, auf meinen Brüsten verweilte und dann unter meine Taille sank, als würde er sich daran erinnern, was ich in seinem Auto getan hatte. »Ich sollte euch Damen lieber allein lassen.« Seine Stimme war heiser, als er sich der Treppe zuwandte.

Ich folgte ihm, als er zwei Stufen auf einmal nahm und uns verließ, als würde es ihn stören, mich so zu sehen. Ich warf ihm einen finsteren Blick zu und schaute dann wieder zu Mom, die die restlichen Kleider in ihre Taschen packte.

»Samstag«, sagte sie mit einem Lächeln.

»Mom.« Ich trat näher und hörte immer noch Tobias' Warnung in meinem Kopf. »Bist du sicher, dass du das so früh machen willst? Ich meine, ich verstehe, dass du Sicherheit haben willst. Aber du musst nicht gleich heiraten, um sie zu bekommen.«

Mom richtete sich auf und drehte sich mit einem verwirrten Blick zu mir um. »Heiraten, um Sicherheit zu bekommen?« Sie kam näher heran. »Schatz, das ist keine Vernunftehe und ich heirate Creed nicht aus einem falschen Gefühl der Wertschätzung heraus. Ich heirate ihn, weil ich ihn liebe und er mich liebt.«

Aber warum so schnell ... ihr habt euch doch gerade erst kennengelernt?, wollte ich sie fragen, aber in dem Moment, als ich den Mund öffnete, ging die Haustür auf und Creed kam herein. Er warf einen Blick auf mich in meinem Kleid und lächelte dann, als er sich auf den Weg zu Mom machte. »Ihr zwei seht aus, als hättet ihr Spaß.«

Sie küsste ihn so heftig, dass ich verlegen den Kopf wegdrehte.

»Wie wäre es, wenn ihr euch schick macht und ich euch zum Essen einlade?«, schlug Creed fröhlich vor.

»Ja, das würde mir gefallen«, stimmte Mom zu und warf mir dann einen Blick zu. »Ich ziehe mich nur schnell an.«

»Schatz, du bist perfekt, so wie du bist.« Creed hatte nur Augen für sie.

Mom schaute zu mir. »Was sagst du dazu, Kleine?«

»Ich kann nicht, ich muss noch diese Aufgabe erledigen, aber geht ihr schon mal vor. Habt einen schönen Abend«, sagte ich mit einem Lächeln, das durch den Schmerz in meiner Brust beeinträchtigt wurde, und trat einen Schritt zurück.

»Dann hole ich mal meine Handtasche.« Mom machte sich auf den Weg zu ihrer Tasche, die unter den Kleidertaschen versteckt war, und warf einen Blick in meine Richtung, während ich meine Arme vor der Brust verschränkte. »Wartet nicht auf mich!«

»Oh, das werden wir nicht.«

Ich wartete, bis sie gegangen waren, lauschte dem Klicken der sich schließenden Haustür und dem Echo des Mercedes-Motors, bevor ich mich umdrehte und zur Treppe ging. Ich wollte an seine Tür klopfen, ich wollte ihm ins Gesicht schreien. Ich wollte ihn ohrfeigen und immer wieder ohrfeigen, bis er den gleichen Schmerz verspürte wie ich. Ich wusste nicht, warum er mich so sehr hasste. Ich konnte nicht begreifen, wie man jemanden so hassen konnte wie er mich.

Seine Wut war auf mich fixiert, als wäre ich alles, was er sah und was er sehen wollte. Als ich die Treppe hinaufstieg, polterte ich extra laut mit den Füßen. Ich musste meine Wut darauf lenken, diese Aufgabe zu erledigen. Ich musste dieses Jahr bestehen, musste mir überlegen, was ich als Nächstes tun wollte ... jetzt, wo mein Leben auf den Kopf gestellt war brauchte ich einen Plan. Denn hier zu bleiben, war keine Option.

Das blieb mir im Gedächtnis und vermischte sich mit dem Pochen in meiner Brust, als ich zu meinem Zimmer ging. In dem Moment, in dem ich eintrat und die Tür schloss, wusste ich, dass etwas nicht stimmte. Ich drehte mich um und schaute zu meinem Schreibtisch. Mein Laptop war weg. Panik stieg in mir auf. Ich rannte um das Bett herum und versuchte mich zu erinnern, wo ich ihn hatte liegen lassen. Aber mein Blick fiel immer wieder auf den Schreibtisch zurück. Ich war dort gewesen, nur wenige Augenblicke zuvor.

Tobias ...

Er musste es gewesen sein. Meine Wut kochte an die Oberfläche. Ich hatte genug von seinen Sticheleien. Ich hatte genug von seiner Grausamkeit. Ich hatte genug von ihm! Als ich die Tür aufriss, brannte die Hitze der Wut in mir, während ich den Flur entlang zu seiner Tür schritt.

»Tobias!«, schrie ich und schlug mit der Faust gegen seine Tür. »Ich weiß, dass du es warst! Gib mir meinen Laptop zurück, *sofort*!«

Aber es kam keine Antwort, kein dumpfes Geräusch seiner Schritte, kein Aufreißen der Tür, kein selbstgefälliges Grinsen in seinem verdammten Gesicht. Ich lehnte mich näher heran und hörte, dass der Fernseher lief und das vertraute, ekelerregende Klatschen von Haut auf Haut von einem tiefen, kehligen Stöhnen unterbrochen wurde.

Er schaute einen Porno ...

Mein Puls pochte, die Hitze, die mich vor Sekunden noch verzehrt hatte, kühlte jetzt ab.

Aber er hatte meinen Laptop.

Und ich wollte ihn zurück.

Ich bewegte mich, ohne nachzudenken, denn ich wusste, dass Mom und Creed nicht hier waren. Ich drehte den Griff, stieß die Tür auf und trat ein. Mein Blick fiel auf den Fernseher und das Bild eines Mannes, der seinen Schwanz in eine Frau schob, die auf dem Rücken lag und die Füße hoch in die Luft streckte.

Meine Wangen glühten, als ich meinen Blick abwandte. *Verdammter Mistkerl ...*

Ich sah sein Zimmer, seine PlayStation und seine Controller, und sein Handy. Wenn sein Handy hier war, dann war er nicht weit weg. Mein Blick huschte suchend durch den Raum. Ich trat näher an seinen Schreibtisch heran, aber ich konnte meinen Laptop nirgends sehen. *Wo zum Teufel war er?*

Ich drehte mich um, betrachtete sein Bett in der Mitte des Zimmers und warf dann einen Blick auf die offene Tür seines begehbaren Kleiderschranks. Aber es gab keine Bewegung darin. Sein Bett war gemacht, auch wenn die Bettdecke dort, wo er gelegen hatte, zerknittert war. Ich warf einen Blick über meine Schulter, als seine Pornos auf dem Bildschirm vor mir liefen.

Ich trat näher an die Seite seines Bettes heran, vielleicht war mein Laptop versteckt ... und sah etwas Weißes unter seinem Kissen hervorlugen. Der Atem blieb mir in der Lunge stecken, und ich ging näher heran. War das ... *mein Höschen?*

Ich griff nach unten und holte es unter seinem Kissen hervor. Es war mein Höschen, das ich angehabt hatte, als ich aus unserem brennenden Haus geflohen war. Das wusste ich, denn es war alles gewesen, was ich noch gehabt hatte. Aber die Frage war: Was machte es in *seinem* Zimmer?

»Was zum Teufel machst du hier drin?«

Bei dem Geräusch drehte ich mich um und sah mich meinem verhassten, brandneuen Stiefbruder gegenüber. »Mein Laptop, gib ihn zurück.«

Seine Lippen kräuselten sich, als er näher kam und seine dunklen, bedrohlichen Augen wanderten zu dem Höschen in meiner Hand. »Wie kommst du darauf, dass ich deinen verdammten Laptop habe, Ryth?«

Ich machte einen Schritt nach vorne. »Weil ich weiß, dass du ihn hast. Gib ihn mir sofort zurück.«

»Und wenn ich es nicht tue?« Er warf mir den gleichen Satz an den Kopf, den ich in der Küche benutzt hatte.

Aber ich ließ es nicht zu. Die Verzweiflung zwang mich, noch näherzukommen. »Oder ich erzähle Creed alles, was du getan hast, von der Art, wie du mich unter dem Tisch angefasst hast, bis hin zu den Drohungen und Einschüchterungen, die du anscheinend gerne in meine Richtung richtest. Ich werde deine kleine Welt niederbrennen und ich werde es genießen.«

In seinen Augen tobte der Hass und funkelte mit einer Intensität, die ich noch nie gesehen hatte und die mich erzittern ließ. Aber ich war jetzt zu weit gegangen, zu weit über alles hinaus, was ich je zuvor gefühlt hatte. Er löste etwas in mir aus, etwas Gefährliches.

Eine Sekunde lang schmunzelte er, dann lächelte er, bevor er sich auf mich stürzte, mich an der Kehle packte und mich nach hinten stieß, bis ich gegen die Wand knallte. »Dachtest du, du könntest hier reinkommen, mir mit deinen erbärmlichen Wutausbrüchen drohen, und ich würde es einfach hinnehmen?«

Ich versuchte zu sprechen und schnappte nach Luft, als ich keuchte. »Gib ihn zurück.«

Sein Griff wurde fester, als er an mir herunter blickte und das Brautjungfernkleid betrachtete, das ich immer noch trug. »Du siehst aus wie eine Schlampe.«

Ich hasste die Tränen, die mir in die Augen stiegen. Ich hasste es, dass seine Worte mich verletzten. Meine Hand zitterte, als ich mein Höschen anhob. »Warum bist du so besessen von mir?«

Er war eine Sekunde lang still und Wut schimmerte in seinen Augen, bevor er sich auf mich stürzte und sein Gesicht gegen meines presste. »Ich will es nicht sein, siehst du das nicht?«, knurrte er und seine Stimme klang verzweifelt. »Du kommst hier rein und übernimmst *mein* Leben, *mein* Haus und die Erinnerung an *meine* Mom, und ich will dich dafür hassen. Ich will dich *wirklich* hassen. Aber da ist noch mehr. Ich habe ein Ventil für meine Wut und meinen Kummer gefunden, und das bist du, Ryth. Es gibt keinen besseren Weg, meine Mom loszulassen, als die Leere mit einer Besessenheit zu füllen, wie dem Hass auf dich.«

Er lehnte sich näher zu mir und drückte seinen Körper an mich. Ich spürte, wie hart er war. Ich schloss meine Augen, als sein Griff sich festigte und dann wieder lockerte. Zorn ... Wut. Sie war wie ein Laser auf mich gerichtet. Und das Schlimme war, dass irgendetwas in mir es begrüßte. Eine kranke Begierde in mir schrie ihren eigenen verzweifelten Schrei aus.

Aber er hörte das alles nicht. Er drückte nur fester zu, so fest, dass mir die Luft wegblieb, und flüsterte mir ins Ohr. »Jetzt leg dich auf das verdammte Bett.«

Kapitel 20
TOBIAS

Ich riss sie von der Wand und schubste sie nach hinten. Sie hustete und stotterte und fasste sich an die Kehle, als sich der rote Abdruck meiner Hand verdunkelte. »Du ... du *Mistkerl*.«

Ich lächelte. Das war das Mindeste, was ich war. Ich senkte meinen Blick auf das Höschen in ihrer Hand. »Leck mich, Tobias«, knurrte sie. »Und jetzt gib mir meinen verdammten Laptop zurück.«

Wenigstens suchte die kleine Maus dieses Mal nicht nach jemandem, der sie rettete. Nein, sie wurde streitlustig, ihre Wut löste dieses wilde Verlangen aus. Ich sah sie an, wie sie in ihrem hübschen Brautjungfernkleid dastand, und wollte es ihr am liebsten von ihrem erbärmlichen, dünnen Körper reißen. Meine Finger zuckten, als ich meinen Blick auf ihre Brüste senkte. »Entweder du legst dich auf das Bett oder ich zwinge dich runter.«

»Was ist hier los?«, knurrte Nick hinter mir.

Ich machte mir nicht die Mühe, mich umzudrehen, denn ich konnte die Sorge in den Augen meines Bruders nicht ertragen, als er näher kam und ihren verdammten Laptop in der Hand hielt.

»Du?« Ryth schaute ihn an. »*Du* hattest meinen Laptop?«

»Ja, du sahst gestresst aus und ich wollte sehen, ob ich dir irgendwie helfen kann.« Er machte einen weiteren Schritt und sein Blick wanderte zu dem Höschen in ihrer Hand.

Aber ich ließ das nicht zu, ich ließ nicht zu, dass er Gefühle für die kleine Schlampe hatte. Ich ließ nicht zu, dass er in ihr etwas anderes als einen Eindringling sah. »Entweder du legst dich auf das Bett oder ich zwinge dich.«

Nick schaute in meine Richtung. Ich wartete darauf, dass mein Bruder etwas sagen würde. Ich wartete darauf, dass er den Kopf schütteln und der verdammte Ritter in goldener Rüstung sein würde, aber er starrte nur in ihre Richtung. »Du hast es schon einmal für mich getan, du kannst es wieder tun.«

Ihre Augen weiteten sich, als sie es begriff. Sie wusste, was Nick von ihr wollte, und ihr stockte der Atem.

Ich sah nur noch seine Nachrichten in meinem Kopf, in denen er mir gesagt hatte, wie perfekt sie war. Ich wollte das ... ich wollte das jetzt.

»Nick, nein«, flüsterte sie und schüttelte ihren Kopf. »Bitte.«

»Wir sind unter uns.« Er legte ihren Laptop auf meinen Schreibtisch. »Deine Mom und unser Dad sind weg.«

Sie sah mich an, das Muttermal brannte auf ihrer Wange. Nick bewegte sich, packte sie an den Schultern und drückte sie auf das Bett. Sie schaute mich mit ihren großen, verängstigten

Augen an. Mein Gott, wenn mich das nicht erregte. Mein Schwanz zuckte und wurde hart. Ich griff nach unten und rieb mit meiner Hand über die Hitze. Ihr Blick folgte der Bewegung.

»Es hat dir gefallen«, drängte Nick. »Und es hat mir verdammt gut gefallen. Wenn du willst, dass sich das zwischen uns ändert ... dann gib Tobias, was er will, und er wird dich in Ruhe lassen. Wir können alle eine glückliche Familie sein.«

Mein Bruder warf mir einen Blick über seine Schulter zu. Der Bastard war sogar noch geiler auf diese Sache als ich. Er war bestimmt schon steinhart. Er beugte sich hinunter, drückte sie sanft in die Kissen, beugte sich dann vor, ergriff ihre Füße und hob sie auf mein Bett ... *mein verdammtes Bett.*

Mein Blick wanderte an ihren blassen Beinen entlang, während Nick weiter sprach und sie beruhigte. »Erinnerst du dich daran, wie feucht du warst und wie sehr du es genossen hast? Zeig es ihm. Zeig ihm, wie schön du bist.« Er schob seine Hand zwischen ihre Knie und spreizte ihre Beine.

Ein hübsches rosa Höschen kam zwischen ihren Beinen zum Vorschein. Ihr Blick war auf mich geheftet, auf die Bewegung meiner Hand, als ich meinen Schwanz rieb, bevor sie ihren Blick zu meinen Augen hob. »Du hasst mich.«

»So sehr, dass es verdammt nochmal weh tut«, antwortete ich.

Ihre Finger zitterten und bewegten sich auf Nick zu, als er ihr Kleid über ihre Schenkel schob. »Berühre dich selbst. Mach, dass du dich gut fühlst.«

Sie sah ihn an, als wäre er ihr Ein und Alles.

Ihre Hand bewegte sich näher, ihre Fingerspitzen streiften ihr Höschen. Sie war so verdammt nervös, so verdammt verängstigt, aber da war etwas in ihren Augen, das mir sagte, dass sie das mochte. Sie wollte es ... fast genauso sehr wie wir.

»Genau so.« Nick richtete sich auf und beobachtete ihre Hand.

Aber es war nicht Nick, den sie anstarrte, als sie sich rieb, sondern mich. Ihre Lippen öffneten sich und ihre Finger fanden einen Rhythmus, als sie über die Außenseite ihres Slips strich. Ich knöpfte meine Jeans auf, zog meinen Reißverschluss herunter und gab meinen Schwanz frei. Ihre Augen weiteten sich und ihre Finger hielten kurz inne, als sich ein kleiner feuchter Fleck auf ihrem Höschen bildete. Verdammt ...

Mein Puls beschleunigte sich bei diesem Anblick.

Das war das Geilste, was ich je gesehen hatte, geiler als jeder verdammte Hardcore-Porno.

Meiner kleinen jungfräulichen Stiefschwester gefiel es, mich anzuschauen.

Nick stöhnte auf und seine Hand wanderte zu seiner eigenen Erektion. »So ist es richtig«, drängte er und zog seinen Reißverschluss herunter. »Zieh den Slip zur Seite, damit Tobias dich sehen kann.«

Die Ader entlang meines Schwanzes pochte und ließ Funken durch mich hindurch schießen. Ich knirschte mit den Zähnen und ballte die Fäuste, denn ich hasste es, dass ich das mehr brauchte als alles andere in meinem Leben. Ich senkte den Blick, als sie nach dem Gummizug ihres Höschens griff, und ich konnte nur daran denken, wie es sich angefühlt hatte, meine Finger da drin zu haben.

Sie zog das durchnässte rosa Höschen zur Seite und zeigte mir, was meine Berührung verursacht hatte, bis ich fast in meine verdammte Hand kam.

»Zieh es aus«, verlangte ich, woraufhin sich ihre Augen weiteten. »Bevor ich es dir vom Leib reiße.«

»Wurdest du schon mal geleckt?«, knurrte Nick.

Sie richtete ihren Blick von mir auf ihn, schüttelte den Kopf und schob ihre Finger hinein.

»Willst du es, Prinzessin?« Nick beugte sich herunter und ließ seinen Finger an ihrem entlang gleiten, bis er fast ihre Muschi berührte.

Sie antwortete nicht, weil sie zu viel Angst hatte, dem Verlangen ihres Körpers nachzugeben. Ich hatte noch nie in meinem Leben so viel Lust auf Sex gehabt. Ich wollte sehen, wie sich diese kleine Schlampe unter mir wand. Ich wollte meinen Namen auf ihren Lippen hören und ihre Tränen sehen, wenn ich in sie eindrang und sie zum ersten Mal nahm.

Nick schaute in meine Richtung und begegnete meinem Blick. Er wusste es ... er wusste es, verdammt nochmal.

Ihr erstes Mal gehörte mir.

Er streichelte sie immer noch und sein Finger bewegte sich nach unten, während ihrer langsamer wurde. Er tanzte um ihre Klitoris, bevor er in sie glitt. Ich war süchtig nach dieser Bewegung, nach seinem großen Finger, der in sie hineingleitet und feucht wieder herauskam. Sie stieß ein Stöhnen aus, ein gequältes, ersticktes Geräusch. Das erregte mich. Ich ließ meinen Blick zu ihrer Muschi wandern. »Mach das nochmal.«

Mein Bruder glitt wieder in sie hinein, nur dass er diesmal zwei Finger benutzte. Er krümmte sie, massierte ihr Inneres und schürte ihr Verlangen. Sie schloss die Augen und ihre Hüften hoben sich gegen seine Berührung vom Bett ab.

»Verdammt, du wirst so gut ficken, nicht wahr, Prinzessin? Ich wette, du wirst uns die ganze Nacht reiten und um mehr betteln.«

Ich umklammerte meinen Schwanz und drückte fester zu. Ich wollte kommen ... und meinem Bruder dabei zusehen, wie er unsere brandneue Stiefschwester fingerte.

»Was zum Teufel ist hier los?«, knurrte Caleb, als er hinter mir den Raum betrat.

Ryth gab ein leises Stöhnen von sich und öffnete ihre Beine weiter, um Nick alle Freiheit zu geben, die er wollte.

»Wonach sieht es denn aus, verdammt?«, schnauzte mein Bruder. »Ich heiße Ryth in die Familie willkommen.«

Er beugte sich vor, zog ihr Bein zur Seite und leckte ihre Möse.

Sie bäumte sich auf und schrie. Ihre Hände fielen auf das Bett.

»Heilige Scheiße«, schnauzte Caleb. »Ihre Mom ist dabei, unseren verdammten Dad zu heiraten.«

»Ich weiß.« Ich leckte mir über die Lippen, als Nick an ihrer winzigen Klitoris saugte, bis sie nach seinem Hinterkopf griff und seinen Mund noch fester an sich drückte.

»Verdammt nochmal.« Caleb beobachtete, wie sie ihr Bein anhob und das rosafarbene Arschloch zuckte.

Aber Caleb griff nicht nach seinem Schwanz, auch wenn er bei diesem Anblick hart wurde.

»Verdammt, du schmeckst so gut«, murmelte Nick und schob seine Finger in ihre triefend nasse Muschi.

Sie war geschwollen, brannte auf uns und schüttelte ihren Kopf hin und her. Ich wollte, dass sie in meinem Bett kam ... auf meinem Laken, auf meinen Fingern. Aber ich konnte mich nicht bewegen. Ich konnte nur starren, als sich ihre Hüften von dem Bett hoben und ein Flehen aus ihrem Mund ertönte. »Bitte ... oh Gott, *bitte*.«

»Brauchst du mehr, Prinzessin?« Nick hob seinen Blick zu ihr. »Willst du, dass Tobias dich fickt? Dass er seinen Schwanz ganz in dich hineinschiebt und sich um dich kümmert?«

Sie hob ihren Kopf aus dem Kissen und in ihren Augen mischte sich Hass mit Verlangen. *»Ja!«*

Mein Schwanz zuckte und pulsierte in meiner Hand, als ich hart und schnell kam und meine verdammten Finger vollspritzte.

»Sieht aus, als kämst du zu spät, Prinzessin.« Nick senkte seinen Kopf noch einmal auf ihren Schlitz. »Vielleicht beim nächsten Mal.«

Sie hielt meinem Blick stand, während mein Bruder leckte, saugte und sie immer näher an den Rand des Abgrunds trieb. Ich betrachtete den roten Fleck um ihren Hals, das Überbleibsel meiner Hand. »Ich hasse dich, verdammt«, knurrte ich.

»Ah!«, schrie sie auf, als hätten meine Worte sie noch mehr motiviert.

Ich steckte meinen Schwanz zurück in meine Jeans, bewegte mich um meinen Bruder herum, während er sie leckte, und schob meine mit Sperma bedeckten Finger zwischen ihre Lippen. »Ich hasse dich, du erbärmliche kleine Schlampe.«

Sie bäumte sich auf und ihre Zähne klammerten sich um meine Finger, aber ihre Zunge folgte und leckte sie ab, als sie gegen den Mund meines Bruders kam.

Kapitel 21
RYTH

Nein ... *Gott, nein.* Nicht er ... *nicht sie.* Ich wusste, dass das falsch war. Aber ich war hilflos. Ich konnte es nicht verhindern. Meine Faust ballte sich in Nicks Haar, während ich meine andere Hand zu Tobias' Fingern hob und sie tiefer in meinen Mund schob.

Warm. Salzig.

Gott, er schmeckte so gut. Ich leckte und stöhnte, als diese akute Welle des Verlangens in mich eindrang, mich aufschreien und erschaudern ließ. Nicks Zunge drang tiefer in mich ein und holte jedes Zucken meines Körpers an die Oberfläche. Ich schloss meine Augen, ließ Tobias' Hand los und stieß ein tiefes, kehliges Stöhnen aus. So hatte ich mich noch nie gefühlt. Nicht mit meinen eigenen Fingern, wenn ich mir einen Porno im Internet anschaue.

Das war mehr, als ich je für möglich gehalten hatte, mehr, als ich mir je hätte vorstellen können. Der Hunger summte in mir.

Und als ich von dem Rausch herunterkam, wurde mir auf erschütternde Weise bewusst, was passiert war.

Ich hatte die Grenze überschritten.

Nein, wir hatten die Grenze überschritten und uns kopfüber in etwas gestürzt, von dem ich wusste, dass es falsch war. Ich holte tief Luft und öffnete meine Augen, als Nick seinen Kopf hob. Seine Lippen glitzerten und seine honigbraunen Augen waren so dunkel, dass sie fast bernsteinfarben waren, als er lächelte. »Wie war das, Prinzessin?«

Wie das war?

»Wenn sie es herausfinden, sind wir so was von am Arsch. Das ist dir doch klar, oder?« Caleb rückte näher.

Aber es waren nicht seine Brüder, die er anstarrte, als er sprach, sondern ich. Er senkte seinen Blick zwischen meine Beine, und etwas Unheilvolles schimmerte unter der Oberfläche, als er meinem Blick begegnete. »Wirst du ihnen davon erzählen?«

Was wollte er damit sagen? Dachte er, ich würde zu meiner Mom rennen und ihr erzählen, was mein Stiefbruder mit mir gemacht hatte?

Nein, nicht was sie getan hatten ... was ich sie hatte tun lassen.

Ich war diejenige, die zugelassen hatte, dass Nick mich auf das Bett drückte. Ich war diejenige, die mein Höschen ausgezogen hatte. Ich warf einen Blick neben mich auf das Bett, wo der Slip durchnässt dalag ... *Ich war diejenige, die meine Beine für sie gespreizt hatte.*

»Oder willst du unser kleines Geheimnis für dich behalten?«

Ich schaute Caleb an, während er mit den Zähnen über seine Unterlippe fuhr und sein Blick wieder auf meinen Schenkeln verweilte.

»Ich weiß es nicht.« Bei dieser Lüge durchströmte mich Aufregung.

Ich wusste, dass ich nichts sagen würde. Das wussten auch Tobias und Nick. Wenn ich etwas sagen wollte, dann hätte ich es schon lange getan.

»Wirst du es ihnen sagen, Ryth?« Caleb kam näher, sodass Nick zur Seite trat. Er beugte sich hinunter, griff nach meinen Haaren und riss sie so stark nach hinten, dass ich einen Schrei ausstieß. »Oder willst du unser braves Mädchen sein und unser schmutziges Geheimnis für dich behalten?«

Mein Herz hämmerte. Ich war in dieser Falle gefangen, verwirrt und verängstigt, aber ein großer Teil von mir wollte das. Ich mochte ihre Aufmerksamkeit, ich mochte die Jagd ... ich mochte es, Beute zu sein. Ich sah Tobias an, erinnerte mich an die Art, wie er seinen Kiefer zusammengebissen hatte, wie er mich angesehen hatte, als wolle er das Leben aus mir herauswürgen und mich gleichzeitig ficken. »Ich könnte ... ich könnte ihnen alles erzählen. Werdet ihr mir wehtun?«

»Ja«, antwortete Tobias. »Wenn du ein Wort sagst, ziehe ich dich vor allen Leuten auf den Boden und ficke dich besinnungslos.«

Angesichts der Worte raste mein Puls und Calebs Griff um mein Haar wurde fester, bis ich das Brennen spürte. »Ist es das, was du willst, Ryth? Willst du bestraft werden? Willst du, dass Tobias dir die Kleider vom Leib reißt und dich fickt?«

Oh Gott ...

Oh Gott ...

Ich nickte langsam und gefühllos.

Das langsame Kräuseln von Tobias' Lippen sagte alles. Er hasste mich ... *und er wusste, dass es mir gefiel.*

»Willst du betteln?«, murmelte Caleb.

Hitze blühte zwischen meinen Beinen auf.

Ich schloss meine Augen, als der Herzschlag zwischen meinen Beinen wieder zum Leben erwachte.

»Gott.« Nicks Stimme war heiser. »Sie wird mich zum Kommen bringen.«

Ich öffnete meine Augen, weil ich meine Scham nicht länger verbergen konnte.

Dann ließ Caleb mein Haar los und schob meine Beine weiter auseinander. »Braves Mädchen.« Er glitt mit seinem Finger an meiner Muschi entlang und dann in mich hinein. »Du wirst ein sehr braves Mädchen sein.«

Erst Tobias.

Dann Nick.

Jetzt bediente auch Caleb sich an meinem Körper.

»Die Hochzeit ...«, warnte Tobias. »Bis dahin hast du Zeit, dich aus der Sache rauszuwinden.«

Dann drehte er sich um und verließ den Raum, sodass auch Caleb seinen Finger herauszog. Ich blickte auf und sah ihn an. Er war der Älteste ... er war derjenige, der alle anderen kontrollieren sollte, und hier war er nun ... *und kontrollierte mich.*

»Sei lieber vorsichtig.« Caleb erhob sich und ballte seinen nassen Finger in der Faust. Dann trat er zurück und bückte sich im letzten Moment, um mein nasses Höschen vom Bett zu nehmen. »Ich glaube, du weißt nicht, worauf du dich da einlässt.«

Er ging hinaus und ließ Nick zurück, der auf mich herabblickte.

»Ich ... ich bin nur wegen meines Laptops gekommen.« Die Worte waren stumpf, als ich seinen Blick erwiderte.

Er nickte nur und deutete auf den Tisch, auf dem er stand. »Falls es dich tröstet. Ich finde, dein Aufsatz ist gut geschrieben.«

Er war gut geschrieben? Nick ließ mich zurück und schritt hinter seinen Brüdern her aus Tobias' Zimmer. Schwere Schritte polterten auf der Treppe. Eine Sekunde später ertönte der Knall der Haustür, bevor der Motor des Jeeps mit einem Knurren zum Leben erwachte und Tobias davonfuhr. Ich schloss meine Beine und warf meine Füße über die Seite seines Bettes, bevor ich aufstand, mir meinen Laptop schnappte und mit zitternden Beinen und nackter Muschi Tobias' Zimmer verließ.

Ich machte mich auf den Weg in mein Zimmer und schloss die Tür leise hinter mir, während mir durch den Kopf ging, was gerade passiert war. *Was war gerade passiert?*

Tobias wollte mich loswerden ...

Aber wollte er das wirklich?

Du kommst hier rein und übernimmst mein Leben, mein Haus und die Erinnerung an meine Mom, und ich will dich dafür hassen. Seine Worte klangen in mir nach. *Ich will dich wirklich hassen. Aber da ist noch mehr. Ich habe ein Ventil für meine Wut und meinen Kummer gefunden, und das bist du, Ryth. Es gibt keinen besseren Weg, meine Mom loszulassen, als die Leere mit einer Besessenheit zu füllen, wie dem Hass auf dich.*

Er hasste mich ....

Und es gefiel mir.

Ich setzte mich auf das Bett und fragte mich, was zum Teufel passiert war, dass ich so geworden war. Ich wurde als Kind nicht geschlagen, ich wurde nicht von meinen eigenen Eltern gehasst. Die Hänseleien der anderen Kinder aus der Schule hallten in meinem Kopf wider. Ich hob meine Hand, berührte das Mal auf meiner Wange und erinnerte mich daran, wie sehr mich ihre grausamen Worte verletzt hatten.

Aber das hier ... das war anders.

Es war kalkuliert und kontrolliert. Dieser zielstrebige Fokus war nicht auf das Muttermal auf meiner Wange gerichtet, sondern auf mich. Auf meinen Körper und die Art, wie sie mich beanspruchen wollten.

Ich blieb so, bis meine Knie aufhörten zu zittern und ich mich bewegen konnte. Dann erhob ich mich vom Bett, streifte das Brautjungfernkleid meiner Mom ab, hängte es ordentlich auf den Bügel und an den Haken an der Rückseite meiner Tür. Ich zog mir ein sauberes Höschen an und erinnerte mich an meine weiße Baumwollunterwäsche, die Tobias aus meinem Schlafzimmer mitgenommen hatte.

Ich dachte vor ein paar Tagen, ich hätte sie verlegt ... aber anscheinend war er hier drin gewesen, hatte meine Sachen durchwühlt und sich genommen, was er wollte. Ich schloss die

Augen und ließ den Kopf sinken, als ich daran dachte. Er ...
nahm ... was ... er wollte.

*Es gibt keinen besseren Weg, meine Mom loszulassen, als die
Leere mit einer Besessenheit zu füllen, wie dem Hass auf dich.*

Ich war dabei, unter seiner Besessenheit zu zerbrechen ... mich an
seinen Hass zu verlieren, und ich wusste nicht, wie ich es aufhalten
sollte. Als die Hitze des Verlangens mich verließ, machte ich mich
auf den Weg zu meinem Schreibtisch und klappte meinen Laptop
noch einmal auf. *Er hatte ihn nicht genommen. Es war alles Nick
gewesen.* Irgendetwas daran erinnerte mich irgendwie an Dad. Ich
setzte mich an meinen Schreibtisch, während das Kleid meiner
Mom hinter mir hing, und begann mit der Arbeit.

Ich arbeitete stundenlang, bis mich das Geräusch von Creeds
Mercedes draußen von meiner Hausarbeit ablenkte. Dann
stand ich auf, ging zum Fenster und beobachtete, wie er und
meine Mom aus dem Auto stiegen. Er bewegte sich um die
Vorderseite des Autos herum. Die Scheinwerfer erhellten sie,
als er sich auf sie stürzte, ihre Hand ergriff und sie fest an sich
zog. Schuldgefühle schwollen in mir an, als ich sie beobachtete.

Ich hatte alles kaputt gemacht ...

Moms Glück ... und auch das von Creed. Wenn sie jemals
herausfinden würden, was passiert war, wäre es vorbei. Die
Scheinwerfer des Autos erloschen und ich sah zu, wie sie sich
auf den Weg zum Haus machten, bis ich sie aus den Augen
verlor. Mein Magen knurrte und mir wurde bewusst, dass ich
seit Stunden nichts mehr gegessen und das Abendessen
verpasst hatte. Aber ich hatte keine Lust, jetzt runterzugehen.
Ich ging zur Tür und hörte Moms Schulmädchen-Kichern, als
sie sich auf den Weg in ihr Schlafzimmer machten.

*Ihr Schlafzimmer ... wie schnell Mom und ich Teil von etwas
Neuem geworden waren ...*

Ich wartete darauf, dass die Tür geschlossen wurde, bevor ich
mich leise in die Küche begab und die Kühlschranktür öffnete.
Im grellen Licht nahm ich mir einen kleinen Teller mit
Truthahn-Resten, etwas Käse, Butter und Mayo und stellte ihn
auf den Tresen.

»Hast du Hunger?«

Calebs Stimme erklang hinter mir und ließ einen Schrei über
meine Lippen kommen. Augenblicklich drückte er mir die
Hand auf den Mund und zerrte mich nach hinten in die
geräumige Speisekammer. Die Türen schlossen sich
augenblicklich und sperrten uns in dem kleinen Raum ein.

Seine Stimme war tief und heiser in meinem Ohr. »Ich will nur
sichergehen, dass wir auf derselben Seite stehen, Ryth.« Er griff
in mein Haar und zog es so stark zurück, dass ich gegen seine
Hand wimmerte. Mein Puls stotterte, dann raste er, als Panik
mich durchfuhr.

Ich wehrte mich gegen seinen Griff, aber es war sinnlos. Sein
Griff in meinen Haaren wurde fester, seine Hand presste sich
auf meinen Mund. »Willst du schreien?«

Meine Augen tränten und die Angst war erdrückend.
Trotzdem schüttelte ich den Kopf.

»Gut ... sehr gut.« Er ließ seine Hand von meinem Mund
gleiten.

Er umfasste meine Brust und knetete sie mit den Fingern,
während draußen vor der Speisekammer das Küchenlicht

aufflammte und Moms fröhliches Zwitschern durch die Lamellen der Speisekammertür drang.

»Pssst ...«, flüsterte Caleb, als seine Hand tiefer wanderte, unter mein T-Shirt glitt und meinen BH herunterzog.

»Wirklich?«, seufzte Mom, deren Stimme aus der Nähe des Kühlschranks kam, wo ich vor wenigen Sekunden noch gestanden hatte. »Diese Jungs holen immer das Essen raus und räumen es nie weg«, murmelte sie.

»Schh ...«, flüsterte Caleb in mein Ohr, als seine Finger meine Brustwarze fanden. Aber seine Berührung war nicht grausam, nicht wie die von Tobias. Stattdessen knetete er sie sanft und ließ seine Fingerspitzen um meine Brustwarze tanzen, bis mein Körper darauf reagierte, indem sie sich versteiften. Er zog mich an den Haaren und zwang meine Wirbelsäule, sich nach hinten zu biegen, bis ich in seine dunklen, hungrigen Augen blickte.

Das Gefühl seiner Hand ...

Das Summen meiner Mom, die nur ein paar Meter entfernt war.

Eine falsche Bewegung ... ein falsches Geräusch und sie würde uns finden. Er wusste es ... *und es gefiel ihm.* Seine Hand verließ meine Brust, als ein kaltes, kalkuliertes Lächeln seine Lippen umspielte und unter den Bund meines Slips glitt. Mein Puls raste, als Moms Summen lauter wurde und sie das Essen, das ich gerade erst herausgeholt hatte, wieder in den Kühlschrank stellte.

Calebs Augen bohrten sich in meine, als sein Finger meine Klitoris fanden. Mein Körper war immer noch ganz aufgeregt von dem, was wir zuvor getan hatten, aber es schien, als würde er mehr wollen.

Du hast keine Ahnung, was auf dich zukommt ...

Die Warnung erfüllte meinen Kopf, als seine Finger meine Klitoris umkreisten. Ein Stöhnen stieg in meiner Kehle auf. Calebs Lächeln wurde noch breiter, als er sanft den Kopf schüttelte. Ich biss die Zähne zusammen, während Mom sich ein Glas Wasser einschenkte ...

Beeil dich, verdammt! Oh Gott, beeil dich, bitte, Mom ... bitte ...

Calebs Finger bewegten sich in mir, streichelten mich fachmännisch, tanzten um meine Klitoris und schürten das Feuer in mir. Meine Hüften bewegten sich von selbst und stießen gegen seine Berührung. Caleb senkte seinen Kopf, bis sein Atem mein Ohr streifte. »Ich will dich ficken. Ich will meinen Schwanz tief in dich hineinschieben. Ich will dich solange nehmen, bis du dich mir hingibst.« Sein Griff in meinem Haar wurde fester. »Ich will, dass du mein braves Mädchen bist. Wirst du das tun, Ryth?«

Seine Finger bewegten sich tiefer.

Mom summte immer noch und ließ sich verdammt viel Zeit, um die Flasche zurück in den Kühlschrank zu stellen.

»Kommst du, Elle?«, rief Creed von außerhalb der Küche.

Trotzdem hörten Calebs Finger nicht auf, in mich zu stoßen.

»Ja, ich räume nur das Essen weg, das eines der Kinder vergessen hat«, rief sie. »Es war aber noch kalt, vielleicht haben sie ...«

Mein Orgasmus raste auf mich zu wie ein Güterzug. Ich krallte mich in Calebs Arm, während mein Körper zuckte und bebte. »*Bitte* ...« Er war grausam ... so verdammt grausam.

»Du machst das so gut«, murmelte er gegen mein Ohr. »Genau so ... *genau* ... *so* ...«

Angesichts seiner Worte zitterte mein Körper. Ich war völlig außer Kontrolle und brach zusammen, als Mom die Kühlschranktür schloss und murmelte: »Ist ja auch egal.«

Ich konzentrierte mich auf das leise Klopfen ihrer Schritte und verfolgte die Bewegung, während Calebs Finger kreisten und drückten, sodass ich meine Hüften dagegen stemmte.

»Wenn ich dich nehme, Ryth ... werde ich dich die ganze Nacht nehmen. Du wirst mein verdammtes Lieblingsspielzeug sein ... mein feuchtes, perfektes Spielzeug, nicht wahr?«

In dem Moment, als die Schritte meiner Mom auf der Treppe verklangen, wimmerte ich und drückte mich fest gegen seine Hand.

»Du wirst es noch lernen. Verdammt nochmal, du wirst es lernen«, flüsterte Caleb und ließ seine Finger aus meinem Inneren gleiten. »Ich werde heute Nacht daran denken, diesen wunderschönen Mund zu ficken ... Ich werde kommen und dich auf meinen Fingern schmecken.«

Er ließ mein Haar los und strich die Strähnen glatt. Dann beugte er sich vor und küsste meinen Scheitel. Er richtete sich auf, öffnete die Tür zur Speisekammer und ging hinaus, während ich zitterte, schwach wurde und mich fragte, was zum Teufel gerade passiert war. Mein Magen heulte nicht mehr. Stattdessen fühlte ich mich erschöpft und mein Körper pochte, während ich immer noch ihre Finger und Nicks Mund spürte.

Ich hatte immer nur meine eigenen Finger gehabt, als ich in der Dunkelheit meines eigenen Schlafzimmers zum Höhepunkt gekommen war. Aber das hier ... Das war verzehrend. Ich drückte mich gegen ein Regal, um aufrecht stehen zu können, dann trat ich langsam aus der Küche, als sich die Haustür öffnete und Tobias hereinkam.

Er warf einen Blick auf mich, drehte dann den Kopf und hörte das dumpfe Geräusch der Schritte seines Bruders, bevor sich Calebs Schlafzimmertür öffnete und schloss. Aber er sagte nichts. Er beobachtete mich nur mit dieser brodelnden Wut, die mich gleichzeitig verletzen und verzehren wollte, bevor ich zurück in mein Zimmer eilte.

Ich schaltete das Licht in meinem Zimmer aus und kroch unter die Decke.

Ich musste jetzt vorsichtig sein ...

Und es war nicht nur Tobias, vor dem ich mich in Acht nehmen musste ...

Sondern alle von ihnen.

Kapitel 22
RYTH

»Das sieht wunderbar aus. Wie findest du es?« Mom lehnte sich zurück und betrachtete das Kleid, nachdem es mit Nadeln auf die richtige Größe angepasst worden war. »Könnte ihr das rechtzeitig fertig haben?«

»Natürlich, Mrs. Banks«, nickte die Näherin und lächelte.

»Mrs. Banks«, wiederholte ich. »Jetzt schon?« Ich drehte mich zu ihr um und sah, dass draußen die Dunkelheit über uns hereinbrach.

Es war schon spät, und das Brautmodengeschäft hatte nur für uns geöffnet. Ich schätze, das war einer der Vorteile, die man als Mrs. Banks hatte. Und sie liebte es, liebte ihre neuen Freunde, liebte ihren neuen Lebensstil. Ein Leben, das so ganz anders war als das, das sie mit mir gehabt hatte. Ihr Handy piepte zum achten Mal in den letzten fünf Minuten.

»Ich probiere es nur aus«, sagte Mom achselzuckend und lachte über eine Nachricht von einer ihrer neuen Freundinnen, die eigentlich die Ehefrauen von Creeds

Freunden waren. »In einer Woche werde ich diesen Namen endgültig benutzen.«

Ich knirschte mit den Zähnen. Sie sah sogar anders aus. Ihr natürliches braunes Haar, das denselben Farbton wie meines gehabt hatte, war verschwunden. Jetzt war sie honig-aschblond mit Strähnchen. Sogar ihre Kleidung war anders. Ich starrte ihr nudefarbenes, schulterfreies Kleid und ihre Absätze an, die ihre langen Beine und ihre schmale Taille betonten. Sie war partytauglich gekleidet. Ich vermutete, dass das jetzt ihr Leben war. Partys und ein brandneuer Ehemann. Das Einzige, was gleich geblieben war, war ich. Ich öffnete den Mund, um sie nach Dad und den Anwälten zu fragen, aber sie sah in diesem Moment so glücklich aus ... und das wollte ich nicht kaputt machen.

»Du magst ihn doch, oder?« Mom sah meinen verkrampften Kiefer. »Ich meine, er war sehr nett.«

»Ja.« Ich wich ihrem Blick aus und starrte sie an. »Creed war cool.«

»Und du wohnst gerne dort im Haus?«

Mein Magen verkrampfte sich, als ich nach dem Reißverschluss auf meinem Rücken griff, bevor die Näherin nach vorne eilte und ihn mit einem Ruck herunterzog. »Mir gefällt das Haus sehr gut, Mom.«

»Und die Jungs scheinen dich zu mögen. Creed hat gesagt, wie stolz er ist, dass sie dich unter ihre Fittiche genommen haben.«

Und in ihr Bett. Die Worte hallten in meinem Kopf nach.

»Deshalb bin ich auch nicht so besorgt, dich für eine Woche zu verlassen.«

Ich hielt inne und drehte mich zu ihr um. »Verlassen? Warum?«

Sie lächelte und stieß ein kleines Lachen aus, als sie ihr drittes Glas Champagner anhob. »Ryth ... für meine Flitterwochen, Dummerchen. Du hast doch nicht gedacht, dass ich heirate und das nicht feiern will, oder?«

Ihre Flitterwochen ...

Ihre verdammten Flitterwochen.

Das Blut rauschte aus meinem Gesicht, während mein Puls in die Höhe schoss. Daran hatte ich gar nicht gedacht. Ich war so beschäftigt gewesen. *Du hast Zeit bis zur Hochzeit, Ryth.* Tobias' Warnung drängte sich in meinen Kopf.

»Das ist doch in Ordnung für dich, oder?«, fragte Mom, als mein Handy piepte.

Ich antwortete nicht, ich konnte nicht sprechen. Mein Herz schlug mir bis zum Hals, als ich mein Handy in die Hand nahm und Gios Nachricht anstarrte. *Hey, ich wollte nur wissen, ob du noch Lust auf unser Date hast?*

»Ein Date?«, fragte Mom über meine Schulter. »Gio, hm? Jemand aus der Schule?«

Ich zuckte zusammen und wollte das Handy wegziehen, aber dann hielt ich inne. Gio ... Gio könnte mein Ausweg aus der Sache sein. Ich könnte ihn benutzen und so tun, als wäre er mein Freund. Das würde mir Zeit geben, die Sache zu klären. Das war alles, was ich brauchte. Zeit ... um herauszufinden, was ich verdammt nochmal tun wollte. »Ja«, antwortete ich, während ich eine Antwort an ihn tippte. *Heute Abend kann ich nicht. Nächstes Mal?*

Ich wartete auf eine Antwort.

Gio: Deine Mom?

Ich lächelte und tippte. *Ja. Mädelsabend.* Er schickte einen Daumen nach oben zurück, was mich zusammenzucken ließ. Gott, wie ich das hasste. Drei kleine Punkte erschienen, als er zu tippen begann. Ich wartete auf die Nachricht, während Mom ihr Glas hinter mir leerte. »Das ist wirklich schön, Clarissa.«

»Noch eines, Mrs. Banks?«, fragte sie, während ich immer noch auf Gios Antwort wartete.

»Klar«, antwortete Mom. »Warum denn nicht? In einer Woche bin ich Mrs. Banks, verdammt nochmal.«

Ich starrte auf den Bildschirm, als die Punkte immer wieder auftauchten. *Beeil dich verdammt nochmal, Gio.*

Dann verschwanden die Punkte und ich starrte auf einen leeren Bildschirm, als sich die Tür des Brautmodengeschäfts öffnete und das durchdringende Kreischen einer Frau ertönte. »Da bist du ja!«

Ich zuckte bei dem Geräusch zusammen und machte mich auf den Weg zu den Umkleidekabinen, wo ich mir ein Glas Sekt vom Tablett nahm.

»Oh mein Gott, hier ist es ja schön!«, stöhnte Moms neue Freundin.

Ich kippte den Sekt hinunter, als ich in die Umkleidekabine trat, dann blieb ich stehen und hob meinen Blick. Und wie immer fand ich diesen hässlichen Fleck auf meiner Wange … egal, wie sich mein Leben verändern würde, das würde immer die Konstante sein.

Die eine Sache, die mich genau daran erinnerte, wer ich war ...
hässlich ...

Meine Brust hob und senkte sich noch stärker, als die durchdringenden Schreie aus dem Ausstellungsraum durch meinen Kopf schallten. *Flitterwochen ... warum zum Teufel war mir das nicht bewusst gewesen?* Ich verzog das Gesicht und trat aus der Umkleidekabine. Mom sah mich nicht einmal. Nicht mehr. Ich stellte mein leeres Glas auf das Tablett und nahm mir zwei weitere. Ich hatte in meinem ganzen Leben kaum ein alkoholisches Getränk angerührt. Als ich zehn gewesen war, hatte ich heimlich einen Schluck von Dads Scotch getrunken und die nächste Stunde damit verbracht, wegen des Brennens zu würgen und zu keuchen. Ich hatte mir geschworen, nie wieder Alkohol anzurühren ... aber jetzt ... jetzt wollte ich nichts mehr fühlen.

Ich leerte ein Glas, stellte es dann wieder hin und nahm das zweite mit in die Umkleidekabine, während ich das Kleid mit den Stecknadeln auszog und meine eigene Jeans und mein T-Shirt wieder anzog.

»Schatz«, rief Mom vor der Umkleidekabine. »Tu mir einen Gefallen und probiere das an, nur um zu sehen, ob es passt. Du brauchst ein Partykleid.«

Sie legte einen schwarzen Stoffstreifen über die Tür.

»Mom ... *nein.*« Ich starrte das Ding an.

»Nur um die Größe zu bestimmen. Du trägst immer diese hässlichen Jeans. Du bist jetzt eine junge Frau, Ryth, und Gio ... na ja, vielleicht willst du ja mal ausgehen. Ich *sag's* ja nur.«

Wer zum Teufel war diese Frau?

Das war nicht meine Mom. Ich hob das Glas und schluckte das leicht bittere Getränk herunter. Mein Kopf pochte, was meine Panik in den Hintergrund drängte. Ich stellte das leere Glas ab. *Na schön.*

»So ist es richtig, Schatz«, antwortete Mom.

Ich hatte nicht einmal bemerkt, dass ich laut gesprochen hatte. Ich schnappte mir das Kleid, das Mom über die Tür gehängt hatte, und versuchte, die verdammte Öffnung zu finden. Die winzige Kabine schwankte, sodass ich mit der Hand gegen den Spiegel stieß, um nicht zu fallen. Das Lachen und Kichern draußen überdeckte den Aufprall, und dafür war ich dankbar.

Ich versuchte, mich zu konzentrieren, während mir der Kopf schwirrte, und zog den Reißverschluss herunter. Ich zog es über den weißen Spitzen-BH und das Höschen, das Mom mir aufgezwungen hatte. Mein Blick glitt nach unten und ich entdeckte die Röte meiner Brustwarze durch den fast durchsichtigen Stoff, was mich an Nicks Hände auf mir erinnerte.

Hitze durchströmte mich, als das Klingeln der Tür des Brautmodengeschäfts ertönte. Ich zerrte das Kleid hoch, schwarz über weiß. Das Kleid war eng, hauteng. Da war ein Schlitz am Oberschenkel, als ich mich umdrehte und den klaffenden Reißverschluss betrachtete.

»Zeig es mir«, drängte Mom, als ihre Freundinnen in eine Welle von Kichern und Geplapper ausbrachen, die alles andere übertönte.

Ich öffnete die Tür der Umkleidekabine, trat heraus, und der Raum drehte sich ein wenig, als ich mich umdrehte. »Ich glaube nicht, dass ich das anziehen kann.«

»Natürlich kannst du das«, antwortete Mom langsam. »Ryth, du siehst ...«

Ich hob meinen Blick zu dem bodenlangen Spiegel am Ende der Umkleidekabine ... und fand Creed und seine Söhne vor, die mich anstarrten.

»Umwerfend aus«, beendete Creed und begegnete meinem Blick im Spiegelbild.

Mein Herz schlug schneller, als ich mich drehte und mein Blick wanderte zu Tobias und Nick, die neben ihm standen.

»Wir sind gekommen, um nach dir zu sehen«, lächelte Creed. »Die Jungs haben angeboten, dich nach Hause zu fahren, weil deine Mom bald ... *ziemlich betrunken* sein wird.«

»Und *ob*!«, kreischte einer ihrer neuen Freundinnen.

Ich zuckte zusammen und schaute zu den drei Frauen, die von Mom und Creed schwärmten. Eine der Frauen steuerte auf Nick zu und öffnete ihre Arme, ganz offensichtlich schon betrunken. »Nicky, mein Junge!«

Sie zog ihn in eine Umarmung, gegen die er sich nicht wehrte. Stattdessen lächelte er sie an und erwiderte die Umarmung mit einem Lachen. »Jess, du bist mal wieder betrunken.«

»Ich weiß«, stöhnte sie und stolperte ein wenig.

Aber als Nick seinen Blick wieder abwandte, war er auf mich gerichtet. »Das Kleid steht dir gut, Ryth«, sagte er vorsichtig und verbarg seine wahren Gefühle, als er mit den Schultern zuckte. »Du solltest es tragen.«

Ich schüttelte den Kopf. »Ich hatte nicht vor ...«

»Elle, wir werden noch zu spät kommen«, stöhnte Jess und ihre Eifersucht blitzte in ihren Augen auf, als sie von Nick zu mir blickte.

»Okay«, gluckste Creed und winkte mit der Hand. »Geht ihr Ladies nur. Geht schon.«

Mom drehte sich zu Creed um und schlang ihre Arme um seinen Hals. »Werden wir dich draußen sehen?«

Er lachte. »Nicht da, wo du hingehst. Ich habe nicht vor, durch den Hafen zu schwimmen, um deine Stripperparty auf dem verdammten Boot zu stören, Elle.«

Stripper-Party?

Kein Wunder, dass sie nicht wollte, dass ich mitkam.

»*Looooos!*«, rief Jess und die beiden anderen stimmten ein, bis der ganze Laden von berauschten Partyrufen erfüllt war.

»Okay ... okay«, lachte Mom, als ihre neu gewonnenen Freundinnen sie von Creed wegzogen und zur Tür schleppten.

»Habt viel Spaß!« Creed lachte. »Ich will dich nicht vor morgen zu Hause sehen! Komm nicht zu spät nach Hause!«

Sie warf ihm einen Kuss zu und schenkte mir ein Lächeln, bevor sie unter dem ohrenbetäubenden Gekreische ihrer Freundinnen durch die Tür verschwand. Creed lachte und schüttelte den Kopf. Sein Blick wanderte zu mir, bevor er sich das Kleid ansah. »Kauf es. Es steht dir wunderbar. Du siehst wunderschön darin aus.«

Ich schüttelte den Kopf. »Ich–«

Tobias hatte kein einziges Wort gesagt, seit er hereingekommen war, er hatte nicht einmal gelächelt, sondern nur seinen mürrischen Blick auf mich geheftet, bis er sich umdrehte und wegging. Die Demütigung mischte sich mit dem billigen Champagner und ließ meine Wangen knallrot werden, bis ich Tobias dabei erwischte, wie er seine Karte über den Scanner an der Kasse zog.

Nick warf einen Blick auf seinen Bruder und gluckste. »Sieht so aus, als würdest du das Kleid bekommen, kleine Schwester.«

Tobias warf einen Blick über seine Schulter und begegnete meinem Blick. Da war kein Ekel in seinen Augen, als er meinen Körper musterte. *Er war hungrig.*

Creeds Handy piepte und lenkte meine Aufmerksamkeit auf sich, als er zusammenzuckte und auf die Nachricht starrte. »Scheiße. Ich bin auch spät dran. Könnt ihr Ryth nach Hause bringen?« Er warf einen Blick auf Nick.

»Klar«, sagte er lächelnd. »Geh, Dad. Amüsiere dich gut.«

Ich begann, ihre Dynamik zu verstehen und herauszufinden, wo sie alle hingehörten. Nick war der Gute, der lächelnde Killer, der einen wie eine Klapperschlange in seinen Bann zog, bis er zuschlug, und Tobias ... Tobias war die verwundete Bestie, derjenige, der in seiner eigenen Falle gefangen war und sein Herz betrachtete, als sei es ein Glied, das er abnagen musste, um sich zu retten.

Und Caleb?

Du bist so ein braves Mädchen, Ryth ... Diese Worte ließen meinen Puls rasen und meinen Körper erzittern.

»Geh«, murmelte Tobias, als er in meine Richtung ging. »Wir werden uns um sie kümmern.«

Creed ging auf mich zu, zog mich in eine Umarmung und drückte mir einen väterlichen Kuss auf die Stirn. »Das Kleid ist wunderschön, Ryth. Die Jungs werden sich um dich kümmern. Wir sehen uns dann morgen, okay?«

»Morgen?« Ich schaute ihm in die Augen.

Er lächelte und entfernte sich. »Wer weiß, sobald die Jungs anfangen zu trinken? Du weißt ja, wie Anwälte so sind.«

Dann war er weg, klopfte Nick auf die Schulter und nickte Tobias zu, bevor er die Tür des Brautladens öffnete und wegging. Er ließ uns allein ...

Die Lichter im hinteren Teil des Ladens flackerten und gingen aus.

»Ich glaube, das ist unser Stichwort, zu gehen«, murmelte Nick und blickte in Richtung der Umkleidekabinen. »Schnapp dir deine Sachen, Ryth. Los geht's.«

»So kann ich nicht gehen.« Ich schüttelte den Kopf.

»Du kannst und wirst«, knurrte Tobias und schritt auf mich zu, um in die Umkleidekabine zu gehen. Er schnappte sich meine Jeans, mein T-Shirt und meine Stiefel, bevor er wieder herauskam.

Ich sah lächerlich aus, als ich in dem engen schwarzen Partykleid und den hohen Schuhen, die Mom für die Hochzeit gekauft hatte, hinausging. Aber als die Schneiderin aus dem hinteren Teil des Ladens kam und uns ein verzweifeltes Lächeln schenkte, folgte ich Nick zur Tür.

»Wir sehen uns nächste Woche!«, rief sie hinter uns.

Die kühle Luft traf mich, als ich auf den Bürgersteig trat, und ließ mich ein wenig schwanken.

»Wow.« Nick packte mich am Arm und hielt mich fest. »Hast du etwas getrunken, Ryth?«

»Ein bisschen«, antwortete ich und begegnete seinem Blick. *Gott, war er hübsch ... Wie hatte ich nur übersehen können, wie hübsch Nick war?* Ich warf einen Blick auf Tobias, dessen Blick wie eine Gewitterwolke war. *Mein Gott, sie waren beide hübsch.* Ich schluckte schwer und wandte den Blick ab.

»Weiß deine Mom davon?«, fragte Nick.

Ich schüttelte den Kopf. »Ich habe die Gläser genommen, als sie nicht aufgepasst hat. Sie würde es sowieso nicht merken, sie hatte ja ihre neuen Freundinnen zur Ablenkung.« Die Worte klangen schnippisch. Ich wollte nicht schnippisch sein.

Piep.

Mein Handy vibrierte in Tobias' Hand. Er blickte nach unten und las die Nachricht. Mein Puls beschleunigte sich, als er die Augenbrauen zusammenzog. »Wer zum Teufel ist Gio und warum glaubt er, dass du mit ihm ausgehst?«

Nick blieb wie angewurzelt auf dem Bürgersteig stehen. Beide richteten ihre Aufmerksamkeit auf mich.

»Ryth?«, forderte Nick. »Wer zum Teufel ist er?«

Der schwarze Mustang wartete ein Stück weiter am Bordstein geparkt.

»Ryth?« Tobias trat einen Schritt näher und hob mein Handy hoch, sein Blick war brutal. »Wer zum Teufel ist dieser Penner?«

»Niemand«, antwortete ich, wobei die Worte unter dem Einfluss des Alkohols nur so dahin rauschten. »Nur ein Freund.«

Tobias hob mein Handy hoch. »Scheint viel mehr zu sein, als ein verdammter Freund. Entsperre dein Handy. Ich will die Nachrichten lesen, die er dir geschickt hat.«

»Was? Nein, das werde ich nicht tun.«

Mit einem wütenden Blick kam er auf mich zu. Ich stolperte rückwärts, bis ich gegen die Glasfront eines verdunkelten Ladens stieß.

»Doch, wirst du«, knurrte er und schob mir mein Handy zu. »Jetzt entsperre das verdammte Ding, bevor ich es auf dem Boden zerschmettere.«

Ich wich zurück. »Das würdest du nicht tun.«

Das Kräuseln seiner Lippen war eiskalt. Mitternacht funkelte in seinen Augen. »Glaubst du das wirklich?«

»Ryth«, warnte Nick und warf einen Blick über seine Schulter, um zu sehen, ob jemand etwas bemerkt hatte. Als wüsste er, wie das hier für andere aussehen würde.

Zwei Männer drückten mich gegen das Glas. Niemand würde glauben, dass es sich nur um einen kleinen Streit unter Geschwistern handelte ...

Sie waren eifersüchtig und kontrollsüchtig. Zwei ältere Brüder, die mir nicht ähnlich sahen, weil wir nicht blutsverwandt waren. Das panische Kribbeln in meiner Brust wurde noch stärker, als ich in Tobias' eifersüchtige Augen starrte. Nick drehte sich wieder um und sein Blick war genauso furchterregend. »Entsperre das Handy, Ryth. Wir wollen wissen, was dieser Arsch dir geschickt hat.«

»Ihr denkt ... ihr denkt doch nicht ernsthaft, er hätte mir ein Dickpic geschickt, oder?«

Tobias' Lippen kräuselten sich. »*Hat* er das?«

Oh Gott ... oh Gott ... Hitze blühte zwischen meinen Schenkeln auf, als Tobias seine Hand hob und sie gegen das Glas stemmte, um mir den Ausweg zu versperren. »Du hast seinen Schwanz gesehen, Ryth?«

Und da war wieder dieser Blick.

Der Blick, der sagte, dass er mir das Leben aus dem Leib würgen und mich gleichzeitig ficken wollte. Die Macht dieser Erkenntnis schoss mir in den Kopf und durchbrach die Wirkung des Alkohols. »Und wenn schon?« Gott, ich fühlte mich in diesem Moment so mächtig, als ich sah, wie betroffen sie waren. Ich brauchte das ... ich musste wissen, was sie für mich empfanden. Denn die Wahrheit lag unter den Lügen begraben, die ich mir immer wieder einredete. Lügen, die ich mir immer lauter zuflüsterte, je mehr Zeit ich mit ihnen verbrachte.

»Wenn du das getan hast, dann ist er verdammt noch mal tot«, warnte Tobias.

Ich wich zurück.

»Sag uns die Wahrheit.« Nick fuhr sich mit den Fingern durch die Haare und ballte sie dann zu einer Faust. »Sag uns die Wahrheit, dann können wir das klären.«

Er sah verzweifelt aus und leckte sich über die Lippen, bevor er auf das Display des Handys schaute. *Empfand er etwas für mich?* Mein Atem stockte in meiner Brust und dasselbe Bedürfnis flammte in mir auf.

Empfanden sie beide dasselbe wie ich?

Ich hob die Hand und gab langsam den Code ein, um mein Handy zu entsperren. Tobias wich zurück und öffnete Gios Nachrichten. »Er denkt, ihr seid zusammen?«, knurrte er und scrollte durch die Nachrichten, die Gio mir geschickt hatte. »Was ist das für eine verdammte Party? Hast du vor, hinzugehen, Ryth?« Mein Bruder begegnete meinem Blick. »War es das? Dachtest du, du könntest dich davonschleichen und dich mit diesem verdammten Penner treffen?«

»Hast du vor, den Kerl zu ficken?«, fragte Nick vorsichtig.

»Was?« Ich wich zurück. *»Nein.«*

Aber das gefiel ihm nicht. Er schüttelte den Kopf und rückte näher, um Tobias' Platz einzunehmen. Aber er war nicht so wütend und grausam wie sein jüngerer Bruder. Nein, Nick war kalt und vorsichtig, seine Rache war kalkuliert. »Hast du vor, heute Abend deine Jungfräulichkeit zu verlieren, kleine Schwester?«

Gott, wie er diese Worte sagte. *Kleine Schwester* ... die Worte klangen nach, als er seinen Körper gegen meinen presste und meine Wirbelsäule gegen das Glas drückte. »Denn wenn deine Jungfräulichkeit eine so große Last ist ...«

»Meine ...«, knurrte Tobias und seine Augen blitzten vor Wut, als er näher kam und mein Handy in seine Tasche schob. »Hast du das verstanden? Du ... gehörst ... *mir.*«

Bei diesen Worten überkam mich das Verlangen, auch wenn ein kleiner Teil von mir den Kopf schüttelte. »Nein.«

»Oh doch.« Tobias schritt näher und packte mich am Arm. »Jetzt schwing deinen Arsch in den Wagen, Ryth. Wir bringen dich nach Hause.«

Er zog mich zu Nicks Auto, öffnete die Tür, stieg dann selbst ein, zog mich auf seinen Schoß und schlug die Tür zu, während Nick sich hinter das Steuer setzte und den Wagen startete.

»Warte«, bellte ich und wehrte mich gegen ihn. »*Tobias, hör auf!*«

»Beruhige dich, oder so wahr mir Gott helfe, Ryth. Du hast keine Ahnung, wozu ich im Moment fähig bin.«

Sein Griff ließ mich los, als er seine Arme um meine Taille schlang, da wir den Sicherheitsgurt nicht über uns beide anlegen konnten.

»Versuch verdammt nochmal abzuhauen!« Tobias starrte mich in der Dunkelheit an. »*Ich fordere dich heraus.*«

Seine Worte waren eine Warnung, die ich nicht überstrapazieren wollte.

»Bring uns nach Hause, Nick«, verlangte Tobias und sein hungriger Blick war auf mich gerichtet. »Jetzt.«

Kapitel 23

NICK

Ich legte den Gang ein und raste aus der Parklücke, vorbei an dem verdammten Brautmodengeschäft und nach Hause. Wollte sie ihn mit diesem verdammten Kind treffen? War sie ...

Mein Puls klang wie ein verdammter Wirbelsturm und pochte in meinem Kopf. Konzentriere dich ... *konzentriere* dich. Aber mein Blick wanderte zu ihrem blassen, verdammt schönen Gesicht und ihren dunklen, unschuldigen Augen. Wusste sie nicht, was Typen wie dieser ... *Gio* von ihr wollten? Gott, wenn wir die Nachricht nicht gefunden hätten ... wenn sie dorthin gegangen wäre ...

In meinem Kopf konnte ich es schon sehen. Sie saß betrunken in ihrem schwarzen Kleid, das viel zu sexy aussah, auf dem Bett eines x-beliebigen Arschlochs, einen Plastikbecher mit Punsch in der Hand und seine verdammte Zunge in ihrem verdammten Hals.

Seine Zunge in ihrer Kehle und seine Gedanken ...

»*Nick!*«, schrie Tobias hinter mir.

Ich riss das Lenkrad herum und schleuderte uns über die Straße, die entgegenkommenden Scheinwerfer blendeten uns und ich konnte immer noch nur sie sehen.

Alles, was ich sehen konnte, war sie.

Verdammt, so schlimm war es noch nie gewesen ... nicht einmal mit... *Gott, wie hieß sie noch gleich?* Natalie. Ja, genau. Verdammt, ich war über ein Jahr mit ihr zusammen gewesen und hatte ihren Namen vergessen. Im grellen Licht von Ryth hatte ich alles vergessen. Ich schluckte, als mein Schwanz hart wurde. »Sag mir«, knurrte ich und meine Stimme war heiser und rau. »Sag mir, was er dir bedeutet, Ryth.«

»*Nichts!*«, schrie sie. »Er bedeutet mir nichts!«

Ich merkte, dass sie den Tränen nahe war, ihre Augen waren weit aufgerissen, der Fleck auf ihrer Wange rot.

»Magst du ihn mehr als einen Freund?« Ich musste es wissen, ich *musste* es verdammt nochmal wissen.

»Nein.« Sie drehte ihren Kopf weg.

Warum zum Teufel wandte sie sich ab?

»Sieh mich an«, forderte ich und konzentrierte mich auf sie und die Straße, während ich durch die Straßen der Stadt raste. »*Ryth ... Ich sagte, sieh ... mich ... an ...*«

Sie erwiderte den Blick und in ihren Augen lag kalter Zorn. Ich erinnerte mich an das Mädchen, das erst gestern aus dem Gefängnis gestolpert war. Diejenige, die mir quasi in die Arme gefallen war. Sie hatte mich dazu gebracht, mich ihr zu öffnen und ihr Dinge zu erzählen, die ich noch nie jemandem erzählt hatte – ich schaute Tobias an, der mit ihr auf dem Schoß dasaß –

nicht einmal meinem eigenen Bruder. Aber sie war anders. Sie war ... *mein.* Das Wort hallte in meinem Kopf nach, als ich auf die Straße blickte, dann wieder zu ihr und die Frage wiederholte, nur dass meine Stimme diesmal kalt war ... und gefährlich. »Magst du diesen Mistkerl mehr, als du einen Freund mögen würdest?«

»Nein.«

Sie sagte nein. Sie sagte verdammt nochmal nein. Aber konnte ich ihr glauben? Ich starrte auf die Straße, als mein Handy zu klingeln begann und die Nummer von Caleb aufleuchtete. Ich tippte auf den Bildschirm. »Ja?«

»Ihr solltet besser herkommen«, lallte er in das Handy.

Ich zuckte für einen Moment zusammen ...

»Wo zum Teufel bist du und warum bist du betrunken? Du trinkst doch kaum.«

»Das spielt keine Rolle«, knurrte er, während im Hintergrund etwas krachte. »Kommt einfach her ... Razers.«

Razers? Meine Stimme war vorsichtig. »Du weißt, dass du da nicht hin darfst.«

Er lachte kurz auf. »Ich darf auch nicht meine verdammte Stiefschwester ficken, aber anscheinend breche ich heute Abend alle Regeln.«

Ryth richtete ihren Blick auf mich. Im Hintergrund sprach ein Mann, wahrscheinlich ein Türsteher. »Verpiss dich, Caleb. Du weißt, was Lazarus letztes Mal gesagt hat. Zwing mich nicht, dir wehzutun.«

»Er hat es nicht so gemeint«, hörte ich eine Frau schreien. Eine der Tänzerinnen, wie ich annahm. »*Caleb!*«, schrie sie, als meinem Bruder ein Grunzen entlockt wurde.

Ich würgte das verdammte Lenkrad ab, musterte den Verkehr hinter mir und drehte das Lenkrad. »Sag diesem Wichser, wenn er dich anfasst, füttere ich ihn mit seinen eigenen Zähnen. Ich bin auf dem Weg.«

Die Reifen quietschten, als ich den Mustang wendete, und Tobias sagte den einzigen Namen, den er nicht sagen sollte: »Lazarus.«

Ich kämpfte mit dem Lenkrad und schlitterte durch den Verkehr. »Das weißt du nicht.«

Sein wilder Blick flammte auf. »Ach nein?«

Ich riss das Lenkrad herum und lenkte den Wagen in Richtung der exklusiven Bar in der Innenstadt, die den Rossis gehörte. Der einzige Ort, von dem Caleb geschworen hatte, sich fernzuhalten ... Ich schaute Ryth wieder an. Wie es aussah, waren wir heute Abend alle ziemlich am Arsch.

Ihre verdammten Nachrichten gingen mir nicht mehr aus dem Kopf. Ich bremste scharf ab und fuhr in die Gasse. Die Dunkelheit verdeckte das Biest, und die Scheinwerfer flackerten gegen das pechschwarze Gebäude im Hintergrund, als ich mich umdrehte. Ich musterte den Parkplatz, während ich abbremste, auf der Suche nach bekannten Autos.

Aber es gab keinen schwarzen Audi, was hoffentlich bedeutete, dass es keinen Freddy gab. Aber wenn Caleb drinnen war, würde ich meinen linken verdammten Hodensack darauf verwetten, dass er nicht weit weg war ... und auf Lazarus' Befehl wartete. Verdammt!

Das Allerletzte, was ich gebrauchen konnte, war, dass mein hitzköpfiger Bruder und Lazarus sich wieder prügelten.

Das letzte Mal hatte es Drohungen gegeben, die keine der beiden Seiten so gemeint hatten. Ich lenkte den Mustang auf den Parkplatz, schob den Gang in die Parkposition und öffnete die Tür. »Bleib im Auto, Tobias.«

»Bruder.« Der kleine Scheißer stieg bereits aus, als ich die Tür zuwarf, und warf mir einen verdammten Blick zu, als er murmelte: »Du und ich wissen, dass das nicht passieren wird.«

Doch dann stieg Ryth hinter ihm aus. Ihr Kleid war hochgerutscht, als sie sich von dem Haufen aufrappelte, in dem er sie ins Auto manövriert hatte, bevor er ausgestiegen und mir hinterhergerannt war. »Ich komme auch mit.«

»*Einen Scheiß wirst du machen!*« Wir drehten uns beide um sie, sodass sie zusammenzuckte.

Aber der Funke des Trotzes war in ihren Augen aufgeflammt. »Ihr wollt, dass ich hier draußen ganz allein herumsitze?« Sie breitete ihre Arme aus und lenkte meinen Blick auf das winzige, hautenge Kleid, das Dinge mit mir machte, die verdammt nochmal nicht legal waren.

Tobias starrte sie an ... genau wie ich.

»Bleib an unserer Seite«, warnte ich. »Geh nicht weg.«

Sie sagte nichts, als ich mich umdrehte und auf die Hintertür des verdammten Clubs zuging. Blutrote Neonlichter mit dem Namen des Clubs flackerten und leuchteten vor dem schwarzen Gebäude. Ich starrte auf die Farbe und hoffte inständig, dass es kein verdammtes Omen war. Das Letzte, was ich heute Abend wollte, war, dass einer von uns erschossen wurde. Ich blieb vor der Tür stehen, klopfte mit den Fingerknöcheln gegen das lackierte Metall und wartete darauf, dass sie sich öffnete.

Die Tür öffnete sich, und ein Berg stand im Weg. Grievous starrte mich an, sah von mir zu Tobias und dann zu Ryth. Ich verkrampfte mich, denn ich wusste genau, was er dachte. »Wir sind nicht zum Feiern hier«, sagte ich zähneknirschend. »Sie ist unsere verdammte Schwester.«

Eine Augenbraue hob sich bei dem großen Bastard, bevor er zur Seite trat. »Er ist hinten raus.«

Ich schob mich vorbei. »Natürlich ist er das.«

Es war noch ziemlich früh, aber hier, zwischen den schwarz gestrichenen Wänden und den funkelnden Lichtern dieses gehobenen Stripclubs, herrschte immer Party. Eine, zu der wir nicht mehr eingeladen waren. »Finde ihn und lass uns hier verschwinden«, befahl ich und ging in Richtung des hinteren Teils des Clubs.

Aber Tobias musterte bereits die vollen Tische und durchsuchte die Bar. Dann machte er sich auf den Weg zur anderen Seite des verdammten Clubs. »T!«, bellte ich.

Aber er antwortete nicht, sondern schritt einfach mit der gleichen überheblichen Gangart davon, die uns in Schwierigkeiten bringen würde. Ich warf Ryth einen Blick zu. »Bleib bei mir.«

Ihre Augen weiteten sich, als sie das plüschige, scharze Innere des Clubs sah und dann die Tänzerinnen und Tänzer, die im Scheinwerferlicht standen, als ich nach vorne schritt. Ich wusste, was sie sah: die Titten und die verdammten Muschis.

Verdammt, ich wollte sie nicht in der Nähe dieses Clubs haben, geschweige denn im Inneren.

Ich warf ihr einen Blick über die Schulter zu, auf ihre großen Augen und ihre offenen Lippen, bevor ich meinen Blick nach vorne lenkte. Ich ballte die Fäuste, als ich auf den hinteren Bereich zusteuerte. *Verdammt nochmal, Caleb.*

Ich wollte nur eine verdammte, unbefleckte Sache, war das zu viel verlangt? Oder musste alles, was mit unserem Namen zu tun hatte, verdammt nochmal ruiniert werden? Ein Krachen kam von der anderen Seite des Clubs. Die Köpfe der Männer, die die Tänzerinnen beobachteten, drehten sich um. Ich brauchte der Bewegung nicht zu folgen, um zu wissen, wer es war.

»*Wo zum Teufel ist er?*« Tobias' Wut drang durch das tiefe Pochen der Musik.

»Verdammt nochmal!« Ich ging auf die Hintertür zu, bis ich von dem Türsteher aufgehalten wurde. Er hob die Hand und schüttelte den Kopf.

»Lass mich durch, ich bin wegen Caleb Banks hier«, forderte ich.

Aber das Arschloch bewegte sich nicht, ließ seine verdammte Hand nicht sinken. »Das ist mir egal.«

Ich trat näher heran. »Du weißt, wer ich bin, verdammt?«

Er hielt meinem Blick stand. »Wie ich schon sagte, Kumpel. *Es ist mir egal.*«

Ein Brüllen kam von hinter der Tür ... *das Brüllen meines Bruders.* Ich warf einen Blick auf den Türsteher und bemerkte ein kleines Zucken in seinem Mundwinkel. Er wusste es ... *der verdammte Bastard wusste, wer wir waren ...*

Ich schüttelte den Kopf, drehte mich um und ging einen Schritt weg, als ich das selbstgefällige Glucksen des Mistkerls hörte, der sich mir in den Weg stellte ... *dann drehte ich mich und ging zum Angriff über.*

Ich ließ die Schultern sinken, fuhr nach oben und verpasste ihm einen brutalen Schlag gegen das Brustbein. Der Türsteher fiel nach hinten und krachte gegen die Tür. Sein Grinsen erstarb augenblicklich, als er zu Boden sackte.

»Wie ich schon sagte ...« Ich trat näher und holte tief Luft, als er würgte und keuchte und sein Gesicht sich grau färbte. »Du stehst mir im Weg.«

Er versuchte, seine Hand zu heben, als ich über ihn stieg und die Tür öffnete. Krach! Das Geräusch von zerbrechenden Möbeln ertönte im Raum. Ich stürmte hinein und fand Caleb im Griff irgendeines Bastards, sein Gesicht blutig, seine Augen wild, während vier der Wichser ihn umzingelten. Einer beugte sich vor und rammte meinem Bruder einen verdammten Schlagring in die Seite.

Er krümmte sich und stieß einen Schmerzensschrei aus.

Alles, was ich sah, war rot.

Ich warf mich nach vorne und packte einen an der Kehle, als er seine Faust nach hinen ausholte, um Caleb zu schlagen. Er schlug mit *seinem ganzen verdammten Körper* zu, aber ich kam ihm zuvor und schlug den feigen Bastard zu Boden.

Mein Körper erwachte zum Leben.

Alles, was ich spürte, war der Kampf, mein jahrelanges Training, das sich auszahlte. Ich nahm mir einen nach dem anderen vor, als irgendwo anders im Club ein Schuss ertönte. Caleb und ich hörten auf zu kämpfen und seine Augen weiteten sich.

»Tobias?«, rief Caleb und ich musterte den leeren Raum um mich herum.

Ryth ... Ryth war nicht hier ... Wo zum Teufel war sie hin?

Kapitel 24
RYTH

»Ruhig.« Der Türsteher kam aus dem Nichts und trennte mich von Nick, als er zwischen den Tischen hindurch zu mir stürmte und die Türsteher hinter sich ließen, die Caleb verprügelten.

»Du darfst nicht hier hinten sein. Das ist ein exklusiver Bereich.« Er warf einen Blick auf mich und sein Blick verweilte eine Sekunde lang auf dem Mal in meinem Gesicht, bevor er näher kam.

Ich schüttelte den Kopf und machte einen Schritt zur Seite. »Geh mir aus dem Weg.«

»Nicht so schnell.« Er ging auf mich zu, packte meinen Arm und stieß mich nach hinten.

Ich warf Nick einen Blick zu, wobei mir ein Schrei in der Kehle stecken blieb, und sah zu, wie Nick eines der Arschlöcher zu Boden warf und einen anderen mit der Faust schlug.

»Ein hübsches kleines Ding wie du ...« Der Türsteher drängte mich rückwärts durch die Tür in den Hauptclub und zog die Tür zum Hinterzimmer hinter sich zu.

»Lass mich los!«, rief ich und riss meinen Arm los. Ich drehte mich um und sah die Tische voller Männer und die kaum bekleideten Tänzerinnen vor ihnen.

»Brauchst du Hilfe?« Ein weiterer Türsteher kam von links, als ein ohrenbetäubender Lärm aus dem Hinterzimmer ertönte.

Ich stürmte los und schob den ersten Türsteher zur Seite, um zur Tür zu gelangen. Sie brauchten mich ... *sie brauchten mich.* »*Caleb! Ni–*«

Eine Hand presste sich auf meinen Mund und unterdrückte meinen Schrei.

»Ist das die Banks-Schlampe?«, knurrte der zweite Türsteher hinter mir. Ich wehrte mich gegen seinen Griff, öffnete meinen Mund so weit wie möglich und biss zu. »*Aua! Die verdammte Schlampe hat mich gebissen!*«

Ich fuchtelte mit den Armen, riss mich aus seinem Griff und stolperte rückwärts. »Bleib ... verdammt nochmal weg von mir.«

Männer saßen keine drei Meter entfernt an den Tischen, aber sie taten nichts, als die beiden großen Türsteher meine Seite flankierten und sich näherten.

»Dafür wirst du bezahlen, Banks Schlampe«, knurrte das handgreifliche Arschloch.

»*Hey*«, sagte jemand hinter dem Türsteher.

Er drehte sich automatisch um. Ich sah das Aufblitzen von Wut in Tobias' Augen, bevor er loslegte und dem Idioten direkt auf die Nase schlug. Der hochgewachsene Mann stolperte nach hinten und hob seine Hand, während Blut aus seinen Nasenlöchern spritzte und über seine Lippen lief.

»Nimm deine Hände von ihr«, brüllte Tobias.

Mein Puls raste, als er näher kam und mir einen wilden Blick zuwarf, der meine Augen musterte. »Bist du okay?«

Ich nickte und mein Herz schlug mir bis zum Hals.

Doch dann griff der andere Türsteher in seine Tasche und zog ein Messer heraus. »Du hättest dich fernhalten sollen, Tobias. Jetzt werde ich dir dein hübsches Gesicht aufschlitzen.« Er holte aus und rammte die Klinge gefährlich nah an Tobias' Gesicht vorbei durch die Luft.

»Nein!« Ich stieß einen Schrei aus, stürzte mich auf ihn und krallte mich von hinten in seine Wangen, während der andere Wächter mich von ihm wegzog und meine Füße vom Boden abhob.

»GENUG!«

Der Angriff endete mit einem Brüllen. Die Türsteher drehten sich um und entdeckten einen blonden Kerl, der von seinen eigenen gefährlich aussehenden Bodyguards flankiert wurde und auf uns zuschritt. Er warf einen Blick in meine Richtung und wandte sich dann an Tobias. »Du weißt, dass du dich hier nicht blicken lassen solltest.«

»Ja, und das hatte ich auch nicht vor.« Tobias riss seinen Arm los und warf dem Türsteher einen bösen Blick zu. »Ich bin wegen meines Bruders hier, und ich wäre schon längst weg, wenn deine verdammten Kampfhunde mich gelassen hätten.«

Der Türsteher mit der blutigen Nase knurrte und trat einen Schritt vor.

»Ryth?«

Ich drehte mich bei der Stimme um und versuchte, mich aus dem schraubstockartigen Griff des Türstehers zu befreien, als Gio hinter den Schlägern hervortrat. »Gio?«

Tobias zuckte zusammen, dann hörte ich ein leises, bedrohliches Kichern. »Selbstverständlich. Das sieht dir ähnlich, nicht wahr, Lazarus?«

Lazarus? Wie in ... Lazarus Rossi? Ich erstarrte.

»Lass sie los, James«, murmelte Lazarus, und das Arschloch hinter meinem Rücken löste seinen Griff.

»Gott.« Gio kam näher und starrte mich mit seinen großen Augen an. »Was zum Teufel machst du hier?«

Ich rückte mein Kleid zurecht und starrte Gio an, während die Wut in mir hochkochte. »Das könnte ich dich auch fragen.«

Er warf einen Blick auf Tobias, als er antwortete. »Ich habe beschlossen, dass es sich nicht lohnt, auf die Party zu gehen. Also bin ich hierhergekommen.«

Ich warf einen Blick auf die nächste Tänzerin, die sich um die Stange drehte und ihre Beine für alle sichtbar spreizte. »In einen Stripclub?«

»In *meinen* Club«, murmelte Lazarus, bevor er seine intensiven Augen in meine Richtung richtete. »Ryth.«

Ich konzentrierte mich auf den Penner und seine blöden Kampfhunde. Als ich ihn ansah, konnte ich nur das zerschundene und zerschlagene Gesicht meines Vaters erkennen. Ich hasste ihn dafür ... für die verdammten Männer, die er hinter den Gefängnismauern hatte, Männer, die seinen Befehlen gehorchten. Die Rossis. Ich machte einen Schritt nach vorne, was einen von Lazarus' Männern dazu veranlasste, vorzutreten, bis er seinen Kampfhund zurückwinkte.

»Ich weiß, was du uns angetan hast«, murmelte ich und sah ihm direkt in die Augen. »Unserem Haus und meinem Vater.«

In seinen Augen lag ein explosives Glitzern, als Lazarus mich genau betrachtete. »Ach wirklich? Und was wäre das?«

Ich zuckte zusammen und sah mich im Club um. Er wollte herausfinden, ob ich es wirklich vor allen Leuten aussprechen würde. Er wollte sehen, ob ich ... *dumm* genug war. Ich erstarrte und mein Verstand raste. Ich schwankte, gefangen in einer Falle, die ich mir selbst gestellt hatte. Machte ich alles noch schlimmer für Dad, nur weil ich hier war?

Ist schon gut, Ry ... Ich werde hier rauskommen ...

Dads Worte hallten in meinem Kopf wider, als ich Lazarus Rossi in seine klaren blauen Augen starrte und versuchte, nachzudenken. War ich nur einen Schritt davon entfernt, alles noch schlimmer zu machen?

Erst die Verhaftung von Dad ...

Dann unser Zuhause ...

Wo würde das enden? *Auf jeden Fall nicht damit, dass ich etwas Dummes tat, das war sicher.* Ich schluckte schwer und der Hass in mir ließ ein wenig nach.

»Gut gemacht«, murmelte Lazarus. »Sieht so aus, als wärst du nicht so dumm wie dein Umfeld. Vielleicht gibt es noch Hoffnung für dich, Ryth.«

Er schaute Tobias an, als er das sagte, was ihn zu einem Angriff veranlasste.

»Äh-äh.« Der große, muskelbepackte Kerl neben Laz schüttelte den Kopf. »Wir beide wissen, dass du das nicht tun willst, T.«

Ein weiteres Krachen kam aus dem Hinterzimmer und hallte durch die Tür.

»Ach nein? Wie wäre es, wenn du ihnen sagst, dass sie meine Brüder gehen lassen sollen, Logan?«, forderte Tobias.

Lazarus warf einen Blick zur Tür und bedeutete ihm, voranzugehen. Im Handumdrehen war der riesige Bodyguard an seiner Seite und verschwand durch die Tür.

Gio trat näher heran und griff nach meinem Arm. »Komm schon, Ryth, lassen wir die beiden allein, damit sie sich austoben können.«

Er wollte mich wegzerren ... damit sie was tun konnten? Ihm wehtun? Ich schüttelte den Kopf und machte einen Schritt auf Tobias zu, wobei meine Stimme zitterte. »Lass mich verdammt nochmal in Ruhe, Gio.«

»Es ist nicht so, wie du denkst«, brummte er und seine freundlichen Augen blitzten verzweifelt.

»Ist es nicht?« Tobias rückte näher, so nah, dass ich seine Wärme an meinem Rücken spürte. »Du hast Ryth angemacht und versucht, sie gegen uns aufzubringen.«

Gio versteifte sich. Aber es war Lazarus, der das Wort erhob. »Nicht gegen euch aufbringen ...«, leugnete er und blickte in meine Richtung. »Sie im Auge behalten.«

Wut kräuselte sich in meinem Rücken, als Tobias mit seiner Hand über meinen Bauch glitt, meine Brust umfasste und mich an sich drückte. Die Bewegung könnte nicht primitiver sein.

Meine, sagte er aus und etwas in mir heulte vor Befriedigung.

Gio zuckte zurück und sein Blick wanderte zu Tobias' warmer Hand, die meine Brust knetete. Er leckte sich über die Lippen, dann begegnete er meinem Blick.

»Ich wusste, dass du ein kalter, rücksichtsloser Bastard bist, aber das ist ein neuer Tiefpunkt, selbst für dich«, knurrte Lazarus. »Sie ist zu jung, Tobias.«

»Sie gehört zur *Familie*«, knurrte Nick, als er durch die Tür kam.

Sein Mund blutete und ein Auge war geschwollen. »Nick!« Ich riss mich aus Tobias' besitzergreifendem Griff los und stürzte auf ihn zu, um seine Stirn über dem Auge zu berühren, bevor ich mich gegen den Anführer dieses erbärmlichen Clubs wandte. »*Du verdammtes Stück Scheiße!*«

Nick lächelte nur. »Sieht aus, als hätte sie dich durchschaut, Lazarus.«

»Fick dich, Nick«, knurrte Lazarus. »Und deine verdammten Brüder können mich auch mal.«

Ich hob die Hand zu Nicks Auge und sah, wie er zusammenzuckte. Gott, wenn der Knochen gebrochen wäre ...

»Ryth.« Lazarus hielt Nicks Blick stand. »Warum kommst du nicht in die Bar? Ich kann Eis für deinen ... *Nick* holen. Dann haben wir Zeit zum Reden.«

Das gleiche besitzergreifende Funkeln leuchtete in Nicks Augen.

»Du willst mit ihr reden«, spottete Caleb, als er seinen Arm von einem Türsteher losriss und durch die Tür schritt. »Dann redest du mit uns.«

Es gab nicht genug Eis, weder für Nicks Gesicht noch für die sengende Wut, die zwischen diesen beiden verfeindeten Seiten loderte. Es gab keine Probleme, die es zu lösen galt. Lazarus sah das jetzt, als er meinem Blick begegnete. Ich könnte schwören, dass sich in seinem Blick Enttäuschung mit ... *Angst* mischte.

Er nickte in Richtung Gio. »Wenn du jemals mit mir reden willst, wird Gio dafür sorgen, aber bis dahin ...«, er warf einen Blick auf Tobias und die anderen, »solltet ihr auf euch aufpassen.«

»Auf uns aufpassen?«, schnaubte Tobias, als Lazarus sich umdrehte und davonlief. »*Aufpassen, verdammt nochmal, Laz? Komm wieder her! Komm zurück, du verdammter, hinterhältiger Bastard!*«

Mein Puls beschleunigte sich durch das Gebrüll.

Angst durchfuhr mich, als der Rest des Clubs ins Blickfeld geriet. Sie alle starrten mich an, jedes Arschloch, das sich geweigert hatte, mir zu helfen ... und jede Tänzerin auf der Bühne. In dieser Sekunde gab es kein Wirbeln um die Stangen, nicht bis der andere Typ an Lazarus' Seite sie anbellte: »*Weitermachen!*«

Tobias ballte seine Fäuste.

Nick kochte vor Wut.

Aber Caleb ... Caleb sah mich mit gequältem Verlangen an, als er sich die blutigen Lippen leckte und murmelte: »Lass uns von hier verschwinden.«

Ich folgte den dreien, als wir uns einen Weg durch die Tische bahnten. Caleb streckte die Hand aus und schnappte sich eine Flasche von einem der Tische, als er vorbeiging.

»Hey!«, brüllte das Arschloch, das dort saß, und erhob sich.

»*Vergiss es!*«, bellte Lazarus. »Lass sie gehen.«

Es schien, als würden alle tun, was er befahl. Das Arschloch verstummte, als wir uns auf den Weg durch die schwarze Tür in die noch schwärzere Nacht machten, alle vier gezeichnet und erschüttert.

Caleb hob die Flasche an seine Lippen und nahm einen Schluck.

»Du bist ein echtes Arschloch, weißt du das?«, schnauzte Tobias, als wir zum Auto gingen.

Caleb warf mir einen Blick zu, dann hielt er mir die Flasche hin und konzentrierte sich auf mich, als ich sie nahm und trank. Die Hitze brannte den ganzen Weg in meinen Magen hinunter und ich hustete.

»Ja«, antwortete Caleb. »Ich weiß.«

Nick hinkte, als er zum Auto ging, aber Caleb legte seinen Arm um meine Schultern und zog mich näher zu sich. »Hältst du mich für ein Arschloch?«, lallte er, nahm die Flasche und trank erneut.

»Ich weiß nicht, was ich denken soll.« Ich holte tief Luft, als Tobias die Beifahrertür des Mustangs aufriss und auf den Rücksitz stieg, wobei er die Tür wie eine Aufforderung hinter sich offen ließ.

Nick setzte sich hinter das Lenkrad und startete den Mustang.

»Vielleicht kann ich dich ja umstimmen?« Caleb reichte mir die Flasche, dann ging er zum Beifahrersitz und ließ mich hinter sich.

Ich nahm noch einen Schluck, versuchte, das Zittern meiner Hände zu stoppen, und folgte Tobias in das Auto. Er warf mir einen Blick zu, als er mir die Flasche aus der Hand riss. »Wenn du dich das nächste Mal mit deinem verdammten Freund treffen willst, Ryth, sag es einfach.«

Er nahm einen Schluck Scotch, während Nick den Gang einlegte und den Parkplatz verließ. Dann gab er kräftig Gas.

»Ich brauche einen verdammten Drink«, schnauzte Nick.

Ich sah im Rückspiegel, wie er sich über die Lippen leckte, als er nach Hause fuhr. Aber es waren Tobias' Worte, die weh getan hatten. Ich streckte die Hand aus und entriss ihm die Flasche, als er sie wieder an die Lippen hob. »Zum letzten verdammten Mal, er ist nicht mein Freund.«

»Ach nein?« Er bewegte sich, beugte sich über den Sitz, um mich nach hinten zu drängen, und knurrte mir ins Gesicht. »Vielleicht sollte ihm das mal jemand sagen.«

Mein Puls beschleunigte sich. Die Flasche in meiner Hand drückte in seine Seite. Meine Nerven lagen blank und der Scotch mischte sich mit dem billigen Champagner. Aber ich hatte keine Lust mehr, mir Sorgen zu machen und seine verdammten Spielchen mitzuspielen.

Ich beugte mich vor, neigte meinen Kopf nach oben und küsste ihn.

Er versteifte sich über mir. Sein Hass schmeckte so verdammt gut auf seinen Lippen ... bis er einen schmerzerfüllten Laut von sich gab. Seine Hand war augenblicklich in meinen Haaren und packte die Strähnen, bis meine Kopfhaut brannte, während er seinen Körper noch fester gegen meinen drückte.

Nicht mein Freund.

Die Worte hallten in meinem Kopf wider, als der Kuss noch tiefer wurde. *Nicht mein verdammter Freund.*

Denn die Wahrheit war: Ich wollte Tobias ...

Ich wollte sie alle.

Ich öffnete meinen Mund, mein Verlangen war gierig. Eine akute Welle der Lust entfachte das Feuer in mir, bevor er den Kuss abbrach und sich zurückzog.

Er hasste mich.

Ich sah es in seinen Augen.

Er hasste mich dafür, dass ich in sein Haus eingedrungen war und seine Familie ruiniert hatte. Aber er wollte mich mehr, als er mich hasste. Diese Quälerei zerriss ihn ... *und ich wollte es auch.*

Er senkte seinen Blick auf mein Kleid und schob dann seine Hand an der Innenseite meines Oberschenkels hinauf

Er war vorsichtig, aber unruhig, als er meinen Blick erwiderte. »Was zum Teufel machst du mit mir?«

Die Antwort war einfach ... *das Gleiche, was er mit mir machte.*

Er brachte mich aus der Fassung ...

Kapitel 25

TOBIAS

Nein ... tu das nicht. Eine winzige Stimme erklang in meinem Hinterkopf, als sie ihren Kopf von der Rückbank des Autos hob und mich küsste. Ich fasste ihr Haar und verschlang ihren Mund. Ich wollte, dass sie stöhnte, dass sie wimmerte. Ich wollte, dass sie gequält und atemlos unter mir lag ...

Aber war das das Richtige für sie?

Ich beendete den Kuss und schob sie zum Fenster.

Sie lag da und das Verlangen leuchtete in ihren Augen. Die Straßenlaternen beleuchteten sie, als wir fuhren. Ich blickte an ihr hinunter und meine Hände bewegten sich, bevor ich es merkte. Sie schoben ihr Kleid nach oben, bis ich ihr weißes Höschen sehen konnte ... nur dass es diesmal aus Spitze war. Weiße Spitze, fast durchsichtig ... durchsichtig genug, dass ich ihre Muschi sehen konnte.

»Ich kann nicht aufhören.« Ich schob ihr Kleid höher. »Und ich will es auch nicht.« Ich hob meinen Blick und begegnete ihrem. »Was zum Teufel machst du mit mir, kleine Schwester?«

Caleb drehte sich um und schaute über den Rand des Sitzes, während Nick den Rückspiegel einstellte, ihn nach unten klappte und auf das Gaspedal trat. Sie hob ihr Knie und schob es zur Seite. »Das Gleiche, was ihr mit mir macht ... *ihr alle*.«

Ich schüttelte den Kopf und wich zurück. Meine Stimme war rau. »Das ist falsch.« Aber mein Blick wanderte an ihrem Körper hinunter, von dem Mal auf ihrer Wange zu ihren perfekten Brüsten und dann zu ihrer Muschi.

»Bring uns nach Hause, Nick«, forderte Caleb.

Das Auto nahm eine scharfe Kurve. »Was glaubst du denn, was ich hier mache?«

Der gefährliche Hunger in mir schwand und verwandelte sich in etwas anderes, etwas Verzweifeltes und Dringliches. Etwas, das mich viel zu viel nachdenken ließ. Ich schüttelte meinen Kopf und versuchte, die Dämonen zu vertreiben, aber ich sah nur *ihn*, diesen verdammten Gio. Mein Schwanz zuckte, als ich mich an die Art erinnerte, wie er sie angesehen hatte. Als wollte er ... *sie retten.*

Sie hatte jemanden wie ihn verdient.

Jemanden, der gut war.

Jemanden, der ehrlich war.

Jemanden, der sie nicht für den Rest ihres verdammten Lebens ruinieren würde. Denn wenn ich in ihr süßes, verdammtes Gesicht sah und den schwachen Duft ihres reinen Parfüms roch, wollte ich genau das tun.

Ich wollte sie ruinieren.

Ich wollte sie zu meinem Eigentum machen.

»Ich hätte ihn gelassen«, flüsterte sie.

Ich richtete meinen Blick auf sie, als ein »Fuck« von Nick kam.

»Du hättest was?«, fragte ich mit emotionsloser Stimme.

Sie sah mich an, als wüsste sie, dass ich nachdachte, als könnte sie sehen, wie sich etwas in mir veränderte. *Als könnte sie meine Angst spüren.* »Ich hätte mich von Gio küssen lassen.«

Das Auto schlenkerte und bremste stark ab, um vor einem verdammten Haus am Straßenrand anzuhalten, wobei die Scheinwerfer die Dunkelheit durchschnitten. *»Dieser verdammte Mistkerl.«* Nick krallte sich um das Lenkrad. »Ich fahre zurück und reiße ihm seinen verdammten Schwanz ab.«

Aber alles, was ich sah, war das verwegene Glitzern in ihren Augen, als ich die Worte wiederholte. »Du hättest dich von ihm küssen lassen?«

Sie nickte langsam. Aber ich konnte sehen, dass es eine Lüge war. Es war alles eine verdammte Lüge, die mich an den Rand des Wahnsinns treiben sollte ... *und es funktionierte.*

»Nach Hause, Nick«, forderte ich. »Wenn unsere Schwester so dringend geküsst werden will, können wir ihr sicher helfen.«

Er schien zu verstehen und beschleunigte, um noch einmal auf die Straße zu fahren. Er ließ sie im Licht der Straßenlaternen flackern, bis er den Mustang in die Einfahrt fuhr und den Knopf drückte, damit das Tor sich hinter uns schloss.

Mein Vater würde heute Abend nicht zu Hause sein, und ihre Mom auch nicht.

Wir würden allein sein ... die ganze Nacht lang.

Ich stieß die Tür auf und stieg aus, als wir ruckartig zum Stehen kamen. Aber ich stand einfach nur da, ohne ihr zu helfen, beobachtete, wie sie ihren Hintern auf dem Sitz hin und her bewegte, erhaschte einen Blick auf ihre Muschi und kämpfte gegen das überwältigende Bedürfnis an, sie genau hier und jetzt zu nehmen.

Die Autotüren schlossen sich mit einem lauten Knall. Nick war schnell neben mir und beobachtete, wie sie aus dem Auto stieg und stehen blieb, weil sie nicht an mir vorbeikam.

»T?«, rief Nick vorsichtig.

Im Haus gingen die Lichter an. Ich hatte nicht einmal bemerkt, dass Caleb gegangen war.

»Geh rein, Ryth ...« Ich machte einen Schritt zur Seite. »Jetzt.«

Sie eilte auf das Haus zu, ihre verdammten Absätze klapperten auf der Einfahrt und weckten in mir das Bedürfnis, sie zu Boden zu werfen. *Verdammt, in ihrer Nähe fühlte ich mich wie eine Bestie.* Vielleicht war ich das ja jetzt? Erst Mom, dann Lazarus, jetzt Ryth und die verdammte Hochzeit.

Eine Bestie ... rasend vor Emotionen.

Ich fuhr mir mit den Fingern durch die Haare und schaute über die Schulter zur Straße. Ich wusste nicht, was ich erwartet hatte: Lazarus oder Freddy in ihren verdammten Audis, damit ich meine Wut auslassen konnte. Aber sie waren nicht da. Die Straße war so ruhig wie immer. Also war es nur noch Ryth, die mir im Weg stand.

Ich ging hinter ihr her, betrat das Haus und schloss die Tür hinter mir.

Leise Schritte erklangen auf der Treppe und verschwanden dann oben im Flur. Nicks Stimme murmelte, dann Stille, bevor ein leises Stöhnen von weiblichen Lippen kam. Ich ging auf die Treppe zu und stieg hinauf. Ryth war nicht wie andere Frauen. Sie war unschuldig. Sie war mir vertraut. Sie gehörte mir.

Unsere ...

Ich sah, wie meine Brüder sie ansahen, und wie sie sie ansah. Ich verlängerte meine Schritte und nahm zwei Treppenstufen auf einmal, bis ich auf unserer Etage stehen blieb. Nicks Finger waren in ihrem Haar, sein Mund auf ihrem. *Mein Bruder.* Ich biss mir auf die Lippe, als Caleb aus seiner Schlafzimmertür trat, jetzt ohne Oberteil und mit einer frischen Flasche Scotch in der Hand.

Ich schaute in seine Richtung und sah, dass seine dunklen Augen auf sie gerichtet waren. »Geht es dir gut?«

Er war betrunken ... und hungrig. Ich hatte ihn noch nie so außer Kontrolle erlebt. Ich warf einen Blick auf meine zukünftige Schwester, die ihre Hände an Nicks Bizeps entlang gleiten ließ und seinen Mund nahm. Da wurde mir bewusst, dass wir alle außer Kontrolle geraten waren, wenn es um sie ging.

Und ich begrüßte das. »Bring sie ins Schlafzimmer, Nick«, befahl ich.

Hass, Schmerz und Verlangen peitschten in mir wie ein Tornado und rissen alles mit sich, was sich ihnen in den Weg stellte, als Nick sich bückte, sie um die Taille packte und in mein Zimmer trug.

Caleb folgte mir. Ryth stieß ein Stöhnen aus. Was auch immer Nick in ihrem Mund tat, es erregte sie. Auch mich durchfuhr die Erregung und raste bis zur Spitze meines Schwanzes. Ich brauchte nicht nach unten zu greifen, um zu wissen, dass ich hart war, als wir uns in mein Schlafzimmer drängten.

Nick stöhnte in ihren Mund. Seine Hand lag zwischen ihren Beinen und seine Finger streichelten ihre Muschi, als er sie auf das Bett legte. Dieses Kleid ... dieses verdammte Kleid war um ihre verdammte Taille gerafft.

Caleb trat neben mich und sein Blick war auf unseren Bruder gerichtet, als Nick sich von ihrem Mund löste und weiter nach unten wanderte, um das durchsichtige Höschen zur Seite zu schieben und ihre Muschi mit seinem Mund zu finden.

»Du hättest dich von diesem verdammten Gio küssen lassen?« Ich trat vor und umrundete die Seite des Bettes, als sie ein weiteres Stöhnen ausstieß.

Aber sie konnte meiner Frage nicht so einfach ausweichen. In meinem Kopf kämpfte ich verzweifelt gegen den brennenden Hass an, beugte mich vor, packte sie an den Haaren und riss ihren Kopf nach hinten, um ihr in die Augen zu sehen. »Antworte mir.«

Panik füllte ihre Augen, die von der langsamen, süßen Folter des Mundes meines Bruders verschluckt wurde, als er an ihrer Muschi saugte.

»J–Ja«, flüsterte sie.

Lüge ...

Das Wort war wie eine Ohrfeige. *Sie log verdammt nochmal.* Mein Schwanz pulsierte und wurde immer dicker. Ich ballte meine Faust so fest in ihren Haaren, dass sich ihre Augen weiteten. »Du würdest zulassen, dass er dich mit seinem dreckigen Mund berührt.«

Ich schaute Nick an und beobachtete, wie seine Zunge durch den Gummizug ihres Höschens in ihre Muschi eindrang. Sie hob ihre Hüften, wölbte ihren Rücken und spreizte ihre Beine für ihn. Für seinen Mund und seine Finger. In meinem Kopf dröhnte es, als ich ihren glasigen Augen begegnete. »Würdest du dieses Stück Scheiße auch seine Zunge in dich stecken lassen?«

Nick stieß tiefer und saugte dann an ihrer Klitoris. Ihre Augenlider flatterten, und ihre Haut war blass. Trotzdem kämpfte sie, meine kleine verdammte Maus. Sie kämpfte darum, mich zu provozieren. »Ja ... Ja, ich hätte ihn seine Zunge in mich stecken lassen.«

Nick hob den Kopf und seine Lippen glitzerten. Er war schon von allen guten Geistern verlassen, das sah sogar ich. Ich warf einen Blick auf Caleb, dessen Blick auf sie gerichtet war. Sie war so verdammt erledigt. Ich wusste nicht, ob sie eine Ahnung hatte, wie weit das alles schon gegangen war.

»T ...« Nick hob die Hand und griff nach den Rändern ihres Höschens, als sie ihre Hüften vom Bett hob.

Ich schaute zu Caleb, dann zu der Flasche in seiner Hand. Er trat vor und drückte sie gegen meine Brust. »Sie will das, nicht wahr, Ryth?«, fragte er und starrte wieder in ihre Richtung.

Ich nahm ihm die verdammte Flasche aus der Hand und nahm einen großen Schluck, während ihr Höschen ausgezogen und auf den Boden meines Schlafzimmers geworfen wurde. Ich würde langsam eine ganze Sammlung anlegen. Die Worte kamen wie aus dem Nichts. Eine verdammte Sammlung ihrer

Höschen. Verdammt, wenn das die Bestie in mir nicht vor Stolz aufheulen ließ.

Nick hob sie hoch, rollte sie auf die Seite und zog den Reißverschluss ihres Kleides herunter. Dann verschwand auch das unter den großen Händen meines Bruders und sie hatte nur noch ihren weißen Spitzen-BH und ihre hohen Schuhe an.

Sie griff nach der Flasche in meinen Händen, und die Bewegung löste etwas in mir aus. Ich packte sie gerade, als der Flaschenhals ihre Lippen erreichte. »Brauchst du mehr Mut, kleine Maus?«

Verzweiflung brannte in ihren Augen, als ich ihr die Flasche aus der Hand riss, sie kippte und mir die Wärme in den Mund goss. Nick glitt mit seiner Hand an ihrem Körper entlang, griff unter ihren Rücken und löste die Haken ihres BHs, bevor er ihn auszog. Die gierige kleine Schlampe öffnete ihren Mund, als ich mich näher zu ihr beugte, als wüsste sie genau, was ich vorhatte ...

Ich spuckte.

Der Scotch spritzte in ihren Mund, ein Teil schoss hinein und der Rest tropfte ihr die Wangen hinunter. Nick kam näher und leckte ihr die Reste von der Haut.

»Noch mehr?«, fragte ich, als sie schluckte und dann nickte.

Ich hob die Flasche an, nahm einen kleineren Schluck, beugte mich wieder vor und küsste sie heftig. Das Brennen verzehrte uns, betäubte unsere Lippen und nahm unsere Münder in Beschlag. Etwas bewegte sich in meinem Augenwinkel, als Caleb mit seiner Hand an der Innenseite ihres Beins hochfuhr und ihre Schenkel spreizte.

»Fick sie, T«, drängte Nick.

»Tu es.« Caleb fuhr mit seinem Finger an ihrem Schlitz entlang und schob ihn hinein, genau dorthin, wo ich sein wollte. »Ich will ihr in die Augen schauen, wenn sie zum ersten Mal einen Schwanz spürt.«

»Es wird nicht ihr letzter sein«, sagte Nick, während er nach seinem Reißverschluss griff.

»Du hast gesagt, bis zur Hochzeit«, flüsterte sie und ihr Gesicht war von dem ganzen verdammten Alkohol gerötet.

Ich beugte mich vor und schaute ihr in die Augen, um sicherzugehen, dass sie verstand, was passierte. »Willst du, dass ich aufhöre, kleine Maus?«

Stille ... Stille, während sie meine Augen musterte und ich dasselbe tat. *Sag mir ... sag mir, dass ich aufhören soll und ich werde es tun ... so wahr mir Gott helfe, ich werde es tun.*

Mein Herz raste, als meine Welt sich veränderte.

In diesem Moment schien die Zeit stillzustehen.

Eine andere Ebene.

Eine andere Realität.

In der es nur uns vier gab.

Calebs Finger in ihrer Muschi.

Nick griff nach seinem verdammten Handy und begann zu filmen. »Fick sie, T, oder ich werde es tun, Bruder.«

»Sag es mir, Ryth«, forderte ich und konnte mich keine Sekunde länger zurückhalten. »Sag mir, was ich tun soll ...«

Kapitel 26
RYTH

»Sag es mir, Ryth«, forderte Tobias. »Sag mir, was du willst.«

Sie waren meine Brüder. Das war alles, woran ich denken konnte, während der Scotch meinen Kopf benebelte. Ich öffnete meinen Mund, um nein zu sagen ... *mehr nicht,* als Tobias nach dem Knopf seiner Jeans griff und den Reißverschluss herunterzog.

Er hasste mich, er *hasste mich verdammt nochmal.*

Aber er wollte mich genauso sehr ... *wahrscheinlich sogar noch mehr.* »Tu es«, flüsterte ich. »Ich will dich in mir spüren.«

»Mein Gott ...«, murmelte Nick und bewegte sich in mein Blickfeld. Ich spürte immer noch seine Zunge in mir, fühlte, wie mein Körper durch seinen Mund anschwoll und kribbelte. Seine Hand verharrte in der Luft, er hatte etwas im Griff. Aber das war mir in diesem Moment egal. Der Alkohol brannte alles weg, jede Angst, jeden Gedanken. In diesem Moment ging es nur um sie und den Hunger, den ich nicht verbergen konnte ... nicht mehr.

Tobias griff nach der Flasche und streifte seine Stiefel ab, bevor er sich das Hemd vom Leib riss. Es fühlte sich gut an, nackt vor ihnen zu liegen und sich ihren Blicken auszusetzen. Meine Muschi sehnte sich nach ihren dreisten Fingern. Ich ließ meinen Blick zu dem Mistkerl wandern, der mir das Leben zur Hölle gemacht hatte, seit ich hier angekommen war.

»Ich hätte mich auch von Gio ficken lassen«, flüsterte ich.

Tobias erstarrte, seine Augen wurden kälter und gefährlicher, bevor er seine Zähne fletschte. Ich schnappte mir die Flasche von Tobias und nahm noch einen Schluck, dann reichte ich Caleb den Rest, der am Fußende des Bettes stand und immer noch auf meine Muschi starrte.

Ich öffnete meine Schenkel weiter und ließ meine Hand fallen. Dann schob ich einen Finger hinein. »Ich wette, er wäre gut gewesen und hätte sich um alle meine Bedürfnisse gekümmert.«

Mit einem Knurren packte Tobias meinen Knöchel und zerrte mich an das Fußende des Bettes. »Ist das so?« Sein Ton war kehlig und gefährlich.

Ich drückte mich auf das Bett, ich strampelte und drehte mich um. Aber er stürzte sich auf mich, packte mich an der Taille und drehte mich mit einem wilden Knurren auf den Rücken. Ehe ich mich versah, war er zwischen meinen Schenkeln und presste seine dicke Erektion gegen meine Öffnung. Panik durchfuhr mich augenblicklich, als ich »Kondom« schrie.

»Kein Kondom«, knurrte Tobias. »Nicht für dich, kleine Maus. Ich ficke dich nackt.« Er hielt einen Moment inne und sein hasserfüllter Blick wurde schwächer, als er mir in die Augen sah. »Das wird weh tun, okay?«

»Tu es einfach.« Ich schloss meine Augen. »Bringen wir es hinter uns.«

Ich wartete, mein Körper zitterte, aber er tat nichts.

»Öffne deine Augen, Ryth«, forderte Tobias. »Öffne deine Augen und sieh mich an.«

Meine keuchenden Atemzüge waren alles, was ich hörte, als ich tat, was er mir sagte, meine Augen aufriss und ihn ansah.

Er blickte zwischen uns hinunter, bevor er seine Hüften hart und brutal nach vorne stieß. Das Feuer durchbohrte mich, es verzehrte mich, stürzte in mich hinein und ließ mir den panischen Atem in meiner Brust stocken.

Durch den verschwommenen Alkohol war Caleb da, nackt über mir, seine Finger in meinem Haar, seine Stimme in meinen Ohren. »So ist es gut, Prinzessin.« Er rückte näher. »Du bist so ein braves Mädchen. *Atme ...*«

Tobias zog sich zurück, dann stieß er wieder zu, nur dass er diesmal tiefer eindrang. »Sie ist so verdammt eng«, knurrte Tobias, als er noch einmal zustieß.

»So verdammt eng.« Caleb drehte meinen Kopf zu sich. Er stand da, sein nackter Schwanz riesig und hart vor mir. Ich öffnete meinen Mund, als Tobias' Eindringen erneut kam und mich dazu brachte, meine Augen zu schließen und aufzuschreien.

»Ganz ruhig«, besänftigte Tobias mich und seine Stöße wurden langsamer, während er tiefer in mich eindrang.

»Ist das ihr Blut?«, fragte Nicks Stimme neben mir.

»Ja.«

Mein Körper bäumte sich angesichts der Worte auf, als der Schmerz nachließ, und an seine Stelle trat der Hunger, der unter der Oberfläche gewartet hatte und dem es egal war, dass mein neuer Bruder mich fickte.

»Geht es dir gut, Prinzessin?«, fragte Caleb und sein Gesicht verschwamm, als ich nickte. »Braves Mädchen, jetzt mach deinen hübschen Mund auf.«

Ich tat, was er sagte, und leckte mir über die trockenen Lippen, bevor sie sich um die Spitze seines Schwanzes legten. Seine dunklen Augen schimmerten, während gnadenlose Stöße meinen Körper auf dem Bett durchrüttelten.

»Zieh raus, Tobias«, knurrte Caleb über mir.

Nick rückte näher, das Handy in seiner Hand zwischen meine Beine gerichtet. »Zieh verdammt nochmal raus, T.«

»*Nein.*«

»*T, zieh ihn raus, sofort!*« Caleb grunzte und schob seinen Schwanz tiefer in meinen Mund. Ich konnte kaum atmen, weil meine Lippen so weit gespreizt waren, genau wie meine Muschi, als Tobias tiefer eindrang.

Er fickte mich.

So fühlte es sich also an, beherrscht zu werden ... benutzt zu werden ... *nichts weiter als Vergnügen zu sein.* Vergnügen. Das Wort hallte durch meinen Kopf, während sich die Hitze zwischen meinen Schenkeln aufbaute. Eine köstliche, pochende Hitze, die mit jedem Stoß zunahm. Bis Tobias mit einem letzten Grunzen ganz in mich eindrang, zum Stillstand kam und Wärme in mich strömen ließ.

»Verdammte Scheiße.« Caleb zog sich aus meinem Mund zurück. Ich holte tief Luft und blickte dann nach unten, wo Tobias mich beobachtete, als er seinen Schwanz langsam aus meinem Körper zog.

Aber in seinen Augen war keine Angst mehr zu sehen.

Sie waren endlose dunkle Gruben der Besessenheit, als er das Chaos betrachtete, das er angerichtet hatte.

Ich griff nach unten und meine Finger fanden seine warme Flüssigkeit. Er war in mir gekommen. *Oh Scheiße ... er war in mir gekommen.*

Tobias wich zurück, die helle Spur meines Blutes auf seinem Schwanz. Er griff nach seinem Schwanz, massierte ihn und rieb an seinem Schaft entlang. »Wenn Gio dir noch einmal zu nahe kommt, werde ich ihn umbringen. Hast du das verstanden? Du gehörst jetzt uns. Du ... gehörst ... *mir*.«

»Du bist in ihr gekommen«, bellte Nick und schlug Tobias gegen die Schulter. »*Was soll der Scheiß, T!*«

Doch Tobias lächelte, als wäre das von Anfang an sein Plan gewesen.

»Sie ist nicht gekommen.« Tobias begegnete Nicks Blick. »Wirst du sie unbefriedigt zurücklassen, Bruder?«

»Du verdammter Mistkerl.« Nick schüttelte den Kopf und sah dann wieder zu mir, das Handy immer noch in der Hand, während sein Blick wieder zu meiner Muschi wanderte.

»Das dachte ich mir schon«, sagte Tobias hinter seinem Rücken, als Nick einen Schritt nach vorne trat und seinen Blick auf mich richtete.

»Willst du, dass ich ...«, fragte Nick und beobachtete meine Finger.

Ich schob sie tief hinein und schloss meine Augen. Ich brauchte ... ich *brauchte* es. »Nick«, flüsterte ich.

»Ja, Prinzessin?«, er kam noch näher und seine Stimme war heiser. »Ich bin genau hier.«

Seine Finger ersetzten meine. Ich öffnete meine Augen und schwebte, als er seinen Körper zwischen meine Schenkel presste. Ich verlor mich, als sein Schwanz in mich eindrang. Ich krümmte mich und stöhnte, dann senkte ich meinen Blick, um ihn zu beobachten. Er blickte nach unten und winkelte sein Handy an, während er mich dehnte. Meine Beine wurden noch weiter gespreizt. Ich konnte ihn nicht ... ich konnte ihn nicht ... ganz aufnehmen.

Ich hob meinen Kopf und sah, wie er tiefer stieß, mit dem Gleitmittel, das Tobias zurückgelassen hatte. Er stieß seinen nackten Schwanz bis zum Anschlag in mich.

»Scheiße, du fühlst dich so gut an«, stöhnte Nick. »Verdammt, Ryth, du fühlst dich so verdammt gut an.«

Ich sah zu, wie er seinen glänzenden Schaft herauszog, bevor er wieder in mich eindrang. Ich schrie auf und wölbte meinen Rücken, als mich diese köstliche Welle der Euphorie überkam.

»So ist es richtig, Prinzessin«, drängte Caleb, als mein Körper sich von selbst bewegte und die Flammen schürte. »Fick ihn.«

Der Anblick von Nick, der in mich glitt, während Tobias' Sperma in mir schimmerte und Calebs tiefe Stimme meinen Kopf erfüllte, ließ mich höher steigen, als ich es je zuvor gewesen war. Die feuchten Geräusche erfüllten meine Ohren.

»Öffne deine Augen und sieh ihn an, wenn du kommst, Prinzessin«, forderte Caleb.

Er nahm mich in Besitz, forderte, kontrollierte ... *beherrschte* jede meiner Bewegungen. Ich konnte mich nicht dagegen wehren und öffnete meine Augen, von denen ich nicht einmal bemerkt hatte, dass ich sie geschlossen hatte, um Nick zu beobachten. Seine Hände lagen auf meinen Hüften und sein Blick war von einem primitiven Verlangen erfüllt, verzweifelter war als je zuvor. Er trieb mich in den Wahnsinn. Mein Körper bebte, bevor er sich verkrampfte und ich explodierte.

Calebs Daumen strich über meine Wange und forderte mich auf, meinen Kopf zu drehen. Ich tat, was er wollte, und öffnete meinen Mund. Es war zu spät, um mich zu wehren, selbst wenn ich es gewollt hätte. Mein Mund wurde gedehnt, und ich spürte dieses vertraute Brennen, als er seinen Schwanz langsam in mich hineinschob und mir dabei in die Augen sah.

»So eine brave kleine Maus.« Er streichelte meine Wange und stieß zu. Panik stieg in mir auf, als meine Lippen sich um ihn schlossen und er sanft lächelte. »Wir werden so viel Spaß mit dir haben.«

Kapitel 27
TOBIAS

Ihr kleiner Körper verkrampfte sich, als Caleb in ihren Mund stieß, und Nick zog sich aus ihrer Muschi zurück. Er richtete sein Handy nach unten, um die Bewegung zu verfolgen. Er liebte es, ihr zuzusehen. Ich wettete, er würde sich diese Nacht immer wieder ansehen. Mein Gott, wie sie da lag, ihre Fotze triefend, ihr Mund weit aufgerissen, und so viel von meinem Bruder nahm, wie sie konnte. *Meine intensivste Fantasie war wahr geworden.*

Ich hätte nur nie gedacht, dass es mit meiner verdammten Schwester sein würde. Vielleicht war das der Grund, warum es sich so verdammt gut anfühlte.

»Du gehörst uns«, sagte ich mit heiserer Stimme. »Hast du das verstanden, Ryth?«

Sie stöhnte auf, als Caleb ihren Kopf sanft umfasste und sich tiefer in sie schob. Sein Arsch spannte sich an und sein großer Schwanz dehnte ihren Mund weiter aus, bis sie würgte und röchelte.

»Uns«, murmelte Caleb und seine Eier zogen sich zusammen, als er härter stieß, innehielt und ihren Kopf auf seinen Schwanz drückte, als er in ihre Kehle kam. »Uns *allein*.«

Sie bäumte sich auf und atmete schwer ein, als er aus ihr herauskam und ihr über die Haare strich. »Das hast du so gut gemacht, Prinzessin. *So ... sehr gut.*«

Ihr Brustkorb hob sich mit den verzehrenden Atemzügen und ihre Brüste zitterten nach dem, was wir gerade mit ihr gemacht hatten. Zwei von uns ... in ihrer ersten Nacht. »Ich kümmere mich um sie.«

Caleb warf mir einen überraschten Blick zu. »Bist du sicher?«

Ich antwortete nicht, sondern umrundete das Bett und kniete mich neben sie. »Es ist okay.« Ich ließ mich neben sie fallen und zog sie an mich. Zuerst wehrte sie sich und drückte ihre Hand gegen meine Brust, um mich wegzuschieben. Vielleicht lag es daran, dass ich so ein verdammtes Arschloch war. Das wollte ich nicht sein. Aber sie war der Auslöser, der mich dazu brachte, diese verdammte Bestie zu sein.

»Ganz ruhig«, murmelte ich, meine Bewegungen waren langsam, meine Finger glitten über ihre Hüften und zogen sie an mich.

Erinnerungen flackerten in meinem Kopf auf, als Ryth aufhörte zu kämpfen und ihren Blick auf mich richtete. Ich war nicht immer so gewesen, so verdammt hart ... oder unfreundlich. »Ich werde dir nicht wehtun«, sagte ich vorsichtig und zog sie an mich heran.

Ihre Brüste drückten gegen meine Brust. Diese Wärme fühlte sich so verdammt gut an. Fast so gut wie der Hass. Ich schloss meine Augen, senkte meinen Kopf, schmiegte mein Gesicht an ihren Hals und atmete den perfekten Vanilleduft ein. »Ich habe dich, kleine Maus«, flüsterte ich ihr ins Ohr.

Und in meinem Kopf sagte ich meiner Mom, dass ich mich auch um sie kümmern würde.

All die Monate hatte ich ihr das Gesicht gewaschen und ihr Haar gebürstet.

All die Nächte hatte ich an ihrer Seite gesessen und ihre Hand gehalten, als mir klar geworden war, dass es wirklich so war, dass sie sterben würde und dass wir nichts tun konnten, um es aufzuhalten.

Ryth entspannte sich und legte ihren Arm um meine Taille. »Tobias ...«

»Schhh ...« Ich drehte meinen Kopf und küsste ihren Mund. »Es wird alles gut, warte nur ab ...«

Sie schloss die Augen und ließ zu, dass ich ihren Hals küsste und ihre Lippen eroberte. Nach einer Weile entspannte sie sich. Ich schaute zu Nick hinüber, der gerade sein verdammtes Handy weggelegt hatte, und warf ihm einen warnenden Blick zu, der sich in meinen Augen entlud. *Wenn du das jemandem zeigst, mache ich dich fertig, Blut hin oder her. Sie war unser Geheimnis und es gab nichts, was ich nicht tun würde, um es zu schützen.*

Er nickte und steckte sein Handy zurück in seine Tasche, als die Frau in meinen Armen langsam und leise zu schnarchen begann. Nick riss seinen Kopf zu dem Geräusch herum. Ich legte meine Hand auf ihren Rücken und zog sie näher an mich heran. Dieser Akt war besitzergreifend, sogar unter meinen Brüdern. Aber das war mir egal. Es war mir egal, weil sie es war

– ich blickte an ihr herunter, entdeckte das Muttermal auf ihrer Wange und spürte, wie sich etwas in mir bewegte.

Ich beugte mich vor und strich mit meinen Lippen über das Mal, das sie so sehr hasste. Aber ich hasste es nicht ... ich empfand sogar alles Mögliche dabei. Mit finsterer Miene zeichnete ich es mit dem Finger nach. Dann betrachtete ich meine Hand und die Form ihres Muttermals. Ich kippte meine Handfläche und drückte meine Finger erneut gegen den Umriss.

Oh Gott ...

»T«, murmelte Nick.

Aber ich konnte den Blick nicht abwenden. Ich war wie gebannt davon, dass das Mal nicht nur ein roter Fleck war, sondern *genau* die Umrisse meiner Finger hatte. Die gleiche Höhe, die gleiche Krümmung meines Mittelfingers, wo ich ihn mir an der Wange eines Arschlochs gebrochen hatte.

Ich lenkte meinen Blick auf ihre geschlossenen Augen. Sie war wie für mich geschaffen. Auch wenn sie es nicht wusste ... sie würde es wissen. Ich hatte noch nie so etwas für jemanden empfunden, ich hatte es nie gewollt. Nicht nach Moms Tod ... und auch nicht nach dem Kampf mit Lazarus Rossi.

Der andere Bastard, der sich für sie zu interessieren schien.

Ich musste sie von ihm fernhalten ... von diesem Arschloch Gio.

»Nick, kannst du herausfinden, wo dieser verdammte Gio wohnt?«, fragte ich und blickte auf sie herab.

»Ich kann herumfragen.«

Ich nickte und schaukelte sie sanft. »Gut. Ich habe das Gefühl, dass er uns bald mal vorgestellt werden sollte.«

Caleb beugte sich vor, griff nach der Decke, die zum Fußende des Bettes geschoben worden war, und zog sie über uns. Ryth gab ein süßes Murmeln von sich und drückte sich fester an mich. Meine Brüder sahen sie eine Sekunde lang an, dann schauten sie zu mir und in ihren Augen brannte ein gefährliches Wissen.

Wir konnten sie nicht gehen lassen.

Nicht einmal, wenn wir es wollten.

Nicht mehr.

»Klamotten.« Ich warf einen kurzen Blick auf die Kommode.

Das Letzte, was ich wollte, war, dass sie nackt aufwachte. Dann würde sie ausflippen. Nick riss die Schublade auf, erstarrte dann und warf einen Blick über die Schulter auf sie. Sie schlief immer noch in meinen Armen, und er machte leiser weiter.

Unsere kleine Maus brauchte Schlaf und musste das verarbeiten. Ich betete zu Gott, dass sie nicht durchdrehen würde. Ich blickte auf sie herab, schob meine Hand so sanft wie möglich unter ihren Nacken und ließ ihren Kopf auf das Kissen sinken.

»Möchtest du, dass ich ...«, begann Nick und hielt ihr eines meiner T-Shirts und ein Paar meiner Boxershorts hin.

»Er macht das schon«, antwortete Caleb für mich.

Ich hob meinen Blick und sah ihn an. Und plötzlich wurde ich aus diesem Moment herausgerissen und wir waren wieder dort, in dem Zimmer unten in der Nähe des Kellers. Der Raum, in den wir nie mehr gingen. Der Raum, der früher als Krankenhauszimmer genutzt worden war.

Nick schaute von Caleb zu mir und blieb stehen.

»Mach schon, Bruder.« Caleb beugte sich hinunter, um ihr sanft die Decke vom Körper zu ziehen.

Nick schien zu verstehen und hielt mir die Boxershorts hin. Wir arbeiteten alle drei schweigend. Es war die Art von Trost, die sie unserer Mom nicht geben konnten, die Art, der sie den Rücken gekehrt hatten, aber jetzt ... jetzt waren sie hier. Ich schob einen ihrer perfekten Füße durch das Bein meiner Unterwäsche und zog den elastischen Bund über ihre Beine und dann über ihre Schenkel.

Ihre Muschi glänzte, teils von meinem Sperma, teils von ihrer eigenen Lust. Ich schob die Boxershorts höher, streifte sie vorsichtig bis zu ihren Hüften und legte sie um ihre Taille.

Sie waren zu groß, viel zu groß, und schmiegten sich um ihre Hüften, aber trotzdem fühlte ich mich bei diesem Anblick schwerelos, als wäre die Last, die ich in den letzten Monaten zu tragen gehabt hatte, irgendwie ein wenig leichter geworden. Sie erleichterte sie ein wenig.

Nick hielt mir mein Lieblingsshirt hin und sein Blick traf meinen, bevor er ihn wieder abwandte. Ich nahm es entgegen, fuhr mir mit den Händen über ihren Hals und griff nach ihrem Kopf. Sie murmelte, als ich es ihr überstreifte, und ihre Augenlider flatterten, dann öffneten sich ihre Lippen mit einem winzigen Seufzen, das einfach zu süß war.

Impulsiv beugte ich mich hinunter und küsste ihren Mund, als wäre es die natürlichste Sache der Welt, bevor ich erstarrte. Das war nicht ich. Ich zog meine Frauen nicht an, und ich küsste sie ganz sicher nicht, während sie schliefen, weil ich Angst hatte, sie zu wecken.

Ich bewegte mich hier auf neuem Terrain.

Das ging zu weit. Ich schob ihren Arm vorsichtig in den Ärmel meines Shirts und war dankbar, als Caleb die andere Seite herunterzog. »Soll ich sie tragen?«, fragte er.

Ich schüttelte den Kopf. »Nein, ich mache das schon.«

Meine beiden Brüder hielten sich zurück, als ich mich bückte, einen Arm unter ihre Knie schob und den anderen um ihre Schulterblätter legte. Dann hob ich sie hoch. Nick öffnete die Tür und vergewisserte sich, dass das Haus noch leer war, während ich sie vorsichtig in ihr eigenes Zimmer trug.

Ich ließ sie nur ungern allein. Ein Teil von mir wollte, dass sie in der Wärme und der Vertrautheit meines Bettes blieb. Aber das wäre vielleicht zu viel, vor allem, wenn sie aufwachen würde, und das Letzte, was ich jetzt wollte, war, dass sie bedauerte, was passiert war.

Kleine Maus ...

Meine Worte wiederholten sich in meinem Kopf, als ich sie in ihr Zimmer trug und sie auf das Bett legte. Nick schlug ihre Decke zurück und aus irgendeinem Grund warf ich einen Blick auf den Platz am Fußende ihres Bettes, wo die Maschinen gestanden hatten, die Mom bis zum Schluss am Leben erhalten hatten. Maschinen, die ich gehasst hatte und die ich doch nicht loswerden konnte. Maschinen, die diesen Raum eingenommen hatten, erinnerten mich ständig daran, was ich verloren hatte. *Was wir alle verloren hatten.*

Aber dieser Raum fühlte sich nicht mehr so an. Jetzt roch es nach Vanille und war vollgestopft mit einem unordentlichen Schreibtisch und einem grässlichen Hello-Kitty-Plüschtier, das in der Ecke lag.

Sie murmelte, als ich mich aufrichtete. Nick beugte sich herunter und küsste ihre Lippen.

Bei diesem Anblick durchfuhr mich ein Schaudern.

Vertraut.

Gott, so fühlte sich das also an.

Familie ...

Kapitel 28
RYTH

Ich erwachte, mein Atem stockte ... ein Schnarchen blieb mir im Hals stecken, als ich meine Augen öffnete. Ich blinzelte und bewegte mich, dann stöhnte ich wegen des brutalen Pochens in meinem Kopf. *Was ... zum Teufel ... war passiert?* Mein Mund schmeckte bitter und seltsam. Meine Mundwinkel waren empfindlich, als ich über sie leckte. Ich rutschte im Bett hin und her und versuchte, mich zu erinnern.

Ein Gefühl pulsierte zwischen meinen Schenkeln, nicht schmerzhaft ... einfach *da*. Dann kam alles wieder hoch. Das Kleid, der Alkohol. *Oh Gott, der Stripclub.* Und Lazarus Rossi brannte neonhell in meinem Kopf.

Ich weiß, was du getan hast. Mein eigener wilder Tonfall wurde von dem Pochen in meinem Kopf abgelöst. Gott, ich konnte nicht glauben, dass ich das gesagt hatte ... und ausgerechnet zu ihm.

Aber das war nicht das Einzige, was ich getan hatte, oder?

Diese nagende Empfindlichkeit zwischen meinen Schenkeln zog mich der Wahrheit entgegen. Ich schloss die Augen und versuchte, mich vor der Erkenntnis zu drücken, was ich letzte Nacht getan hatte.

Erinnerungen flackerten auf. Tobias ... Nick ... Caleb, der seine Hand in meinem Haar vergraben hatte. *Braves Mädchen, so ist es richtig, fick ihn.*

»*Nein*«, stöhnte ich und schüttelte den Kopf, als sich irgendwo unten im Haus etwas bewegte.

Das stimmte nicht. *Das* war nicht passiert. Aber ich brauchte nicht allzu tief zu graben, um zu wissen, dass es passiert war ... Ich hatte meine zukünftigen Stiefbrüder gefickt, *alle drei*.

Der Schmerz zwischen meinen Schenkeln verwandelte sich in etwas anderes, etwas Krankes und nicht ganz Normales. Ich brauchte mich nicht zu berühren, um zu wissen, dass ich bei der Erinnerung feucht war.

Zieh raus, Tobias. Meine Muschi pochte, als Nicks Stimme wieder an die Oberfläche kam. *Zieh verdammt noch mal raus, T.*

Ich konnte immer noch seinen Schwanz in mir spüren, den dunklen, gnadenlosen Blick auf mich gerichtet, als er tiefer und härter in mich eindrang und knurrte: »*Nein!*«

Er war in mir gekommen ... *Oh Gott* ... mein eigener Stiefbruder war in mir gekommen. Ich griff nach unten. Meine Schamlippen waren geschwollen und schmerzten noch mehr, als ich meinen Finger in sie schob. *Wenn Gio dir jetzt zu nahe kommt, kleine Schwester, werde ich ihn umbringen,* hatte Tobias gesagt. *Hast du das verstanden?* Ich biss mir auf die

Lippe und der Schmerz wich dem kranken Verlangen in mir. *Du gehörst jetzt uns. Du ... gehörst ... mir.*

Ich ließ meine Finger um meinen Kitzler tanzen, langsame Kreise um diese ach so empfindliche Haut. Es schmerzte und tat weh und ich wurde verdammt nochmal lebendig.

Mein Orgasmus traf mich hart und durchflutete mich wie ein Tsunami aus geschmolzenem Verlangen. Ich erschauderte, ließ von mir ab, presste meine Schenkel zusammen und ritt auf der Welle der Euphorie, bis ich wieder zusammenbrach.

Würden sie mich jetzt hassen? Tobias' Wut war noch frisch in mein Gedächtnis eingebrannt. Er würde noch gemeiner sein. Noch gemeiner als zuvor. *Gott, was hatte ich nur getan?* Meine Blase schmerzte und erinnerte mich daran, dass ich aus dem Bett aufstehen musste. *Aus meinem Bett ...*

Ich war bei Tobias gewesen ... Wie war ich also hierhergekommen? Die Antwort lag in der Dunkelheit, als ich mich aufrichtete, aus dem Bett stieg und nach unten blickte. Ich hatte Tobias' T-Shirt an ... und seine Boxershorts. Ich zuckte zusammen und zog mir das Shirt über den Kopf, weil ich nicht wusste, was ich davon halten sollte.

Er wollte nur, dass du aus seinem Zimmer verschwindest ... das ist alles, sagte dieses nörgelnde Flüstern. *Interpretiere da nichts hinein.* Ich schob die Boxershorts nach unten, schnappte mir beide und knüllte sie fest zusammen. Ich würde sie im Wäschekorb im Bad lassen, niemand würde es merken.

Ich beeilte mich, schlüpfte in einen Slip und eine kurze Jogginghose, zog mir einen BH und ein T-Shirt an und verließ mein Zimmer mit Tobias' Sachen in der Hand. Ich konnte meinen Blick nicht davon abhalten, zu seiner Tür zu wandern, und mein Körper verkrampfte sich.

Das leise Zischen des Kaffeeautomaten kam aus der Küche im Erdgeschoss und erinnerte mich an die Nacht, in der Mom und ich angekommen waren. Es schien eine Ewigkeit her zu sein. Eine Ewigkeit, seit ich hier war, gefangen in dieser Hölle mit drei Männern, die mich nicht in Ruhe lassen wollten. Ich trat ins Bad und schloss die Tür hinter mir, dann marschierte ich zum Wäschekorb und warf Tobias' schmutzige Kleidung hinein.

»Du willst die Beweise loswerden, wie ich sehe.«

Ich zuckte zusammen, drehte mich um und sah mich Tobias gegenüber, der die Tür leise hinter sich schloss und das Schloss betätigte. »Du musst jetzt vorsichtig sein, Ryth. Weißt du nicht, dass man die Badezimmertür abschließen muss, wenn man mit drei unersättlichen Männern auf einer Etage wohnt?«

Er kam näher und hielt eine kleine weiße Flasche in der Hand. Ich zuckte zusammen, als er nach einer Haarsträhne in meinem Gesicht griff und sie zur Seite strich. »Letzte Nacht«, begann er, und für einen Moment glaubte ich, Sehnsucht in seinen dunklen Augen zu sehen. »Das war, was ich wollte, aber es war nicht das Richtige für dich. Deshalb möchte ich, dass du das hier nimmst.«

Er öffnete die Flasche und schüttelte eine kleine weiße Pille heraus. Ich hob meinen Blick von seiner Hand. »Was ist das?«

»Etwas, das gegen das hilft, was ich gestern Abend getan habe.« Er kam näher und legte sie in die Mitte meiner Handfläche, bevor er zum Waschbecken ging. Er drehte den Wasserhahn auf und kam zu mir zurück, eine halb gefüllte Tasse in den Händen. »Bereust du es?«

Ich begegnete seinem Blick und sah seine Angst. Bereute ich, Sex gehabt zu haben? Ein braves Mädchen wäre entsetzt, ja sogar angewidert, vor allem, wenn es wüsste, wer es bald sein würde. Aber ich hatte schon lange gewusst, dass eine dunkle Seite in mir steckte, ein Hunger, der durch meine Blutlinie weitergegeben wurde.

Du warst mir schon immer ähnlicher als deiner Mom, sagten die Worte meines Vaters, als ich Tobias in die Augen sah. »Nein.«

Seine Lippen kräuselten sich zu einem Lächeln. »Gut. Nimm diese Pille, Ryth, und wir besorgen dir einen Termin bei einem Arzt, den wir für die normalen Pillen kennen.«

Die Pille.

Daran hatte ich gar nicht gedacht, denn ich hatte ja noch nicht einmal annähernd einen festen Freund gehabt. Jetzt ... jetzt schien es, als hätte ich drei. *Sei nicht zu voreilig.*

Ich nahm die Pille, steckte sie in meinen Mund und trank einen Schluck Wasser. Tobias nahm die Tasse, stellte sie auf den Tresen und drehte sich zu mir um, wobei er mich um die Taille fasste. »Kann ich darauf vertrauen, dass du einen klaren Kopf bewahrst?«

Meine Gedanken waren verschwommen, aber er war es nicht, und auch nicht die Erinnerung an das, was wir letzte Nacht getan hatten. Er sagte mir, dass ich ihn wieder haben könnte, wenn ich meinen Mund halten würde. War es das, was ich wollte? Mein Körper kannte die Antwort und ließ meinen Puls in Panik hochschnellen. »Ja.«

»Gut.« Er bewegte seine Hand zu meinem Hinterkopf. »Sehr gut.«

Dann küsste er mich und nahm meinen Mund, bis dieser vertraute Schmerz wieder kam. Aber dieses Mal gab es keinen Alkohol, der meine Gefühle betäubte. Nein, dieses Mal war ich mir atemberaubend bewusst, wie sehr ich ihn wollte. Ich verschmolz mit seinem kräftigen Mund und gab mich ihm hin, bevor er sich löste.

»Zieh dich an, Ryth. Nick wird dich innerhalb einer Stunde zum Arzt bringen. Du musst die regelmäßige Pille nehmen, weil ich dir sonst ein Baby in den Bauch pflanzen werde.«

Oh Gott ...

Meine Knie zitterten, als er sich umdrehte, zur Tür ging und mit der Hand auf der Klinke stehen blieb, seine Stimme tief und eindringlich. »Wir geben dir Zeit, dich von gestern Abend zu erholen, aber lass dir nicht zu viel Zeit, kleine Schwester. Denn zu wissen, dass du zwei Türen weiter wohnst, wird die reinste Folter sein. Ich kann es kaum erwarten, dich wieder zu ficken.«

Er öffnete die Tür und ich sah noch Nick im Flur stehen, bevor Tobias die Tür sorgfältig schloss und nichts als das hektische Pochen in meiner Brust zurückließ.

»Oh Scheiße.« Ich stolperte nach vorne und griff nach dem Waschtisch. *War das gerade passiert?* Ich hob meinen Blick zum Spiegel und stellte fest, dass meine Lippen gerötet und meine Augen groß waren. *Das war es ... Oh Gott, das war es.*

Ich konnte nicht verhindern, dass die Hitze durch meinen Körper schoss. Ich hatte das Gefühl, als gäbe es nichts anderes mehr. Ich presste meine Lippen aufeinander, spürte diesen dumpfen, pochenden Schmerz und erinnerte mich an Nick und Caleb von letzter Nacht. Sie hatten mich alle so angesehen, als wäre ich für sie das Wichtigste auf der Welt. Als wäre ich ... Ich starrte mein Spiegelbild an, verweilte auf dem Fleck in meinem Gesicht und meinem unordentlichen Haar ... als wäre ich ein Opiat, von dem sie nicht loskamen.

Weil sie es nicht wollten.

Sie wollten mich ...

Alle drei.

Wieder durchfuhr mich ein Zittern, bis Tobias' Anweisung wieder auftauchte. *Zieh dich an, Ryth ... Nick wird dich zum Arzt bringen.* Ich drehte mich um und benutzte die Toilette, dann zog ich mich aus und drückte eilig den Hebel für die Dusche. Ich wollte den Befehlen meines Stiefbruders gehorchen und trat ein.

Ich duschte und spülte und als ich in ein Handtuch gewickelt aus dem Bad rannte, summte ich fast vor Aufregung. Ich warf mir Unterwäsche über und zog mir eine Jeans und ein weiches rosa Oberteil an, bevor ich meine Stiefel anzog und die Treppe hinuntereilte.

Mom saß an der Kochinsel, den Kopf in die Hände gestützt, während Creed langsam Eier auf dem Herd kochte, barfuß und immer noch mit den zerknitterten Klamotten von gestern Abend bekleidet. Er drehte sich um und schob ihr einen Teller über die Insel zu.

»Musst du so verdammt laut atmen?«, brummte Mom.

Creed blieb einfach stehen, dann hob er langsam seinen Blick zu mir und zwinkerte mir zu. Ich konnte nicht anders, als in Gelächter auszubrechen, was mir einen bösen Blick von meiner Mom einbrachte. »Solltest du nicht in der Schule sein?«

»Schatz«, flüsterte Creed. »Es ist Sonntag.«

Mom schaute ihn nur an, als würde sie nicht verstehen, dass man am Wochenende keine Schule hatte.

»Ist schon okay«, sagte Nick und kam von irgendwo weiter hinten im Haus auf mich zu. »Ich gehe sowieso mit Ryth aus.«

»Geht.« Mom winkte mich ab, schloss die Augen und beugte sich über ihren Teller mit den Eiern. »Geht alle ... sofort.«

Creed lächelte und deutete auf die Tür. »Ich glaube, es ist besser, wenn ihr beschäftigt seid, zumindest bis ich sie mit ein paar verdammten Advil in ihr Bett kriege.«

»Viel Glück dabei. Ich glaube, ich habe Mom noch nie so verkatert gesehen.«

»Offenbar ist die Nacht gut gelaufen.« Er warf einen Blick über die Schulter auf ihr Stöhnen in der Küche und lachte. »Vielleicht ein bisschen zu gut.«

Nick klimperte nur mit seinen Schlüsseln, was Mom noch lauter stöhnen ließ, und packte mich am Arm ... auf brüderliche Weise. »Viel Glück dabei«, lächelte er. »Sieht aus , als wären es nur wir beide, Ryth.«

Ich hatte keine Zeit für einen Kaffee, ich hatte nicht einmal Zeit, mich zu verabschieden. Creed öffnete einfach die Haustür und führte uns hinaus.

»Sind wir nicht erwünscht?« Nick gluckste und zog mich mit sich.

»Nur nicht für die nächsten ... sagen wir drei bis fünf Tage, klingt das gut für euch?«, flüsterte Creed, lächelte und winkte uns hinaus.

Ich folgte Nick und lachte. Ich lachte sogar richtig. Das fühlte sich fremd und so verdammt gut an. Er schloss den Mustang auf und öffnete die Beifahrertür. »Prinzessin.«

Diese Bezeichnung jagte mir ein Schaudern über den Rücken, als ich einstieg und ihn die Tür hinter mir schließen ließ. Jetzt hatte sich alles verändert, doch als er hinters Steuer stieg und mir zuzwinkerte, wurde mir klar, dass sich eigentlich nichts geändert hatte.

Er war immer noch derselbe umwerfende Bad Boy ... und ich war immer noch das naive Mädchen, das er an meinem ersten Tag zur Schule gefahren hatte. *Nur dass er mich gefickt hatte ... gestern Abend, und sein Schwanz hatte mich weit gedehnt. Mein Gott, war er groß ...*

Ich spannte meine Schenkel an und hob meinen Blick zu Creed, der in der Tür stand.

»Lächle, Prinzessin, und winke, als hätte sich nichts geändert.«

Ich tat, was er sagte, hob meine Hand und lächelte, als Nick das Auto startete.

»Braves Mädchen«, murmelte er.

Hitze stieg in mir auf und sammelte sich zwischen meinen Schenkeln. Gott, ich war ständig feucht in ihrer Nähe, fixiert auf jeden Blick und jeden verdammten Seufzer. Er bremste, legte den Gang ein und gab langsam Gas, wobei er seine Hand auf meinen Oberschenkel legte. »Bist du okay?«

Ich schluckte schwer und nickte. »Ja.«

»Das hast du gut gemacht. Ich war mir nicht sicher, ob du dich aufrappeln würdest.«

Ich warf ihm einen ruckartigen Blick zu. »Und du?«

Er lächelte verschmitzt und griff mir an den Oberschenkel. »Ich wusste, dass du es gut machen würdest.«

Sein Lob ließ etwas in meiner Brust flattern.

»Wie wär's, wenn wir jetzt zu diesem Arzt gehen, ja?« Er zog seine Hand weg und fuhr mit uns in Richtung Stadt.

Mein Körper sehnte sich nach seinen Fingern und seinen Lippen. Ihm gegenüberzusitzen und zu wissen, was wir getan hatten, war unangenehm und verzehrend zugleich. »Hat es dir gefallen, das mit mir zu machen?«

Er warf mir einen Blick zu. »Letzte Nacht?«

»Ja.« Ich schluckte und mein Gesicht brannte.

»Sagen wir es mal so. Ich habe mir heute Morgen dreimal einen runtergeholt und kämpfe immer noch gegen den Drang an, mit dir auf den verdammten Spielplatz zu gehen.«

Bei dem Gedanken daran schoss das Adrenalin durch mich hindurch. *Unser Spielplatz.* Ich stellte ihn mir jetzt anders vor. Ich stellte mir vor, wie er mich zu Boden geworfen hatte, wie er von mir verlangt hatte, mich auf diesem Sitz umzudrehen und ihm ins Gesicht zu sehen, während ich mich selbst berührte.

Ich fixierte meinen Blick auf seine Lippen, stellte mir seinen Mund zwischen meinen Schenkeln vor und stieß einen kleinen, gequälten Laut aus.

»Geht es dir gut, Prinzessin?«

Er wusste, dass es mir nicht gut ging. Es ging mir ganz und gar nicht gut.

Ich lenkte meine Aufmerksamkeit wieder auf die Straße und antwortete. »Wie lange dauert es noch, bis wir allein sind?«

Er lachte nur, dann trat er auf das Gaspedal und fuhr schneller.

Kapitel 29

RYTH

Ich verließ die Arztpraxis mit einem Rezept und einem Monatsvorrat an Antibabypillen und stieg wieder in den Mustang, um alles auf mich wirken zu lassen.

»Alles in Ordnung?«

Ich nickte und hob die Schachtel hoch, die bereits geöffnet war, da ich eine der Pillen genommen hatte. »Ja. Sie hat gesagt, dass wir in den ersten Wochen zusätzlich verhüten müssen.«

»Gut«, nickte er und nahm mir das Rezept aus der Hand, bevor er den Motor startete. »Wir wollen doch nicht, dass du schwanger wirst, oder?«

Du musst die Pillen, die sie dir gibt, regelmäßig nehmen. Tobias' Warnung von vorhin kam mir wieder in den Sinn. *Denn wenn du das nicht tust, werde ich dir ein Baby in den Bauch pflanzen.*

So wie Tobias gesprochen hatte, war ich mir da nicht so sicher. Ich schaute zu Nick hinüber, als er sich in den Verkehr einreihte und weiter in die Stadt fuhr. Der Gedanke, schwanger zu sein, war erschreckend, besonders in meinem Alter. Aber der Gedanke, dass ich einen großen, runden Bauch bekommen und ihr Baby in mir tragen würde, war etwas ganz anderes.

Aber darüber brauchte ich mir keine Sorgen zu machen. Nicht jetzt.

Nick fuhr mich zu einem belebten Diner auf der Südseite und stellte den Wagen auf den Parkplatz. »Bereit zum Essen?«

Mein Bauch gab ein wildes Knurren von sich und das dumpfe Pochen in meinem Hinterkopf erwiderte es. »Mehr als bereit.«

Er führte mich hinein, suchte uns einen Platz im hinteren Bereich und bestellte Pfannkuchen und Speck, sowie Saft und Kaffee. Es war genug, um eine Familie zu ernähren, aber als die Kellnerin ging und uns alleine ließ, richtete er seine dunklen, Augen auf mich. »Willst du mich etwas fragen?«

Ich sah mich um. »Hier?«

Er zuckte mit den Schultern und scherte sich kaum darum, dass wir in der Öffentlichkeit waren. »Warum nicht?«

Er wollte mich testen. Genau das war es: ein verdammter Test. Würde ich dumm sein und etwas ausplaudern, ohne nachzudenken, oder würde ich vorsichtig sein? Ich lächelte, als die Kellnerin mit dem Kaffee und dem Saft kam. Ich wartete, bis sie weg war, nahm meinen Kaffee und hob ihn an meine Lippen. »Teilst du alles mit deinen Brüdern?«

Nick grinste nur und griff nach seinem eigenen Kaffee. »Das kommt darauf an ...«

»Habt ihr schon mal geteilt?« Jetzt war ich neugierig. Gab es keine Rivalität?

»Nein.« Seine Augen funkelten und begegneten meinen, als er sprach. »Aber wir hatten auch noch nie etwas, das wir alle unbedingt haben wollten ... *bis jetzt.*«

»Oh«, flüsterte ich. Mein Blut fühlte sich warm an, *zu warm,* als ich mich an die erste Nacht erinnerte, in der Tobias mich im Bad in die Enge getrieben hatte. »Ich dachte, Tobias hätte gesagt, ihr hättet so etwas schon einmal gehabt.«

»Wenn ja, dann hat er dir Angst gemacht.« Er verengte seinen gierigen Blick auf mich. »Wir haben beschlossen, dass wir in diesem Fall alle Gewinner sein können.«

Die Elektrizität summte zwischen meinen Beinen. Ich drückte meine Knie zusammen, als die Kellnerin mit zwei Tellern näher kam. »Bitte sehr, ihr zwei. Eine Verabredung zum Frühstück?«

»Sie ist meine Schwester«, knurrte Nick und begegnete ihrem neugierigen Blick.

»Oh«, zuckte sie zusammen und meinte dann: »Wie nett von dir, dass du dich so um sie kümmerst. So viel Geschwisterliebe sehe ich nicht oft.«

»Das glaube ich«, antwortete Nick und mein Gesicht brannte.

Er starrte sie an, bis sie sich umdrehte und unbeholfen wegging.

»Neugierige Schlampe«, murmelte er, schnappte sich sein Besteck und stürzte sich auf das Essen auf seinem Teller, wobei er zu mir hinübersah, die Gabel halb im Mund. »Iss, Ryth.«

Ehe ich mich versah, griff ich nach meiner Gabel. Es war so einfach, jedem seiner Befehle zu folgen. *Iss, Ryth ... zieh dich an, Ryth ... so ist es richtig, fick ihn, Ryth.* Meine Hand zitterte.

Ich leckte mir über die Lippen und begegnete seinem Blick. Es war nicht das Essen, das ich wollte ... jetzt, wo ich nüchtern war und jeden Blick und jede Berührung wahrnahm, wollte ich ihn auf andere Weise spüren.

Er grinste nur und schnalzte mit der Zunge. »Dafür ist noch viel Zeit, Prinzessin. Jetzt musst du erst einmal essen und deine Energie auftanken.«

Das war leichter gesagt, als getan ...

Ich schob mir einen Bissen in den Mund. Stolz glitzerte in seinen Augen, als Nick zusah, wie ich jeden Bissen hinunterschlang, bis ich mich zurücklehnte und stöhnte. »Ich bin fertig. Ich kann nichts mehr essen.«

Sein Lächeln wurde breiter und Gott, allein diese Kleinigkeit gab mir ein Gefühl der Lebendigkeit.

Er lehnte sich zu mir rüber, schnappte sich meinen Teller, auf dem immer noch Speck lag, schob ihn auf seinen eigenen und machte sich daran, alles zu vertilgen. Ich lehnte mich zurück, beobachtete ihn amüsiert und fragte mich, wie jemand wie ein verdammtes Pferd essen und trotzdem noch so aussehen konnte wie er. Erinnerungen wurden wach: der Club, der Kampf, wie er in den Hinterraum gestürmt war und sich auf die Männer gestürzt hatte, die Caleb in ihrer Gewalt gehabt hatten ... und wie er den Türsteher zu Boden geworfen hatte.

Ich hatte noch nie etwas so Aggressives gesehen. Als ich ihm zusah und wusste, was wir letzte Nacht getan hatten, wollte ich ihn nur noch mehr.

»Du starrst«, murmelte er und schnitt in den letzten Pfannkuchen, bevor er ihn sich in den Mund schob.

304

»Tut mir leid.«

Er hob den Kopf und bewegte sich nicht mehr, die Gabel war auf halbem Weg zu seinen Lippen. Ich sah, wie seine Augen flackerten, als er das Lokal um uns herum musterte und seine Stimme immer tiefer wurde. »Ich habe es dir schon mal gesagt, Prinzessin. Du kannst so viel schauen, wie du willst, aber wenn du etwas willst, musst du nur fragen.«

Ich wandte den Blick ab und errötete. Innerlich raste ich, atemlos von seiner intensiven Aufmerksamkeit. Dann aß er und verschlang den Rest des Essens. »Trinkst du deinen Saft noch aus?«, fragte er und lenkte meine Aufmerksamkeit auf sich.

Ich schüttelte den Kopf und schob ihm das Glas zu. Er grinste mich frech an, griff danach und leerte den Inhalt in drei riesigen Schlucken. Wie viele Jahre lang hatte ich mich gefragt, wie es wohl wäre, Brüder zu haben? Ein Haus zu haben, in dem es laut und ausgelassen zuging, in dem mein Essen für mich gegessen wurde und in dem es jemanden gab, der auf mich aufpasste und mich beschützte, egal was passierte. Etwas zu haben, das nicht nur aus Blut geboren wurde, sondern aus der Seele. Meiner Seele. Jetzt wusste ich es.

Nick hielt inne und wischte sich die Reste des Saftes mit dem Handrücken von den Lippen. Sterne funkelten in seinen Augen und ich fing innerlich Feuer. Er sah mich, mein wahres Ich, und er wollte mehr. Wir waren zwar nicht durch unser Blut oder die bevorstehende Heirat unserer Eltern verbunden, aber dieser Moment fühlte sich anders an ... er fühlte sich nach mehr an. Er fühlte sich realer an als alles andere, was ich je zuvor gehabt hatte.

Echter als die Liebe meiner Eltern.

Echter als die Liebe zu mir selbst.

Und als das Glitzern in seinen Augen tiefer wurde, wusste ich, dass er es auch spürte. Was auch immer zwischen uns war, es entwickelte ein Eigenleben ... und wir konnten es nicht aufhalten.

»Ist hier alles in Ordnung?« Die Kellnerin näherte sich dem Tisch, um den Moment zu unterbrechen.

Aber Nick ließ sich nicht alles von ihr stehlen. »Geh weg«, knurrte er. »Du kannst den Tisch abräumen, wenn wir fertig sind.«

Sie versteifte sich und warf mir einen Blick zu, bevor sie sich auf dem Absatz umdrehte und etwas vor sich hin murmelte, während sie davon stürmte. Ich war sprachlos. Die Art und Weise, wie er mit ihr umgesprungen war, wie er von der Erregung zu einer unmissverständlichen Dominanz übergegangen war, machte mich wahnsinnig.

»Bist du fertig, Ryth?«, fragte er, während er genug Geld für unsere Rechnung auf den Tisch warf.

Unfähig, richtig zu denken, nickte ich nur. Dann rutschte er aus der Sitzecke und reichte mir die Hand. »Kleine Schwester.« Ich nahm sie und war überrascht, als sich seine Hand um meine schloss.

Dann verließen wir gemeinsam das Lokal und gingen zum Auto.

Ich erwartete, dass er mich in den Park mitnehmen würde, um das Versprechen einzulösen. Gott, ich war bereit. Aber das tat er nicht. Stattdessen fuhr er nach Hause und bog in die Einfahrt ein.

Der Jeep war wieder da.

Mein Puls raste bei diesem Anblick. Tobias und Caleb waren vor uns losgefahren, und jetzt waren sie zurück. Mein Blick fiel auf Creeds grauen Mercedes mit offenem Kofferraum. Nick hielt an und stellte den Motor des Mustangs ab, während Creed aus dem Haus schritt und ganz anders aussah, als er es zuvor getan hatte.

Er war frisch geduscht und trug seine übliche dunkelgraue Hose und ein knackiges weißes Hemd mit hochgekrempelten Ärmeln. Er trug eine Reisetasche und einen Anzug in einem Kleidersack.

»Gehst du irgendwo hin?«, fragte Nick, als wir uns näherten.

Es war leicht zu erkennen, woher seine Söhne ihr Aussehen hatten ... und ihre gefährliche Anziehungskraft. Creed sah stinksauer aus, als er seine Taschen in den Kofferraum stellte. »Es ist etwas dazwischen gekommen.«

»Wie oft habe ich das schon gehört?«, murmelte Nick.

»Es ist nur eine kurze Sache. Ich sollte morgen zu Hause sein, aber für den Fall, dass ich es nicht bin«, fuhr er fort und schaute in meine Richtung. »Du solltest vielleicht später am Abend nach deiner Mom sehen. Sie hat sich ziemlich schlecht gefühlt und etwas eingenommen, das ihr helfen wird, einzuschlafen. Erwarte nur nicht, dass sie in nächster Zeit auftaucht, okay?«

Ich nickte und mein Puls beschleunigte sich, als Nick den Kopf drehte und seinen Hunger in meine Richtung lenkte. Ein heftiges Aufflackern von Sehnsucht durchzuckte mich, als Creed den Kofferraum zuknallte, das Auto umrundete und die

Fahrertür aufriss, bevor er ohne ein weiteres Wort zu seinem Sohn einstieg.

Nick ergriff meine Hand und zog mich aus dem Weg, als Creed den Mercedes startete und die Einfahrt hinunterfuhr.

»Das war ...«, begann ich und sah zu, wie der Mercedes rückwärts durch das offene Tor fuhr, dann bremste und wegfuhr.

»Er«, beendete Nick für mich. »Auf seine übliche ›‹Geh-mir-aus-dem-Weg' Art und Weise'.«

Seine Hand hielt meine immer noch fest, aber sie bewegte sich, wurde wärmer und verwandelte sich von einer Berührung der Notwendigkeit zu einer des Begehrens. »Komm schon.«

Er zog mich zur Haustür. *In weniger als einer Woche würde es unser Haus sein, unser Familienhaus.* Der Gedanke verweilte, als Nick die Tür hinter uns schloss. Stille herrschte, während das Geräusch unserer Schritte widerhallte. Die Küche war sauber und wieder in ihrem gewohnten, tadellosen Zustand.

Heute gab es keine Putzfrau ... und jetzt auch keinen Creed.

»Ich denke, wir sollten lieber nach deiner Mom sehen.« Nick umklammerte meine Hand fester und zog mich zur Treppe.

Ich folgte ihm und ging hinter ihm her, bis wir im zweiten Stock vor dem Schlafzimmer standen, das meine Mom jetzt mit Creed, ihrem baldigen Mann, teilte. Nick ließ seine Hand aus meiner gleiten und deutete mit dem Kopf zur Tür.

Ich trat näher heran und rief leise: »Mom?«

Es kam keine Antwort, also öffnete ich die Tür einen Spalt und lauschte. Tiefe Schnarchgeräusche kamen aus dem dunklen

Zimmer. Ich öffnete die Tür weiter und trat ein. Nick folgte mir, dicht hinter mir.

Durch die trübe Dämmerung konnte ich die Umrisse ihres Körpers unter der Bettdecke erkennen. »Mom?«, rief ich erneut.

Ihre Antwort war ein Schnarchen, das durch den Raum schallte. Auf ihrem Nachttisch lag eine Flasche, der Deckel war abgenommen ... Ich durchquerte den Raum und nahm sie in die Hand.

»Sie ist völlig weggetreten«, murmelte Nick hinter mir.

Ich trat näher, fasste sie an der Schulter und schüttelte sie. »Mom?«

Aber es kam keine Antwort, kein Flattern ihrer Augenlider, kein Hinweis darauf, dass sie mich überhaupt gehört hatte.

»Komm schon.« Nick zerrte an meiner Hand. »Sie wird nicht so schnell wieder auftauchen.«

Ich ließ mich von ihm wegziehen und warf einen Blick über meine Schulter, als ich mich der Tür näherte. Sie schnarchte, während sie schlief. Diese Frau, die wie meine Mom aussah, war mir fremd. Vielleicht war ich auch eine Fremde für sie ...

Ich schritt durch die Tür und ließ Nick sie hinter mir schließen. Er blieb stehen und sein Blick blieb an meinem hängen, bevor er näher kam, meinen Kiefer mit seinem Finger streifte und meinen Kopf neigte. Sein Kuss war eindringlich und warm, der schwache Geschmack des Saftes lag noch in seinem Mund. Ich stöhnte auf, bevor mir bewusst wurde, wo ich war.

Panik erfüllte mich und dröhnte in meiner Brust, als ich mich von seinem Mund löste und zu Moms Schlafzimmertür blickte.

Nick gluckste nur. »Sie wacht nicht auf, Ryth. Diese Tabletten, die sie genommen hat? Das sind die, die sie meiner Mom gegeben haben. Du wirst sie die nächsten zwölf Stunden nicht sehen.«

Zwölf Stunden? Ich wandte den Blick ab.

Er lächelte und seine teuflischen Augen funkelten, als er mein Kinn packte und mich wieder zu sich drehte. »Ich frage mich, wie wir uns die Zeit vertreiben können?«

Oh Gott ...

Kapitel 30
RYTH

Er beugte sich herunter und küsste mich mit einem Hunger, der mich verzehrte. Aber dieses Mal war etwas anders. Eine Veränderung, die ich daran spürte, wie er mit dem Fingerrücken über meine Wange strich und wie er mir in die Augen starrte, während er sich über mich erhob.

Er bewegte sich, drückte mich mit dem Rücken gegen die Tür meiner Mom und fasste mir an die Brust. »Das wollte ich schon den ganzen Morgen«, murmelte er zu laut.

Panik schoss durch mich hindurch. Ich riss meinen Blick von der Tür los. »Nick«, flüsterte ich. »Sie wird es hören.«

Sein langsames, verruchtes Lächeln ließ meinen Puls rasen, als er mein Hemd anhob. »Dann wirst du wohl still sein müssen, Prinzessin.«

Mein Blut surrte in meinen Adern, als sein Finger meine Brustwarze fand. Ich ließ meinen Kopf zurückfallen und schloss meine Augen. Das Gefühl dieser großen Hände auf mir verursachte eine köstliche Wärme. Ich spürte, wie er sich bewegte und mein Hemd nach oben strich, um an den Körbchen meines BHs zu ziehen, meines erbärmlichen, schlichten Baumwoll-BHs.

»Ich liebe es, wenn du das trägst«, flüsterte er und senkte seinen Kopf, um meine Spitze in seinen Mund zu nehmen.

Wärme durchströmte mich, tanzte um meine empfindliche Haut, bis meine Knie zitterten und mein Wille ins Wanken geriet. Ich fuhr mit meinen Fingern durch sein Haar, glitt tief in ihn hinein und drückte ihn gegen mich, und das spornte ihn nur noch mehr an.

Er packte mich an der Taille und hob meine Füße vom Boden, bevor er auf die Knie sank und mich vorsichtig direkt vor der Tür zum Schlafzimmer meiner Mutter ablegte.

»*Sei still, Prinzessin*«, warnte er grinsend, während er nach dem Knopf meiner Jeans griff. Ich schüttelte den Kopf und mein Blick richtete sich hilflos auf die Tür. Aber egal, wie sehr ich seine Hände wegdrückte, er hörte nicht auf. Das langsame Gleiten meines Reißverschlusses ließ mich vor Angst zittern.

Ich konnte nicht über das Hämmern meines Herzens hinweg denken. Mein Blick war auf den Türgriff meiner Mom geheftet, als Nick meine Jeans herunterzog und knurrend denselben Hello-Kitty-Slip entdeckte, den ich im Auto getragen hatte, als er mich das erste Mal in unseren Park mitgenommen hatte.

Unser Park ...

Das war er jetzt. Unser ... seiner ... meiner. Er zog mir die Stiefel aus und zerrte meine Jeans herunter, bevor er sie mit einem brutalen Ruck wegwarf. Etwas bewegte sich in meinem Augenwinkel. Ich legte den Kopf schief und sah Tobias und

Caleb, die sich auf dem Flur näherten und das Schauspiel beobachteten.

»Wie ich sehe, hast du bemerkt, dass deine Mom weggetreten ist«, sagte Tobias mit einem Hauch von Belustigung zu mir. »Konntest du nicht warten, Bruder?«

Nicks Antwort war das feste Gleiten seines Fingers entlang meiner Klitoris. »Was denkst du denn, verdammt?«

Ich blickte an ihm herunter und betrachtete die enorme Beule in seiner Jeans. Er war hart ... er war so hart. Oh Gott, die Erinnerung an gestern Abend ließ mich erzittern.

»So ist es richtig.« Er schob meine Beine weiter auseinander und beugte sich herunter.

Seine großen Finger griffen nach dem Gummizug meines Höschens. Die gleiche Wärme, die auf meiner Brust herrschte, erfasste nun meine Muschi. Ich hob meinen Kopf und verschränkte meine Finger in seinem Haar, während ich ihn dorthin führte, wo ich ihn haben wollte.

Ich war schon feucht, hatte schon Sehnsucht und wollte unbedingt mit seinem Mund kommen. Er saugte an meiner Klitoris und jagte mir ein Schaudern über den Rücken.

»So eine gierige Prinzessin«, murmelte Caleb und lenkte meine Aufmerksamkeit auf sich.

Ich blickte auf und sah, wie sie Nick dabei beobachteten, wie er mich in der Schlafzimmertür unserer Eltern leckte.

»Sei leise, Ryth«, warnte Tobias, als Nick seine Hände unter meinen Hintern schob und meine Muschi zu seinem Mund führte.

Ich biss mir auf die Lippe, so fest, dass Schmerz mit dem Vergnügen kollidierte.

Ich würde kommen ...

Ich wollte kommen.

Ich wollte ...

Nick zog sich zurück und ließ mich zitternd zurück ... und panisch. Ich warf ihm einen Blick zu und biss die Zähne zusammen. »Was ist?«

Er lächelte nur und sein Mund glitzerte, als er mit dem Handrücken über seine Lippen strich. »Nichts.« Er hob den Kopf, aber eine andere Bewegung kam schnell auf mich zu.

»Wir sind dran.« Tobias beugte sich vor, packte mich mit beiden Armen und hob mich vom Boden.

Ich hielt mich an ihm fest, als ich mit nacktem Hintern in seinen Armen landete und mich wand.

»Ganz ruhig, Ryth«, befahl er und seine dunklen Augen blitzten verheißungsvoll. »Es sei denn, du willst, dass ich dich über das Geländer hänge ... *und dich da ficke.*«

Mein Körper verkrampfte sich.

Das harte Geländer drückte gegen meine Hüften, meine Beine waren weit gespreizt und meine Muschi war für alle sichtbar. Ich schloss die Augen, biss mir auf die Innenseite der Wange und wand mich erneut in seinen Armen, nur dass es diesmal einen ganz anderen Grund hatte.

Ich hielt mich mit aller Kraft an ihm fest, hob meinen Blick zu Tobias und flüsterte. »Ich ... Ich komme.«

»Noch nicht, kleine Maus«, sagte er zähneknirschend, packte mich und ging dann die Treppe hinunter auf Nicks Zimmer zu. Schritte hallten hinter uns wider, bevor die Tür sich schloss.

Dann waren es nur noch sie und ich ...

Der einzige Unterschied war, dass ich dieses Mal nüchtern war.

»Diesmal mit Kondom.« Caleb warf Tobias einen bösen Blick zu.

»Bist du einverstanden, Prinzessin?« Nick trat näher, packte sein Hemd und schälte es sich ab.

Mein Puls war völlig außer Kontrolle. Ich wollte mich am liebsten in die Ecke verkriechen und mich verstecken. Aber ich würde mich nicht mehr verstecken und nicht mehr leugnen, wonach mein Körper verlangte.

»Sag es jetzt«, drängte Caleb. »Sag uns, was du willst, und es wird passieren.«

Ich warf ihm einen ruckartigen Blick zu. »Was, wenn ich keinen Sex will?«

Er zuckte mit den Schultern. »Wenn es das ist, was du willst. Wenn du nur willst, dass Nick dich leckt, oder dass einer von uns sich um dich kümmert ... Es liegt ganz bei dir.«

Die drei warteten. Ich senkte meinen Blick. Sie waren bereit, hart ... und so begierig. »Ich ... Ich will ...« Ich schaute Tobias an und entdeckte den grausamen Funken, der unter der Oberfläche schimmerte. »Einen nach dem anderen. Ich will euch spüren, ich will euch kennenlernen.« Meine Wangen glühten. »Ich will euch sehen.«

Tobias' Lippen kräuselten sich, als er sich das Hemd auszog.

»Das ist unser Mädchen«, sagte Caleb grinsend.

Unter dem Lob wurde ich lebendig und der Puls zwischen meinen Beinen pochte, als Tobias seine Jeans herunterschob. Sein Schwanz war dick und hart und hüpfte gegen seinen Unterleib, als er sich näherte. Aber als er sich nach vorne beugte und seine Hände über meine Oberschenkel gleiten ließ, sah ich seine blutigen Fingerknöchel.

Die Panik riss mich von der Lust weg. Ich griff nach seinem Daumen, hob seine Hand an und begegnete seinem Blick. »Was zum Teufel ist passiert?«

»Nichts«, antwortete er und gab nichts preis. »Nur eine kleine Meinungsverschiedenheit.«

Ich zuckte zusammen und starrte auf die gespaltene, raue Haut an. »Das sieht mir nicht nach einer kleinen Meinungsverschiedenheit aus.«

»Du hast den anderen Typen nicht gesehen«, widersprach Caleb kalt.

Gott, diese Männer waren das pure Testosteron, von den protzigen Autos über die begehrlichen Blicke, mit denen sie mich anschauten, bis hin zu den Faustkämpfen mit Gott weiß wem. Ich senkte meinen Kopf, hob seine Hand und küsste die zerrissene, blutige Haut.

Er hatte Schmerzen ...

Wenn nicht jetzt, dann hatte er Schmerzen gehabt. Das gefiel mir nicht, ganz und gar nicht. Ein plötzlicher Wutausbruch durchfuhr mich, als ich auf seine verletzte Hand starrte. »Hast du ihn geschlagen ...« Ich begegnete seinem Blick. »Hast du ihm wehgetan?«

»Ja.« Der tödliche Glanz leuchtete heller. »Das habe ich.«

»Gut.« Ich ließ die armen, verletzten Finger zu meiner Brust sinken und beobachtete, wie sein Daumen über meine Brustwarze strich. »Gut.«

Er beugte sich zu mir herunter und küsste mich, wobei er mich zurück auf das Bett drückte. Sein Stolz war ein Teil seiner gefährlichen Eigenschaften.

»Hasst du mich immer noch?« Ich musste es wissen.

»Willst du das?«, fragte er und beugte sich über mich, um mich an Ort und Stelle zu halten.

Ein Teil von mir wollte, dass er es tat. Dieser Teil wollte, dass es eine Rolle zwischen uns blieb. Eine Rolle, die wir alle hier spielten, und diese ... grausame, räuberische Maske war seine. »Ja«, flüsterte ich.

Er grinste, dann kniff er mit den Fingern in meine Brust, so fest, dass ich scharf aufstöhnte. »Ich will es auch, mehr denn je, kleine Maus.«

Die Sehnsucht in mir wurde angesichts seiner Worte lebendig.

»Und ich werde meine Wut an deinem Körper auslassen. Ich werde dich ficken, kleine Schwester. Wann immer und wie immer ich will, hast du das verstanden?«

Ich zitterte ... *stark.*

»Ich werde dich bestrafen, ich werde dich benutzen.« Er lehnte sich nah heran ... so nah, dass sein Atem zu meinem wurde.

»Du gehörst mir, kleine Maus ... *und ich bin die verdammte Viper.*«

Seine Hand bewegte sich auf dem Bett, während seine Augen verheißungsvoll glühten. Er brauchte das, fast so sehr wie ich. Er brauchte dieses Gefühl. Ich bewegte mich nach oben, um ihn zu küssen ... bis er sich mit einem süffisanten Lächeln zurückzog.

Bastard.

Ein Knittern kam von seiner Hand. Er hob die Verpackung an seine Zähne, ohne seinen Blick von mir zu nehmen, und riss sie auf. Das passierte *wirklich ... wirklich ... wirklich.* Mein Körper erwachte zum Leben und Adrenalin schoss durch mich hindurch, als er die Hülle über seinen Schwanz hielt. »Bald, kleine Maus. Bald werde ich dich ausfüllen.«

Mein Blick wanderte an seiner Brust und seinem harten Bauch entlang. Er war durchtrainiert und straff von all den Vormittagen im Fitnessstudio und den Nachmittagen, an denen er auf den Straßen unterwegs war. Ich fragte mich, was ihn antrieb ... was ihn ausfüllte. Er zog das Kondom über die Spitze seines Schwanzes und sah mich mit seinen dunklen Augen an. Was auch immer ihn zuvor angetrieben hatte, wurde nun durch etwas anderes ersetzt ... durch mich.

Er schob mein Bein unsanft zur Seite und beugte sich vor, um seinen Schwanz an meinen Eingang zu drücken. Ich hielt den Atem an und wartete auf die erste Erregung, aber da war nichts. Der Druck nahm zu, das glatte Kondom glitt gegen mich ... bis Tobias mit einem Knurren in mich eindrang.

Ich schloss meine Augen und zitterte bei dem Eindringen. Meine Sinne explodierten bei diesem brutalen Stoß.

Er knurrte und zog sich langsam zurück, nur um dann noch härter in mich einzudringen. Die Bewegung drückte mich in die Matratze und er rieb sich an meinen Hüften, während er wieder und wieder stieß und mich dehnte, bis ich keine Luft mehr bekam.

»Ich hasse dich, verdammt nochmal«, stöhnte er mit brutaler Gewalt. »Sieh mich an.«

Ich wollte in Panik geraten. *Ich kämpfte gegen die Panik an,* aber trotzdem gehorchte ich und öffnete meine Augen, um ihn anzusehen. Seine Lippen waren gekräuselt, der endlose Blick leuchtete mit wahnsinniger Gewalt. »Ich hasse dich, Ryth«, knurrte er und glitt hinaus.

Aber ich sah keinen Hass, ich fühlte keinen Hass, auch nicht, als er wieder in mich eindrang und sich nach vorne stürzte und seine Arme auf beiden Seiten von mir abstützte. Nein, es war kein Hass, der mich anfunkelte, als er seine Hüften ruckartig bewegte und seine dicke Länge in mich hineinschob.

Ich ließ meine Arme über seinen Rücken gleiten und sein Körper zitterte bei der Berührung. In seinem Blick lag ein Anflug von Panik. Ein Zittern, das ich in meiner Seele spürte. Hitze durchströmte mich, angeheizt durch sein verzweifeltes Verlangen.

»Ich weiß«, flüsterte ich, während er mich fickte, und ließ meine Hände über seinen starken Rücken gleiten, um die verkrampften Muskeln zu spüren.

»Hasse sie, Bruder«, drängte Caleb leise. »Hasse sie, so viel du willst.«

Tobias senkte seinen Kopf, während sein harter Atem an meiner Wange die Flammen anfachte. Ich spürte nur noch ihn, sein brutales Eindringen, seinen Atem, der den Fleck auf meiner Wange versengte. Seine verzehrende Qual, die kein Ende zu haben schien, während er mich immer schneller und härter fickte ... und ich wollte mehr.

»Ich liebe dich«, stöhnte ich, als die Hitze in meiner Muschi pulsierte.

Feucht.

Hart.

Verhasst.

Ich schrie auf, als er tief in mich stieß und ich mich ihm hingab. Sein Mund fand meinen und seine grausamen Finger packten meinen Arsch, während er stöhnte. Das Geräusch drang in meinen Mund, und er erstarrte. Er zuckte in mir und entlockte meinem Innersten die letzten winzigen Zuckungen.

Seine Lippen brannten und sein Hunger war verzehrend. Plötzlich stand ich wieder auf der Einfahrt zu meinem alten Haus und sah zu, wie meine Welt in Flammen aufging. Nur war das eine Welt, zu der ich mich nie zugehörig gefühlt hatte, eine Welt, in der ich nie dazugehört hatte ... aber hier ... bei ihnen ... hier hatte ich meinen Platz gefunden.

Seine Lippen wurden weicher und wanderten zu meinen Mundwinkeln. »Meine kleine Maus«, flüsterte er, immer noch in mir. Und in diesem Moment wusste ich, dass es kein Zurück mehr gab – für keinen von uns beiden.

Meine kleine Maus. Die Worte brandmarkten mich.

Er hob seinen Kopf. Verlangen und Schmerz tanzten im Glanz seiner Augen, als er sich langsam zurückzog. »Hast du verstanden, Ryth?«

Ich atmete tief ein und konnte den Blick nicht abwenden, als ich sah, wie er sich vom Bett abstieß und langsam aufstand. Ich wusste, was er damit sagen wollte. Ich nickte langsam und ließ meinen Blick über den Schweiß auf seiner Brust schweifen.

Ich war nicht nur sein ... *er war jetzt mein.*

»Alles gut?« Nick trat einen Schritt vor und zog meinen Blick auf sich.

Ich schenkte ihm ein kleines Lächeln und kam wieder in meinen Körper zurück. »Ja.«

Tobias glitt mit seiner Hand an seinem Schwanz entlang und löste das Kondom mit einer Bewegung. Die Welle des Verlangens, die ich für ihn empfand, verstärkte sich noch, als Nick sich auf dem Bett hinkniete. »Das hast du sehr gut gemacht, Prinzessin.« Er schob seine Hand unter meinen Nacken.

Für eine Sekunde ergriff mich die Panik. Ich sah Tobias an und suchte in seinem Blick nach einer Spur von Eifersucht oder Wut ... und fand *Stolz.* Er beobachtete mich, dann wanderte sein Blick zu seinem Bruder.

»Geht es dir gut?« Nick lenkte meine Aufmerksamkeit auf sich.

Ich drehte meinen Kopf, als er mit einem Finger über meine Klitoris strich. Ein Nachbeben folgte seiner Berührung und ließ die Hitze wieder aufsteigen. »Ja.«

»Du bist nicht wund?« Er begegnete meinem Blick. »Mein Bruder hat dich hart gefickt, Prinzessin.«

Oh Gott ...

Das Feuer loderte stärker auf. Seine Finger folgten der auflodernden Hitze und umkreisten meinen Kitzler. Sie tanzten um die empfindliche Haut.

»Ja«, flüsterte er und tauchte einen Finger hinein. »Er hat dich richtig hart gefickt.«

Ich schloss meine Augen und mein Körper zitterte.

»Willst du mich immer noch in dir spüren, Prinzessin?«

Mein Körper erblühte. Ich öffnete meine Augen und nickte, als sein Finger tiefer glitt. Tobias warf ein Folienpaket in seine Richtung und traf ihn an der Brust. Er ließ seinen Finger aus mir gleiten, griff danach und stemmte sich auf dem Bett hoch, um den Knopf seiner Jeans zu öffnen.

Dieser Moment war schon sicher gewesen, als wir das Lokal betreten hatten. Als er mir Essen gekauft und mich in seinem Auto gefahren hatte. Nick kümmerte sich um mich, wie es die anderen nicht taten ... und danach sehnte ich mich.

Er hielt inne und seine honigbraunen Augen färbten sich bernsteinfarben. Ich öffnete meine Beine und zeigte ihm genau, was ich wollte. Sein Atem stockte bei der Bewegung, bevor er die Packung zum Mund führte und sie aufriss. Mit einer langen Bewegung seiner Hand entlang seines Schwanzes streifte er sich das Kondom über. Ich erstarrte bei dieser Bewegung. Er war groß ... größer als Tobias, größer als ich ihn in Erinnerung hatte. Die dicke Ader pulsierte unter seiner Hand an seinem Schaft entlang. »Gefällt dir das?«

Ich nickte. »Du gefällst mir.« Ich sah Caleb an, dann Tobias. »Ihr alle.«

Nick grinste nur und stieg aus seiner Jeans. »Das ist gut, Prinzessin. Du gefällst uns auch ...« Er stieg auf das Bett und sein Finger fand meine pochende Muschi, als er sie betrachtete. »Sehr ... sehr gut.«

Schwache Erinnerungen an die letzte Nacht kamen in mir hoch, als er sich näher an mich lehnte und seine Hand benutzte, um seinen Schwanz zu führen. Die große Eichel fand meinen Eingang. Eine Sekunde lang brannte Panik in mir, als er in mich eindrang und mich dehnte, bevor er wieder herausglitt.

»Atme, Ryth«, drängte er und führte sich wieder ein.

Er leckte mich auf ... sehr oft. Jetzt wusste ich, warum. Er bereitete mich vor.

»Sie wurde gerade erst entjungfert, verdammt«, knurrte Tobias und starrte seinen Bruder an. »Tu ihr nicht weh.«

»Tut das weh, Prinzessin?«, fragte Nick und schob die Eichel wieder in mich hinein. Er dehnte und strapazierte mich.

Ich öffnete meine Beine weiter, meine Muschi verkrampfte sich und verlangte nach mehr. Der Hunger leckte tief in mir. Ich schüttelte den Kopf.

»Das ist mein Mädchen«, grunzte er und schob den dicken Schwanz noch ein bisschen tiefer in mich hinein.

Zentimeter für Zentimeter drang er weiter in mich ein und ließ meine Schenkel erzittern. Er neigte seine Hüften und liebkoste den Teil von mir, der mich aufschreien ließ. Ich umklammerte seine Schultern und zog ihn näher an mich heran.

Seine Arme hielten mich fest und ich spürte nur noch seinen Körper, wie er in mich eindrang und mich verzehrte, bis ich nur noch aus diesem langsamen, kraftvollen Stoß bestand.

»Fuck, du fühlst dich perfekt an«, stöhnte er und stemmte seine Hüften höher. »Verdammt perfekt, Prinzessin. Du wirst mich noch dazu bringen ...« Er senkte den Blick und das Wort leuchtete in seinem Blick auf. »Du wirst mich dazu bringen, mich in dich zu verlieben.«

»Dann verlieb dich.« Ich packte seine Schultern und drückte meinen Körper nach unten, um seinem Stoß zu begegnen. Ich wollte mehr, mehr von ihm, mehr von ihnen. Ich wollte, dass er mich bei jeder Bewegung erdrückte. Ich wollte keine einzige Sekunde meines Lebens ohne sie verbringen. Ich wollte, dass die Hitze ihrer Körper mich nie mehr verließ. »Verliebe dich in mich.«

Nick grinste und drang tiefer ein. Diese köstliche Hitze füllte mich erneut aus, während meine Muschi bebte und sich um seinen Schwanz verkrampfte. Ich krümmte meine Wirbelsäule, presste meine Brüste gegen seine Brust und schrie auf.

Wieder und wieder ...

Mein Körper spannte sich an und winzige Impulse bebten um Nick herum, als er seinen Kopf senkte und seinen heißen Atem gegen meinen Hals fächern ließ. Sein leises Stöhnen drang an mein Ohr.

»Fuck ...«, stöhnte er und verharrte tief in mir.

Harte Atemzüge erfüllten meine Ohren und rauschten in meinem Kopf. Nicks Atemzüge waren wie eine Stichflamme in meinem Nacken, bevor er den Kopf hob und mich ansah. »Geht es dir gut?«

Ich konnte nicht sprechen, nur nicken. Er zog sich von mir zurück, aber ich war noch nicht bereit. »Nein«, krächzte ich und zog ihn wieder an mich heran. »Noch nicht.«

Er blieb und drückte sein Gewicht gegen mich, selbst als er aus mir herausglitt. Mein Körper pochte, schmerzte und krampfte. Ich war überfordert, überwältigt, aber ich brauchte trotzdem Wärme.

Das Bett senkte sich neben mir und Wärme drückte gegen meine Seite. Calebs Duft umwehte mich. Aber es gab keine Berührung, keine Forderungen, nur seine *Anwesenheit*.

»Entspann dich, Ryth«, murmelte Caleb. »Du musst dich erholen, Prinzessin. Dafür ist noch viel Zeit.«

Ich atmete schwer und langsam aus und öffnete meine Augen, um mich ihm zuzuwenden. »Ich will doch trotzdem ...« Ich suchte seinen Blick. »Ich will dich trotzdem noch.«

Nick bewegte sich langsam und rollte auf die andere Seite, sodass Caleb sich über mir positionieren konnte. »Du willst mich sehen?«

Ich nickte und mein Körper zitterte. Er erhob sich aus dem Bett, schlank und kraftvoll. Seine dunklen Augen funkelten, als er die Knöpfe seines schwarzen Hemdes öffnete, während er sich langsam umdrehte. Seine Fingerknöchel waren aufgeschürft und rot, aber nicht so schlimm wie die von Tobias. Was auch immer passiert war, sie waren gemeinsam dort gewesen.

Denn sie machten alles zusammen.

Caleb ließ sein Hemd auf den Boden fallen. Kräftige Muskeln spannten sich an, als er sich bewegte und die Zunge seines

Gürtels durch die Schnalle schob. »Ist es das, was du willst, Ryth?«

Mein Körper zitterte, als er seine Hose zu Boden schob und nur noch in weichen schwarzen Boxershorts dastand, wobei sich sein Schwanz gegen den Stoff drückte.

So präzise.

So kontrolliert.

Sein wahres Ich schimmerte unter der Oberfläche.

Caleb war eine Lüge, eine Täuschung, in der er lebte. Jeder wusste es. Jeder sah es, aber niemand gab es zu. Niemand trat in sein abgedunkeltes Zimmer und öffnete die Jalousien, um seine Begierden zu erforschen ... *außer mir.*

Er überlebte in dieser Lüge, umhüllt von Geheimnissen. Er hielt sich verborgen. Ich drückte mich im Bett hoch, meine Arme zitterten, mein Körper war erschöpft. »Zeig ihn mir«, flüsterte ich und mein Innerstes verkrampfte sich.

Er schob seine Unterhose nach unten und gab seinen Schwanz frei. Ich sah sein Gesicht von gestern Abend vor mir, wie sich seine Finger in meinen Haaren verfangen hatten, als er meinen Mund an seiner Länge auf und ab geführt hatte. Meine Zunge strich über meine Lippen, als mein Mund feucht wurde. Ich wollte ihn in mir spüren, auch wenn mein Körper bei dem Gedanken daran erschauderte.

Seine Hand bearbeitete sein Glied, die roten, gezeichneten Knöchel wurden weiß, als er sich mit der Faust umfasste. Ein winziges, gequältes Geräusch entfuhr ihm, als er nur noch wenige Zentimeter entfernt stand. Ich schluckte und hob meinen Blick zu ihm.

»Es ist noch genug Zeit, Ryth«, versicherte er mir, während seine verkrampften Finger bis zu seiner Eichel.

Ein Tropfen glitzerte an der Spitze, bis er von seinen Fingern aufgefangen und in die Haut gerieben wurde. Ich stemmte mich höher und lehnte mich auf ihn zu.

»Mh-mh.« Er trat aus meiner Reichweite. »Du willst zusehen, Prinzessin ... also sieh zu.«

Ich konzentrierte mich auf den heiseren Ton seiner Stimme und die Art, wie er seinen Schwanz bewegte, hypnotisch und kraftvoll. Sein Bauch spannte sich an. »Leg dich zurück«, forderte er.

Ich ließ mein Gewicht fallen und stützte mich auf meine Ellbogen.

»Spreize deine Beine für mich, Prinzessin.«

Mein Innerstes bebte bei diesem Befehl und meine Knie zitterten, als ich meine Schenkel spreizte.

»Gefällt es dir, wenn meine Brüder dich ficken?«

Ich stieß ein kehliges Stöhnen aus und meine Wangen brannten.

»Kein Grund, schüchtern zu sein.« Caleb trat einen Schritt näher und seine Hand bewegte sich immer noch an seinem Schaft auf und ab. »Nicht in unserer Nähe, kleine Schwester. Eine Familie kümmert sich umeinander ... oder etwa nicht?«

Er kam näher, so nah, dass ich die Hand heben und ihn berühren könnte. Ich spürte die Hitze seines Körpers an meinem.

»Ich will dich festbinden.« Er starrte mir in die Augen. »Ich will dich in mein Zimmer bringen und dich an mein Bett fesseln. Ich will unaussprechliche Dinge tun, dafür sorgen, dass du morgen nicht mehr laufen kannst.« Der animalische Blick wanderte an meinem Körper hinunter. »Ich will diesen süßen kleinen Körper bis an seine Grenzen bringen. Ich will deine hübsche kleine Fotze weit dehnen. Ich will dich ficken und immer weiter ficken, bis du mich auch dann noch spürst, wenn ich nicht mehr in dir bin.«

Ein Orgasmus traf mich, der tief vibrierte und meinen Körper durchflutete. Caleb lächelte und griff nach unten, um meine Knie zu umfassen und meine Beine weiter zu spreizen. »Das gefällt dir, oder?«

Selbst nach Tobias und Nick war ich bereit.

»Vielleicht nehme ich deinen Arsch«, murmelte Caleb und seine dunklen Augen wurden lebendig. »Was hältst du davon, Schwester?«

Ich griff nach unten und meine Muschi pulsierte. Ich drückte meine Handfläche gegen die heiße Haut und schloss meine Beine. Ich drehte meine Knie und rollte mich, um ihm Zugang zu dem zu geben, was er wollte.

»Das ist mein süßer Engel«, stimmte Caleb zu und begann sich zu bewegen.

Die feuchte Hitze seines Schwanzes wanderte meinen Rücken hinunter, als er sich auf das untere Ende des Bettes sinken ließ. »Nur ein kleiner Vorgeschmack, kleine Schwester«, flüsterte er, während sein Finger sanft über meinen heißen Kern und meinen engen Hintern strich.

Der Druck nahm zu, aber ich hatte keine Zeit, mich zu schämen, keine Zeit, irgendetwas anderes zu fühlen als seine Berührung, die sich gegen den Ring drückte, eindrang und dann wieder herausglitt.

»So verdammt jungfräulich«, murmelte er und schob seinen Finger in meinen Arsch. »Ich kann es kaum erwarten.«

Ich senkte meinen Kopf und mein Körper verkrampfte sich um das Eindringen, wodurch die Hitze näher an die Oberfläche drängte. Die feuchten Geräusche seiner Hand auf seinem Schwanz ertönten wieder, und die Bewegung ließ ihn stöhnen. Ich verkrampfte mich fester um ihn und öffnete mich dann für seine Berührung.

Die harten Stöße seiner Hand wurden schneller und arbeiteten gegen die sanfte Erkundung meines Hinterns, während er seinen anderen Finger tiefer hin mich schob.

»Ich werde dich so weit dehnen, Prinzessin«, knurrte Caleb, seine Stimme voller Dunkelheit und Hunger.

Ich zitterte und lauschte auf die Geräusche hinter mir. Die Tatsache, dass ich ihn nicht sehen oder berühren konnte, schien mein Verlangen nur noch zu steigern. Ich stemmte mich gegen die Eroberung meines Körpers ... bis die Wärme mit einem wilden Grunzen über meinen Hintern spritzte und in die Spalte hinunterglitt.

Caleb zog seinen Finger heraus und ließ mich klaffend zurück, bis er sein Sperma in meinen Arsch und in mein Inneres rieb. »Bald, kleine Schwester«, versprach er. »Bald.«

Kapitel 31
RYTH

Ich zitterte, als die köstliche Wärme von Calebs Fingern mich mit seinem Sperma markierte. Mit jeder Berührung und jedem Kuss, mit jedem Blick ... Gott, sogar mit ihrem Geruch hatten sie mich zu ihrem Eigentum gemacht. Der Geruch von Schweiß und Sex lag schwer in der Luft und befleckte jeden Zentimeter meiner Erinnerung.

Das Geräusch des kleinen Kühlschranks in Nicks Zimmer ertönte. »Trink, Ryth«, wies Tobias an, als er eine Flasche mit Elektrolyten öffnete. »Du bist sicher am Verdursten.«

Ich richtete mich langsam auf und mein Körper fühlte sich wund an, als ich nach der Flasche in Tobias' Hand griff und einen Schluck nahm. Tobias zog sich an und streifte sich Jeans, Stiefel und ein Hemd über. Nick folgte ihm, aber es war Caleb, der meine Kleidung vom Boden aufhob. »Du wirst dich eine Weile etwas empfindlich fühlen, bis sich dein Körper daran gewöhnt hat.« Er hob mein Höschen an und ließ mich mit den Füßen durch die Öffnungen schlüpfen.

Er tat sein Bestes, um mich nicht zu berühren und ließ mich meine Unterwäsche hochziehen, bevor er mir meinen BH reichte. »Und ich weiß, dass du morgen eine Hausarbeit abgeben musst«, fuhr er fort. »Also verlagern wir deinen Schreibtisch hierher.«

Nick bewegte sich bereits zu seinem Schreibtisch und machte Platz für mich.

Ich hakte meinen BH ein, dann nahm ich Caleb meine Jeans ab und zog sie an. »Okay, warum?« Ich war mir nicht sicher.

»Nur für den Fall, dass du etwas brauchst«, murmelte Tobias und beobachtete mich.

»Für den Fall, dass ich etwas brauche, hm?« Ich stand mit zitternden Beinen aus dem Bett auf. Caleb hatte recht, mein Körper bebte, als ich mir das Oberteil über den Kopf streifte.

»Lass uns auf dich aufpassen, Ryth«, fügte Tobias hinzu, während Nick zur Tür ging, sie öffnete und hinaustrat. »Das ist doch das, was große Brüder tun, oder?«

Große Brüder ... angesichts der Tatsache, was wir gerade getan hatten, waren diese Worte nicht zu überhören. Ich hörte Nicks Schritte in meinem Zimmer und kurz darauf kam er zurück, mit meinem Laptop und meinem Notizblock.

»Du hattest ein paar Probleme mit den Referenzen und Quellen.« Caleb begegnete meinem Blick. »Dabei kann ich dir helfen.«

»Ich hole uns was zu essen«, murmelte Tobias und ging zur Tür.

Im Handumdrehen war der Raum voller Bewegung. Ein Platz wurde für mich frei gemacht. Ich trank das Getränk, das sie mir gegeben hatten, trat vor und setzte mich, wie Caleb es mir bedeutete. Es war mir unangenehm, in ihrem Zimmer zu sein, und doch wollte ein Teil von mir es. Ein Teil von mir sehnte sich danach, keine Außenstehende mehr zu sein.

Nein ... *jetzt gehörte ich dazu.*

Ich klappte meinen Laptop auf und fand meine Aufgabe. Caleb hatte recht, die Referenzen waren ein einziges Chaos. Das war einer der Teile, die ich am meisten hasste. Caleb ging weg und kam kurz darauf mit seinem eigenen Laptop zurück. Er ließ sich barfuß und mit hochgekrempelten Ärmeln auf den Boden unter Nicks Bett sinken und öffnete den Bildschirm. »Schick mir die Links und ich werde sie für dich referenzieren.«

»Ist das nicht Betrug?«, seufzte ich und warf einen Blick über meine Schulter.

Sein freches Lächeln war berauschend. »Ich verrate nichts, wenn du nichts verrätst, kleine Schwester.«

Meine Wangen erröteten bei seinem verruchten Zwinkern und mein Herz flatterte. *Gott sei Dank.* Ich lächelte, rief den Entwurf auf, kopierte ihn und fügte ihn in eine E-Mail ein. »Wie lautet deine E-Mail-Adresse?«

Ich schickte sie ihm, als Tobias hereinkam und einen Teller mit einem Schinken-Käse-Mayo-Sandwich vor mir abstellte. Mein Magen heulte auf, obwohl ich gerade erst gefrühstückt hatte. Ich warf einen Blick auf die Uhr und erstarrte. »Es ist zwei Uhr nachmittags?«

Caleb gluckste.

»Ja, das ist es.« Tobias blickte auf mich herab und seine Augen funkelten vor Stolz. »Die Zeit vergeht wie im Flug, wenn man Spaß hat, nicht wahr, kleine Maus?«

»Wo ist meins?«, murmelte Nick.

»In der Küche«, knurrte Tobias, als er an mir vorbei schritt. »Ich bin nicht dein verdammtes Dienstmädchen.«

Caleb brüllte hinter mir vor Lachen, als Nick sich umdrehte und Tobias einen Schubs gab. Im nächsten Moment flog Tobias' Sandwich durch die Luft, als sie direkt hinter mir miteinander rangen.

Grunzen und Knurren, Kraft gegen Training. Keiner von ihnen gewann. Aber als sie fertig waren, hatte Nick einen riesigen Bissen von Ts Sandwich genommen, was ihm ein drohendes Knurren einbrachte. »Brüder«, warnte Caleb und konzentrierte sich auf den Bildschirm vor ihm. Nick sank auf seinen Stuhl, als ich meine Sandwich-Hälfte in zwei Teile brach und ihm ein Stück überreichte.

»Danke, Schwesterherz«, sagte Nick und zwinkerte mir zu.

Mein Gott, ich kam gar nicht mehr mit. In der einen Minute hatte Nick seinen Kopf zwischen meinen Beinen, seine Zunge tief in mir, und in der nächsten nannte er mich Schwesterchen. Die Hitze stieg mir in die Wangen, als ich mich zwang, mich wieder auf meinen Laptop zu konzentrieren. Caleb hatte recht, ich hatte nur ein paar Stunden Zeit, um diese verdammte Aufgabe zu beenden und sicherzustellen, dass sie überzeugend war.

Wir hatten die Zeit aus den Augen verloren. Ich schrieb Teile auf der Grundlage von Calebs Anregungen um. Nick arbeitete an seinem Laptop auf einer Art Bitcoin-Handelsseite und

Tobias legte sich mit seinen Ohrstöpseln auf Nicks Bett, während er ein Spiel auf seinem Handy spielte. Es fühlte sich alles ... *völlig normal an.*

Wir arbeiteten, bis draußen die Sonne unterging und die Nacht hereinbrach.

»Essen?«, murmelte Tobias.

»Ich schwöre, du bist wie ein bodenloser Magen, T«, murmelte Caleb.

»Ich bin auch am Verhungern«, verkündete Nick, als er seine Kopfhörer zur Seite warf und sich erhob, um seine verkrampften Muskeln zu dehnen.

Ich hob meinen Kopf, aber alles, was ich sah, waren Passagen, die ich vor dem Morgen umschreiben musste. Aber mein Körper tat weh und mein Kopf fühlte sich verschwommen an. »Ich glaube, ich brauche auch eine Pause.«

»Dann also Essen.« Tobias stemmte sich vom Bett hoch. »Diesmal kocht jemand anders.«

»Letztes Mal hast du nicht gekocht«, sagte Nick. »Ein Sandwich ist kein Kochen.«

Tobias zuckte mit den Schultern. »Leck mich.« Er verließ den Raum in Richtung seines Zimmers.

»Komm schon«, sagte Caleb, als er sich vom Boden erhob, stöhnte und sich streckte. »Sieht so aus, als wären wir beide dran, Kleine.«

Ich warf Nick einen Blick zu, der grinste und mich aufforderte, zu gehen. Ich folgte Caleb nach unten in die Küche und ging zur Speisekammer. »Gut, was kannst du?«

»Alles, worauf du Lust hast.« Er riss die Kühlschranktür auf und warf einen Blick hinein. »Omelett kann ich gut. Was hältst du davon?«

»Klingt lecker«, sagte ich und mir lief das Wasser im Mund zusammen. »Zufälligerweise mache ich auch einen guten Buttertoast.«

Er grinste mich über die Schulter an und sein Gesicht wurde vom Licht des Kühlschranks erhellt. »Klingt, als wären wir wie füreinander geschaffen.«

Das Flattern in meiner Brust kam wieder, als er Kartons mit Eiern und Butter herausholte und sie auf den Tresen stellte. Wir arbeiteten schweigend. Er plünderte den Kühlschrank, während ich eine Schüssel und einen Schneebesen herausholte und anfing, Eier aufzuschlagen. Ein vorsichtiger Blick in Richtung Treppe und Caleb packte meine Hüften, während er sich um mich herum bewegte und mich auf die Schulter küsste.

Als er seine Lippen auf meine Haut presste, erstarrte ich, mein Puls stotterte und die Angst schoss in die Höhe, als ich meinen Blick zur Treppe lenkte. »Spürst du mein Sperma noch auf deiner Haut, Prinzessin?«, murmelte er leise gegen meinen Rücken.

Ein Schaudern lief mir über den Rücken, als mein Körper reagierte. »Ja«, antwortete ich.

»Gut.«

Er entfernte sich, schnappte sich eine der schweren Pfannen und stellte sie auf den Herd. Gut? Das war's? Ich schluckte schwer und versuchte, das Zittern in meiner Hand zu kontrollieren. Er zündete den Herd an, schob die Pfanne hin und her und ich wurde von diesen Händen angezogen, deren dicke Finger sich um den Griff krallten. Ich wusste, was unter dem Hemd steckte, was unter all seinen Klamotten lag und wie er schmeckte.

»Du starrst schon wieder ins Leere«, murmelte er und drehte sich dann um.

Leichte Belustigung leuchtete in seinen Augen und die zusammengepressten Lippen verrieten mir, dass er die Aufmerksamkeit genoss. »Ich habe vergessen, was wir machen«, antwortete ich.

Er kam zu mir herüber.

»Abendessen kochen, so wie es aussieht«, stöhnte Mom von der Tür aus. Erst jetzt bemerkte ich das leise Klopfen ihrer Schritte. »Wirklich, Ryth, du würdest deinen Kopf vergessen, wenn er nicht an dir befestigt wäre.«

Ich zuckte bei ihrem bissigen Tonfall zusammen und beobachtete, wie sie auf uns zukam. Sie sah furchtbar aus und sah Caleb kaum an. Nein, stattdessen schien ihr trüber Blick auf mich gerichtet zu sein. »Wo bist du gewesen?«

»Hier«, antwortete ich mit kalter Stimme.

»Den ganzen Tag?« Sie zog sich einen Stuhl an der Insel heran und sackte daruaf zusammen.

»Den ganzen Tag.« Caleb drehte sich um und verteilte Butter in der Pfanne, bevor er sich die Schüssel mit den aufgeschlagenen Eiern schnappte. »Ryth hat hart an ihrer Hausarbeit gearbeitet.«

»Arbeiten«, schnaubte Mom und schloss die Augen. »Genau wie ihr verdammter Vater, kein Zweifel.«

Ich erstarrte angesichts der Worte und der Schmerz durchfuhr mich. Calebs Augen verdunkelten sich vor Wut, als er sich zu ihr umdrehte und sich mit den Armen auf der Insel vor ihr abstützte. »Weißt du, wenn du ein bisschen aufmerksamer wärst, würdest du sie als das sehen, was sie ist, und nicht nur als eine Kopie von dir oder ihrem Vater.«

Sie öffnete die Augen und entdeckte Caleb, der direkt vor ihr stand. Sie lächelte ein wenig. Sie schien ihn zu mustern, nahm sein offenes Hemd und die hochgekrempelten Ärmel zu Kenntnis, bemerkte die verführerische Kontrolle, die er ausstrahlte. Ihre Atemzüge wurden tiefer und ein Blick aus geschmolzenem Verlangen schien das Eis, das sie für mich hegte, zum Schmelzen zu bringen. »Ich wollte nicht ...«, begann sie.

»Was wolltest du nicht?«, knurrte Tobias und stürmte in die Küche.

Er kam um die Ecke, schaute in die Pfanne auf dem Herd und ging auf mich zu. Er griff über meine Schulter, um sich ein Stück Käse zu schnappen und es sich in den Mund zu schieben.

»Elle hat gerade gesagt, dass Ryth–«

»Dass Ryth *was*?« Nick kam ebenfalls herein und ging zum Kühlschrank. Er holte ein Bier heraus, öffnete es und trat einen Schritt näher an mich heran, um Mom anzustarren.

Caleb auf der einen Seite, Nick auf der anderen, und Tobias ... Tobias stand hinter mir. Sie schaute von einem zum anderen und lächelte leicht. »Nichts.« Mit diesem Lächeln wandte sie sich an mich. »Nichts, Schatz. Lass dich nicht stören, ich bin nur müde.«

»Dann sollten du und deine miese Laune vielleicht wieder ins Bett gehen«, knurrte Tobias.

Mom zuckte zusammen und warf einen Blick auf Caleb. Sah sie Creed in ihm? Glaubte sie, er würde sich gegen seinen eigenen Bruder wenden, um sich auf ihre Seite zu schlagen?

»Du siehst müde aus, Elle«, murmelte Caleb.

»Diese Schlaftabletten sind die Hölle«, fügte Nick hinzu.

Ich wandte den Blick ab. Das war alles meine Schuld. Wenn ich doch nur nicht ... Tobias griff erneut nach einem Stück Schinken und streifte meinen Arm mit seiner Bewegung. Seine Brust war warm und drückte gegen meinen Rücken.

»Ich glaube, du hast recht«, murmelte Mom und rutschte vom Stuhl. »Ich werde dieses verdammte Pochen nicht los.«

»Gute Nacht«, beendete Caleb, als das langsame Zischen der schmelzenden Butter die Luft erfüllte.

Nick wandte sich dem Herd zu. »Ich bin am Verhungern, lass es nicht anbrennen, Bruder.«

Entlassen, einfach so. Sie schaute mich nicht einmal an, bevor sie sich langsam auf den Weg zur Treppe machte und hinaufstieg. Ich versuchte, in der Krümmung ihres Rückens und den hängenden Schultern ein Stück der Mom zu finden, die ich einmal gekannt hatte.

Aber die Wahrheit war, dass sie mir jetzt genauso fremd war, wie sie es damals gewesen war. Ich hatte sie nie wirklich gekannt, hatte ihre Liebe nie wirklich erfahren. Es war so schwer, dieses Gefühl wiederzufinden, obwohl es nie wirklich existiert hatte. Mom gab nur, was sie wollte, wie ein undichter

Wasserhahn, und ich hatte mich an jeden Tropfen geklammert und darauf gewartet.

Schmerz durchströmte mich, als ihre Schritte schwächer wurden. Kratzen, Quirlen, Murmeln, selbst die leisen brüderlichen Sticheleien von Nick drangen nicht durch den Nebel meiner Erinnerungen.

»Wenn du auf sie wartest, wirst du ein Leben lang warten«, sagte Tobias hinter mir. »Glaub mir ... ich muss es wissen.«

Er hatte recht, das wusste ich. Trotzdem linderte es den Schmerz nicht, nichts konnte ihn lindern. Aber als die Gerüche und Geräusche meiner Brüder näher kamen, linderten sie die Wunde und lenkten mich ab, bis der Schmerz von ihr durch etwas anderes ersetzt wurde.

Etwas, das ich in meinem ganzen Leben noch nie gehabt hatte ... ein Gefühl der Zugehörigkeit.

Kapitel 32
RYTH

Ich wachte auf und riss meine Augen auf. Aber dieses Mal gab es keine vagen Erinnerungen an meine zukünftigen Stiefbrüder, keine düstere Dunkelheit, die die Wahrheit verbarg. Nein, dieses Mal kam sie ganz klar daher. Mein Herz schlug schneller.

Einer nach dem anderen ...

Tobias ...

Nick ...

Caleb.

Ich schloss wieder die Augen, rollte mich im Bett herum und zog die Bettdecke hoch. Moms Hochzeit war in weniger als einer Woche. Dann würden wir eine Familie sein ... *eine richtige Familie.* Zwar nicht blutsverwandt, aber trotzdem. Scham erfüllte mich und riss mich in ein tiefes, dunkles Loch.

Die Küche drängte sich in meine Gedanken, die Art und Weise, wie sie an meiner Seite gestanden hatten, während

Mom mich angefunkelt hatte. Es war nicht richtig, was ich fühlte. So verhielten sich brave Mädchen nicht.

Vielleicht sollten du und deine miese Laune wieder ins Bett gehen?

Tobias' Knurren hallte in mir nach, und das Pochen in meiner Brust wurde immer lauter. Ich fing an, etwas für sie zu empfinden, ich fing an, mich zu verlieben ... und das war falsch. Ich schob das Bettzeug zur Seite, setzte mich auf und stützte meinen Kopf in die Hände. *Was zum Teufel sollte ich jetzt tun?*

Ich hob meinen Blick zu meinem Laptop. Ich hatte die Stunden nach dem Abendessen allein in meinem Zimmer verbracht und die Aufgabe gestern Abend spät abgegeben. Nick war gekommen, um nach mir zu sehen, und Caleb hatte mir eine Nachricht mit den perfektesten Referenzen geschickt, die ich je gesehen hatte.

Innerhalb eines Tages hatten sie mir mehr in der Schule geholfen als meine Eltern je in meinem ganzen Leben. Ich erhob mich aus dem Bett und nahm das grelle Licht der Morgensonne wahr. Ich musste mich beeilen, duschen und mich fertig machen. Nick würde mich zur Schule fahren wollen und vielleicht konnten wir auf dem Weg in den Park gehen?

Der Gedanke daran erregte mich.

Ich holte meine Uniform und meine blöde Baumwollunterwäsche heraus. *Mein Gott, ich liebe es, wenn du das trägst.* Nicks Worte erfüllten mich und ließen mich vor Verlegenheit erstarren. Ich hob das weiße Hello-Kitty-Höschen hoch. Jeder andere würde so etwas hassen und mich für kindisch halten. Aber nicht er ... Es sah so aus, als hätte mein Stiefbruder eine Vorliebe für den Schulmädchenlook.

Ich musterte die Schublade und zog meine weißen Kniestrümpfe heraus. Gott, ich wäre nie auf die Idee gekommen, die zu tragen. Ich konnte mir das Gespött nur vorstellen. Aber Nick ... er würde sie lieben. Das war gut genug für mich. Ich warf sie aufs Bett, schnappte mir meine Klamotten und eilte ins Bad.

Ich duschte, wusch mir die Haare und strich mit den Händen über meinen Körper, wobei ich mir Zeit nahm, meine Brüste zu streicheln. Mein Körper war jetzt anders, ein langsames Brennen versteckte sich unter der Oberfläche. Ich schloss die Augen, neigte meinen Kopf unter die Dusche und berührte meine Brustwarzen.

So ist es gut, Prinzessin, murmelte Calebs Stimme in meinem Kopf. Ich rollte die zarte Haut und mein Körper reagierte. Ich wollte hier stehen bleiben und erforschen, wie sie mich fühlen ließen. Vielleicht an einem anderen Morgen. Ich drehte mich um, schaltete die Brause aus, stieg aus der Dusche und schnappte mir das Handtuch, als mein Blick auf Tobias' Kleidung fiel. Sie waren unordentlich und ließen alles dort liegen, wo es landete.

Brüder ...

Das Wort brachte mich zum Lächeln, als ich mein Haar mit dem Handtuch trocknete und mich zum Waschbecken begab, wo ich nach meinem Höschen griff. Die Tür öffnete sich ohne Vorwarnung. Ich zuckte zusammen und warf meine Hände über meine Brüste.

»Ich habe sie gesehen, geleckt ... *und werde sie wieder lecken, kleine Maus*«, grummelte Tobias, gähnte und schritt an mir vorbei, um die Toilette zu benutzen.

»Tobias«, zischte ich und ließ meinen Blick zur offenen Badezimmertür schweifen. »Du kannst nicht einfach hereinplatzen, wenn ich hier drin bin.«

»Warum nicht?« Er riss seine Boxershorts herunter und ein stetiger Strahl traf in die Schüssel. »Du scheinst zu vergessen, dass ich dich hasse.«

»Fick dich, Tobias«, knurrte ich, schnappte mir meine Klamotten und eilte aus dem Bad.

Aber unter der brennenden Wut brummte ein Gefühl, das direkt in mein Innerstes vordrang. Ich ging in mein Zimmer, murmelte vor mich hin und zog mich für die Schule an, wobei ich die Socken bis zu den Knien hochzog.

Ich schnappte mir meinen Laptop und schritt aus meinem Zimmer, wo ich Tobias' Schlafzimmertür geschlossen vorfand. Am liebsten hätte ich meine Fäuste dagegen geschlagen. Ich wollte ihn ärgern, so wie er mich ärgerte ... *jeden verdammten Tag.* Mein Blick fiel auf die Tür meiner Mom, als ich mich auf den Weg nach unten machte. Aber anstatt mich darum zu scheren, wie es Mom ging, war ich wie gebannt auf den Boden vor der Tür konzentriert.

Nick, nein ... Was, wenn sie es hört?

Meine eigenen Worte hallten in meinem Kopf wider, als ich die Treppe hinunterging und erwartete, dass Nick auf mich warten würde ... aber das tat er nicht. Creed stand in der Mitte des Foyers.

Sein Hemd war zerknittert und schmutzverschmiert, und als er sich zu mir umdrehte, sah ich die dunklen Spritzer von getrocknetem Blut.

»Creed?« Ich trat näher heran. »Was ist los?«

Das war schlimm ... was auch immer es war.

Er fuhr sich mit den Fingern durch die Haare und seine Augen glühten vor Schmerz. »Ryth.« Er ging vorwärts, hielt dann aber inne und sah den Laptop in meiner Hand. »Ich fahre dich zur Schule.«

Ich schüttelte den Kopf. »Nein, schon gut, ich werde ...«

»*Ich sagte, ich fahre dich zur verdammten Schule*«, schnauzte er, hielt dann inne und holte zitternd Luft, bevor er murmelte: »Es tut mir leid. Hör zu ... *Es tut mir leid, okay?*«

Ich trat einen Schritt näher und konnte den Blick nicht von dem Blut abwenden. »Ist alles in Ordnung?«

Ihm ging es nicht gut, das war leicht zu erkennen. Er war ... verzweifelt. So hatte ich ihn noch nie gesehen, nicht so verwirrt und verängstigt. Erinnerungen an zu Hause wurden wach, an das Zuhause, das ich mit Dad gehabt hatte, bevor er ins Gefängnis gegangen war.

Creed zwang sich zu einem Lächeln und richtete seinen Blick auf mich. »Es ist in Ordnung, Ryth. Ich will dich nur fahren, okay? Lässt du mich wenigstens das tun?«

Ich wollte Nick und kämpfte gegen das Bedürfnis an, nach ihm zu rufen.

»Bitte, Ryth«, sagte er voller Emotionen, während er mich mit seinem schmerzerfüllten Blick fixierte.

Ich ertappte mich dabei, wie ich nach vorne trat und nickte, bevor ich es merkte. »Sicher ... sicher, Creed.«

Er trat einen Schritt näher, seine zitternde Hand ballte sich zu einer Faust, bevor er auf den Laptop blickte. »Ich ... ich nehme dich mit.«

Ich hatte schon viele Menschen unter Schock gesehen, die verrückte Dinge getan hatten. Ich hatte sogar schon gesehen, wie sie so getan hatten, als könnten sie sich an nichts mehr erinnern. Ging es Creed gerade so? Ich folgte ihm nicht, als er sich zur Tür drehte. Ich warf einen Blick über meine Schulter und kämpfte gegen den Drang an, Nick zu rufen und ihm zu sagen, dass ich gehen würde.

»Ryth?« Creed öffnete die Tür und wartete. »Es ist nur die Schule.«

Ich riss meinen Blick von der Treppe los und ging hinaus. Die Sonne blendete mich so sehr, dass ich die Hand hob, um meine Augen zu schützen, bevor ich die Beifahrertür seines Mercedes aufriss. Ich lehnte mich vor, verstaute meine Sachen im Fußraum und drehte mich um, um die Fenster der Schlafzimmer meiner Brüder zu mustern.

Der Motor sprang an und wir fuhren die Auffahrt hinunter, als die Jalousien in Nicks Zimmer hochgeschoben wurden. Wir fuhren ein bisschen zu schnell und schlugen mit einem Ruck auf den Asphalt auf, bevor Creed eine Vollbremsung machte. Mein Handy piepte.

Ich klammerte mich an den Sicherheitsgurt und hielt mich fest, als Creed das Gaspedal durchdrückte, das Lenkrad fest umklammerte und das Auto stark ruckelte.

»Sieht aus, als wäre das Treffen nicht so gut gelaufen.« Ich versuchte, eine Unterhaltung zu starten, während ich nach meinem Handy griff.

Nick: Was zum Teufel, Prinzessin?

Ich umklammerte das Handy und versuchte so gut es ging, nicht aufzuschreien, als Creed das Lenkrad drehte und den Verkehr überholte.

»Nein«, sagte er. »Jedenfalls nicht so gut, wie ich gehofft hatte.« Er schaute mich an, und in seinen Augen wurde etwas Unruhiges lebendig. »Aber es gibt immer mehr als eine Lösung für ein Problem, meinst du nicht auch?«

Ich wusste nicht, was ich sagen sollte, also nickte ich nur und öffnete die Nachrichten, um eine schnelle Antwort zu tippen. *Ich glaube, etwas stimmt nicht. Creed verhält sich wirklich seltsam. Er macht mir Angst.*

Die Autos flogen fast unbemerkt an mir vorbei. Ich schnappte mir den Sicherheitsgurt und schaute auf den Tacho. »Creed, bitte fahr langsamer. Du machst mir langsam Angst.«

Er schien mich nicht zu hören. Seine Hände umklammerten das Lenkrad, während er murmelte: »Mehr als eine Lösung ... *mehr als eine Lösung ... mehr als eine ...*«

Creeds Handy begann zu klingeln und die Nummer erschien auf dem Bildschirm zwischen uns. Nick. Aber Creed ging nicht ran. Er tat so, als würde er es gar nicht hören. Ich beugte mich vor und wischte mit zitternden Fingern über den Hörer.

»Dad?« Nicks Stimme ertönte aus der Stereoanlage.

Ich schaute Creed an und sah, wie sich seine Lippen bewegten, als er immer wieder dasselbe murmelte.

»Hey, ich glaube, es gibt ein Problem mit Tobias«, erklärte Nick und stieß mit seinen Worten auf taube Ohren. »Hey, kannst du mich hören?«

»N–Nick«, sprach ich. »Ich glaube, Creed geht es nicht gut.«

»Mir geht es gut«, antwortete Creed und bog hart um die Ecke. »Perfekt.«

»Willst du mir sagen, was los ist?« Ich konnte die Verzweiflung in Nicks Stimme fast spüren. »Ich sollte sie doch zur Schule bringen, erinnerst du dich? Du hast mir die Verantwortung übertragen, richtig? Du hast mir die Verantwortung übertragen, nachdem Mom gestorben ist.«

Creed zuckte angesichts der Worte zusammen und warf einen Blick auf den Bildschirm. Dann schaute er mich hektisch an, als hätte er gerade erst gemerkt, was los war. Sein Fuß ging vom Gaspedal und wir wurden langsamer, als die Abzweigung zur Schule vor uns auftauchte.

Erleichterung machte sich in mir breit, als Creed endlich antwortete. »Ja, ja, Nick. Das habe ich.«

»Ryth«, sprach mein Bruder zu mir. »Alles in Ordnung?«

»Ja.« Ich schluckte schwer und sah die vertrauten Gebäude auf mich zukommen. »Wir sind jetzt in der Schule.«

»Okay. Gut, und Dad?«

»Ja?«

»Wenn du meine kleine Schwester wieder im Auto mitnimmst und dann fährst wie ein Verrückter, werden wir Probleme bekommen. Verstanden?«

Ein Schmerz zog über Creeds Gesicht, als er in die Abholzone fuhr und den Wagen abbremste, bis er zum Stillstand kam. Er antwortete nicht, jedenfalls nicht für lange Zeit. Seine Wangen röteten sich auf seiner blassen Haut, als er nickte. »Ja.«

»Ruf mich an, wenn du aus hast, Ryth«, fügte Nick hinzu und beendete das Gespräch.

Meine Hände zitterten, als ich nach meinem Laptop griff.

»Es tut mir leid, Ryth«, begann Creed, als ich die Türklinke aufriss und die Tür aufstieß. Ich konnte gar nicht schnell genug rauskommen. *»Ryth! Ich, warte, ich ...«*

Ich stieß die Tür zu, umklammerte meinen Laptop und stolperte davon. Meine Knie zitterten und die Atemzüge schmerzten in meiner Brust, als ich weiter vom Auto wegging und Nick anrief.

»Hey«, antwortete er augenblicklich und sein tiefer Basston durchfuhr mich. »Alles in Ordnung?«

»Ja, ich glaube schon.« Ich schaute über meine Schulter und sah, wie der graue Mercedes losfuhr und wendete. »Er ist weg.«

»Was zum Teufel war das?«

Ich starrte auf das Heck des Wagens, bis er verschwunden war. »Ich weiß es nicht. Aber was auch immer es war, es war nicht gut.«

»Hauptsache, es geht dir gut. Verdammter Mistkerl. Warte nur, bis er nach Hause kommt.«

Ein Flattern breitete sich in der Mitte meiner Brust aus, wie Flügel, die den Käfig um mein rasendes Herz streiften. »Nick.«

»Ja, Prinzessin?«

Ich hörte auf zu laufen. So viel Einfluss hatte er auf mich ... *er ließ mich erstarren.* »Ich habe dich vermisst.«

»Willst du, dass ich komme?« Sein Ton wurde tiefer, heiserer. »Du kannst schwänzen ... Ich bringe dich in unseren Park. Sag mir, was du willst, und es ist erledigt.«

Das wollte ich, mehr als alles andere. Die Schritte der anderen Schüler um mich herum verdichteten sich. Einige Mädchen warfen mir im Vorbeigehen Seitenblicke zu. Wenn die nur wüssten, was ich hatte. »Ich kann nicht«, seufzte ich und ging weiter. »Aber sobald die verdammte Glocke am Nachmittag läutet ...«

»Ich werde auf dich warten«, antwortete er. »Und dieses Mal gehörst du ganz mir, verstanden, Prinzessin?«

Ein Schaudern lief mir über den Rücken. »Ja.«

»Braves Mädchen.«

Mit diesen Worten beendete ich das Gespräch und stieß die Tür auf, um wieder in die Hölle zu gehen. Die Stimmen wurden lauter, als ich mich auf den Weg zur ersten Stunde machte. Ich musterte die unbekannten Gesichter nach Gio und die Erinnerung an unser letztes Zusammentreffen kam mir wieder in den Sinn.

Meine Wangen brannten, als ich mich daran erinnerte, wie Tobias mir vor seinen Augen an die Brüste gefasst hatte, was mich genauso gebrandmarkt hatte, wie sein Körper. Aber es gab Dinge, die zwischen Gio und mir ungesagt geblieben waren, Dinge, zu denen auch Lazarus Rossi gehörte.

Ich knirschte mit den Zähnen und hasste die Wut, die darauf folgte. Wie hatte Gio einfach so dastehen können, obwohl er wusste, was sie getan hatten? Das zerschrammte und blutige Gesicht meines Vaters ging mir nicht aus dem Kopf, wie er beschämt den Kopf hängen gelassen hatte, weil er wusste, in welche Lage er uns gebracht hatte.

Unter der Oberfläche loderten Flammen auf, die meine ganze Welt in Schutt und Asche legten. Ich drängte mich durch eine Menschenmenge, die sich vor dem Klassenzimmer versammelt hatte. »Lasst mich durch.«

Aber sie rührten sich nicht, sodass ich mich an meinen Laptop klammerte und mich durchzwängte, wobei ich einen Blick auf Gio erhaschte, der mir den Rücken zudrehte.

»Gio!«, rief ich.

Er stand auf und sprach mit den anderen, die bereits saßen.

»Gio«, rief ich noch einmal und sah, wie er zusammenzuckte, bevor er sich aufrichtete. Aber er drehte sich nicht zu mir um, konnte mir nicht einmal den verdammten Respekt erweisen, mir in die Augen zu schauen.

»Sieh mich an.«

Die anderen blickten in meine Richtung, zwei Typen, die ich kaum kannte. Ihre Blicke durchbohrten mich wie eine verdammte Rasierklinge, und ich spürte das Brennen.

»Wenn du nicht mit mir reden willst, gut«, zischte ich. »Verdammtes rückgratloses Arschloch.«

»*Ich bin das Arschloch?*« Seine Stimme war belegt und undeutlich, als er sich zu mir umdrehte. Er versuchte, meinen Blick zu finden und blinzelte dicke Tränen, die er mit einem Taschentuch wegwischte.

»Was ist mit dem, was deine verdammten *Brüder* mit mir gemacht haben?«

Ich erstarrte fassungslos. Er war ein verdammtes Häufchen Elend. Ich wusste nicht, wo ich hinschauen sollte. Blutige Lippen. Geschwollene Augen. Hässliche, tiefviolette Blutergüsse, die eine Seite seines Gesichts bedeckten.

Fingerknöchel.

Sie hatten das angerichtet.

»Du willst über Rückgratlosigkeit reden?« Er trat einen Schritt vor. »Wie wäre es mit zwei gegen einen? Willst du darüber reden? Nein ... Ich wette, das willst du nicht, du verdammte Heuchlerin.«

»Okay, beruhigt euch«, rief der Lehrer, als er ins Klassenzimmer schritt. »Mr. Romano. Es sieht so aus, als wäre Ihr Wochenende ... *interessant* gewesen.«

Gio starrte mich an, bevor er sich umdrehte und sich an mir vorbei an den Rand des Klassenzimmers setzte. Ich konnte mich nicht bewegen, auch nicht, als die anderen um mich herum Platz nahmen. Alles, was ich sehen konnte, waren Tobias' kaputte Knöchel ... und meine eigenen grausamen Worte. Hast du ihm wehgetan?

Ja, folgte Tobias' Antwort.

Gut ...

Gut.

Ich drehte mich um und ließ mich auf den freien Platz vor mir fallen, meine Bewegungen waren wie vernebelt. Stimmen wurden laut, der Lehrer sprach Worte, die ich nicht verstehen konnte. Gio warf einen Blick über seine Schulter. Sein schielender, schmerzverzerrter Blick traf mich, bevor er wegschaute.

Sie hatten ihn verprügelt ...

Schlimm.

Meinetwegen.

Ich saß fassungslos da, konnte nichts von dem hören, was der Lehrer sagte, und als die Glocke läutete, war ich eine der ersten, die sich bewegte.

»Gio«, rief ich und ging auf ihn zu.

Aber er war schon weg und eilte aus dem Klassenzimmer, um mir zu entkommen. Ich schluckte schwer, als die Blicke der anderen in der Klasse sich auf mich richteten. Die Hitze brannte in meinen Wangen und zum ersten Mal seit Tagen strich ich mir die Haare aus dem Gesicht und verließ den Raum, um ihnen zu entkommen.

Kapitel 33

NICK

Ich drehte mich um, als ich hörte, wie der Mercedes in die Einfahrt fuhr. Der Motor erstarb, bevor der Aufprall der Fahrertür im Haus zu hören war. *Verdammter Mistkerl.* Ich ballte meine Fäuste und wartete darauf, dass sich die Haustür öffnete, bevor mein Vater mit gesenktem Kopf hereinkam.

Er blieb kurz vor mir stehen und hob seinen Blick zu mir. Er hatte einen schmerzlichen Ausdruck auf seinem Gesicht. »Lass es, okay, *lass* es einfach.«

»Ich soll es lassen?« Ich ging durch das Foyer und stellte mich vor den Mann, den ich Vater nannte. »Ist das alles, was du zu sagen hast?«

»Es tut mir leid.« Er schüttelte den Kopf.

»Es tut dir verdammt nochmal *leid*?« Ich verringerte den Abstand, packte ihn an seinem dreckigen Hemd und blickte ihm in die Augen. Wie ich diesen Mann jemals für mächtig halten konnte, war mir ein Rätsel.

In diesem Moment war er nicht mächtig ... er war ein verängstigter kleiner Junge. Ich bemerkte die Erschöpfung in seinem Blick, dann das dreckige Hemd in meinem Griff. »Wie wäre es, wenn du das Ryth sagst?«

»Ryth was sagen?«, fragte Caleb, der hinter mir die Treppe herunterkam.

Mein älterer Bruder warf mir einen panischen Blick zu, bevor er sich an Dad wandte.

»Ihr sagen, dass es ihm leidtut, dass er sie heute Morgen im Auto fast umgebracht hätte«, stellte ich klar, um das Gewissen meines Bruders zu beruhigen. »Er ist wie ein Verrückter gefahren und hat sie in Angst und Schrecken versetzt.«

»Warum, verdammt?« Caleb stellte sich an meine Seite. »Und warum zum Teufel hast du Blutspritzer auf deinem verdammten Hemd?«

Dad fuhr sich mit der Hand durch sein ergrautes Haar und schüttelte den Kopf. »Es ist nichts.«

»Was zum Teufel verschweigst du uns?« Caleb ging einen Schritt näher und beugte sich vor, um seinem Blick zu begegnen.

Anwalt gegen Anwalt. Ich wusste, auf wen ich mein Geld setzen würde.

»Was zum Teufel hast du getan, Dad?« Caleb suchte sein Gesicht ab.

Aber unser Vater wollte sich nicht in die Enge treiben lassen, nicht von seinen eigenen Söhnen. Die Wut loderte auf. »Geh mir verdammt nochmal aus den Augen, Caleb ... und du ...«, er warf mir einen Blick auf mich. »Halt dich aus *meinen* verdammten Angelegenheiten raus.«

Aber seine Angelegenheiten waren unsere Angelegenheiten ... besonders jetzt, wo es um Ryth ging.

»Was zum Teufel machst du noch hier, Caleb?« Dads Worte wurden giftiger. In diesem Moment war er eine Viper. Eine, die bereits zugebissen hatte und bereit war, noch einmal zuzuschlagen. »Hast du kein eigenes Zuhause?«

»Du willst über Zuhause reden?« Die Dunkelheit stieg in Calebs Augen auf. »Oder sollen wir lieber ignorieren, dass du eine fremde Frau und ihre Tochter nach Hause gebracht hast, bevor die Erde über dem Sarg unserer Mutter fest geworden ist? Was für ein verdammtes Zuhause ist das?«

In Dads Augen flammte Wut auf. »Das geht euch nichts an.«

»Doch, wenn du ein junges Mädchen terrorisierst, das bald unsere Stiefschwester sein wird.« Caleb rührte sich nicht. Als ich ihn ansah, sah ich nur Mom.

Dads Schultern sackten in sich zusammen, und das Feuer, das noch vor einer Sekunde da gewesen war, erlosch augenblicklich. »Es war ein Fehler, okay?«

»Einen, den du nicht wiederholen wirst«, fügte ich hinzu. »Ich fahre sie zur Schule und hole sie wieder ab. Ich oder einer von den anderen.«

Überrascht runzelte er die Stirn und schaute dann zu Caleb, der ihn nur mit steinerner Stille ansah.

»Gut«, murmelte Dad. »Was immer du willst. Ich brauche eine verdammte Dusche und etwas Schlaf.«

Er ging auf die Treppe zu. Es sah fast so aus, als würde er einen Moment innehalten und noch etwas sagen. Aber dann verschwand er mit dem dumpfen Geräusch von Schritten.

»Was zum Teufel sollte das denn?«, murmelte Caleb leise.

Ich schüttelte den Kopf, als mein Handy piepte.

Ryth ...

Ich griff nach meinem Handy und öffnete die Nachrichten.

Natalie: Mach die Tür auf, Nick. Ich will dich sehen.

»Scheiße.« Ich zuckte zusammen, als ich hörte, wie ihr verdammter Nissan in die Einfahrt fuhr.

Caleb schaute finster drein, dann schüttelte er den Kopf. »Das ist dein Problem, Bruder.«

Er verließ mich ... der Mistkerl ging, als der Motor draußen abgestellt wurde. Ich runzelte die Stirn und mein Puls beschleunigte sich, als Ryth in meinem Kopf zum Leben erwachte. »Scheiße.« Ich schritt zur Tür, als der Knall einer Autotür ertönte.

Ihr Schatten glitt über das Fenster, als ich die Tür öffnete. »Was machst du denn hier?«

Sie zwang sich zu einem traurigen Lächeln und trat näher an die Tür heran. »Baby.«

Sie griff nach mir, aber ich wich zurück und schüttelte den Kopf. »Nicht.«

Ihre Wangen erröteten, als sie hinter mich blickte. »Willst du mich nicht mal reinlassen?«

Warum?, wollte ich fragen. Aber dieser vertraute Schmerz der Traurigkeit legte sich um mein Herz, als ich sie ansah. Ich liebte sie nicht, das war mir klar. Sie ... *tat mir leid.*

»Komm schon, Nicky.« Sie trat näher heran. »Hasst du mich so sehr?«

Gott, ich wollte ein eiskalter Bastard sein, wie Tobias es war ... nur ein einziges Mal wollte ich in der Tür stehen und ihr sagen, sie solle verdammt nochmal abhauen.

»Wow«, sie schlang ihre Arme um ihre Mitte. »Du hasst mich also wirklich.«

»Nein, ich hasse dich nicht«, murmelte ich. »Warum bist du hier?«

Die Röte in ihren Wangen wurde noch tiefer. »Meine Ohrringe. Ich habe sie hier vergessen ... Ich brauche sie zurück.«

Mist.

»Wo? Ich werde sie holen gehen.«

Sie schüttelte den Kopf, rückte noch näher an mich heran und legte ihre Hand auf die Mitte meiner Brust. »Sei nicht albern. Ich brauche nur eine Sekunde, Nicky. Du kannst mit mir kommen.«

Das war eine schlechte Idee, eine *wirklich* schlechte Idee. Jeder Schritt, den sie machte, fühlte sich wie Verrat an, als Natalie sich vorbeidrängte und ins Haus ging. Ich hatte keine andere Wahl, als ihr die Treppe hinauf und in mein Zimmer zu folgen. Kaum war sie drin, drehte sie sich um und ließ ihren Blick über meinen Körper gleiten. »Ich habe dich vermisst, Baby.« Sie trat vor und streckte ihre Hand nach mir aus.

Ihre Hände waren warm und vertraut. »Nicht.« Aber ich bewegte mich nicht, stieß sie nicht weg, obwohl ich es wollte.

»Hast du mich nicht vermisst?«, murmelte sie und drückte ihre Brüste an mich.

In meinem Kopf sah ich nur meine Schwester, ihre winzigen Brüste, glatt und perfekt unter meiner Hand. »Nein, das habe ich nicht, Natalie«, sagte ich, als ich ihr in die Augen sah.

Das wilde Zusammenzucken bereitete mir ein schlechtes Gewissen. Sie trat zurück und sah sich im Raum um. »Klar, okay. Das hat verdammt weh getan.« Sie wandte sich ab, senkte den Kopf und kämpfte gegen die Tränen an, von denen ich wusste, dass sie gelogen waren.

Denn sie war eine Lügnerin und so sehr ich es auch hasste, Tobias hatte die ganze Zeit recht gehabt. Sie war eine verräterische Schlampe, die hinter meinem Rücken herumschlief und mir das Gefühl gab, nicht gut genug zu sein.

Sie kniete sich auf den Boden und schaute unter das Bett.

Ich verkrampfte meinen Kiefer und zwang die Worte durch die zusammengebissenen Zähne. »Ich dachte, du weißt, wo sie sind?«

»Ja«, schniefte sie und beugte sich vor, um in den Schatten zu greifen.

»Natalie«, begann ich und beobachtete, wie sie den Kopf senkte und weinend zitterte. »Scheiße.« Ich trat näher und kniete mich neben sie. »Geh weg und sag mir einfach, wie sie aussehen«, befahl ich und schaute unter das Bett.

»Sie sehen aus wie Ohrringe«, murmelte sie und drehte sich zu mir um.

Sie war nah, zu nah.

Näher als ich sie haben wollte. Dann waren ihre Hände plötzlich auf mir, ihr Körper presste sich gegen meinen und drückte mich nach hinten, bis mein Hintern auf dem Boden aufschlug. Ich hob meine Hände, um sie wegzuschieben, aber sie hielt meine Handgelenke fest und drückte mich nach unten, bis ich auf dem Boden lag.

Sie hob ihr Bein, setzte sich auf mich und griff nach meinem verdammten Reißverschluss. »Ich habe dich so sehr vermisst, Nick. Ich kann nicht ... nicht aufhören zu weinen, kann nicht aufhören, dich zu wollen.«

»Natalie, *nein*«, knurrte ich und drückte sie von mir.

Bis sie mich küsste und ihr Duft in mich eindrang, weich und vertraut. Himmel, wie viele Nächte hatte ich diesen Duft eingeatmet, bis sie meine Luft geworden war ... meine Welt und meine langen, endlosen Nächte. Der Knopf meiner Jeans gab nach und die langsame Bewegung ihrer Hand drang in meine Hose. Etwas rutschte aus meiner Tasche und *mein verdammtes Handy* fiel mit einem dumpfen Schlag zu Boden.

»Ich will dich, Nicky«, stöhnte sie. »Ich will dich.«

»Hör auf!«, bellte ich, ergriff ihre Hand, als sie sich um meinen Schwanz schloss, und riss mich aus ihrem Griff los. »Ich sagte: *Hör auf!*«

Ich stieß sie von mir, aber nicht so fest, wie ich es wollte. Trotzdem fiel sie seitlich auf ihren Hintern und starrte mich an, während ich mich aufrichtete. Ihre Tränen fielen immer noch, dick und schnell. Scheiße, vielleicht war sie wirklich traurig.

Ich fuhr mir mit der Hand durch die Haare. Das wollte ich nicht ... Ich wollte nicht, dass sie litt.

Aber ich wollte sie auch nicht.

Ryth hatte sich in mich eingebrannt – das, was wir mit unserer kleinen Stiefschwester hatten. So falsch es auch war, das war es, was ich wollte. Jeden Tag ... jede Nacht. Ich wollte *sie*.

Natalie erhob sich vom Boden, als ich meinen Reißverschluss hochzog und meine Jeans zuknöpfte.

»Du hast mir verdammt wehgetan, Nick«, flüsterte sie und wischte sich den Rotz auf ihrem Handrücken ab. »Du hast mir sehr wehgetan.«

Oh Gott. Ich drehte mich um und suchte auf dem Nachttisch nach der verdammten Schachtel mit den Taschentüchern.

»Wer ist sie?«

Ich erstarrte bei der Frage.

»Ich weiß, dass du eine andere fickst«, zischte sie. »Ich will wissen, wer sie ist.«

Ich drehte mich wütend zu ihr um. »Das ist verdammt heuchlerisch von dir. Du fickst die Hälfte meiner Freunde hinter meinem Rücken und jetzt wirfst du mir das an den Kopf? Wir sind nicht einmal mehr zusammen.«

»Doch, sind wir.« Sie stand einfach nur da und stampfte praktisch mit dem Fuß auf. »Wir *sind* zusammen.«

Ich lachte laut auf und schüttelte den Kopf. Das war typisch für sie ... die verdammte Psychoschlampe. »Sind wir nicht.« Ich sagte es mit Nachdruck. »Ich habe mit dir Schluss gemacht, schon vergessen?«

Sie stürzte sich auf mich, schnappte sich das Glas vom Nachttisch und schlug es mit einem Schrei gegen die Kante. Das verdammte Ding zersprang mit einem Knall und zersplitterte in Scherben, die auf den Boden fielen. Blut floss und rann über ihre Handfläche. »Wer ist sie, Nick? *Sag es mir* ...«

»Verdammt, Natalie!«, brüllte ich und stürmte auf sie zu, um ihr Handgelenk zu packen. »Hör auf damit ... *Hör auf!*«

Ihre Hand zitterte, und sie ließ die letzte Glasscherbe fallen. Sie sah mich an, so verdammt verloren, und in ihrem Blick schimmerten immer noch Tränen. »Wer, Nick? Sag es mir, ich muss es wissen.«

Meine Lippen kräuselten sich und ich brüllte wütend. »*Ich habe gerade meine verdammte Mom verloren, verdammt nochmal!*«

Sie zuckte unter meiner Wut zusammen. Ich war noch nie so mit ihr umgegangen, noch nie so nahe an den Rand gedrängt worden, nicht einmal nach all den Dingen, die sie getan hatte. Aber jetzt ... jetzt, als sie mit ihren verlogenen, fordernden Augen dastand, zwang sie mich dazu, meinen Griff zu verkrampfen. Schmerz zeichnete sich in ihren Augen ab. Sie zuckte zusammen, als ich ihre Hand drehte und auf die klaffende Wunde in der Mitte ihrer Handfläche hinunterblickte.

Blut tropfte auf meinen Boden. »Heilige Scheiße!« Angewidert warf ich ihre Hand weg.

Meine Wut kühlte viel zu schnell ab. Als ich sie wieder ansah, fragte ich mich, wie ich jemals glauben konnte, verliebt in sie zu sein. Das war keine Liebe, das war *Mitleid.* »Ich habe gerade meine Mom verloren. Ich bin kaum aus dem verdammten

Haus gekommen. Du kannst die Jungs fragen, wenn du so verdammt überzeugt bist, dass ich mich mit jemand anderem treffe. Aber überlege mal. *Wie hätte ich die Zeit finden können?*«

Die Lüge schmerzte auf meinen Lippen.

Trotzdem sprach ich sie aus und schluckte. Und dabei schmeckte ich nicht das bittere Brennen der Lüge, sondern die salzige Muschi meiner Stiefschwester. Verdammt berauschend. Gott, ich wollte mehr.

»Nick ... *es tut mir leid*«, flehte sie.

Ich wich einen Schritt zurück und blickte angewidert zu Boden.

»Es tut mir so leid«, weinte sie und schluchzte wieder heftig. Sie sah aus wie ein verdammtes Häufchen Elend, als sie zu mir aufblickte. »Es tut mir so leid, dass ich das hier vermasselt habe. Ich habe alles vermasselt.«

Ich schüttelte nur den Kopf. »Nein, Natalie ... *nein.*«

Sie nickte heftig, während noch mehr Tränen fielen. »Doch, das habe ich. Ich habe alles vermasselt.«

Ich zuckte zusammen und hasste, wie schnell die Abscheu kam. »Lass mich dir ein verdammtes Tuch holen«, murmelte ich und starrte ihre blutige Hand an. »Beweg dich nur nicht und blute nicht auf etwas anderes.«

Ich verließ mein Zimmer und eilte den Flur entlang. Mein Magen verkrampfte sich in dem Moment, als ich die Badezimmertür öffnete und hineinstürmte, während Tobias unter der Dusche stand.

»Was zum Teufel ist hier los?«, murmelte er und neigte seinen Kopf nach hinten.

»*Nichts*«, schnauzte ich, schnappte mir ein Handtuch und erstarrte.

Ich umklammerte den Waschtisch und starrte mich in dem beschlagenen Spiegelbild an. Es war nicht nur Natalie. Es war nicht nur mein Vater. Es waren nicht nur diese verdammten Lügen, die ich ihnen und mir selbst erzählte. Ich war innerlich aufgewühlt und hasste es, wie schnell die Panik an die Oberfläche kam, wenn es um Ryth ging.

Ich hatte Angst, wenn es um sie ging.

So verdammt viel Angst.

Ich wollte sie nicht verlieren.

»Nick?«, rief Tobias aus der Dusche.

Ich schüttelte den Kopf und starrte mein Spiegelbild an. Die Lügen waren für mich selbst …

Ich schloss die Augen und sah nur noch das verdammte Muttermal auf ihrer Wange und diesen verletzlichen Blick. Mein Gott, sie war wie eine Blume, die zum ersten Mal erblühte. Die Dusche schaltete sich hinter mir aus und mein Bruder trat heraus. Das Gewicht seiner Hand auf meiner Schulter zwang mich, meine Augen zu öffnen.

Ich hob meinen Blick zu ihm.

Er wusste es.

Er wusste es, verdammt.

Diese kalten, dunklen Augen funkelten im Spiegel. Wir hatten uns verdammt nochmal in sie verliebt. In dieses Kind, das mit seinen niedergeschlagenen Augen und seiner ruhigen, kaum zu beherrschenden Existenz in unser verdammtes Leben eingedrungen war. Sie war nicht das Nachbeben unseres Schmerzes ... *sie war der Katalysator.*

Diejenige, die alles verändert hatte.

Ich blickte auf das Handtuch in meiner Hand herab und erinnerte mich plötzlich an Natalie, die blutend in meinem verdammten Zimmer stand. »Scheiße«, knurrte ich und schritt davon, während Tobias splitternackt dastand.

Ich stieß die Tür auf und trat zurück in mein Zimmer. »Hier.«

Aber Natalie stand nicht mehr da, wo ich sie vor ein paar Minuten zurückgelassen hatte. Sie kniete, den Kopf gesenkt und die Schultern gekrümmt. Ich warf einen Blick auf mein Handy, das nicht weit von ihr entfernt lag. Ich schnappte es mir und steckte es in meine Tasche, bevor ich das Handtuch gegen ihre Hand drückte.

»Dein Vater wird heiraten«, sagte sie leise. In ihrem Blick lag etwas Unruhiges, als sie mich ansah. Der Schmerz flackerte auf und schnitt tiefer als die Wunde an ihrer Hand. »Das hast du mir doch gesagt, oder? Dass dein Vater heiraten wird. Sag mir ... *Wer war sie noch mal?*«

Ich zuckte zusammen und blickte auf ihre Hand hinunter. »Elle Castlemaine.«

»Elle ...«, wiederholte sie mit leerer Stimme. »Du wirst also eine ganz neue Familie haben, eine neue Schwester ...«

Das gefiel mir nicht. »Drück es gegen den Schnitt, Nat.«

Sie bewegte sich nicht. »Ich will auch kommen«, erklärte sie.

»Was?« Ich beugte mich näher heran und drückte ihr das verdammte Handtuch in die Hand, dann drehte ich mich um und betrachtete das Durcheinander auf dem Boden hinter mir.

»Ich ... will auch kommen. Ich glaube, das habe ich verdient, oder? Immerhin gehöre ich seit fünf Jahren zu deiner Familie.«

Es waren vier ... aber ich hatte nicht vor, zu widersprechen.

»Lade mich ein, Nick«, forderte sie.

»Na gut«, schnauzte ich und geriet innerlich in Panik. Wenn ich sie zur Hochzeit mitbrachte, würde es wenigstens so aussehen, als wäre alles wieder normal. Danach würde ich ihr sagen, dass sie mich verdammt nochmal in Ruhe lassen sollte. »Wenn du zu der verdammten Hochzeit kommen willst, dann komm.«

Sie nickte, drückte das Handtuch in ihre Hand und erhob sich vom Boden. »Danke.«

Dann ging sie hinaus, als wäre nichts geschehen, und ließ die verdammten Glasscherben zurück. Ich starrte das Chaos an und hörte ihre Schritte auf der Treppe.

Die Haustür öffnete und schloss sich mit einem Knall. Ich ging zum Fenster und sah zu, wie sie wieder in ihr Auto stieg. Aber sie ließ den Motor nicht an, eine ganze Weile nicht ... bis das leise Brummen des Nissan schließlich ertönte und sie wegfuhr.

»Was zum Teufel sollte das?«, erkundigte Tobias sich von der Tür aus.

»Wenn ich das wüsste«, antwortete ich und schaute hinter mich, wo sie sich auf den Boden gesetzt hatte.

Ich holte mein Handy heraus, entsperrte es und schaute mir das Video an ...

Das Video von meiner zukünftigen Schwester.

Kapitel 34
CALEB

Es war Blut auf seinem Hemd.

Blut auf seinem Hemd und der gleiche panische Blick, den ich schon einmal gesehen hatte.

Damals, als die Dinge schlecht gelaufen waren ...

und er in Schwierigkeiten gesteckt hatte.

Er wollte so tun, als würde ich mich nicht an diese Zeiten erinnern, an die Zeiten, in denen er sich ständig betrunken hatte, bevor Mom krank geworden war. Aus dem Augenwinkel sah ich eine Bewegung. War es eine Angewohnheit oder eine Vorahnung? Verdammt, ich hoffte, dass es das nicht war.

Ich drehte mich um, überließ Nick den Umgang mit seiner verrückten Ex und lauschte auf die Schritte meines Vaters im Flur, bevor ich hörte, wie sich seine Schlafzimmertür mit einem dumpfen Schlag schloss. *Was zum Teufel machst du noch hier, Caleb?*

Die Worte hallten durch meinen Kopf. Er wollte nicht, dass ich hier bin ... und er wollte ganz sicher nicht, dass ich Fragen stelle. Nick öffnete die Eingangstür hinter mir. »Was zum Teufel machst du hier, Natalie?«

Ich ließ das Chaos hinter mir und machte mich auf den Weg zum Arbeitszimmer meines Vaters im hinteren Teil des Hauses. Die Dunkelheit wartete, als ich die Tür aufriss. Die Jalousien waren zugezogen, sodass mir düstere Umrisse den Weg wiesen. Aber verdammt, ich kannte diesen Raum genauso gut wie meinen eigenen. Ich bahnte mir einen Weg vorbei an den riesigen Bücherregalen, die mit Fachzeitschriften gefüllt waren.

Zeitschriften, die von meiner Mom aufbewahrt worden waren.

Ich streckte meine Finger aus und fuhr über den Schreibtisch, bis ich die Lampe fand und den Knopf drückte. Der Schreibtisch war kahl und aufgeräumt. Er war immer aufgeräumt. Aber ich hatte schon vor langer Zeit gelernt, dass das, was auf der Oberfläche lag, nur einen kleinen Einblick in das gab, was sich darunter verbarg.

Ich umrundete den Schreibtisch und setzte mich auf den Stuhl. Das schwache bernsteinfarbene Licht reichte kaum bis in die Schublade. Ich griff hinein, schnappte mir den Stapel Papierkram und legte ihn vor mir auf den Schreibtisch. Beerdigungsvereinbarungen, eine Rechnung, eine Kopie von Moms Testament. Nichts, womit ich nicht gerechnet hätte.

Aber irgendetwas musste da sein. Etwas, das ich übersehen hatte.

Er war gestern aus heiterem Himmel abgereist.

Direkt nach seinem Junggesellenabschied, bei dem er sturzbetrunken gewesen war.

Ich tippte auf die Tastatur seines Desktops und wartete darauf, dass der Bildschirm zum Leben erwachte. Ein Blick auf die Tür und ich tippte das gleiche verdammte Passwort ein, das er die letzten zehn Jahre benutzt hatte.

Falsch.

Die Nachricht blinkte mir wie eine Ohrfeige entgegen. Ich versuchte es erneut mit *Naomiforever85*.

Falsch.

»Was soll der Scheiß?« Ich lehnte mich zurück. Er hatte Moms Passwort geändert? Meine Gedanken rasten und versuchten, die verdammten Lücken zu füllen, bevor ich einen Blick auf die offene Schublade neben mir warf. Die Papiere lagen auf dem Schreibtisch und gaben den Blick auf ein schwarzes Samtkästchen frei. Ich griff danach und öffnete es.

Darin befand sich ein Ehering.

Voller Diamanten.

Verdammt teuer.

Nicht, dass er ihn sich nicht hätte leisten können. Immerhin hatte Mom ihm ein hübsches Sümmchen hinterlassen, weil er in Geld eingeheiratet hatte. Aber Elle ... Elle hatte keinen einzigen verdammten Cent.

Ich warf einen Blick auf das blinkende Kästchen auf dem Monitor, tippte die Buchstaben *Elleforever20* ein und drückte die Eingabetaste.

Der Bildschirm erwachte zum Leben. Ich zuckte zusammen, als von irgendwoher ein Schrei ertönte und das Geräusch von splitterndem Glas zu hören war.

»Gut gemacht, Nick«, murmelte ich abwesend, lehnte mich näher an den Bildschirm und rief Dads Planer für das gestrige Treffen auf.

Mitchelton. »Mitchelton?«, murmelte ich, und das kalte Gefühl stieg wieder in mir auf.

Ich brauchte keine verdammte Karte, um zu wissen, wo das war.

Ich scrollte durch seinen Kalender und fand dort weitere Treffen zu Zeiten, von denen ich genau wusste, dass er nicht da gewesen war ... bis ich bei einem bestimmten Datum vor einem Monat stehen blieb, das mit einem Namen versehen war. *Ryth.*

Mein verdammter Puls stotterte. Ich klickte auf das Datum, aber da war nichts weiter, nur der Name meiner kleinen Schwester. »Was zum Teufel hast du vor, Dad?«

Was auch immer es war, es war nicht gut.

Ich meldete mich von seinem Computer ab und schob den Papierkram zurück in die Schublade, bevor ich die Lampe ausschaltete. Der Bastard sollte schlafen. Aber wenn es um sie ging, traute ich niemandem. Sie brauchte jemanden, der sie beschützte, jemanden, der auf sie aufpasste.

Sie brauchte jemanden, der sich um sie kümmerte.

Jetzt hatte sie uns.

Kapitel 35

RYTH

»Gio!« Ich rief seinen Namen, als die Pausenglocke läutete, aber er ging weiter und schlurfte mit einem hinkenden Gang, der im Laufe des Tages immer schlimmer zu werden schien.

Ich packte ihn am Arm, als er aus der Doppeltür trat und auf die Bäume zuging, die die Tische und Sitze beschatteten.

»Lass mich in Ruhe, Ryth!« Er riss seinen Arm weg.

»Warte«, bellte ich. »*Gio, warte!*«

Er stolperte, humpelte aber weiter in Richtung einer Gruppe von anderen, die uns mit kalter, kalkulierter Belustigung beobachteten.

»Das wusste ich nicht.«

Er blieb mit hängenden Schultern direkt vor mir stehen, drehte sich um und starrte mich durch den geschwollenen Schlitz eines Auges an. »Du wusstest es nicht ...«

Ich schluckte und kämpfte gegen den Drang an, bei seinem Gesicht zusammenzuzucken. Aus der Nähe sah es noch schlimmer aus. »Nein. Ich wusste es nicht.«

Er starrte mich an und suchte meinen Blick, während eine dicke Träne aus seinem Augenwinkel floss. Ich verkrampfte meinen Kiefer. Ich wollte Tobias umbringen. Ob Stiefbruder oder nicht, er würde meinen verdammten Zorn zu spüren bekommen.

»Weißt du, es ist krank, was du mit ihnen machst.«

Ich zuckte zurück, als hätte er mich geohrfeigt. »Was?«

»Was du tust, ist nicht richtig. Deine Mom ist dabei, ihren Dad zu heiraten.«

Ich schüttelte den Kopf und blickte zu den anderen hinter ihm. »So ist es nicht.«

»Wie ist es dann? Im Club sah es verdammt offensichtlich aus.«

Die Hitze brannte in meinen Wangen, als mir alles wieder in den Sinn kam. »Sie haben mich vor den verdammten Türstehern beschützt. Wenn sie mich nicht angefasst hätten ...«

»Du warst minderjährig in einer Bar, die für schlüpfrige Arschlöcher berüchtigt ist, was hast du denn gedacht, was passieren würde?«

»Ich *dachte*, dass ich dort hineingehen kann, egal ob ich minderjährig bin oder nicht, und nicht angegriffen werde, vor allem nicht von den Angestellten!«

Das Feuer brannte jetzt aus einem ganz anderen Grund in mir. »Ich habe nicht gesehen, dass du angegriffen wurdest. Aber das ist wohl auch egal, bei der Gesellschaft, mit der du dich umgibst. Aber hey, wenn du dich besser fühlst, weil du Freunde hast, die Menschen bedrohen und verstümmeln, vor allem solche, die im Gefängnis sitzen, dann mach nur weiter so.«

Gios Lippen verzogen sich zu einem Grinsen. »Du hast keine Ahnung, oder?«

»Nein«, sagte ich und verschränkte die Arme vor der Brust, um seinen Blick zu erwidern. »Aber ich nehme an, dass du es mir gleich sagen wirst.«

Er schüttelte den Kopf. Er wollte sich abwenden, überlegte es sich dann aber anders und drehte sich wieder zu mir um. »Erst stirbt ihre Mom, dann wird dein Dad ins Gefängnis gesteckt. Jetzt bist du ein Teil ihrer kranken, verdrehten Familie. Scheint ein bisschen bequem zu sein, nicht wahr? Sag mal, Ryth, bist du wirklich so blöd, dass du die glückliche Familie spielen willst, oder ist dir einfach nur alles egal?« Ich konnte seinem Blick nicht entkommen. »Das ist es doch, oder? Es ist dir egal. Haben sie dich gefickt, ist es das?«

Ich zuckte zusammen und mein Atem stockte in meiner Brust. »Das geht dich nichts an, und was meinst du damit, dass es ›bequem‹ ist?«

»Du bist ein kluges Mädchen, Ryth. Warum findest du es nicht heraus?«

»Sag es mir.« Ich stürzte mich auf ihn, packte seinen Arm und zog ihn zu mir, während meine wilde Seite an die Oberfläche kam. »Sag mir, was du meinst, Gio, oder ich werde ...«

Da sah er mich, sah mein wahres Ich, mein gefährliches Ich. Den Teil von mir, der meinem Vater ein bisschen zu sehr ähnelte ... und das tat weh.

Er sah, wie ich seinen Arm festhielt, aber er machte keine Anstalten, sich loszureißen. »Du hast mir leidgetan, als du hierhergekommen bist, deshalb habe ich mich freiwillig gemeldet, um dich herumzuführen.« Er begegnete meinem Blick. »Du hast mir leid getan, weil du in diesem Haus mit diesen verdammten Arschlöchern warst. Ich dachte, du wärst anders. Aber du bist nicht anders, oder? Du bist nicht besser als sie.«

Er riss seinen Arm aus meiner Umklammerung, warf einen letzten Blick auf mich und sagte: »Bleib mir verdammt nochmal vom Leib, Ryth. Bleib verdammt nochmal weg.«

»Gio!«, bellte ich, als er auf seine Freunde zuging. »*Gio! Sag mir, was du meinst!*«

Meine Brust schmerzte wie ein Gurt, der sich mit jedem Schritt, den er von mir wegging, enger schnürte. Ich stürmte vorwärts, als sie sich von ihren Plätzen erhoben und weggingen, ohne mich eines Blickes zu würdigen.

Ich starrte Gios schlurfendem Gang hinterher, als er wegging. In meinem Kopf drehte sich alles und ich versuchte, die Bedeutung seiner Worte zu erfassen. Aber sie waren ein Durcheinander, verstreut und seltsam.

Scheint ein bisschen bequem zu sein.

... ein bisschen bequem.

... ein bisschen ...

Was meinte er? Was meinte er damit?

Ich schloss die Augen und merkte gar nicht, dass ich mitten auf der Wiese vor allen Leuten stand. Creeds Fahrstil heute Morgen hatte mich erschüttert. So wie er sich verhalten hatte, so wie er ausgesehen hatte. Und jetzt Gio. Eine Welle der Übelkeit überkam mich, als ich mich umdrehte, meinen Laptop in die Hand nahm und davonlief.

Als die Glocke zum Unterricht läutete, war ich schon auf der Straße. Ich ging weiter und ließ die Schule hinter mir. Ich musste nachdenken, aber das konnte ich nicht, nicht da drin und nicht jetzt.

Autos flogen an mir vorbei, als ich die Straße überquerte und mich auf einen Weg machte, von dem ich nicht wusste, wohin er führte. In diesem Moment war es mir egal.

Ein bisschen bequem.

Die Worte steckten in meinem Kopf fest und ich bekam sie nicht mehr heraus, so sehr ich mich auch bemühte. *Ein bisschen bequem ... ein bisschen bequem ... ein bisschen ...*

»Hör auf«, flehte ich laut. »Hör einfach auf.«

Meine Schritte waren automatisiert, meine Gedanken steckten in dieser Schleife fest. Ich griff nach meinem Handy und mein Finger glitt über den Bildschirm, bis ich den Code zum Entsperren eintippte. Aber als ich meinen Finger über Nicks Nummer bewegte, erstarrte ich. Ich konnte es nicht tun. Ich konnte ihn nicht anrufen ...

Ich konnte keinen von ihnen anrufen.

Ich blieb stehen und mein Herz schlug mir bis zum Hals. *Erst stirbt ihre Mom, dann wird dein Dad ins Gefängnis gesteckt ...*

Dad ins Gefängnis gesteckt.

Nein. Er war wegen der Rossis im Gefängnis. Ich schaute auf meinen Bildschirm, aber anstatt meinen Bruder anzurufen, damit er mich abholte, rief ich die Suchfunktion auf und begann zu tippen.

Ich stand auf der Besucherliste des Gefängnisses. Das wusste ich. Dad hatte gesagt, er sei nur einen Anruf entfernt, wenn ich mit ihm reden wollte. Ich gab die Nummer des Gefängnisses ein und wartete darauf, dass der Wärter antwortete.

»*Mitchelton-Gefängnis.*«

»Mein Name ist Ryth Castlemaine und ich wollte mit meinem Dad, Jack Castlemaine, sprechen.

»Warte.«

Ich beobachtete die vorbeifahrenden Autos und merkte zum ersten Mal, wo ich war. Unser Park war nicht allzu weit entfernt. Ich konnte nicht glauben, dass ich den ganzen Weg hierher gelaufen war ...

»Er ist nicht verfügbar«, schnauzte der Wachmann.

»Nicht verfügbar?«

»Das habe ich doch gesagt.«

»Wissen Sie, wann er wieder verfügbar ist?«

»Nein.«

Nein? »Okay«, murmelte ich. »Ich denke, ich rufe später nochmal an.«

»Klar«, knurrte er und legte den Hörer auf.

Nicht verfügbar. Die Worte saßen schwer in meiner Brust. Ich steckte mein Handy ein und ging weiter, aber diesmal fühlte sich jeder Schritt wie eine Folter an. Am Rande des Parks blieb ich stehen und mein Blick wanderte zu der Stelle, an der Nick mich zu Boden geworfen hatte.

Ein Schmerz durchzuckte meine Brust und ein Schaudern folgte, das mir ein Schluchzen auf die Lippen trieb. Wut und Schmerz trafen aufeinander, bis ich nur noch sie spürte. Mir kamen die Tränen, aber ich wusste nicht, ob es Tränen der Scham oder des Ekels waren. Ich wusste nicht, was ich tat ...

Ich wusste nicht, was ich mit ihnen tat.

Die Erinnerung an die Hitze ihrer Leidenschaft verblasste, als mein Handy piepte.

Nick: Warum bist du nicht in der Schule, Ryth?

Ich starrte die Nachricht an und war in Gedanken ganz woanders. Wie konnte er das wissen? Ich schluckte schwer und tippte mit zitternden Fingern: Ich bin in der Schule.

Piep. Die Antwort kam augenblicklich.

Nick: Wenn du mich noch einmal anlügst, Ryth, dann wird es böse enden. Wo zum Teufel bist du ... und mit wem bist du zusammen?

»Mit wem ich zusammen bin?«, flüsterte ich. »Zu wem gehöre ich eigentlich?«

Die Wut, die so dicht unter der Oberfläche brodelte, kochte über. »Mit wem ich verdammt nochmal zusammen bin?« Ich tippte auf den Bildschirm, tippte die Antwort aus und drückte auf Senden. Aber als ich das tat, erstarrte ich. »Oh Scheiße ... oh Scheiße.« Ich starrte auf das, was ich abgeschickt hatte ... als mich das mulmige Gefühl überkam.

Ich bin mit Gio zusammen. Wir ficken gerade und er hat seine Freunde mitgebracht, was geht dich das an?

Ich war so erledigt.

Buchstäblich am Arsch.

Ich begann zu tippen: *Nick, das war ein Scherz,* und drückte auf Senden. Aber es kam keine Antwort. *Nick.* Ich drückte erneut auf Senden.

Immer noch keine Antwort.

Panik ergriff mich, als ich seine Nummer drückte, um ihn anzurufen und sein Handy klingeln hörte. »Geh ans Handy, Nick!«

Meine Atemzüge dröhnten in meinen Ohren, als der Anruf unbeantwortet blieb. Die Hitze meiner Wut verflog, als ich erneut auf den Knopf drückte. Das Handy klingelte und klingelte ... *und klingelte.*

Minuten, mehr brauchte es nicht. Ein leises Knurren drang an meine Ohren, vertraut und unheimlich. Dann das Quietschen von Reifen, das sich qualvoll anhörte. Ruckartig hob ich den Blick, als ein dunkler Fleck auf mich zu raste. Ehe ich mich versah, war ich in Bewegung und stolperte rückwärts, als der Mustang die Kurve seitlich nahm und ins Schleudern geriet, bevor der V8-Motor hart aufdrehte und auf mich zustürzte.

Ich stolperte vor Schreck und der Wagen fuhr mit voller Wucht über die Parkeinfahrt und warf Steine auf, als er quietschend zum Stehen kam. Augenblicklich stieg Nick aus dem Auto und musterte den Park hinter mir mit wutverzerrtem Gesicht. »*Wo zum Teufel ist er, Ryth?*«

Ich stolperte und bewegte mich immer noch rückwärts. »Nick ... ich ...«

Er war außer sich, wild, umrundete die Vorderseite des Autos und kam auf mich zu. Die Angst durchfuhr mich, als ich stolperte und meine Füße im dichten Gras hängen blieben.

»Ich werde ihn umbringen!«, brüllte er. *»Ich reiße den verdammten Mistkerl in Stücke!«*

Ich hatte noch nie jemanden so wütend gesehen, so völlig außer sich, wie Nick, der über das Gras auf mich zustürmte. Mein Laptop rutschte mir aus der Hand und schlug auf dem Gras auf, aber ich hielt nicht an, um ihn aufzuheben ... *ich konnte es nicht.* Ich rannte wie die Maus, die ich war ... und fiel, als Nick sich auf mich stürzte.

Er riss mich mit voller Wucht zu Boden, und ich konnte nur noch seine wahnsinnige Wut sehen. »E–Er ist nicht hier ...«, stotterte ich. »Nick, er ist nicht hier!«

»Ich bringe ihn um, wenn er dich auch nur anrührt.« Mein Stiefbruder starrte mir in die Augen. »Sag mir die Wahrheit, Ryth ... m*it wem warst du zusammen?«*

Gewalt.

Tod.

Seine Besessenheit war wie eine Faust um meine Kehle. Ich spürte nur seine grausamen Finger, die sich in meine Schultern gruben, und die Hitze seines Atems auf meinem Gesicht. Im Moment war ich Beute für ihn. »Lass mich los!«

Wut brannte in seinen Augen. »Das glaube ich verdammt nochmal nicht, Prinzessin.«

Schwere Atemzüge. Ein Blick des kalten Wahnsinns. Das war nicht der Nick, den ich kannte. Dieser Nick war ... *gefährlich.* Er suchte in meinen Augen nach den Lügen. »Sag mir, mit wem, Ryth!«

»Niemand ... *okay?* Es gibt niemanden...« Mir kamen die Tränen, als ich schluchzte. »Mit niemandem außer euch ... euch allen.«

»Bist du dir da sicher?«

Durch den Dunst hindurch sah ich sein Elend, seine verdorbene Sehnsucht, als er den Kopf senkte und seine tiefe Stimme eindringlich klang. »Es ist zu spät für dich, Ryth ... *viel zu spät.*«

Das schwere Gefühl seiner Hand strich meinen Oberschenkel hinauf, hob meinen Rock, genau hier ... mitten im Park, im Tageslicht.

»Zu spät, um dich gehen zu lassen ... zu spät, um dich zu vergessen.«

Seine Hand glitt zwischen meine Beine und seine Finger strichen über mein Geschlecht.

»Nick ... *hör auf*«, flüsterte ich.

Er schüttelte seinen Kopf und stieß dabei gegen meine Wange. »Du verstehst es nicht, oder? Es gibt kein Aufhören, wenn es um das hier geht. Nicht mit dir.«

Finger gruben sich in mein Höschen, fanden meinen Kitzler und raubten mir den Schrecken. Ich schloss meine Augen und hasste es, wie mein Körper mich verriet. »Ich war wütend«, stöhnte ich. »Und verängstigt.«

»Hast du jetzt Angst, Ryth?«, knurrte er, während seine Finger unter den Gummizug meines Höschens griffen und eindrangen.

Ich zuckte zusammen ... und stöhnte.

»Hast du jetzt Angst, Prinzessin?«

»Ja«, stöhnte ich. »Ja, ich habe Angst.«

»Gut.« Er zog seine Finger weg und packte mich an der Taille, bevor er mich vom Boden hochzog.

»Nick ... hör auf ... *mein Laptop.*«

»Lass ihn liegen«, schnauzte er und hob mich über seine Schulter. »Ich kaufe dir einen neuen, verdammt.«

Der Anblick des Laptops hüpfte bei jedem Schritt und glitzerte silbern in der Sonne, bevor wir in den Schatten verschwanden. Kühle Luft strich zwischen meinen Schenkeln hindurch, als er mich von seiner Schulter zog und gegen einen Baum drückte.

»Du machst mich wahnsinnig, weißt du das?«, knurrte er und drückte mich an sich, während seine große Hand meine Brust knetete. »Ich hätte ihn umgebracht, wenn er dich gefickt hätte. Ich hätte sie alle umgebracht.«

In diesem Moment war er eine Bestie, ein Wilder.

Ich warf meinen Kopf zurück, als er meinen Hals küsste, unter meinen Rock griff, um mein Höschen zu greifen und es herunterzuziehen. »Das wäre mir egal. Ich wäre für den Rest meines verdammten Lebens ins Gefängnis gewandert.«

Der Gedanke daran erschreckte mich. Ich schüttelte den Kopf, als er sich hinkniete, mir das Höschen auszog und meinen Rock hochschob. »Sag ... sag so etwas nicht.«

»Wenn sie dich anfassen, Ryth«, sagte er und fuhr mit seiner Hand an meinem Oberschenkel entlang. »Dann werden sie mit Blut bezahlen.«

Er zog mich näher zu sich und sein Mund fand meinen Schlitz. Wärme strömte hinein, glitt, saugte und fand den Teil von mir, der lebendig wurde. Ich fuhr mit den Fingern durch sein Haar, beugte meine Wirbelsäule und ließ ihn machen, was er wollte. Er weckte in mir das Verlangen nach Sex, das Verlangen, zu verschwinden, das Verlangen, nichts weiter zu sein als ... *das hier.*

»Fick mich«, krächzte ich und wühlte in seinen Haaren. »Ich will dich in mir spüren.«

Er stand auf, den Geschmack meines Verlangens auf den Lippen, während er den Knopf seiner Jeans öffnete und dann den Reißverschluss nach unten schob. Die Tür des Mustangs war noch offen, die Schlüssel steckten wahrscheinlich noch im Zündschloss. Mein nagelneuer Laptop lag draußen im Gras, aber im Moment gab es nichts Wichtigeres als ihn.

Er packte meine Taille und hob mich hoch, um mich gegen den Baumstamm zu drücken. Seine Schenkel weiteten meine. Seine Stöße drängten in mich hinein und ich konnte nicht genug bekommen. »Ja«, stöhnte ich und ließ meinen Kopf nach vorne fallen. »Oh Gott, *ja.*«

»Du gehörst mir ... verstehst du das, Ryth?«, stöhnte er und stieß in mich.

Die harte Reibung machte mich wahnsinnig.

Ich wollte es ... ich wollte alles. Wärme durchströmte mich und die feuchten Geräusche wurden immer eindringlicher.

»Du ... gehörst ... *mir*.«

Ich schlang meine Arme um seinen Nacken und hielt mich fest, während er seinen Schwanz in mich trieb. Alles andere schmolz dahin, bis es nur noch ihn gab ... nur noch uns ... *nur noch das hier.*

Das Grollen seines Knurrens drang in mein Ohr.

Der Geruch seines Schweißes.

Der strafende Stoß seines Schwanzes.

Das alles brachte mich aus der Fassung.

Mein Körper bebte, ein aufgestautes Stöhnen brach aus mir heraus, als Sterne hinter meinen Augen aufleuchteten. »Mach mich zu deinem Eigentum«, schrie ich, während ich ihn umklammerte und an mich zog. Ich konnte nicht genug bekommen, nicht von dem Gefühl von ihm in mir.

Nick stemmte sich mit der Hand gegen den Baum und stieß seinen Schwanz tiefer und härter in mich, bis ich beim Aufprall zusammenzuckte. Er hob den Kopf, sein Blick war grüblerisch und gefährlich und zielstrebig auf mich gerichtet.

Seine Lippen kräuselten sich, als er tief in mich stieß und ein kehliges Stöhnen ausstieß. Schweiß glitzerte auf seiner Oberlippe. Er starrte in meine Seele, drang ein, suchte und ließ ein winziges Stück von sich selbst in mir zurück.

»Wenn ich das nächste Mal anrufe ...«, keuchte er angestrengt. »Dann gehst du verdammt nochmal ran ... hast du mich verstanden, Prinzessin?«

Ich stieß seine brutalen Atemzüge mit meinen eigenen aus, meine Muschi verkrampfte sich und pochte, als ich nickte.

Er glitt aus mir heraus, ließ mich leer zurück und meine Füße auf den Boden sinken. Seine überragende Präsenz wirkte bedrohlich, als er mein Kinn ergriff und meinen Blick zu ihm neigte. »Verstehst du mich, Ryth? Wenn du mich noch einmal so aus der Fassung bringst, wirst du die Konsequenzen nicht mögen. Ich werde dich an mein verdammtes Bett ketten, wenn es sein muss. Ich werde dich ficken, bis du vergisst, dass es jemanden außerhalb unserer Familie gibt. Denn du bist meine Familie, Prinzessin. Niemand sonst fasst diese Muschi an, kapiert? Tobias, Caleb ... oder ich. Wenn du gefickt werden willst, kommst du zu uns ...«

Angesichts seiner Worte wütete das Verlangen in mir. Er ließ mich nicht los ... nicht, bis ich nachgab. »Wenn ich zur Familie gehöre, dann solltest du wissen, dass ich genauso hart zuschlage, wie ich ficke.«

Ein finsterer Blick war zu sehen.

Ich riss mein Kinn aus seinem Griff und starrte ihn an. »Wusstest du, dass Gio derjenige war, der von Tobias verprügelt wurde?«

Er wippte auf seinen Fersen und verstand jetzt ...

Aber ich ließ ihn nicht so einfach davonkommen, auch wenn ich immer noch nach seiner Berührung brannte. »Antworte mir, Nick ... *wusstest du es?*«

Kapitel 36
TOBIAS

»Ryth ... *warte*«, rief Nick.

Das dumpfe Geräusch von Schritten lenkte meine Aufmerksamkeit auf sie. Sie war wütend ... wirklich wütend. Nicht, dass ich nicht damit gerechnet hätte. Ich schob den Controller auf meinen Schreibtisch und erhob mich von meinem Stuhl, als sie den Treppenabsatz erreichte.

»Ryth, verdammt nochmal!«

»Lass mich in Ruhe, *Nick!*«, bellte sie.

Ein verdammter Wirbelsturm raste in mein Zimmer, knurrend, mit weit aufgerissenen Augen und fuchtelnden Händen, während sie mich anbrüllte. Ich hörte den Namen dieses schwachen Arschlochs Gio und dann irgendetwas darüber, dass es bequem sei, was auch immer das heißen sollte.

Aber die ganze Zeit, als meine kleine Schwester mir mit dem Finger in die verdammte Brust stach und mir ins Gesicht schrie, dachte ich nur daran, sie zu ficken.

»Du hast ihn verdammt nochmal blutig geschlagen!«, brüllte sie. »Er humpelt, verdammt nochmal!«

»Er hat Glück, dass er überhaupt laufen kann«, antwortete ich kalt. »Das hat er Caleb zu verdanken.«

Ich sah noch immer das Blut an meinen Händen und hörte immer noch sein verdammtes Flehen. Er dachte, er sei sicher, wenn er sich in Lazarus' Schatten versteckt, er dachte, er sei unantastbar. Wenn es um Ryth ging, war niemand sicher ... *nicht einmal Lazarus' Trottel.*

»Du hättest ihn umbringen können!«, regte sie sich auf.

Sie wollte mich schlagen. *Scheiße, sie wollte mich schlagen.* Ich würde sie auch lassen.

Nur sie.

Ich hob meinen Blick zu Nick, der mich nur mit einem gequälten Gesichtsausdruck ansah. Seine Haare waren ein verdammtes Durcheinander ... *ihre auch.* Ich hob die Augenbrauen, als ich sie näher betrachtete. Ihr Hemd war zerknittert, ihre Atemzüge tief. Ich trat näher heran, sodass sie ihre Hand zurückzog.

»Du siehst sauer aus, kleine Schwester«, murmelte ich. »*Und gut geritten.*«

Sie zuckte zusammen und ihr wurde für eine Sekunde der Atem geraubt. Dann verzogen sich diese perfekten Lippen zu reiner Abscheu. »Du Mistkerl.«

Ihre Boshaftigkeit ließ das Ding in meiner Brust flattern. »Jetzt hast du es kapiert.« Ich trat vor, als Nick meine Schlafzimmertür schloss.

Ihre verdammte Mom war immer noch hier und fühlte sich immer noch nicht ganz wohl. Wenn sie weg wäre, hätte ich ihre Tochter augenblicklich auf den Boden geworfen, ihre Beine gespreizt und ihre Muschi ausgefüllt. Ich schluckte einen Anflug von Eifersucht hinunter. Ich wollte auch ran.

Ich leckte mir über die Lippen, als sie rückwärts stolperte und gegen meinen Bruder prallte. Das Aufflackern der Wut mischte sich mit einem Anflug von Angst. Ich bemerkte es in ihren Augen. Sie zuckte zusammen, als ich meine Hand hob ... *das gefiel mir nicht.*

»Ich bin ein Bastard«, sagte ich vorsichtig, als sie hinter sich blickte und zur Seite wich, bis sie an die Wand stieß. »Ich bin ein Mistkerl und ein Tyrann. Ich bin ein rücksichtsloses Stück Scheiße und ein verdammtes Tier.« Ich blieb direkt vor ihr stehen und drückte sie gegen meine Brust. Ich ließ ihr keinen Raum, keine Luft ... *gar nichts.*

Erstickt.

Begraben.

Heulend vor Verlangen.

So fühlte ich mich bei ihr.

Das war die verdammte Bestie, die sie ausgelöst hatte. Die, die in ihr verdammtes Zimmer eingedrungen war und ihr Höschen gestohlen hatte. Die, die ihre Finger unter dem Tisch in ihre süße kleine Fotze gesteckt hatte, während unsere Eltern nur ein paar Meter entfernt gewesen waren. Die, die sie vor meinen Brüdern ruinieren wollte.

So komplett ruinieren.

»Du solltest dir das mal vor Augen führen, kleine Schwester. Denn wenn es um die Familie geht, gibt es nichts und niemanden, den ich nicht zerstören würde.«

Sie versteifte sich, dann neigte sie den Kopf, bis ihre blauen Augen die meinen trafen. Der grundlegende Drang, sie zu beschützen, verschlang mich. Mein Halt entglitt, der Sturz war nicht mehr aufzuhalten. Denn ich fiel bereits.

»Bleib weg von ihm«, warnte sie. »Es wird kein Blutvergießen mehr geben, hast du verstanden?«

»Solange er sich von dir fernhält.«

Sie zuckte zusammen und schluckte schwer, dann schubste sie mich weg. »Lass mich los.« Ich wich zurück und ließ von ihr ab. *»Lass mich raus, verdammt!«* Sie schubste Nick zur Seite, riss die Tür auf und war mit donnernden Schritten verschwunden.

Ich starrte die offene Tür an und lauschte.

Sie würde sich beruhigen ...

oder auch nicht.

Auf jeden Fall war sie in Sicherheit. Das war das Einzige, was mir wichtig war. Nick begegnete meinem Blick und schenkte mir ein verletztes Lächeln, bevor er ging. Ihre Schlafzimmertür schlug mit einem Knall zu! Laut genug, um jedem im Haus mitzuteilen, dass sie sauer war.

Ich verkrampfte meinen Kiefer und drehte mich um.

Sie dachte, ihr lieber kleiner Freund sei verletzt.

Aber sie verstand es nicht.

Es war eine Botschaft gewesen.

Eine, die laut und deutlich angekommen war.

Fass sie an ... und warte ab, was passiert.

Ich warf einen Blick auf den Monitor und stellte fest, dass das Spiel weitergegangen war und ich immer und immer wieder getötet wurde. Ich trat näher heran und drückte auf den Knopf, um das verdammte Ding zu beenden. Ich konnte nicht mehr spielen, nicht den ganzen verdammten Tag. Ich hatte darauf gewartet, dass sie nach Hause kam, dass sie in die Luft ging.

Jetzt, wo sie es getan hatte, musste ich weglaufen.

Ich schnappte mir meine Turnschuhe, zog sie an und lief die Treppe hinunter und zur Tür hinaus. Als ich am Ende der Einfahrt ankam, war die unbarmherzige Wut wieder da.

Sie war in Sicherheit.

Sie war beschützt.

Das war das Einzige, was zählte.

Ich drehte mich um und begann zu joggen ... und versuchte, den grauen Audi zu ignorieren, der mir in einiger Entfernung folgte ... und den Rossi-Killer, der hinter dem Steuer saß.

Kapitel 37

RYTH

»Du siehst perfekt aus, Mom.« Ich lächelte, als sie sich umdrehte.

Ihre Augen glänzten vor Sorge, als sie nach ihrem Haar griff. »Findest du?«

»Auf jeden Fall.« Ich trat näher und griff nach ihrer Hand. »Hör auf, dich zu zieren ... du machst es nur kaputt.«

»Du hast recht«, stimmte sie zu und ließ ihre Hand fallen. »Du hast recht.«

Sie sah perfekt aus in ihrem schlichten, cremefarbenen Kleid, dessen Spitze sich an ihre Figur schmiegte. Sie sah nicht wie meine Mom aus. Sie sah aus wie jemand anderes, jemand junges und perfektes ... jemand glückliches. Ich wollte dieses Glück für sie empfinden ... *ich wollte es unbedingt spüren.* Aber so sehr ich auch lächelte, ich musste immer wieder an Dad denken.

»Mom.«

»Hmm?« Sie drehte sich um und betrachtete sich von der Seite im Spiegel, während sie eine Hand über ihren Hintern gleiten ließ.

»Ich konnte Dad nicht erreichen. Ich habe schon fünfmal im Gefängnis angerufen, aber sie versuchen nicht einmal, ihn ans Handy zu bekommen. Sie sagen mir, dass er keine Anrufe oder Besucher annimmt, und ich verstehe nicht, warum?«

Sie erstarrte und ihr Blick begegnete meinem im Spiegelbild.

Furcht.

Das war es, was ich sah. Furcht.

»Was ist hier los? Warum lassen sie mich nicht mit ihm reden?«

Sie drehte sich langsam um und trat näher. »Du weißt, dass ich deinen Vater liebe. Ich liebe ihn schon sehr lange und ich werde alles in meiner Macht Stehende tun, um ihn da herauszuholen, wo er ist. Aber, Schatz, dein Vater hat schreckliche Dinge getan, grausame Dinge, Dinge, über die das Gesetz nicht hinwegsehen kann. So sehr Creed und die anderen Anwälte sich auch bemühen, ihm zu helfen, sie haben einfach keinen Weg gefunden, ihn aus dem Gefängnis zu holen.«

Ich wich zurück. »Sie ... *sie können ihn nicht befreien?*«

Die ganze Zeit hatte ich auf den Anruf gewartet, gehofft und gebetet, dass ich ihn wenigstens wiedersehen würde, auch wenn wir keine Familie mehr waren. Ich war kein Kind mehr ... ich war nicht naiv. Ich wusste, dass wir nie wieder das haben würden, was wir einmal gehabt hatten, und vielleicht war das auch gut so. Es war ja nicht so, als wäre es schön gewesen. Aber ich wollte das nicht.

Ich wollte nicht, dass Dad für immer hinter Gittern saß.

»Er hat die Nachricht schwer verkraftet.« Sie griff nach meiner Hand. »Und ich denke, er braucht einfach etwas Zeit, um das zu verarbeiten. Das verstehst du doch, oder?«

Tränen trübten meine Sicht. Ich versuchte, den harten Kloß in meinem Hals hinunterzuschlucken. Aber das verdammte Ding ließ sich nicht bewegen. Ich nickte langsam, während mein Verstand raste und ich versuchte, die Nachricht zu verarbeiten.

»Wenn er bereit ist, uns zu sehen, dann gehen wir ... als Familie, denn das sind wir, Ry. Eine Familie. Wir werden ihn unterstützen, wir werden ihn lieben. Wir werden alles in unserer Macht Stehende tun, um ihn zu uns nach Hause zu holen, egal wie lange es dauert.«

»Ihr werdet ihn nicht aufgeben?«

Sie strich mit ihrer Hand über meinen Kiefer und schaute mir in die Augen. »Genauso wenig, wie ich dich aufgeben würde.«

Ich zwang mich zu einem Lächeln. »Gut.«

»Gut?«

Mein Lächeln wurde noch breiter. »Ja.«

»Gut.« Sie ließ meine Hand los und drehte sich um. »Du bist wirklich einverstanden, dass wir gleich danach gehen, oder? Ich meine, ich lasse dich nur ungern allein. Aber die Weingüter rufen schon an.«

Mein Puls pochte. Ich nickte. »Ja, natürlich. Ich werde sowieso mit der Schule beschäftigt sein.«

»Und du hast die Jungs hier, wenn du etwas brauchst.«

Das Brennen wurde noch stärker, als sie mich in eine Umarmung zog. »Zwei Wochen sind zu lang, um dich zu verlassen.«

Zwei Wochen ... zwei Wochen mit ihnen. Zwei Wochen, in denen ich sie meiden würde. Sie hassen würde.

»Nein, es ist nicht zu lang. Es sind deine Flitterwochen. Außerdem werde ich gar nicht merken, dass du weg bist.«

Sie zog sich zurück und lächelte. »Versprochen?«

»Versprochen.«

Sie klatschte die Hände zusammen wie ein verdammtes Schulmädchen. »Okay, dann lass es uns durchziehen. Lass uns eine Familie werden.«

Ich schnappte mir den kleinen Strauß tiefgelber Rosen, folgte ihr hinaus zum Eingang des üppigen Gartens und blieb an ihrer Seite stehen. Die letzte Woche war wie im Flug vergangen. In der Schule versteckte ich mich im Klassenzimmer, während Gio immer noch davon humpelte und mir so gut es ging aus dem Weg ging. Dann verließ ich die Schule und knurrte Nick an, der *jeden Morgen und jeden verdammten Nachmittag* an der Abholstelle wartete.

Dann kam ich nach Hause, schloss mich in meinem Zimmer ein und war wütend auf Tobias und die anderen beiden, weil sie mich wie einen verdammten Besitz behandelten, den sie kontrollieren und benutzen konnten, wann und wie sie wollten.

Ich hatte eine Neuigkeit für sie ...

Sie würden mich nicht benutzen.

Nicht seit dem Park.

Ich leckte mir über die Lippen und die Hitze stieg mir in die Wangen, als leise Musik erklang und die Erinnerung zurückkehrte. Der harte Baum an meinem Rücken, Nick, wie er mich wie ein verdammtes Tier gefickt hatte. Ich zuckte zusammen, täuschte aber ein Lächeln für die Gäste vor und folgte Mom zu Creed.

Es gab nur Stehplätze. Die kleine Versammlung sollte nur aus engen Freunden und der Familie bestehen. Das Innere des Veranstaltungszentrums war bei Nacht atemberaubend, mit grauen Glasfenstern und einem schwarzen Fußboden, der aber durch die weiße und rosa Hochzeitsdekoration perfekt ausgeglichen wurde.

Durch die weit geöffneten Türen konnte man einen Blick auf die dunklen, weitläufigen Gärten werfen. Ich versuchte mich daran zu erinnern, wie viele Hektar er laut Mom groß war, aber ich konnte es nicht.

Die Musik nahm an Tempo zu und lenkte meine Aufmerksamkeit auf Creed. Er stand am Ende des Ganges vor einer Art Priester und trug einen dunklen Anzug. Meine Schritte stockten, als der Mann Gottes seinen Blick hob. Ich bemerkte das starre Lächeln auf seinen Lippen, als er mich ansah.

Gott. Ich schluckte, als ich seine harte Kieferpartie und sein kaltes Lächeln wahrnahm. Ich hatte noch nie einen Priester gesehen, der so aussah ... *niemals.* Der weiße Kragen umschloss seinen Hals wie eine Fessel und ließ meinen Puls stottern, als ich meinen Blick wieder auf seine Augen richtete. Hinter seinen braunen Augen lauerte etwas Dunkleres. Etwas nicht ganz ... *Heiliges.* Ich richtete meinen Blick auf den Namen, der auf die Jacke seines makellosen schwarzen Kostüms genäht war.

Hale Order for the Lost.

Orden für die Verlorenen?

Was zum Teufel sollte das bedeuten? Creed drehte sich um, als die Musik lauter wurde. Seine Augen weiteten sich, als er Mom sah. Aber es war Caleb, der meine Aufmerksamkeit auf sich zog, als er an der Seite seines Vaters stand.

Caleb, dessen Blick sich durch mich hindurch zu brennen schien.

»Sieht sie nicht reizend aus, Nicky?« Das Gemurmel einer Frau zu meiner Rechten drang in meine Gedanken ein und riss mich vom Blick meines Bruders los.

Mein Puls beschleunigte sich, als ich die Frau, die neben Nick stand, näher betrachtete. Sie verschränkte ihren Arm mit seinem und drückte ihren Körper an seine Seite, während sie mich anschaute. Ich ließ meinen Blick zu ihm wandern. Er sah wütend aus ... *und in die Enge getrieben.*

»Meine Hoffnung ist, dass ich eines Tages mit dir dort stehe«, flüsterte sie und ihr Blick war wie ein Dolch.

Angesichts der Worte durchfuhr ein Schmerz meine Brust. Meine Wangen glühten, als sie ein Kichern erzwang und sich noch fester an ihn presste. Aber Nick ... Nick starrte nur mich an.

»Ich bin so froh, dass du mich eingeladen hast«, fuhr die Schlampe fort. »Ich hätte nie gedacht, dass wir wieder zusammenkommen würden.«

Wieder zusammenkommen ...

Panik machte sich breit. Ich zwang meine Füße, sich zu bewegen.

Stimmen drängten sich auf. Aber die Worte entglitten mir, während meine Welt außer Kontrolle geriet. *Wieder zusammenkommen ... wieder zusammenkommen!*

»Ich fühle mich geehrt, dass Creed und Elle zum Orden zurückgekehrt sind«, begann die Stimme des Priesters. »Wir kennen uns schon lange ... seit dem College.«

Ich versuchte, den Schrei hinunterzuschlucken. Aber meine Sinne waren geschärft und verengten sich auf ihre grausame, verdammte Stimme. »Deine neue Schwester ist seltsam.«

»Stiefschwester«, schnauzte Nick.

»Also, lasst uns ohne weiteres zu den Gelübden übergehen«, sagte der Priester lächelnd.

Caleb bewegte sich neben Creed und schaute mich finster an, als sein Blick sich auf mich verengte. Er versuchte, meine Aufmerksamkeit auf Nick und die Frau zu lenken, mit der er zusammen war ... die Frau, mit der er jetzt wieder zusammen war. Ich war so dumm, so verdammt dumm. Was hatte ich denn gedacht, dass das hier ... Liebe gewesen wäre? Meine Wangen brannten noch heißer, als sich ein kleiner gequälter Laut aus meiner Kehle löste.

Meine Welt drehte sich weiter, aber es war nicht der Boden oder die glitzernden Lichter des Raumes ... es waren sie.

Tobias.

Nick.

Caleb.

Ich war so verdammt dumm.

»Lass dich von uns nicht aufhalten«, knurrte Tobias aus der ersten Reihe.

Ihr Blick war wie eine Rasierklinge auf meiner Haut. Ich spürte die Kratzer, als der Priester mit den Gelübden begann. Seine Stimme dröhnte und Sekunden fühlten sich wie Stunden an, als Nicks Freundin flüsterte und meine Aufmerksamkeit auf sich zog. Ich konnte den Blick nicht von ihnen abwenden, obwohl ich nicht sehen wollte, wie sie seine Hand umklammerte und ihren Arm an seinem entlang schob. Es erinnere mich nur an all die Dinge, die wir zusammen getan hatten.

Ich hatte ihnen meine Jungfräulichkeit geschenkt.

Mein Magen krampfte sich bei dem Gedanken zusammen. Mir würde schlecht werden. Ich würde Moms verdammten Hochzeitstag ruinieren und mich vor allen Leuten auf dem verdammten Boden übergeben.

Nein ...

Nein, das würde ich nicht.

Beruhige dich einfach.

Bitte ...

»Creedence, willst du Eleanor zu deiner Frau nehmen?«

Tobias schritt durch den Gang und stellte sich hinter mich.

Creed warf einen Blick in unsere Richtung, dann wandte er sich wieder der Zeremonie zu und nickte. »Ja.«

»Und Eleanor, nimmst du Creed ...«

»Sie versucht, dich zu verunsichern«, murmelte Tobias hinter mir. »Lass das bloß nicht zu.«

»Ja«, antwortete Mom. »Ja, das tue ich.«

»Nick«, sagte die Schlampe so laut, dass es alle hören konnten. »Ich will, dass wir heiraten.«

»Ich erkläre euch hiermit zu Mann und Frau. Ihr dürft euch jetzt küssen ...«

Mein Magen verkrampfte sich. Es würde hochkommen, es würde alles hochkommen. Mein Mittagessen. Mein Saft. Alles. Ich stolperte davon, als die Menge in Jubel ausbrach. Sie verschwanden, als ich die Zeremonie verließ und zu den Toiletten rannte.

Gelächter brach aus. Ich wusste sofort, wer es war. Die Dunkelheit verschwamm, als ich durch die Schatten stürzte, die Tür der Damentoilette aufstieß und hineinstolperte.

Schwarz schimmernde Fliesen und glitzernder Chrom leuchteten. Ich stürzte zum Waschbecken und drehte den Wasserhahn, während sich mein Magen zusammenzog und entspannte. Aber da war nichts drin, nichts außer dem Sekt, den ich vorhin getrunken hatte.

Schritte ertönten.

Die Tür öffnete sich und ich riss meinen Blick zu dem Geräusch herum. »*Geh weg!*«

»Oh«, sagte Nicks Schlampe lächelnd und trat ein. »Du bist es.«

Meine Hände zitterten. Mein ganzer Körper pulsierte. Die Tränen, die ich die ganze Zeit über unterdrückt hatte, kamen an die Oberfläche.

»Ryth«, rief Nick, als er eintrat und die Schlampe zur Seite schob. Sein schmerzerfüllter Blick traf den meinen, als er näher trat und nach mir griff. »Ryth ...«

»Oh, ein kleiner Familienstreit, ja?« In ihrem Knurren brodelte die Eifersucht.

»Halt die Klappe, Natalie!«, knurrte er. »Ich hätte dich nie einladen sollen.«

Ich verkrampfte meinen Kiefer und lehnte mich gegen den Waschtisch. Gott, es fühlte sich an, als würde mein verdammtes Herz aus meiner Brust reißen.

»Sie ist nicht ...«, fing Nick an und seine Verzweiflung wurde zu einem Knurren, als er näher kam.

»*Lass mich in Ruhe, verdammt!*«, schrie ich und schlug seine Hand weg.

Seine Schlampe lachte nur.

Sie lachte.

Gott, alles, was ich sehen konnte, waren ihre großen Titten in seinem Gesicht. Ich wette, sie gefielen ihm ... sie gefielen ihm mehr als meine. Tränen fielen, als ich ein Stöhnen ausstieß und einknickte.

»Nick«, rief Tobias von der Tür aus.

»Ryth«, stimmte Caleb ein, während die Menge da draußen jubelte und klatschte und uns damit übertönte.

»Was kümmert dich das denn?« Natalie grinste. »Sie gehört ja nicht zur Familie. Du kennst sie doch erst seit ein paar Monaten.«

»Nick«, warnte Tobias. »Wenn du die Schlampe nicht an die Leine nimmst, werde ich es tun.«

»*Verpiss dich, Natalie!*« Nick drehte sich zu ihr um. »Geh einfach, verdammt!«

Sie zuckte zurück und das selbstgefällige Lächeln in ihrem Gesicht zerbrach, genau wie ich es mir gewünscht hatte. Sie stürzte sich auf mich, packte meinen Arm und ihre scharfen Nägel bohrten sich tief genug, um zu stechen. »Ich weiß genau, was kleine Schlampen wie du wollen. Bleib verdammt nochmal weg von ihm, du billige Hure, oder du wirst es verdammt nochmal bereuen.«

»Das war's.« Tobias stürmte in die Toilette und packte Natalie an den Haaren. »Wenn hier jemand eine Hure ist, dann bist du es, du betrügerische Fotze. Und jetzt verpiss dich!«

»*Lass mich los!*«, schrie sie und versuchte, sich aus seinem Griff zu befreien.

Meine Brust schnürte sich zusammen. Das Badezimmer war plötzlich voll von ihnen.

Hungrig.

Verzweifelt.

Männer.

»Ryth ...«, fing Nick an, als ich mich an ihm vorbei drängte. Ich drängte mich an ihnen allen vorbei.

»*Ryth!*«, rief Caleb.

Aber ich eilte und kämpfte und stürmte an ihnen vorbei, um aus diesem verdammten Raum zu kommen. Die Menge jubelte, als meine Mom rief: »*Tschüss!!!*«

Ich versuchte, sie zu suchen, aber sie wurden von einer Wand aus Gratulanten verdeckt, die sich um das frisch verheiratete Paar drängten und klatschten und jubelten, als sie den Saal verließen. Ich erhaschte einen Blick auf Moms Kleid, als sie von ihrem frischgebackenen Ehemann durch die Tür geschleust wurde und weg war.

Verschwunden ...

Tränen trübten meine Sicht, als ich mich nach einem Versteck umschaute und die Dunkelheit draußen wahrnahm. Ich musste weg ... ich musste diesen Ort und diese Leute verlassen.

»*Ryth!*«, riefen die drei einstimmig.

Ich musste vor ihnen fliehen. Ich stürmte zu den offenen Türen, ließ den hübschen Veranstaltungsraum hinter mir und suchte Trost in der Nacht.

Kapitel 38
RYTH

Das Geräusch eines Automotors durchbrach die Dunkelheit und kam aus der Einfahrt, als ein anderes, lauteres Auto aufheulte. Der aufgeladene Motor heulte auf und die Reifen quietschten, als Natalies Auto losfuhr. Das musste sie sein ... *Nicks Freundin.*

Ich stöhnte auf und stolperte die Terrassentreppe hinunter, wobei meine Absätze in das Gras und die weiche Erde sanken.

»Ryth ... *verdammt nochmal!*«, brüllte Nick hinter mir.

Es war mir egal. Ich wollte sie nicht sehen ... *keinen von ihnen.*

Dieser Schmerz war zu viel, zu grausam ... zu ... *verzehrend.* Ich stieß meine hohen Schuhe ab, als ich rannte, und machte mir nicht einmal die Mühe, für sie anzuhalten. Ich rannte einfach, hielt mein Kleid fest und stieß meine Füße in den Boden.

Das dumpfe Geräusch schwerer Schritte kam hinter mir.

»Verdammt nochmal!« Nick war augenblicklich bei mir, packte mich am Arm und zog mich gegen sich. *»Wir sind nicht wieder zusammen!«*

»Das ist mir egal!«, schrie ich und riss meinen Arm weg, als Tobias und Caleb angerannt kamen. Meine Tränen verwischten ihre Gesichter. »Es ist mir egal. Ich kann einfach nicht hier sein ... nicht mit euch. *Mit keinem von euch.«*

Tobias' Lippen verzogen sich zu einem leisen Knurren.

Calebs dunkle Augen blitzten vor Sorge.

Und dann war da noch Nick. Nick, mit seinen flehenden Augen und seiner ausgestreckten Hand. Er schüttelte den Kopf und lehnte meine Worte ab. Ich stolperte rückwärts und verlor dabei den Veranstaltungsraum und all die Gäste, die darin feierten, aus den Augen.

»Wir sind nicht wieder zusammen«, beharrte Nick mit brüchiger Stimme. »Ich habe sie benutzt, weil ich dachte, ich könnte das, was wir haben, schützen.«

»Du ... du hast mir verdammt weh getan.« Ich schüttelte den Kopf und die Tränen liefen weiter über meine Wangen.

»Ich weiß.«

»Nein! *DU WEIßT ES NICHT!*«, schrie ich. »Du weißt es nicht, verdammt!«

Er verstand es nicht ... *keiner von ihnen verstand es.* Ich war zu tief drin, zu tief im Dunkeln. Alle drei traten näher und drängten sich an mich heran. Ich konnte das Gefühl nicht loswerden, dass sie mir unter die Haut gingen. Mit ihnen zu leben ... mit ihnen zu schlafen. Ich war zu offen und ungeschützt gewesen. Mit jedem Kuss und jeder Berührung hatten sie mich mehr gebrochen. Ich verliebte mich in sie ... unwiderruflich. Das wusste ich. Ich schlang meine Arme um meinen Körper und spürte die kühle Luft auf meiner Haut.

»Ihr tut mir weh, verdammt nochmal ... *ihr alle tut mir weh.*«

Meine Atemzüge sägten durch meine Brust. Der Schmerz saß tief ... bis die Kälte hereinbrach.

»Ich weiß, dass wir dir wehgetan haben«, flüsterte Nick und kam näher.

Die Wärme seiner Hand fühlte sich an wie ein Brandzeichen. Ich zuckte zusammen, als ich sah, wie sein Daumen mich streichelte, als wüsste er genau, wonach ich mich sehnte.

Aber er wusste es nicht ... keiner von ihnen wusste es. Sie wussten nicht, dass ich Schmerzen hatte. Ich hatte so verdammt starke Schmerzen. Ich wollte es ihm sagen. Ich wollte ihm meinen Schmerz ins Gesicht schreien. Ich wollte ihm wehtun, wie er mir wehgetan hatte.

Ich erstarrte.

Nein. Ich wollte ihn benutzen. Ich wollte sie alle benutzen.

Meine Atemzüge wurden tiefer, als die Folter in mir gefährlich wurde. Seine honigfarbenen Augen sahen fast schwarz aus, als Nick flüsterte: »Bitte, Ryth.«

»Geh auf deine verdammten Knie, Nick.« Die Worte waren kalt und steinig, nicht meine eigenen. Das konnten sie auch nicht sein. Sie gehörten zu jemandem, der gefährlich war, *zu jemandem, der die Kontrolle hatte.* Er runzelte die Stirn und sah mich überrascht an. Diesmal war ich diejenige, die näher kam und meinen Blick nach oben hob, um seinem zu begegnen. »Halt einfach die Klappe und geh auf die Knie.«

Die Qualen in mir mischten sich mit etwas Sündhaftem, etwas Beflecktem und Gequältem. Etwas, das nach Eroberung schrie, als der überragende Mann vor mir den Befehl befolgte und auf seine Knie sank.

»Fuck«, murmelte Tobias und sein Blick war auf seinen Bruder gerichtet.

Aber Caleb ... Caleb wusste es.

Ich begegnete Nicks Blick, als er seinen Kopf nach oben neigte und seine Hände zu meinen Schenkeln wanderten. Ich schlug sie weg. »Nein. Das ist nicht für dich.«

Sein Stirnrunzeln vertiefte sich, als würde er es nicht verstehen.

Denn das tat er nicht.

»Du behandelst mich wie *sie*.« Ich ließ meine Hände über meine Oberschenkel bis zum Saum meines Kleides gleiten, die neu gewonnene Macht war wie eine Droge, die mir direkt in den Kopf stieg. »Du gibst mir, was du willst ... und doch nimmst du alles, jeden Zentimeter von mir, jeden Seufzer, jedes Zittern. Du nimmst und nimmst ... *und nimmst.*«

Er leckte sich über die Lippen, als ich mein Kleid hochzog. Meine Finger fanden den dünnen Riemen meines G-Strings, bevor ich mich bückte und ihn nach unten schob. Ich spürte weder das kalte Gras an meinen Füßen noch mein rasendes Herz, als mein Höschen auf dem Boden aufschlug. Ich fühlte mich mächtig.

Er hob seine Hand nicht, zog sich nicht zurück. Dieser mächtige Mann, der mich vor ein paar Tagen noch in Angst und Schrecken versetzt hatte, ließ mich jetzt meine Finger durch sein dichtes Haar schieben und meine Faust ballen.

Er zuckte bei der Geste zusammen und riss den Kopf nach hinten. Der gefährliche Funke in seinen Augen flammte auf, als ich seinen Kopf nach unten drückte und sein Gesicht an mein Geschlecht presste. »Nie wieder«, knurrte ich und begegnete erst Tobias' und dann Calebs Blicken. »Nie wieder.«

Tobias sah nur zu, als ich einen Schritt nach vorne machte. Nicks Hände flogen zurück und fingen seinen Sturz ab, während ich sein Gesicht an meine Muschi presste und ihn zu Boden drückte.

Meine Knie trafen auf das kalte Gras, bis seine Hand unter eines von ihnen rutschte und eine Barriere aus Wärme bildete. Ein Déjà-vu überkam mich und brachte mich zurück zu dem Abend, an dem meine Mom und Creed ihre Verlobung bekannt gegeben hatten.

Es war Nick gewesen, der meine Hand festgehalten hatte, Nick, der mein Kleid zur Seite geschoben hatte, um Tobias' Finger in mich gleiten zu sehen. Es war Nicks Wärme, die ich jetzt spürte, als ich mich an seinen Mund presste. Ein Schaudern entrang sich mir, als ich mein eigenes Kleid beiseite schob und ein Knie anhob, um auf seinem Mund zu reiten.

Tobias griff nach seinem Schwanz, seine Hand glitt über die Beule in seiner Hose, während Nicks Zunge an meiner Klitoris entlang glitt und dann in mich eindrang. Ich ließ meinen Kopf nach hinten fallen und stöhnte, während ich mich an seinem Mund rieb und ihn fickte. »Wenn du auch nur in ihre Richtung schaust, ist es vorbei.« Ich blickte auf ihn herab. »Hast du mich verstanden?«

Er kräuselte seine Zunge und glitt tiefer, während seine andere

Hand unter meinem Knie hervorglitt, um meinen Oberschenkel zu packen und mich fester auf seinen Mund zu drücken. Ich begegnete Tobias' Blick, dann dem von Caleb. »Wenn ihr auch nur eine Nachricht schreibt, eine andere Frau berührt oder küsst, ist es aus mit uns. Ich werde gehen. Ich werde verdammt nochmal gehen und ihr werdet mich nie wieder sehen. Verstanden?«

Tobias beobachtete, wie ich gegen Nicks Gesicht stieß, bis ich ihm die Luft abschnitt. »Ja«, antwortete er.

»Wir verstehen«, stöhnte Caleb und zog seinen eigenen Reißverschluss herunter. »Aber du erstickst ihn, Prinzessin.«

Caleb trat näher und ließ sich neben seinem Bruder auf den Boden sinken, sein Schwanz hart und bereit. »Vielleicht kann ich dir behilflich sein?«

Ich hob mein Knie an und stieg von Nick, der schwer atmete und zusah, wie ich mich auf Caleb setze und seinen großen Schwanz in mich einführte. Ich erschauderte und mein Orgasmus war bereits so nah, als seine Eichel in mich eindrang.

»Heilige Scheiße«, stöhnte Caleb. »Benutze mich ... benutze mich, wie du es brauchst, kleine Schwester.«

»Benutze uns alle«, drängte Tobias, als er näher kam. »Wie du willst, wann du willst, ob Tag oder Nacht.«

»Es gibt sonst niemanden«, wiederholte Nick und seine Lippen glitzerten. »Nicht mehr.«

Ich griff nach Tobias, während ich meine Hüften schwang und Caleb tiefer und tiefer in mich eindringen ließ. Ein Knurren entrang sich mir, als Tobias nach seinem Reißverschluss griff.

Ich zog mich von ihm zurück, bis er seine Hände auf die Seiten fallen ließ. Er kapierte schnell.

Hitze durchströmte mich, als ich mich aufbäumte und meine Hüften nach unten stieß. Ich fickte sie und zerrte Tobias' Schwanz heraus. »Deine Hand um meinen Hals«, forderte ich.

Er bewegte sich und seine grausamen Finger legten sich um meine Kehle, während ich seinen Bruder ritt. Es war immer Tobias. Tobias mit seinen gierigen Fingern und seiner beißenden Liebe. Tobias, der mich schikanierte, der mich angriff. Ich stöhnte auf, weil dieser Gedanke mein Ende noch näher brachte.

Ich führte seinen Schwanz zu meinem Mund. »Fester.«

Seine Lippen kräuselten sich und seine Augen blickten auf Calebs dicken Schwanz hinunter, der in mich hinein und wieder heraus glitt. Ich konnte die Feierlichkeiten immer noch hören, einige Autos fuhren weh und die Musik dröhnte. Ich hörte alles, als ich mich zu ihm beugte und ihn in meinen Mund nahm.

Tobias' Finger verkrampften sich und würgten mich, als ich ihn tiefer einführte und mit meiner Zunge an seinem Schaft entlangfuhr. Sein Schwanz zuckte in mir, als er die Augen schloss und ein Stöhnen ausstieß. »Mach weiter so, kleine Maus, und ich gebe dir, was immer du willst.«

Ich riss mich los. »Ich habe dir gesagt, was ich will. Ich habe meine Forderungen gestellt.«

»Sie will uns«, stöhnte Caleb unter mir, als ich ihn hart ritt. »Das ist es, was sie will.«

»Sieh uns an, Prinzessin«, drängte Nick. »Wir sind hier, die Schwänze rausgeholt, und warten verzweifelt auf eine verdammte Berührung von dir, auf einen verdammten Vorgeschmack. Wir sind verzweifelt nach dir.«

Tobias' Hand glitt von meinem Hals und drückte seine Finger gegen das Muttermal auf meiner Wange. »Du trägst unser Mal vielleicht nach außen hin, aber wir tragen es in unserer Brust. Glaube mir. Nenne deine verdammten Forderungen. Was auch immer du willst, es gehört dir, kleine Schwester.« Er blickte auf mich herab. »Wir gehören dir.«

Kapitel 39
RYTH

Wir verschwanden in einem Wirbel aus Fingern und Mündern. Ich krallte mich in Caleb und ritt ihn, bis er mich weit gedehnt hatte. Als mein Körper erbebte und das Gefühl der Euphorie endlich nachließ, ließ Nick uns lange genug zurück, um den Mustang zu holen und den Wagen hinter das Veranstaltungszentrum zu fahren.

Mit dem Dröhnen des Motors fuhren wir los und entfernten uns von den letzten Partygästen, ich auf dem Rücksitz, Tobias über mir.

»Verdammt, kleine Maus«, stöhnte er. »Wo zum Teufel kommt das alles her?«

Ich griff zwischen uns, umfasste die harte Beule in seiner Hose und hob meinen Kopf, um ihn zu küssen. Seine Jacke war abgelegt, die schwarze Weste lag offen vor seinem aufgeknöpften weißen Hemd, und diese dunklen, grüblerischen Augen starrten mich an. »Von genau da, wo du nicht hingesehen hast«, antwortete ich. »Also dreh mich verdammt nochmal um, Tobias. Dieses Mal bin ich oben.«

Er gluckste, als das Auto die ruhige, dunkle Straße entlangfuhr, die uns zur Autobahn und dann in die Stadt und zurück nach Hause führen würde.

Nach Hause.

Wie würde das wohl ohne Mom und Creed aussehen? Mein Herz konnte die Vorstellung davon nicht ertragen. Starke Hände packten mich, als er seinen Körper verlagerte und uns auf dem Sitz umdrehte. Mein Kleid blieb hängen, aber Caleb griff durch den Sitz und zerrte es heraus, nur um es dann seinem Bruder zu überlassen, der es weiter nach oben schob.

»Hat Caleb dich gedehnt, Prinzessin?«, murmelte Tobias. »Bist du immer noch heiß vom Schwanz meines Bruders?«

Angesichts seiner Worte stöhnte ich auf, denn mein Körper schmerzte bereits. »Ja«, antwortete ich und schob den Träger meines Kleides tiefer. »Macht dich das wütend?«

»Scheiße, nein.« Er griff mir zwischen die Schenkel und fand den Schritt meines G-Strings, den ich in der Eile wieder angezogen hatte. »Nicht, wenn es um dich geht, kleine Maus. Wir kriegen alles von dir, jede verdammte Nacht und jeden Tag.«

Sie waren unersättlich.

Hungrig und verzweifelt.

Das Auto schwenkte aus.

»Schau auf die Straße, Nick«, bellte Tobias unter mir. »Wenn du einen Unfall baust, bevor ich unsere brandneue Schwester ficken kann, bin ich stinksauer.«

Schwester.

Das Wort durchfuhr mich wie ein Blitz. Was wir hatten, war krank ... pervers. Wir waren jetzt eine Familie, vor allem nach der Hochzeit. Die Leute würden uns beobachten und darauf achten, dass wir uns anständig benahmen.

Tobias' Finger glitten unter den Rand meines G-Strings. »Deine hübsche kleine Fotze will mehr?«

Unter seinen Berührungen wurde mir heiß. Meine Muschi verkrampfte sich. Ich wollte das den ganzen Tag, jeden Tag. Dass sie mich alle beanspruchten, mich ritten. Ich wollte, dass sie mich genauso begehrten wie ich sie. »Ja«, stöhnte ich.

»Heilige Scheiße, ich will das Auto anhalten«, stöhnte Nick.

»Bring uns einfach nach Hause, Bruder.« Tobias ließ von meinem Geschlecht ab und griff in meinen Nacken, um mich an sich zu ziehen.

Weiche, geschwollene Lippen. Seine Hitze des Verlangens.

»Die nächsten zwei Wochen werden unglaublich sein«, stöhnte er.

Ich küsste ihn und löste mich von ihm, um ihn anzustarren und die glitzernden dunklen Augen zu sehen, die mich anschauten. Heute Abend hatte sich alles verändert. Sie hatten geglaubt, dass sie das Sagen hatten, dass sie die Kontrolle hatten und ich nur ein kleines Mäuschen wäre, das ihnen ausgeliefert war.

Sie hatten sich geirrt.

Sie waren mir ausgeliefert.

Ich verlor mich in Tobias' Mund und dem Gefühl seiner Hände auf meinem Körper. Er hielt sich an mir fest, als das Auto ausscherte und die hellen Lichter der Kreuzung in sein Gesicht fielen, als wir auf die Autobahn auffuhren. Der V8-Motor des Mustangs dröhnte, als wir die Kilometer bis nach Hause zurücklegten. Als wir in die Einfahrt fuhren, hatte sich das wilde Verlangen, das wir zwischen uns hatten, abgekühlt und etwas Tieferes, Langsameres war an seine Stelle getreten.

Dieser Ort fühlte sich wie ein Zuhause an, mehr als alles andere, das ich bisher gehabt hatte. Das Eingangstor schloss sich mit einem Knall, als wir aus dem Auto stiegen. Ich zog mein Kleid wieder herunter, während Tobias alles Wesentliche zuknöpfte. Ich war noch nie so dankbar für reiche Leute und ihre hochen Hecken gewesen. Ich wollte mir gar nicht vorstellen, was unsere alte Nachbarin, Mrs. Cromwell, gedacht hätte.

Ich unterdrückte ein Lächeln, als Nick ausstieg. Dann zog er seinen Sitz für mich nach vorne, und sein Blick traf den meinen, als ich ausstieg. »Prinzessin«, murmelte er und schloss die Tür hinter mir.

Genau so fühlte ich mich auch, als ich meinen Blick auf den Boden senkte und das schüchterne Lächeln sich mit der Hitze in meinen Wangen vermischte. So fühlte ich mich bei ihnen. Als würden sie mich nicht nur sehen, sondern sich nach mir sehnen.

Caleb stand an der offenen Tür, als wir eintraten. Er hob seine Hand und wartete auf meine. Ich war augenblicklich gefangen und meine nackten Füße verließen den Boden. Nick hatte meine Schuhe in der Hand, als Tobias die Haustür abschloss und die Alarmanlage einschaltete.

Heute Nacht würde ich nicht mehr gehen.

Nicht von ihrer Seite weichen.

Ich schlang meine Arme um Caleb, als er mich die Treppe hinauf trug. Sein langer, muskulöser Körper spannte sich unter mir an, als er sich bewegte. Er trug mich ins Badezimmer, und die anderen folgten. Mein Reißverschluss wurde von erfahrenen Händen heruntergezogen. Calebs Lippen fanden meine Schulter und wanderten dann zu meinem Hals. »Du musst es langsam angehen, Prinzessin«, murmelte er. »Schritttempo ist hier wichtig, wir wollen dich nicht verletzen.«

Seine Worte trafen ins Schwarze.

Sie wollten mich ständig ficken.

Mein Körper musste mithalten.

Ich nickte und überließ es ihm, mein Kleid auszuziehen. Meine Absätze fielen auf den gefliesten Boden, als Nick sich auszog, und Tobias folgte ihm. »Mein.« Er erhob seinen Anspruch, schob seine Hose zu Boden und kam auf mich zu, wobei sein Schwanz hart wippte war.

Gott, ich hatte noch nie jemand so schönen gesehen.

Raubtierhaft und grausam, und doch war er zärtlich, als er mich um die Taille fasste und hochhob. Ich schlang meine Beine um ihn, während er die Wasserhähne betätigte und die Brause einstellte. Wir verschmolzen in der Wärme, bis ich mit dem Rücken auf die kalten Fliesen traf und zusammenzuckte.

Dann drehte er uns um und drückte seinen Rücken gegen die Kälte.

»Was immer du willst, Ryth«, knurrte er und starrte mir in die Augen. »Egal, was.«

Ich griff nach unten und ließ meine Hand an seinem Körper entlang gleiten. Macht durchströmte mich, als ich in seine Augen starrte. Er hatte einen Mann geschlagen, um eine Botschaft zu übermitteln. Er würde mehr tun, wenn es nötig wäre. Dieser Tyrann, der mein Leben zur Hölle gemacht hatte, war mehr, als er nach außen hin zeigte. Er war ein Mistkerl, aber er war mein Mistkerl. Ich winkelte meine Hüften an und führte ihn in mich ein. »Fick mich, Tobias. Fick mich!«

Er packte meinen Hintern und drückte meine Hüften nach unten, während er bis zum Anschlag in mich eindrang. Ein Stöhnen entrang sich mir. Meine Hände glitten über die weiche Haut. Ich verlor mich in seinen Gefühlen und wurde mir nur vage bewusst, dass Nick und Caleb zu uns in die Dusche kamen.

Hände waren auf meinen Brüsten. Lippen an meinem Hals.

Ich schmolz dahin.

Später fanden wir uns in Nicks Zimmer wieder, wo wir alle drei in seinem Bett lagen. Dort schliefen wir, ich in der Mitte, umgeben von ihrer Wärme. Ich schloss meine Augen und wartete darauf, dass der Schlaf mich einholte. Ich konnte an nichts anderes denken als daran, wie perfekt sich das anfühlte.

Ich wollte das für immer.

Nur wir vier.

Der Schlaf kam näher, mein Körper war bereits betäubt, nur mein Verstand musste noch folgen. Eine Hand glitt über meine Hüfte, bevor ich nach hinten gezogen und gegen eine Brust gepresst wurde.

»Mein«, murmelte Tobias, dessen Stimme schon schwer vom Schlaf war.

Sein Duft drang zu mir durch, als ich meine Augen schloss. Ich schmiegte mich an ihn, als Nicks Bein unter die Bettdecke rutschte und gegen meines drückte. Der einzige, der mich nicht berührte, war Caleb. Aber er war hier und blieb bei uns, und das sagte mehr als alles andere.

Ich seufzte und rutschte in den Schlaf, zufriedener als ich mich je zuvor gefühlt hatte.

»KLEINE MAUS.«

Als ich das leise Murmeln in meinem Ohr vernahm, kam ich wieder zu mir. Etwas Warmes drückte gegen meinen Rücken. Die harte Erektion schob sich zwischen meine Schenkel. Ich griff hinter mich und berührte einen warmen Schenkel. »Tobias«, seufzte ich.

Er schaukelte gegen mich und seine Hand umfasste meine Brust. »Ist es zu früh?«

Ich schloss die Augen, hob mein Knie an und ließ meinen Fuß träge an der Außenseite seines Beins entlang gleiten, während er in mich eindrang. Gott, das fühlte sich gut und richtig an. Nick hob den Kopf und beobachtete mit halbgeschlossenen Augen, wie sein Bruder mich von hinten nahm, dann ließ er den Kopf wieder auf das Kissen fallen.

Aber er schloss seine Augen nicht.

Stattdessen sah er zu und streckte seine Hand nach meiner aus. Unsere Hände trafen aufeinander und unsere Finger verbanden sich, während Tobias stieß und seine schweren Atemzüge immer tiefer und drängender wurden.

Ich schloss meine Augen und wölbte meine Wirbelsäule, als die Hitze durch mich hindurchfuhr. Ein kehliges Knurren und er stieß tief zu. Er stöhnte, als er kam. So würde es immer mit ihnen sein. Beruhigend und begierig. Ich konnte nicht genug bekommen.

»Essen«, murmelte Nick, als Tobias zum Stillstand kam und seine Hand immer noch auf meiner Hüfte lag. »Du bist dran, kleiner Bruder.«

Mit einem Grummeln löste Tobias sich von mir, rollte sich zusammen und kletterte mit viel zu viel Energie für diese Uhrzeit aus dem Bett.

»Eier und Speck?«

»Mit Toast«, fügte Nick hinzu.

»Dich habe ich nicht gefragt, Schwachkopf.«

Ich lächelte und hob den Kopf, als ich dem Blick meines Stiefbruders vom Ende des Bettes aus begegnete, als er sich Nicks Sweatshirt anzog. »Ryth?«

Ich lächelte. »Eier und Speck klingt perfekt.« Mein Bauch grummelte, was ihm einen finsteren Blick entlockte, bevor er sich umdrehte und aus dem Zimmer ging.

Ich verfolgte seine Schritte bis zum Badezimmer und dann die ganze Treppe hinunter.

»Bist du sicher, dass du mit uns einverstanden bist?«, murmelte Caleb hinter Nick. »Ich bin mir nicht sicher, ob du weißt, worauf du dich da eingelassen hast.«

»Um ehrlich zu sein, bin ich mir auch nicht sicher«, antwortete ich, als ich mich vom Bett erhob. »Aber ich denke, wir werden es bald herausfinden.«

Kapitel 40

RYTH

»Weißt du«, murmelte Nick, schaufelte sich einen Haufen Speck und Eier in den Mund und stach dann mit seiner Gabel in die Luft. »Das ist wahrscheinlich das Beste, was du je gekocht hast, kleiner Bruder. Ich bin beeindruckt«, sagte er und zwinkerte mir zu.

Tobias stand da und betrachtete den Teller seines Bruders finster. Meiner war immer noch voll, im Gegensatz zu seinem, der so gut wie leer war. »Ich habe sie nicht für dich gekocht, verdammt.«

»Ich weiß ... und deshalb ist es ja so gut«, lächelte Nick, was seinen Bruder zu einem Knurren veranlasste.

Ich schaute von einem zum anderen, als Caleb in die Küche stürmte und sich ein weiches schwarzes T-Shirt überzog, ohne zu merken, dass gleich ein Kampf ausbrechen würde.

»Iss lieber was, Prinzessin«, schlug er vor. »Bevor Tobias einen verdammten Anfall bekommt.«

Ich zog den Teller zu mir und schob ein Ei und zwei Stücke Speck auf meine Gabel, was mir einen Seitenblick von Nick einbrachte. »Willst du das alles essen?«

Tobias lief um die Insel herum, als Nick ein lautes Lachen ausstieß und die Hände in die Luft warf. »Das war ein *Scherz*.«

Aber Tobias spielte nicht mit, sondern packte ihn am Kragen, während Caleb sich lässig den Kaffee einschenkte und dann die Tasse an die Lippen hob. Es kam zu Handgreiflichkeiten, als die beiden Männer miteinander rangen und fluchten. Nick lachte noch lauter, was Tobias nur noch mehr anstachelte ... und ich aß einfach mein verdammtes Frühstück.

»Sonntag«, murmelte Caleb, schloss seine Augen und genoss seinen Kaffee. »Wie ich dich liebe. Was steht heute auf dem Plan, Prinzessin?«

Ich zuckte nur mit den Schultern und musste mit ansehen, wie die besitzergreifenden Idioten zu Boden gingen und sich gegenseitig umwarfen. »Aufgaben, denke ich. Ich habe viele ...«

Caleb riss die Augen auf. Der Kampf hinter mir endete augenblicklich.

Die Haare auf meinen Armen standen mir zu Berge. Ich schluckte einen Bissen herunter, als Caleb sich von der Insel abstieß und auf mich zuging. »Das glaube ich nicht, Ryth. Es ist unser erster gemeinsamer Tag. Wir gehen aus.«

»An den Strand?«, fragte Tobias, während er sich nach oben stemmte. »Damit ich Nick im Wasser fertig machen kann.«

»In die Turnhalle«, schlug Nick vor.

Aber Caleb starrte die beiden Männer an, als sie aufstanden und ihre angestrengten Atemzüge mich umgaben. »Was willst du tun, Ryth?«

Meine beiden Stiefbrüder sahen in meine Richtung, zuckten zusammen und fuhren sich mit den Fingern durch die Haare.

»Ja«, murmelte Tobias. »Alles, was du willst, kleine Maus.«

Ich war kaum draußen gewesen ... so gut wie gar nicht. Seit ich bei ihnen eingezogen war, hatte ich es eilig gehabt. Ich war damit beschäftigt gewesen, mich in der Schule einzuschreiben und dann die Hochzeit ... ja, die Hochzeit. Die hatte ich fast vergessen. Ich starrte Caleb an und wusste, dass wir jetzt, in dieser Minute, verwandt waren.

»Du bist mein Bruder«, flüsterte ich.

»*Stiefbruder*«, korrigierte er mich.

Meine Atemzüge kamen schwer und schnell. Ich hatte das gewusst ... ich hatte es verstanden. *Aber es war mir erst in diesem Moment klar geworden.*

»Prinzessin«, begann Nick und kam näher. »Ganz ruhig.«

»Wir können uns um dich kümmern«, versicherte Tobias, etwas leiser. »Besser als jeder andere es kann.«

»Um mich kümmern?«, wiederholte ich und begegnete seinem Blick.

Er nickte. Ich dachte an das Frühstück auf dem Tisch, an die Art und Weise, wie sie sofort aufhörten, wenn ich etwas brauchte.

»Niemand wird es wagen, dich anzufassen, nicht, solange wir dir den Rücken freihalten«, fügte Tobias hinzu. »Nicht jetzt, wo du eine Banks bist.«

Ich war eine Banks.

»Mein Gott«, flüsterte ich. »Ihr müsst mich alle für krank halten.«

»Krank?« Caleb stellte seine Tasse auf den Tresen und kam zu mir herüber. »Nicht kränker als wir. Du willst das doch, oder?«

Eine kalte Welle der Angst durchströmte mich. Nick zuckte zusammen und ließ seinen Blick von Caleb zu mir wandern.

»Kleine Maus?«, murmelte Tobias, so verdammt leise.

Und die ganze Zeit heulte diese Stimme in meinem Kopf, was ich schon immer gewusst hatte. »Ich will ...« Ich drehte mich um und sah sie alle drei an. »Ich will in das verdammte Einkaufszentrum gehen.«

Tobias stöhnte auf und wandte sich ab. »Ich wusste es, verdammt.«

Calebs Lippen verzogen sich zu einem langsamen, vorsichtigen Lächeln. »Dann gehen wir eben ins Einkaufszentrum.«

Es würde unter Protest geschehen, das wusste ich. Das machte es nur noch angenehmer. Ich stieß einen Schrei aus, rutschte vom Stuhl und stürzte auf die Treppe zu, bis ich stehen blieb, mich umdrehte und zu Tobias eilte, um meine Arme um ihn zu schlingen und ihm in die Augen zu sehen. »Danke für das Frühstück. Das war das Zweitbeste, was ich heute Morgen von dir bekommen habe.«

Ich küsste ihn und schmeckte den salzigen Speck auf seinen Lippen. Seine Arme legten sich um mich und zogen mich fest an sich. Er war schon verdammt hart. Die Beule in seiner Hose wuchs, als ich den Kuss vertiefte und mich dann von ihm löste. »Ich bin so verdammt geil.«

Es war der Traum einer jeden Frau. Drei Kerle an meiner Seite, auch wenn sie sich nicht so sehr vergnügen konnten wie ich. Wir nahmen Calebs Lamborghini und parkten in der Nähe der Eingangstür, bevor wir ausstiegen.

Ich hatte mich noch nie so lebendig, so aufgeregt gefühlt. Ich hatte nur meine Schuluniformen gehabt, und die paar Sachen, die Creed mir gekauft hatte, als ich vor fast zwei Monaten hier angekommen war.

»Okay, wohin zuerst?« Caleb drückte den Knopf und schloss das Auto ab.

»Victoria's Secret«, meldete Tobias sich zu Wort und erntete dafür einen bösen Blick von Nick.

»Du willst mit deiner verdammten Schwester zu Victoria's Secret gehen?«

»Wenn sie Ryth ist, *ja*«, räumte Tobias ein.

»Wir müssen vorsichtig sein«, murmelte Caleb, als er um das Auto herumging und Tobias im Vorbeigehen anstarrte. »Es darf nicht rauskommen.«

»Das ist mir scheißegal«, schnauzte mein launischer Stiefbruder.

Caleb blieb stehen und blickte wütend in meine Richtung. »Es geht nicht um dich, du Idiot. Es geht um sie.«

Tobias zuckte zusammen und folgte dann dem Blick seines Bruders zu mir. Er leckte sich über die Lippen. »Ja. Du hast recht.«

»Also, was immer sie will, bekommt sie, und wir stehen vor dem Laden und spielen die pflichtbewussten älteren Brüder, die meckern und sich beschweren, wie du es so gut kannst. Kapiert?«

Es war das erste Mal, dass ich Caleb auf diese Art und Weise sah.

Und es funktionierte.

»Klar, natürlich«, grummelte er. »Was immer du willst, kleine Schwester.«

»Das wäre geklärt, lass uns gehen«, sagte Nick und deutete auf den Eingang des Einkaufszentrums.

Ich ging an ihnen vorbei und griff nach Tobias' Arm. »Komm schon, großer Bruder, mal sehen, was wir mit den ganzen zweihundert Dollar auf meinem Konto machen können.«

Er schaute nur finster drein und warf dann einen Blick hinter uns zu Nick.

Aber das war mir egal, ich war bereit, mein Geld auszugeben. Zuerst einmal wollte ich Badebomben, denn ich hatte mich nicht mehr in einer Badewanne entspannt, seit ich mit drei erwachsenen Männern zusammengezogen war, die nichts von Privatsphäre und Zeit für sich selbst verstanden.

Tobias ließ sich von mir nach drinnen ziehen, vorbei am Imbiss und steuerte einen Laden namens *Bath Elegance* an. Ich entspannte mich und verbrachte einige Zeit damit, an den einzelnen Düften zu schnuppern, bis mir von Lavendel und Rosen fast schwindelig wurde.

Tobias nahm eine in die Hand, schnupperte daran und ging dann zu mir hinüber. »Diese hier.«

Ich betrachtete die kalkweiße Kugel in seiner Hand. »Ja?«

Er nickte. »Ja.«

Ich schnappte sie mir und hielt sie an meine Nase. Der Duft von Vanille schlug mir entgegen. Es war genau wie das Parfüm, das meine Mom mir letztes Jahr zu Weihnachten geschenkt hatte. »Oh, das magst du also.«

»Ja.« Er warf einen Blick auf die Frau hinter der Kasse und zuckte dann mit den Schultern. »Ich meine, es ist in Ordnung ... wenn du es willst.«

Ich schnappte mir drei und ging auf Nick zu, der an der Kasse stand. Caleb war in dem Moment verschwunden, als ich den Laden betreten hatte. Ich hatte nicht damit gerechnet, dass die beiden hier bleiben würden. Um ehrlich zu sein, war ich mehr als dankbar für die Autofahrt hierher und zurück nach Hause.

»Dreiundachtzig Dollar«, sagte die Kassiererin und starrte Nick an, der lässig an der Theke lehnte, ohne zu bemerken, dass sie nervös zu sein schien.

»Für Badebomben?«, murmelte ich und mein Magen verkrampfte sich.

Nick lachte nur und reichte mir seine schwarze American Express-Karte. »Ja, für Badebomben, Ryth. Nimm die.« Er deutete auf die Karte, die er mir in die Hand drückte. »Die gehört sowieso dir.«

Mein Herz machte einen Sprung, als ich auf die Karte in meiner Hand hinunterblickte, auf deren Vorderseite mein Name stand: *Ryth Castlemaine.* »Das kann nicht dein Ernst sein?«

Er stieß sich von der Theke ab und trat so nah an mich heran, dass er mich fast küssen konnte, um zu murmeln: »So ernst wie ein verdammter Herzinfarkt, kleine Schwester.«

Dann schritt er davon und ließ die Frau hinter dem Tresen mit hochgezogenen Augenbrauen und herunterhängender Kinnlade zurück. »Heilige Scheiße«, flüsterte sie und blickte auf die Karte in meiner Hand hinunter. »Hat er dich gerade fast ... *geküsst?*«

»Natürlich nicht«, sagte ich gezwungen, als ich ihr die Karte reichte. »Er ist mein Bruder.«

Ich verließ den Laden mit brennenden Wangen und einem Schwindelgefühl im Kopf.

Sie brachten mich zu einem Geschäft nach dem anderen, und Caleb kam eine Stunde später dazu. Alle drei warteten geduldig, meist neben mir, während ich stöberte, und suchten dann unter Tobias' Anleitung neue Turnschuhe aus. »Ich dachte, wir könnten zusammen joggen gehen.«

Er erstarrte und seine Augen weiteten sich vor Freude. »Du willst mit mir joggen?«

Ich würde auf keinen Fall mithalten können, aber ich zuckte mit den Schultern. »Warum nicht? Ich muss meine Ausdauer verbessern.«

Er grinste augenblicklich und biss sich auf die Lippe, was mich direkt zwischen die Schenkel traf. »Verdammt, ja«, antwortete er und warf mit einem teuflischen Funkeln in den Augen nicht nur ein, sondern gleich zwei Paar Schuhe auf den Tresen.

Er würde mich zu Tode hetzen, ich wusste es einfach.

Wir verbrachten Stunden mit dem Einkaufen und es gab keine Beschwerden, nicht einmal, als sich die Tüten stapelten und ich eine ganze Garderobe mit den schönsten Sachen, die ich je gesehen hatte, gekauft hatte: Kleider, Jeans, einen weichen Kaschmirpullover, von dem Tobias sagte, er passe zu dem hässlichen Fleck auf meiner Wange. Als er das sagte, wandte ich den Blick ab und stand vor der Auslage, den weichen Stoff an meine Wange gepresst.

Ich lächelte und strich mir die Haare nach unten.

»Mh-hm, kleine Maus.« Tobias zog meine Hand sanft weg und starrte mir ins Gesicht. »Du sollst dich nicht vor uns verstecken ... *niemals*.«

Hitze durchfuhr mich und schloss sich um mein Herz.

»Wir bringen die Sachen zum Auto und kommen zurück«, sagte Nick und hob die Tüten in die Luft.

Caleb folgte ihm und trug neben seinen eigenen Einkäufen auch meine.

Ich schnappte mir den Pullover und spürte das Brennen von Nicks Karte, als ich sie noch einmal durchzog. Ich würde ihm für den Rest meines verdammten Lebens Geld schulden ... aber ich war mir sicher, dass wir uns irgendwie einigen würden. Meine Muschi verkrampfte sich bei dem Gedanken, Geld gegen meinen Körper zu tauschen. Ich blieb stehen und sah zu, wie Nick aus dem Laden ging. Dann würde ich seine Hure sein.

»Alles klar bei dir?«, fragte Tobias.

Ich warf einen Blick in seine Richtung und sah einen verwirrten Gesichtsausdruck, bevor er näher kam. »Oder musst du etwas in der Umkleidekabine anprobieren?«

Ich wusste *genau*, was er meinte. »Wir sind in einem Schuhladen, da gibt es keine Umkleidekabinen.«

»Es gibt doch ein Hinterzimmer, oder nicht?«

Ich konnte mir ein Grinsen nicht verkneifen. »Kannst du nicht warten?«

Sein starrer Blick war Antwort genug.

»Tobias«, murmelte ein tiefes, vertrautes Grollen hinter uns.

Mein Stiefbruder versteifte sich, dann drehte er sich langsam um. Lazarus Rossi stand hinter uns, flankiert von seinem Bodyguard. Er warf einen Blick auf mich und dann auf die Taschen in meiner Hand. »Seid ihr auf Shoppingtour?«

Tobias machte einen drohenden Schritt nach vorne und stellte sich zwischen Lazarus und mich. »Was geht dich das an, verdammt?«

»Es ist einfach nur seltsam.« Lazarus richtete seinen Blick auf mich. »Dass du dir überhaupt keine Sorgen um deinen Vater machst, wo er doch vermisst wird.«

Mein Magen sank. »Vermisst? Was meinst du mit vermisst?«

Diese eisblauen Augen blickten mich nur finster an. »Willst du wirklich so dastehen und mir erzählen, dass du nichts weißt?«

Ich brauchte nicht zwischen uns zu stehen. Ich drängte mich vor und trat um Tobias herum. Er ergriff meine Hand und zog mich an seine Seite. »Er wird nicht vermisst, er ist verärgert über die Nachricht, dass er nicht rauskommt.«

»Verärgert?« Lazarus trat einen Schritt näher und stand nun Brust an Brust mit Tobias, ohne mich aus den Augen zu lassen. »Wenn du das glauben willst, dann nur zu.«

»Weißt du was?«, schnauzte ich und mein Gesicht wurde heiß. »Fick dich, du Stück Scheiße. Fick dich dafür, dass du ihn überhaupt erst da reingesteckt hast!«

»Ihn da reingesteckt?« Kalte, harte Wut blitzte in seinen Augen auf, als er sich näher beugte, um zu knurren: »Er hat verdammtes Glück, dass er noch atmet. Du hast keine Ahnung, wie nah wir dran waren, ihm eine Kugel in sein verdammtes Gehirn zu jagen. Wer uns bestiehlt, muss mit den Konsequenzen leben. Er wusste das ... und hat es trotzdem getan.«

»Stehlen?« Ich konnte nicht mehr klar sehen. »*Stehlen? Was stehlen?*«, zischte ich. »Was zum Teufel hat er gestohlen, Luft?«

»Ryth«, warnte Tobias, als wüsste er, dass ich eine Grenze überschritten hatte.

Aber das war mir egal. »Wir haben *nichts*! Was glaubst du denn, warum wir bei den Banks leben?«

»Weil deine Mom die Wahrheit weiß«, antwortete Lazarus und schaute Tobias an. »Und dein Dad auch. Jack ist nicht im Gefängnis, Ryth.«

»Wo ist er dann?«, bellte ich.

Lazarus suchte in meinen Augen nach der Wahrheit. »Das ist eine sehr gute Frage. Deine Mutter lügt, und ich will wissen, warum.«

Er begegnete Tobias' Blick, bevor er sich abwandte. Aber ich konnte ihn nicht gehen lassen, noch nicht ...

Ich stürzte mich auf ihn und packte seinen Arm. Sein Bodyguard reagierte sofort, packte mein Handgelenk und verdrehte es, bis ich aufschrie. Tobias holte aus und rammte seine Faust in die Brust des Mannes. »Lass sie verdammt nochmal los, Freddy!«

Augenblicklich löste sich mein glücklicher Tag in Chaos auf. Eine Waffe wurde gezogen und auf Tobias gerichtet.

»Halt dich verdammt nochmal zurück, T«, warnte Freddy.

Mein Handgelenk pochte und Panik machte sich in mir breit, als ich die Waffe anstarrte. »Nein ... *nein*!«

»Freddy«, rief Lazarus seinen Kampfhund zurück. »Lass uns hier verschwinden.«

Aber Freddy rührte sich nicht, bis Lazarus sich umdrehte und ging, während die anderen im Laden uns anstarrten.

»Ich habe die Polizei gerufen«, rief die Verkäuferin.

»Mach dir keine Mühe«, knurrte Tobias und starrte Freddy hinterher, als dieser seinem verdammten Meister folgte. »Wir sind schon weg.«

Kapitel 41
RYTH

»Ryth!«, bellte Tobias und schob die Schaulustigen beiseite, als er mich aus dem Laden zog.

Aber ich konnte weder seine Hand noch ihre Blicke spüren. Ich spürte nur dieses leere Gefühl in der Mitte meiner Brust.

»Was zum Teufel ist passiert?« Nick stürmte auf mich zu und sah sich schnell um.

»Lazarus ist passiert«, antwortete Tobias und warf einen Blick in meine Richtung.

Nicks Augen blitzten vor Wut, als er mich musterte. »Hat er dir wehgetan?«

Er hat verdammtes Glück, dass er noch atmet. Du hast keine Ahnung, wie nah wir daran waren, ihm eine Kugel in sein verdammtes Gehirn zu jagen. Lazarus' Worte klangen hohl und seltsam in meinem Kopf. »Er hat gesagt, dass Mom lügt«, murmelte ich, als Tobias mich in Richtung der Eingangstür des

Einkaufszentrums zerrte. Ich drehte mich um und sah Tobias direkt an. »Er hat gesagt, sie lügt.«

»Ja ...«, murmelte er.

Ich wich zurück. »Was soll das denn heißen?«

Er sagte nichts. Er verlängerte nur seine Schritte und zwang mich, schneller zu gehen, um Schritt zu halten. Caleb kam auf uns zu, als wir die automatischen Türen erreichten und uns auf den Weg nach draußen machten. »Was ist passiert?«

»Lazarus«, antwortete Nick. »Er hatte anscheinend viel zu sagen.«

Caleb konzentrierte sich auf Tobias' Griff an meinem Arm und dann auf den schmerzvollen Blick in meinen Augen. »Du tust ihr weh.«

»Was?«, knurrte Tobias.

Caleb ging auf mich zu. »Lass ihren Arm los, T, du tust ihr weh.«

Sein Griff lockerte sich augenblicklich, bevor er auf die geröteten Stellen an meinem Arm blickte. »Tut mir leid.«

Wir gingen schnurstracks zum Auto und stiegen zwischen dem Berg von Taschen ein. Ich starrte die Taschen auf dem Rücksitz an. Ich wollte sie nicht mehr, nichts davon. Ich lehnte mich nach vorne und stützte mein Gesicht in meine Hände.

»Ryth?« Caleb rief meinen Namen vom Fahrersitz aus.

»Ryth, sprich mit uns«, drängte Nick vor mir.

Aber Tobias sagte nichts. Ich spürte die Kälte, die von ihm ausging, und die Erinnerung an die auf ihn gerichtete Waffe ließ die Panik in mir kalt werden. Er hätte getötet werden können ... *nur meinetwegen.*

Ich öffnete meine Augen und drehte mich zu ihm um.

Er starrte geradeaus und seine dunklen Augen wurden noch dunkler, als Caleb den Lamborghini startete und den Parkplatz verließ.

»Er sagte, Dad hätte sie bestohlen.« Mein Blick schweifte ab, als mir Laz' Worte wieder in den Sinn kamen. »Was zum Teufel hat er denn gestohlen, Geld war es jedenfalls nicht!«

Im Auto wurde es unangenehm still ... *zu still.* »Was hat er gestohlen?«, wiederholte ich und drehte mich erst zu Caleb und dann zu Nick um.

»Drogen«, antwortete Tobias neben mir und brannte Caleb mit seinem Blick ein Loch in den Hinterkopf. »Dein Vater hat für die Rossis mit Drogen gehandelt.«

»Drogen?«, flüsterte ich und schüttelte langsam den Kopf. »Nein, das kann nicht sein.«

Caleb begegnete meinem Blick im Rückspiegel. »Es ist die Wahrheit.«

»Drogen?« Das Wort schwirrte in meinem Kopf herum. »Mein Dad hat Drogen gestohlen?«

»Drogengeld«, antwortete Caleb, während er den Gang einlegte und das Gaspedal durchdrückte. Der schnittige Sportwagen fühlte sich nicht schwer und pochend an wie der Mustang. Stattdessen stürmte er vorwärts und schwenkte unter den Händen eines Experten um die Kurven. Wir flogen förmlich zurück nach Hause und fuhren mit einem Ruck in die Einfahrt, bis der Motor des Lamborghini ausging.

Drogengeld ... mein Vater hatte *Drogengeld* gestohlen. *Mein Gott ... das war schlimm ... das war wirklich, wirklich schlimm.* Meine Brüder stiegen aus, Caleb ging zur Tür und Nick und Tobias trugen meine Taschen hinein. Aber jetzt gab es einen Unterschied. Nick blieb zurück und musterte die Straße, während Tobias mich ins Haus drängte.

Dachten sie, Lazarus würde mich holen kommen?

Oh Gott. Es traf mich wie ein Schlag in die Brust. Sie dachten, Laz oder die Rossis würden mich holen kommen! Und das alles nur, weil Mom mich angelogen hatte. Ich eilte ins Haus, ging in die Küche und riss die Kühlschranktür auf. Meine Taschen fielen auf den Küchenboden, bevor Caleb sich zu uns umdrehte. »Ich will genau wissen, was Lazarus gesagt hat, Wort für Wort.«

»Was spielt das für eine Rolle?«

Caleb stützte sich mit einer Hand auf den Tresen und richtete seinen Blick auf Tobias. »Es spielt eine Rolle.«

Tobias verdrehte die Augen, aber dann wiederholte er, was Lazarus gesagt hatte, Wort für Wort, genau wie Lazarus es gesagt hatte.

»Mein Gott«, fluchte Caleb, als er sich abwandte und auf dem Küchenboden auf und ab ging.

»Was?«, flüsterte ich und musterte sein Gesicht.

Er blieb auf halbem Weg stehen.

»Spuck es aus, Bruder«, knurrte Nick. »Was zum Teufel ist los?«

»Ich wusste, dass er ein verlogenes Stück Scheiße ist«, knurrte Caleb und starrte auf den Boden. »Ich wusste es einfach.«

»Was wusstest du?«, knurrte Nick und drehte sich zu ihm um. »Sag es uns!«

»An dem Tag, als er blutverschmiert nach Hause kam und mit Ryth diese verdammte Spritztour machte, wusste ich, dass etwas passiert war. Also ging ich in sein Arbeitszimmer. Ich loggte mich in seinen Computer ein und fand heraus, wo er war.«

Mir stockte der Atem und mein Herz hämmerte.

»In seinem Tagebuch stand der Name Mitchelton.«

Mein Magen sank. »Mitchelton ... *wie Mitchelton-Gefängnis?*«

Keiner antwortete. Ich nahm an, das war Antwort genug. Meine Gedanken rasten und versuchten, alles zusammenzufügen.

»Es könnte *nichts* sein«, sagte Caleb, aber er schüttelte den Kopf.

»Aber es könnte auch alles sein.« Tobias trat einen Schritt näher, ein wilder Blick brannte in seinen Augen. »Ich habe dir gesagt, wie er verdammt nochmal wirklich war. Ich habe dir gesagt, was er gemacht hat, als wir drei mit Mom hier waren, als sie ihre Testergebnisse bekam. Ich habe es dir gesagt, und du hast mir immer wieder *gesagt*, dass ich mich irre. Er hat ihr das Herz gebrochen ... *er hat ihr verdammtes Herz gebrochen.*« Tobias schaute mich an, und etwas verschob sich hinter der Dunkelheit in seinen Augen. »Während wir Mom in den Armen gehalten haben, hat er eine andere Frau gefickt ... drei Stück, um genau zu sein. Ich habe Lazarus verprügelt, als er es mir erzählt hat, obwohl er nichts weiter getan hat, als mir den Rücken zu stärken. Es hat unsere Freundschaft ruiniert, nur weil Dad nicht damit umgehen konnte, dass seine Frau im Sterben lag.«

Ich konnte nicht sprechen, konnte den Blick nicht abwenden. Nicht vor dem Schmerz, der in seinen Augen aufflammte, und auch nicht vor seinen Worten, die flossen wie Blut. »Glaubst du mir jetzt?« Er drehte sich um und starrte Nick an. »Bruder?«

Die Muskeln in Nicks Kehle verkrampften sich. »Ja«, antwortete er. »Ich glaube dir.«

»Das Arbeitszimmer«, knurrte Caleb. »Es muss noch mehr Informationen geben, etwas, das ich vorher nicht gesehen habe.«

Tobias nickte und seine Lippen verzogen sich zu einem finsteren Lächeln. »Dann lasst es uns auseinandernehmen.«

Nick schaute in meine Richtung. »Wenn es sein muss, bis auf die Grundmauern.«

»Prinzessin.« Caleb griff nach meiner Hand. »Lass uns der Sache auf den Grund gehen.«

Meine Knie zitterten, als ich nach vorne trat und seine Hand nahm. Wir gingen alle ins Arbeitszimmer, wo Caleb die Tür aufriss und den Knopf für die Jalousien betätigte. Das Sonnenlicht flutete herein und brachte all die dunklen Ecken und schmutzigen Geheimnisse zum Vorschein. Ich warf einen Blick auf die Reihen von Gesetzesbüchern in den Regalen und mir wurde ganz flau im Magen.

Was zum Teufel hatte Creed vor? Und warum zum Teufel hatte meine Mom damit zu tun?

Caleb kam um den Schreibtisch herum und drückte auf den Knopf, um den Computer zum Leben zu erwecken. Ich hatte zugelassen, dass Creed mir Dinge kaufte, dass er mich freundlich behandelte, und trotzdem ...

Übelkeit überkam mich wieder.

Was hatte er die ganze Zeit über geplant?

Nick lehnte sich über Calebs Schulter, als er den Computer seines Vaters freischaltete und sich daran machte, jede Datei zu öffnen und zu mustern. Caleb wusste, was er tat, wusste, wonach er suchte, und drückte alle Befehle, die der Computer forderte, um Akten und Aktenordner zu durchsuchen.

»Wo ist das Geld?«

Tobias warf mir einen ruckartigen Blick zu. »Was?«

Ich begegnete seinem Blick. »Wo ist das Geld? Das FBI hat alles mitgenommen. Wenn sie etwas gefunden hätten, wüssten wir das doch, oder?«

Caleb hob seinen Blick von dem Monitor. »Nicht unbedingt, nicht wenn sie einen Fall daraus machen.«

»Einen Fall gegen wen? Mein Dad sitzt doch schon im Gefängnis.«

Caleb schaute Nick an, als Tobias ein schallendes Gelächter ausstieß. »Sie sind hinter uns her?«

»Hinter wem sollten sie sonst her sein?«, fragte ich. »Erst ist Dad weg und dann schleppt Mom uns noch in derselben Nacht hierher ... um eine Familie zu sein.«

Caleb erhob sich gleichzeitig mit Nick vom Stuhl und wirbelte herum.

»Darum geht es doch, oder? Es ist nicht nur eine Ehe, es ist ein Pakt, ein Pakt zwischen deinem Vater und meiner Mom«, erklärte ich, als mir einiges klar wurde.

»Mein Gott«, flüsterte Nick. »Sie hat recht.«

Die Elektrizität summte im Raum und ließ mir die Haare auf den Armen zu Berge stehen.

»Jetzt müssen wir nur noch herausfinden, warum«, sagte Caleb und blickte zum Monitor.

»Und was mit meinem Dad passiert ist«, fügte ich hinzu. »Das zuerst. Das zuerst und alles andere danach.«

»Einverstanden«, sagte Nick. »Alles andere können wir herausfinden, aber die Familie hat Vorrang.«

Angesichts seiner Worte erleichterte sich etwas in meiner Brust. Etwas flatterte gegen mein Herz, oder vielleicht war es auch mein Herz selbst. Nick starrte mich an und ich wusste zum ersten Mal, wie sich wahre Loyalität anfühlte.

Sie ließ nicht nach. Sie war echt und bodenständig.

Sie war unverfälscht und hungrig, genau wie das, was wir miteinander teilten ... *wir alle.*

»Dann lasst uns an die Arbeit gehen«, drängte Tobias. »Du nimmst dir den Computer vor und ich gehe die verdammten Bücher durch. Irgendetwas muss hier sein, irgendwo.«

Tobias ging zum Bücherregal, griff nach dem mittleren Buch im Regal, das seiner Hand am nächsten war, und riss es heraus. Der marineblaue Wälzer mit dem goldenen Rand lastete auf seiner Hand. Der Ausdruck des Ekels auf seinem Gesicht wuchs, als er durch die Seiten blätterte und es auf den Boden fallen ließ. Es schlug mit einem dumpfen Geräusch auf. Nick und Caleb starrten ihn an, als wäre das ein Sakrileg. Als hätte er einen Zauber gebrochen. Vielleicht war es auch so ... vielleicht hatte ich auch einen Bann zu brechen.

Ich bewegte mich zu einem anderen Regal und griff danach.

»Nicht die, kleine Maus«, warnte Tobias und hielt meine Hand zurück. »Die gehören Mom.«

Ich zog meine Hand weg und schaute mir die wenigen Zeitschriften an. Die Buchrücken waren zerknittert und die Einbände waren abgenutzt. Ich wusste nicht, warum mir das nicht schon früher aufgefallen war. Die Unterteilung der Bücher war so verdammt offensichtlich. Diese Abteilung war klein und unordentlich, gefüllt mit Zeitschriften und dicken Softcover-Büchern, während die Bücher, die Tobias herausgerissen hatte, um sie durchzublättern und auf den Boden fallen zu lassen, frisch und fast neu waren.

Bumm.

Bumm.

Bumm.

Buch für Buch nahm Tobias die Bücherregale auseinander. Wir suchten den Rest des Tages. Caleb war frustriert, als er den Computer durchsuchte, und tauschte den Platz mit Nick, um dann die Schubladen von Creeds Schreibtisch aufzureißen und alles zu durchsuchen, was er finden konnte.

Bumm.

»Hier ist nichts«, knurrte Tobias und riss ein weiteres Buch aus dem Regal.

»Such weiter«, murmelte Caleb.

Tobias riss das nächste Buch aus dem Regal, ohne auch nur die Seiten zu durchsuchen. »*Hier ist ... nichts.*«

Ich beugte mich vor, griff nach dem Buch mit den Gesetzen, das er fallen gelassen hatte, und blätterte mit zittrigen Fingern durch die Seiten.

»Dann suchen wir verdammt nochmal weiter, bis wir etwas finden.« Caleb zog eine Schublade auf, schüttete sie aus und kniete inmitten des Inhalts.

Tobias hatte recht.

Tief im Inneren wusste ich es. Das war es, wovor ich Angst gehabt hatte.

»*Scheiß drauf!*« Nick schob die Tastatur über den Schreibtisch. Mein Rücken schmerzte, als ich mich aufrichtete und mich in der Trostlosigkeit umsah. Wir waren von einer Seite des Arbeitszimmers zur anderen gewandert und hatten jedes Buch durchsucht ... alle bis auf den kleinen Abschnitt, der von ihrer Mom unberührt geblieben war.

Hier gab es nichts.

Nick lehnte sich nach vorne und stützte seinen Kopf mit den Händen auf dem Schreibtisch ab.

Stille.

Angestrengte Stille.

Darunter erklang die Hoffnung, wie das Kratzen von Schrauben, die sich lösten.

»Wir brauchen eine Pause«, murmelte Caleb.

Ich warf einen Blick aus dem Fenster, auf das schwindende Sonnenlicht. Wir hatten fast den ganzen Tag gesucht, ohne Pause, ohne anzuhalten, und unsere Frustration wuchs von Stunde zu Stunde.

»Essen, duschen und wir machen einen besseren Plan«, sagte Nick.

»Ich muss ficken oder kämpfen. Ich muss ...« Er warf einen Blick in meine Richtung und zuckte dann zusammen. »Vergiss es.«

Und schon war er verschwunden, ging auf die offene Tür zu und verschwand. Das dumpfe Geräusch seiner Schritte erklang auf der Treppe und verstummte dann.

»Ich gehe Essen holen.« Caleb drehte sich vom Fenster weg. »Ich habe einen Bärenhunger.«

»Kommst du?« Tobias drehte sich zu mir um.

Ich sah den Hunger in seinen Augen, die eingesperrte, brodelnde Wut, die sich entladen musste. »Geh«, murmelte ich. »Mir geht es gut.«

Mit einem Nicken wandte er sich ab. Ich brauchte nicht zu fragen, wohin er gehen wollte. Er ging dorthin, wohin er immer ging, wenn er wütend war: rennen.

Caleb verließ das Arbeitszimmer, Tobias nach ihm und sie ließen mich inmitten der Verwüstung allein zurück. Ich sah mich in dem Durcheinander von Büchern und umgeworfenen

Schubladen um und mein Blick wanderte zu den unberührten Regalen mit den Tagebüchern ihrer Mutter.

Jene, die sie nicht anfassen wollten. Ich trat näher heran und hatte immer noch den Drang, sie sicherheitshalber zu öffnen. Aber als ich den Einband des ersten Tagebuchs berührte, wusste ich, dass ich es nicht tun konnte. Naomi Banks verweilte wie ein Geist an diesem Ort und hinterließ viel zu viele Erinnerungen und Wunden, die immer noch bluteten. Ich zog meine Hand weg und verließ das Arbeitszimmer, wobei ich das Zuschlagen der Haustür hörte, als ich hinaustrat.

Das Haus war still. Viel zu still. »Nick«, rief ich leise und stieg die Treppe hinauf.

Doch es kam keine Antwort und dann, als ich auf dem Treppenabsatz in unserem Stockwerk ankam, hörte ich das Grunzen von Sex unter seiner geschlossenen Tür. Ich zuckte zurück und der Schmerz flammte auf, als ich von dem Geräusch angezogen wurde.

Wieder ertönte das Geräusch von Sex.

»Nick?«, murmelte ich und riss seine Tür auf.

Das glitschige Klatschen von Haut auf Haut ertönte. Nick lag auf dem Bett, seinen harten Schwanz in einer Hand und sein Handy in der anderen. Ich zuckte zusammen, als wäre ich geohrfeigt worden. Mein Inneres verkrampfte sich, als es mich traf.

Porno... er sah sich einen Porno an ...

Schmerzen durchzuckten meine Brust, bis das vertraute Stöhnen einer Frau an mein Ohr drang.

»Was zum Teufel?«, rief ich aus.

Nick riss seine Augen auf. »Ryth«, stöhnte er und ließ sein Handy auf das Bett fallen.

Auf dem Bildschirm lief der Sex ab. Nur war es nicht die Art von Sex, die ich erwartet hatte.

Es waren er und ich ... und Tobias stand nackt im Hintergrund.

Nicks Kopf war zwischen meinen Beinen vergraben, bevor er aufstand. Sein Schwanz füllte den Bildschirm aus, bevor die Kamera die Bewegung verfolgte, als er zum ersten Mal in mich eindrang.

Auf dem Bildschirm wand ich mich und stöhnte, als seine dicke Spitze in mich glitt. Mein Körper bebte und mein Stöhnen wurde immer lauter. »Mehr«, wimmerte ich. »Mehr Nick.«

Ich konnte nicht denken. Meine Gedanken rasten. »Du hast uns gefilmt?«

Scham und Hunger zeichneten sich auf seinem Gesicht ab. »Ja.«

Ich trat näher an das Bett heran. Mein Blick wechselte zwischen dem Video von uns und demselben dicken Schwanz in seiner Hand. »Und du schaust dir das an?«

Er leckte sich über die Lippen. »Ja.«

Überraschung, Eifersucht und Befriedigung trafen aufeinander. Er war immer noch erregt, immer noch begierig auf ihn. Ein Déjà-vu überkam mich. Er hatte mich an diesem ersten Tag beobachtet, als er mich mit in den Park genommen hatte. Er hatte meinen unbeholfenen Versuch beobachtet, mich selbst zu befriedigen.

Jetzt wollte ich ihn sehen.

»Mach weiter«, befahl ich und begegnete seinem Blick. »Ich will zusehen.«

Es gab ein kurzes Aufflackern der Überraschung, bevor seine Hand sich wieder um seinen Schwanz legte und sich langsam auf und ab bewegte. Nur dass er diesmal nicht auf den Bildschirm schaute. Er schaute mich an. Mein wahres Ich.

Ich zwang mich, zu bleiben, wo ich war. Hitze durchströmte mich, als er seine Faust um seinen harten Schwanz ballte. Mir lief das Wasser im Mund zusammen, als ich sah, wie die Ader unter seinem Schaft durch den Druck pulsierte. Fest, stark. Die Muskeln in seinem Arm spannten sich an, als er über die glatte Länge strich, bis zur Spitze und dann mit der Faust wieder nach unten fuhr.

An der Spitze bildete sich ein kleiner Tropfen.

Ich trat näher heran und konnte mich nicht mehr zurückhalten.

»Wie oft hast du es dir schon angesehen?«, murmelte ich.

»Oft«, stöhnte er und runzelte die Stirn.

»Hast du noch andere Aufnahmen ... von anderen Frauen?«

»Nein«, antwortete er und seine Hand hörte nicht auf, diese harte Länge zu bearbeiten, während sie rot wurde. »Nur dich.«

»Weil ich in der Nacht, in der du mich gefickt hast, noch Jungfrau war?« Ich streckte meine Hand aus und fuhr mit dem Finger an der Hitze entlang, um den Tropfen aufzufangen.

Er stieß ein tiefes Stöhnen aus, halb Tier, halb Mann. »Ja.«

Ich saugte seinen Geschmack von meinem Finger. »Und weil ich deine Schwester sein sollte?«

Sein Körper bebte, sein Schwanz verkrampfte angesichts der Worte. Er brauchte nicht zu sprechen. Ich sah alles.

»Deine Schwester«, flüsterte ich, »die du in den Park gefahren hast. Deine Schwester, die du dazu gebracht hast, ihre Beine in deinem Auto zu spreizen und sich selbst zu befriedigen.«

Er schloss seine Augen und ließ seinen Kopf nach hinten fallen. »Scheiße, ja.«

»Willst du das nochmal, Nick?«, flüsterte ich. »Willst du mich in deinem Auto sehen, mit geöffneten Beinen, den weißen Schlüpfer zur Seite geschoben?«

Er kam mit einem langen Stöhnen und sein Sperma spritzte gegen seinen Bauch.

Verdammt, wenn mein Körper bei diesem Bild nicht pulsierte. So etwas Heißes hatte ich noch nie gesehen.

Piep. Eine Nachricht flimmerte über den Bildschirm.

Natalie: Baby bitte ...

Der Anblick ihres Namens traf mich wie eine Ohrfeige. Ich zuckte zusammen und wich einen Schritt zurück, als Nick die Augen öffnete.

»Was?«, stöhnte er und stemmte sich nach oben, während in seinen Augen Besorgnis aufblitzte.

Ich konnte nicht verhindern, dass mich die Eifersucht von dem Moment, den wir gerade geteilt hatten, wegholte. »Anscheinend hat deine *Freundin* den Wink nicht verstanden«, knurrte ich. »Vielleicht warst du nicht so deutlich, wie du gesagt hast.«

Dann drehte ich mich um und stürmte aus dem Zimmer, als mein eigenes Handy in meiner Tasche vibrierte. Ich griff danach, als ein Schmerz durch meine Brust fuhr.

»Ryth!«, rief Nick, als ich seine Tür zuschlug. »*Verdammt nochmal, Ryth!*«

Aber ich wollte nicht mit ihm sprechen, nicht jetzt. Ich ging in mein Schlafzimmer, den einzigen Ort, an dem ich Zuflucht hatte, und schlug die Tür hinter mir zu.

»Verpiss dich, Nick«, knurrte ich, als das dumpfe Geräusch seiner Schritte ertönte. »Ich warne dich, lass mich in Ruhe.«

Ich griff nach meinem Handy und setzte mich auf das Ende des Bettes. Tief in mir drin wusste ich, dass ich unvernünftig war. Wenn sie ihn anflehte, dann hatte er mehr als deutlich gemacht, dass er fertig war.

Trotzdem konnte ich den Schmerz und das überwältigende Gefühl der Hilflosigkeit nicht aufhalten.

Piep.

Mein Handy ertönte wieder. Ich fuhr mit dem Daumen über den Bildschirm und entsperrte es.

Gio: Wenn du die Informationen willst, dann musst du mich treffen.

Was?

Ich scrollte nach unten und las die vorherigen Nachrichten.

Gio: Lazarus hat die Wahrheit über deinen Dad zurückgehalten. Er ist am Leben. Er fragt nach dir. Aber ich rede nur mit dir, Ryth, nicht mit deinen beschissenen Arschlochbrüdern. Wenn du es also wissen willst, dann muss es heimlich und heute Nacht geschehen.

Ich las die Nachricht noch einmal und mein Puls raste, als mein Handy erneut piepte.

Gio: Jetzt oder nie. Komm zu der Adresse, die ich dir geschickt habe. Ich warte schon auf dich.

Nicks schwere Schritte erklangen, bevor seine Schlafzimmertür zugeschlagen wurde. »Fick dich, Natalie!«, schrie er. »Verdammte *Schlampe*!«

Mein Bruder tobte, als ich mich nach oben stemmte, das Herz im Hals. Ich konnte nicht aufhören, die Nachrichten anzustarren. *Wenn du es also wissen willst, dann muss es heimlich und heute Nacht geschehen.*

Dad ...

Wenn er da draußen war, musste ich wissen, dass er in Sicherheit war. Ich ging zu meiner Tür und drehte die Klinke. Aber wenn ich es Nick erzählte, würde Gio auf keinen Fall reden. Nicht nach dem, was sie getan hatten. Ich könnte dorthin gehen und zurück sein, bevor sie es merken.

Nur dann würde ich wissen, wo Dad war ...

Dieser Gedanke trieb mich an, als ich mich an Nicks Tür vorbeischlich und zu Tobias ging. Ich trat ein, eilte zu seinem Schreibtisch und schnappte mir die Schlüssel für seinen Jeep. Ich würde innerhalb einer Stunde zurück sein. Sie würden nicht einmal merken, dass ich weg war ...

Kapitel 42
RYTH

Ich umklammerte das Lenkrad von Tobias' Jeep, zuckte zusammen, als ich die Gänge einlegte und schaute auf die Karte auf dem Display meines Handys. Gott, wenn ich sein verdammtes Auto kaputt machte, würde er mir das nie verzeihen. Ich drückte meinen Fuß gegen die Kupplung und legte den Gang ein, bis er einrastete.

Mein Handy gab einen Piepton von sich. Tobias' Name blinkte auf dem Display. Ich ignorierte ihn und auch die zwei weiteren Nachrichten, die darauf folgten. Als Nicks Name folgte, schluckte ich einen Schmerzenslaut hinunter und drückte das Gaspedal fester durch. Ich hatte vor, sie anzurufen, sobald ich dort war. Sobald ich ihnen alles erklärt hatte, würden sie sich beruhigen. Würden sie wütend sein? Ja, vor allem, weil sie wussten, dass es Gio war, aber wenn ich den Anruf offen hielt und sie alles hörten, was er zu mir sagte, dann wussten sie, dass ich nicht ohne Plan ging.

Ich wusste, dass sie Gio nicht mochten, dass sie ihn lieber ins Krankenhaus stecken würden, als ihm irgendeinen Kontakt zu mir zu erlauben. Aber wenn er im Koma lag, konnte er mir nicht sagen, was ich wissen musste, und im Moment war das Bedürfnis, herauszufinden, wo mein Dad war, wichtiger als ihre Besessenheit.

Mein Handy klingelte und Nicks Nummer blinkte über der Karte, die Gio mir geschickt hatte. »Scheiße.« Ich wischte über das Display.

»Ryth—«, fing Nick an.

»Warte«, schnauzte ich, immer noch ein bisschen sauer von vorhin. »Ich kann es erklären.«

»Das solltest du auch«, knurrte Tobias im Hintergrund, als ich die Kupplung durchtrat und den Gang änderte, als ich um eine Ecke bog. »Gott ... ist das mein verdammtes Getriebe?«, rief er.

»Ja, und wenn du nicht aufhörst zu reden, kann ich dir nicht sagen, dass ich weiß, wo mein Dad ist.«

»Du weißt es?«, unterbrach Caleb ihn. »Wo?«

»Noch nicht. Aber ich werde es ...«

»Ryth«, Nicks Stimme wurde kalt. »Ich will, dass du uns genau sagst, was zum Teufel hier los ist.«

Ich versuchte, mich auf die unbekannten Straßen zu konzentrieren und auf die Tatsache, dass dies erst mein dritter Versuch war, mit einem Schaltgetriebe zu fahren. Aber für einen ›Versuch‹ war es gut. »Versprichst du, dass du nicht sauer wirst?«

Nick ließ ein Knurren hören. »Nicht so sauer, wie ich es sein werde, wenn du uns nicht sagst, was los ist.«

»Gio hat mir eine Nachricht geschickt ...«

»Verdammter Mistkerl«, schnauzte Tobias. »Verdammter Mistkerl.«

»Ich versuche, es euch zu sagen, ohne dass ich einen Unfall baue«, schrie ich.

»Sag es uns.« Nick klang panisch.

»Er hat gesagt, dass Lazarus gelogen hat«, erklärte ich. »Er hat gesagt, dass er weiß, wo mein Dad ist.«

»Und er wollte es dir nicht sagen, wenn wir dabei sind«, fügte Nick hinzu.

»Nicht nach dem, was Tobias getan hat, nein.«

»Verdammtes Stück Scheiße«, knurrte Tobias. »Du weißt, dass er lügt, oder? Laz würde ihm auf keinen Fall etwas verraten.«

»Bist du dir da sicher?« Ich warf einen Blick auf das rote Blinken auf der Karte. Dann schaute ich zu den flackernden Lichtern, die die Dunkelheit durchbrachen. »Ich bin es nämlich nicht, und im Moment haben wir nichts anderes. Ich kann dieses Risiko nicht eingehen, ich kann es einfach nicht.«

Der Jeep rüttelte auf der einsamen Schotterstraße, auf der ich in den letzten zehn Minuten unterwegs gewesen war.

Tobias' Knurren wurde lauter. »Ich traue ihm nicht.«

»Ich weiß.« Ich schaltete einen Gang runter und verlangsamte den Jeep. »Deshalb wollte ich dich sowieso anrufen, damit ihr alles hört, was er sagt.«

»Du wolltest?«, unterbrach Nick mich.

»Ja, das wollte ich. In eurer Anwesenheit hätte er mir auf keinen Fall etwas erzählt, also war das unsere einzige

Möglichkeit, es sei denn, ihr wollt, dass ich stattdessen mit Lazarus Rossi rede.«

»Nur über meine Leiche«, brüllte Tobias. »Schick uns die Koordinaten, wir sind auf dem Weg.«

Ich verlangsamte den Jeep noch ein wenig, hielt das Handy fest umklammert, machte einen Screenshot und schickte ihn mit einer Hand an Tobias' Handy. Bis sie mich einholen würde, hatte ich die Informationen, die ich brauchte. »Erledigt.«

Am anderen Ende von Nicks Anruf war Tumult zu hören. Der Knall der Haustür ertönte kaum eine Sekunde bevor der Motor des Mustangs aufheulte.

»Bleib einfach zurück«, befahl Nick. »Warte, bis wir näher dran sind.«

Ich hielt Ausschau nach den glitzernden Lichtern und war mir sicher, dass Gio kein einziges Wort sagen würde, wenn er herausfand, dass sie auf dem Weg waren. Dann würde er auf keinen Fall mit mir reden. Ich warf einen Blick auf das Handy und hörte die quietschenden Reifen des Mustangs, als Nick ihn hart fuhr.

Ich konnte das Risiko nicht eingehen, nicht wenn das, was ich brauchte, so nah war. Ich nahm meinen Fuß von der Bremse und beschleunigte den Jeep.

»Wir sind genau hier«, sagte Nick durch den Lautsprecher, als wüsste er instinktiv, dass ich ihn brauchte. »Zwanzig Minuten von dir entfernt.«

»Okay«, flüsterte ich und musterte die Dunkelheit, als die Eingangstür des Gebäudes aufging und Gio heraus humpelte, während die anderen Leute zurückblieben. Lachen und Stimmen drangen durch das Fenster.

Ich ließ meine Hand sinken, um zu verbergen, dass meine Brüder jedes Wort mitbekamen. Gio betrachtete den Jeep, dann musterte er die Dunkelheit. »Bist du allein gekommen?«

»So, wie du es mir gesagt hast.«

»Gut.« Er massierte sich den Nacken.

Er war nervös, immer noch nervös, nachdem ich ihm die Wahrheit gesagt hatte. Ich stieg vor dem Haus aus dem Jeep, ging die Holztreppe hinauf und warf einen Blick durch das Fenster. »Ich bin hier. Sag mir, was du weißt.«

»Drinnen.« Er nickte mit seinem Kopf zur Tür.

Ich schüttelte meinen. »Das war nicht Teil der Abmachung.«

Hass blitzte in seinen Augen auf, als er sich zu mir umdrehte. »Drei gebrochene Rippen und ein geprelltes Genick auch nicht, aber wir bekommen, was wir bekommen, nicht wahr, Ryth?«

Ich erstarrte angesichts der plötzlichen Grausamkeit. Die anderen drinnen würden uns hören ... Er hielt inne, holte tief Luft und warf einen Blick über seine Schulter ins Innere des Hauses. Eine Gänsehaut lief mir über die Haut und meine Instinkte sagten mir, dass ich da nicht reingehen sollte.

»Sag mir, was ich wissen will«, forderte ich und bewegte mich keinen Zentimeter. »Sag es mir und ich gehe.«

»Komm ins Haus, Ryth.« Er drehte sich wieder zu mir um, aber in seinen einst freundlichen Augen lag keine Wärme mehr. Da war nur noch steinerne Wut. »Komm rein und ich erzähle dir, was du wissen willst.«

Ich schaute zur Tür hinter ihm und sah, wie eine der Sportskanonen aus der Schule herausspähte und mich genau musterte, bevor er sich abwandte. Da drinnen mussten noch mindestens fünf andere mitfeiern. Gio würde doch nichts tun, nicht, wenn so viele Leute da waren, oder?

»Tu es nicht, verdammt«, kam Tobias' Stimme von meinem Handy in meiner Hand. »Ryth ....«

Die Zeit blieb stehen, als Gio mich anstarrte. Mein Puls raste und ließ mir ein Schaudern über den Rücken laufen, bevor mich die Angst überkam.

Ich drehte mich und eilte die Treppe hinunter, als Gio mich anknurrte.

»Bring die Schlampe sofort rein, Gio!«, schrie eine Frau.

Ich kannte diese Stimme ... ich kannte dieses grausame Bellen. Ich warf einen Blick über die Schulter und sah Natalie in der Tür stehen, als ich über den Vorgarten des Hauses rannte. *Nein ... Gott, nein.*

Ich rammte meine Stiefel in den Boden und der Jeep war alles, was ich sah.

»Mach, dass du da wegkommst, Ryth!«, brüllte Nick aus dem Handy, während ich rannte ... bis ich von hinten angegriffen wurde.

Gio packte mich an den Haaren und riss mich nach hinten. »Verdammte Schlampe!«

Ich trat und schlug um mich und versuchte zu entkommen. »*Lass mich los, verdammt!*«

»Verdammte Fotze.« Er riss mich zurück, als ich versuchte, mich nach vorne zu drängen, und zog mich so stark zurück, dass ich hinfiel und auf den Boden schlug. »Glaubst du, du bist zu gut für mich?«

Feuer peitschte über meine Kopfhaut und seine Finger verhedderten sich in meinen Haaren, während die anderen aus dem Inneren des Haus gelaufen kamen.

»*Bring sie rein, Gio!*«, schrie Natalie und rannte auf uns zu.

Nein ... nein, bitte nicht! Ich schlug mit meiner Faust in seine Seite und sah zu, wie er vor Schmerz zusammenbrach.

Sie würden mir wehtun ... wenn ich in das Haus ginge ... würden sie mir wehtun.

Ich stieß mich nach oben und riss mich aus dem bösartigen Griff los, wobei meine Stiefel den harten Boden fanden. Stimmen kamen von drinnen, als sie aus dem Haus stolperten. Aber sie machten keine Anstalten, mir zu helfen. Tief in mir wusste ich, dass sie es nicht tun würden. Der Jeep glitzerte im Mondlicht ... wie ein Leuchtfeuer.

Dorthin musste ich. Das war alles, was ich tun musste. Ich stemmte mich hoch und rannte mit allem, was ich hatte.

»*Nein, das tust du nicht, verdammt!*«, schrie Natalie.

Ich sah eine verschwommene Bewegung, dann einen heftigen Schlag, der mein Gesicht traf und meinen Kopf zur Seite riss, und mein Körper folgte. Ich stolperte, fiel und schlug hart auf dem Boden auf. Doch bevor ich nachdenken konnte, war sie schon auf mir.

Scharfe Nägel krallten sich in mein Gesicht, gefährlich nah an meinem Auge.

»Verdammte Fotze!«, schrie sie. »*Du glaubst, du kannst mir meinen Freund wegnehmen?*«

Ich wehrte mich, so gut ich konnte, und schlug ihre Hände weg. Tränen füllten meine Augen und ließen mir die Sicht verschwimmen, als sie wieder nach mir griff. Mein Handy ... *mein Handy.* Ich ließ meinen Blick über den Boden gleiten und fand das Schimmern.

Ich versuchte, mich nach oben zu stemmen, als sie mir erneut eine Ohrfeige verpasste. Mein Kopf wackelte beim Aufprall und meine Ohren klingelten und brannten von den Schlägen, als ich brüllte: »*Er ist nicht* dein *verdammter Freund!*«

»Du verdammte *Schlampe!*« Sie stürzte sich auf mich, ihre Augen weit aufgerissen und wild.

Gio hielt sich die Seite, als er näher humpelte, und starrte Natalie an. »Du hast gesagt, du würdest ihr nicht wehtun!«

Ich drückte meine Hand auf die Striemen an meiner Wange. Meine Finger glitzerten in der Nacht. Blut ... das war Blut. Ich zuckte zusammen, als sie sich erneut auf mich stürzte.

»Sie denkt, sie kann mir meinen Nick wegnehmen?«, spuckte sie. »Ich werde dafür sorgen, dass er sie nie wieder ansieht.«

Ich bewegte mich und warf mich seitwärts zu meinem Handy. Das gedämpfte Brüllen wurde deutlicher, als ich mich auf zitternde Beinen stemmte und es ergriff.

»*RYTH!*«, schrie Nick. »*VERDAMMT NOCHMAL, RYTH!*«

Ich hob es an mein pochendes Gesicht und meine Stimme zitterte, als ich sprach. »I-Ich bin hier. Ich bin hier. Nick, ich habe Angst.«

»Halte durch, Prinzessin. Ich bin schon auf dem Weg ... halt durch, verdammt.«

Sie machte einen Schritt auf mich zu, ihre gekräuselten Lippen entblößten ihre Zähne, während sie sich auf das Handy in meiner Hand konzentrierte. »Er gehört mir ... *hast du das verstanden, du dumme, hässliche Fotze?*« Sie ließ ihre Hand sinken und zog etwas Langes und Silbernes aus ihrer Tasche. »Er hat *mir* schon immer gehört.«

Das Messer klappte mit einem Schnalzen auf und die lange Klinge glitzerte, als sie einen Schritt nach vorne machte. »Ich werde dafür sorgen, dass dich niemand mehr ansieht.«

Mein Magen verkrampfte sich, und die Angst ließ mich wie angewurzelt stehenbleiben. »Nein ... *bitte nicht.*«

»NATALIE!« Nicks Gebrüll dröhnte in meinen Ohren. *»NATALIE, WAGE ES NICHT, SIE ANZUFASSEN!«*

Ihr Blick fiel auf das Handy in meiner Hand. »Ist er das?« Ihr Atem stockte, als sich Qualen auf ihrem Gesicht abzeichneten. *»Ist das mein Nicky?«*

Sie brauchte mich nicht mit diesem verdammten Messer zu schneiden. Ihre Worte taten es für sie. Ich schluckte den Schmerz hinunter und zwang mich, ihr Spiel mitzuspielen. Ich nickte und hob mein Handy. »Ja. Ja, das ist er. Er will mit dir reden.«

Sie leckte sich über die Lippen und das Messer glänzte noch immer in ihrer Hand. »Stell ihn auf Lautsprecher.«

Ich versuchte, die Taste zu sehen und betete, dass ich die richtige drückte, während mein Finger heftig zitterte. Aber als ich es tat, ertönte Nicks Stimme in der Luft.

»Natalie«, knurrte er. »Du hast ihr verdammt nochmal wehgetan und du bist für mich gestorben.«

Sie zuckte zusammen und ihr Atem stockte.

»Hörst du mich?«, bellte er, seine Stimme erfüllte das Handy und übertönte das Dröhnen des Mustang-Motors.

»Für dich bin ich jetzt sowieso tot«, murmelte sie und hob ihren Blick zu mir. Ihr Gesicht hellte sich auf. »Du hast dich nie für mich interessiert.«

»Du hast mich verdammt nochmal betrogen.« Seine tiefe Stimme war von Schmerz durchdrungen. »Du hast hinter meinem Rücken andere Typen gefickt und es war dir scheißegal, als ich es herausgefunden habe.«

Sie schüttelte den Kopf und das Messer zitterte in ihrer Hand, während ihr Gesicht immer mehr aufleuchtete.

Eine Sekunde lang schien es nicht zu klicken. Aber Nick redete weiter. »Du bist diejenige, die zerstört hat, was wir hatten, Natalie, niemand sonst.«

»Ich habe es getan, weil du mich nicht mehr wolltest.« Sie trat noch einen Schritt näher, aus Verzweiflung umklammerte sie das Messer in ihrer Hand fester und richtete diese mitleidlose Gewalt auf mich. »Jetzt sehe ich, dass du mich nie wieder haben willst.«

Ich wartete auf eine Antwort von ihm.

Ich wartete auf irgendetwas, während sich die anderen von der Party um mich herum drängten.

Aber als mein Puls lauter wurde, hörte ich das Geräusch von schleifenden Reifen. Der Motor des Mustangs heulte auf, als das Auto Schmutz aufwirbelte und mit einem dumpfen Aufprall auf den Bürgersteig raste. Die Türen wurden aufgerissen, als meine Brüder angriffen. Gios Augen weiteten sich, als sie auf ihn zustürmten.

»Banks!«, schrie jemand. »*Verdammte Bastarde!*«

In Windeseile brach der Kampf aus, aber es waren acht gegen drei. Ich warf Natalie einen Blick zu, als sie einen wilden Schrei ausstieß und sich auf mich stürzte, die Klinge in der Hand.

»*Ryth!*«, brüllte Nick und schleuderte eine Faust in das Gesicht eines Arschlochs.

Scheinwerfer erhellten das Schlachtfeld. Fäuste und Blut. Tobias war ein verdammtes Tier, das nach vorne stürmte, um den größten von ihnen auszuschalten, und seine Schläge mit ekelerregender Grausamkeit austeilte.

Das Geräusch der Autos wurde hinter uns immer lauter. Es kamen noch mehr, mehr gegen meine Brüder. Die Angst ließ mich bis ins Mark erschaudern.

Ich sprang nach hinten, als Natalie das Messer durch die Luft schleuderte und auf mich zukam. »Verdammte *Schlampe!*«, brüllte sie, während meine Brüder um mich herum kämpften.

Ihre Schreie trieben mich vorwärts. Ich wich dem Hieb aus, trat zur Seite und stürzte mich dann mit meiner erbärmlich kleinen Faust auf ihren Bauch. Sie schlug kaum ein, aber das machte nichts, denn ich schwang bereits meine andere Faust, nur dass ich sie diesmal in die Seite ihres Gesichts schlug.

Der Schlag war hart und zermalmte meine Knöchel.

Sie stolperte zur Seite.

Nick konzentrierte sich, um zu mir zu gelangen, aber zwei von ihnen hatten es auf ihn abgesehen, zwei, die ihm ihre Fäuste ins Gesicht und in den Bauch schlugen. Er stieß ein Grunzen aus und drehte seinen wilden Blick zu seinen Angreifern.

»Ekelhafte Scheißfotze«, stieß Natalie aus, während sie sich mit den Fingern die blutende Nase zuhielt. »Dafür werde ich dir wehtun.«

»Einen Scheiß wirst du«, knurrte ich und stellte mich zur Wehr, während meine Brüder mir den Rücken stärkten.

Der Knall eines Schusses ertönte eine Sekunde, nachdem die Autos hinter uns zum Stehen gekommen waren. Aber ich wagte es nicht, meinen Blick von ihr abzuwenden, nicht eine Sekunde lang.

»*Genug!*«, bellte Lazarus und stürmte in die Menge.

Aber Gios Arschloch-Kumpels schlugen immer noch zu. Freddy bewegte sich schnell und stürmte vorwärts, dann hob er seine Waffe und zielte. »*Wir haben genug gesagt, Arschloch!*«

Lazarus Rossi bahnte sich einen Weg durch die Mitte des Handgemenges und warf einen Blick auf Gio, der mit ausgestreckten Armen unter Tobias lag und dessen Mund wieder einmal blutig und ruiniert war.

»Du«, schnauzte Lazarus. »Du verdammter Idiot. Ich habe dich verdammt nochmal gewarnt.« Lazarus schaute zu Tobias, der von brutaler Wut erfüllt war.

Etwas ging zwischen ihnen vor. Eine Art unausgesprochene Loyalität ... oder vielleicht war es die Tatsache, dass Lazarus wusste, dass Gio sich in ein paar Minuten keine Sorgen mehr um seine Verletzungen machen musste, weil Tobias ihn umbringen würde.

»Freddy«, rief Lazarus seinem Bodyguard zu. »Schafft ihn verdammt nochmal weg.«

Freddy bewegte sich augenblicklich. Tobias wehrte sich nicht, als Gio unter ihm weggezerrt wurde. Sein Blick blieb einfach auf dem Arschloch haften. »Wenn ich dich das nächste Mal sehe, wird mich niemand mehr aufhalten, verstanden?«

Gio stotterte und blutige Tropfen schossen durch die Luft, als er hustete und versuchte, zu atmen.

»Ich werde dich töten«, versprach Tobias.

»Das wirst du nicht müssen.« Lazarus trat näher heran und begegnete Gios Blicken. »Weil ich es für dich tun werde.«

»Nein, nein.« Das Bellen kam von hinter mir.

Ich warf einen Blick auf Logan, als er an mir vorbeiging. Seine Bewegungen waren nur noch verschwommen, als er ausholte, Natalies Handgelenk packte und so lange drehte, bis ihre Knie nachgaben und sie vor Schmerz aufschrie.

»*Lass mich los!*«, schrie sie.

Ich holte tief Luft und sah zu, wie der gnadenlose Mann noch fester zupackte. Das Messer fiel auf den Boden, bevor er sie wegschubste. Sie stolperte und hielt sich die Hand, während sie Nick einen tränenreichen Blick zuwarf.

Doch ihr Anblick widerte ihn an. Seine Lippen kräuselten sich und Hass brannte in seinen Augen. Er brauchte nichts zu sagen, bevor sie zusammenbrach und schluchzte. »Du hasst mich. Du hasst mich wirklich.«

»Komm noch einmal in unsere Nähe und du wirst sehen, wie sehr.« Seine Stimme war eiskalt.

Ihre Schultern sackten in sich zusammen und sie schlang ihre Arme um ihre Mitte.

»Schafft sie hier weg«, schnauzte Lazarus.

»Du hast ihn gehört«, bellte Logan und richtete seinen Blick auf ein Auto, das immer noch im Leerlauf hinter uns stand. »Geh aus dem Weg.« Er machte einen Schritt auf sie zu. Sie zuckte zurück, und der Schmerz in ihren Augen ließ ihre Angst aufblitzen.

Sie stolperte auf das Auto zu und ließ uns zurück. Trotzdem konnte ich nicht anders, als ihr nachzusehen.

»Jetzt ist sie weg«, murmelte Lazarus, seinen Blick auf mich gerichtet. »Sie wird dich nicht mehr belästigen.«

So wie er es sagte, wusste ich, dass sie die schrecklichste Fahrt ihres Lebens vor sich hatte. Sie würden ihr vielleicht nicht wehtun, aber sie würde genau mitbekommen, was passieren würde, wenn sie noch einmal versuchen würde, uns zu verfolgen.

»Der Rest von euch sollte besser verschwinden, wenn ihr nicht auf meiner verdammten Abschussliste landen wollt.«

Die anderen erhoben sich augenblicklich vom Boden, stolperten davon und rannten zurück zum Haus.

»Willst du mir das erklären?« Lazarus starrte Tobias an.

Ich wusste, wer er war, kannte seinen gefährlichen Ruf. Doch Tobias drehte sich einfach zu ihm um und begegnete seinem Blick. »Erklären? Klar, Lazarus. Ich erkläre es dir, Bruder. Dieses Arschloch beschließt, Ryth anzurufen und ihr zu sagen, dass du ihr etwas verheimlichst, dass du genau weißt, wo ihr Dad ist, und dass er es ihr nur sagen kann, wenn sie ihn persönlich trifft. Aber es ging nicht um ihren Dad, oder? Er wollte sie nur allein hierher locken.«

Wut stieg in den blauen Augen des Mafia-Arschlochs auf. »Stimmt das?« Er warf einen Blick auf Gio.

Aber das rückgratlose Arschloch antwortete nicht, sondern richtete seinen Blick auf Natalie, als die Autotüren sich schlossen. »Das war nicht meine Idee.«

Lazarus schritt auf ihn zu. »Aber du hast mitgemacht. Du hast eine junge Frau mitten in der Nacht ins Nirgendwo gelockt. Eine junge Frau, deren Vater für mich arbeitet.«

Gio wich zurück. »Er hat dich bestohlen.«

»Das geht dich doch nichts an.«

Gio wurde im Scheinwerferlicht des Mustangs blass. »Ich dachte ...«

»Du dachtest«, wiederholte Lazarus. »Das nächste Mal, wenn du denkst, Gio, bist du besser weit weg von mir.« Die Stimme des Mafiaprinzen wurde gefährlich. »Geh nicht zurück in die Schule. Geh nirgendwo in dieser Stadt mehr hin. Geh nach

Hause, pack deinen Kram und verschwinde. Wenn ich dich sehe, bist du erledigt, verstanden?«

Gios Augen weiteten sich, aber es gab keinen Ausweg aus dieser Situation. Seine Schultern sackten in sich zusammen, als ihm die Resignation klar wurde. »Ja, Laz.«

»Für dich heißt er Mr. Rossi.« Freddy sorgte dafür, dass der Standpunkt klar wurde. »Und ich werde es mir zur Aufgabe machen, morgen bei dir vorbeizufahren, um sicherzugehen, dass du aus der Stadt raus bist. Vielleicht schaue ich auch nach deiner Mom, um sicherzugehen, dass es ihr gut geht.«

Ich hatte nicht gedacht, dass Gio noch kränker aussehen könnte ... aber ich hatte mich geirrt.

Er ging mit gesenktem Kopf und schlich davon wie ein geprügeltes Tier.

»Er wird nicht zurückkommen«, versicherte Lazarus, als er mich ansah. »Dafür werde ich schon sorgen. Aber ich weiß nicht, wo dein Vater ist, Ryth. Wenn ich es wüsste, hätte ich es dir gesagt. Ich bin vielleicht ein Bastard, aber ich schätze Familie.«

»Du wolltest ihn umbringen«, antwortete ich, denn ich hatte keinen Grund, ihm zu glauben.

»Ist er tot?«

Ich erstarrte bei dieser Frage. Panisch schaute ich Tobias, Nick und Caleb an und antwortete dann langsam: »Nein.«

»Hast du dich jemals gefragt, warum das so ist?«

Ich begegnete Lazarus' durchdringendem Blick. »Nein.«

»Vielleicht solltest du das.« Er drehte sich um und schritt auf seine Bodyguards zu. »Wenn ich deinen Dad finde, Ryth, glaub mir, dann wirst du es als Erste erfahren.«

Ich blieb fassungslos zurück, als Nick näher kam. Seine Finger zitterten, als sie meine Wange berührten. »Mein Gott, Ryth.«

»Bist du verletzt?« Tobias ergriff meine Hand, während sein Blick meinen Körper nach Schnitten oder Blut absuchte.

»Nein«, flüsterte ich und lehnte mich gegen sie. Ich schlang einen Arm um Nick, dann legte ich den anderen so weit wie möglich um Tobias und Caleb. »Gott sei Dank.«

Ihre Hände hielten mich fest und zogen mich gegen ihre Wärme, während ich zitterte und bebte.

»Bringen wir dich nach Hause«, murmelte Nick in mein Ohr. »Dann können wir herausfinden, was das alles zu bedeuten hat.«

Kapitel 43
RYTH

Ich stieg auf den Rücksitz des Mustangs und Tobias fuhr den Jeep den ganzen Weg nach Hause hinter uns her. Als wir in der Einfahrt anhielten, zitterte mein ganzer Körper und mein Kopf pochte heftig. Nick öffnete die Tür und ich versuchte, herauszuklettern, aber meine Knie gaben nach.

Er packte mich um die Taille und hob mich hoch. »Ganz ruhig«, flüsterte er und zog mich an seine Brust.

Ich nahm seine Wärme in mich auf, umklammerte ihn und ließ mich von ihm ins Haus tragen. Ehe ich mich versah, waren wir durch die Tür und stiegen die Treppe hinauf.

»Es war umsonst.« Meine Tränen fielen, als ich meinen Kopf anhob. »Es war alles umsonst.«

»Nein.« Tobias schüttelte den Kopf. »Es war nicht umsonst. Ich wusste, dass Lazarus nicht dahintersteckt, aber jetzt wissen wir es wenigstens sicher.«

Ich hob meinen Kopf, als Nick mich in sein Schlafzimmer trug und mich sanft auf das Fußende seines Bettes setzte. Ich zischte, als er mich mit seinen Fingern berührte.

»Du hast einen Schnitt«, sagte Nick und zog sich zurück.

Doch Tobias schaute genauer hin und strich mir die Haare aus dem Gesicht. »Nein. Das ist eine verdammte Risswunde.«

»Er hat mich an den Haaren gepackt.«

Alle drei Brüder erstarrten, dann wandten sie ihre Blicke scharf in meine Richtung.

»Er hat was getan?«, fragte Tobias.

Ein Schaudern durchfuhr mich, als ich meinen Blick zu ihnen hob. Ich schluckte schwer, als ich ihre gefährlichen Blicke sah. »Er ... Er hat mich an den Haaren gepackt.«

Tobias warf einen Blick auf Nick, dann auf Caleb. »Hat er.«

Aber das spielte keine Rolle, nicht mehr. Gio war weg, von Lazarus aus der Stadt verbannt. Es gab keine Chance, dass er zurückkommen würde.

»Ich hole ein Desinfektionsmittel«, sagte Caleb leise und machte sich auf den Weg ins Bad.

Ich drückte meine Finger auf die brennende Stelle und zuckte zusammen. »Es muss also Creed sein, oder? Er muss etwas wissen.«

»Was auch immer es ist, er sagt es uns nicht«, murmelte Tobias.

»Ich habe schon versucht, ihn anzurufen.« Nick drehte sich um und ging auf und ab. Aber als er sich umdrehte, bemerkte ich das Blut auf seiner Wange.

»Du bist verletzt.« Ich schob mich vom Bett hoch. »Nick, du blutest.«

Ich durchquerte das Zimmer und zwang meine Knie, mich zu halten. Er berührte seine Wange und starrte auf seine Finger, als sie blutig zum Vorschein kamen. »Das ist nicht von mir.« Er begegnete meinem Blick. »Es ist okay, Ryth. Es ist nicht meins.«

Ich griff nach seiner Hand und sah mir das Durcheinander an. Er hatte sich auf sie gestürzt und sie mit unbarmherzigen Schlägen niedergestreckt. Er hatte für mich gekämpft ... *wie sie alle.* Mein Herz schwoll an. »Ihr seid meinetwegen gekommen.«

Er starrte mir in die Seele. »Und wir werden es wieder tun, Prinzessin.«

»Jedes verdammte Mal«, fügte Tobias hinzu.

»Bis zum gottverdammten Ende«, vollendete Caleb, als er in den Raum schritt. »Und darüber hinaus. Jetzt setz dich. Wir müssen uns was überlegen.«

Nick führte mich zurück zum Bett und setzte mich wieder hin. Aber ich konnte den Blick nicht von dem Blut auf seiner Wange oder der unbefriedigten Gefahr in seinen Augen abwenden. Ich schob die Gedanken an Gio beiseite und versuchte zu denken. »Wie sollen wir herausfinden, was er weiß, wenn er es uns nicht sagen will?«

»Wir bringen ihn dazu«, knurrte Tobias und ballte die Fäuste.

»Er ist unser Dad.« Nick schüttelte den Kopf. »Egal was passiert, wir müssen darauf vertrauen, dass er nur unser Bestes im Sinn hat, und auch das von Ryth.«

Er und Mom waren jetzt verheiratet.

»Also bleibt uns nichts anderes übrig, als es selbst herauszufinden ... und auf ihre Rückkehr zu warten«, sagte ich und zuckte zusammen, als Caleb die Desinfektionscreme sanft auf meine Kopfhaut auftrug und dann den tiefen Kratzer auf meiner Wange berührte, wobei seine dunklen Augen bedrohlich wurden. »Verdammte Schlampe«, knurrte er. »Das nächste Mal, wenn ich sie sehe ...«

»Ich kenne da ein paar Jungs«, sagte Tobias leise. »Ich kann sie einschalten.«

»T, nein.« Nick schüttelte den Kopf. »So etwas mache ich nicht noch einmal.«

Ich schaute von Tobias zu Nick. »Was machst du nicht noch einmal?«

»Nichts.« Tobias warf Nick einen bösen Blick zu.

Aber das ließ ich nicht gelten. »Nein«, sagte ich und klang dabei genau wie Lazarus' Bodyguard. »Keine Geheimnisse, schon vergessen?«

Tobias biss die Zähne zusammen und sein grüblerischer Gesichtsausdruck, den ich so liebgewonnen hatte, setzte ein. »Ich kenne sie von den Rossis, okay?«

Ich richtete mich vom Bett auf und fühlte mich jetzt etwas stärker. »Wie tief bist du mit ihm verstrickt?«

»Wie tief?« Nick glückste und schüttelte den Kopf. »Tobias war sein bester Freund.«

»War«, murmelte Tobias. »Vergangenheitsform, Bruder.«

Die Art und Weise, wie Lazarus Tobias angeschaut hatte und wie er heute Abend auf ihn zugestürmt war, hatte weniger mit mir zu tun gehabt, als mit Tobias. Lazarus liebte ihn ... wie einen Bruder.

Hatte ich Lazarus ganz falsch eingeschätzt? »Er sagte, mein Vater wurde nicht ohne Grund getötet. Wenn er nicht derjenige ist, der hinter ihm her ist, dann muss es jemand anderes sein.«

»Und alles hängt mit den fehlenden Drogen zusammen«, sagte Nick.

»Und mit dem Geld«, fügte Caleb hinzu. »Immer das verdammte Geld.«

»Aber wer?«, fragte ich.

Keiner hatte eine Antwort darauf. Wir standen da, die Worte lagen schwer in der Luft, dann ging ich nach vorne und öffnete meine Arme. Sie hielten mich eine Weile, bis jemandes Magen aufheulte.

»Essen«, murmelte Caleb. »Ist in der Küche.«

Wir gingen die Treppe hinunter, wo das zurückgelassene Essen immer noch in den Tragetaschen lag. Es war noch warm und lecker. Nachdem wir gegessen hatten, duschte ich unter den wachsamen Augen von Caleb, der mir half, meine Haare zu trocknen und meine brennende Kopfhaut und mein zerkratztes Gesicht mit frischem Desinfektionsmittel eincremte.

Mir tat alles weh.

Meine Arme, mein Kopf, meine Oberschenkel.

Vor allem aber mein Herz. Ich stieg zu Nick ins Bett. Aber dieses Mal waren wir allein. Caleb war in sein Zimmer gegangen, Tobias in seins.

»Geht es ihnen gut?« Ich lehnte mich an das Kissen neben seinem.

»Ja.« Er zog seine Boxershorts aus und stieg nackt ins Bett. »Sie werden es auf ihre Weise verarbeiten.«

Heute Abend war so viel passiert. Zu viel.

»Dreh dich um und drück dich an mich. Ich will dich im Arm haben.«

Ich tat, was er sagte, und schob mich mit dem Hintern vorraus an seinen Körper, bis er seinen Schwanz berührte. Seine Arme legten sich um mich, eine Hand umklammerte meine Brust. Selbst als er hart wurde, ging er nicht weiter. Er gab sich damit zufrieden, mich zu umarmen.

Ich schloss meine Augen. Ich dachte nicht, dass ich schlafen könnte, aber dann machte sich die Erschöpfung breit und zog mich in die Dunkelheit.

»Ich dachte heute Nacht, ich hätte dich verloren«, flüsterte Nicks Stimme. »Wir hätten sie umgebracht. Natalie auch, wenn es so weit gekommen wäre. Wenn sie dir noch einmal wehtun, ist es aus.«

──

»ICH GEHE.« Ich ließ mich nicht beirren. »Ich werde mir wegen ihnen nicht mein letztes Jahr entgehen lassen.«

»Es ist zu gefährlich.« Tobias stützte seinen Arm gegen die Tür und versperrte mir den Weg aus dem Bad, während er mich von oben bis unten musterte. »Aber du kannst die Uniform anbehalten. Ich kann meine Highschool-Zeit noch einmal erleben.«

»Damals, als du alles gefickt hast, was einen Rock anhatte?«, schnauzte ich und er erstarrte angesichts des Ausbruchs.

»Autsch.« Tobias fasste sich an die Brust. »Das hat verdammt weh getan.«

»Tut mir leid«, murmelte ich, als ein Schmerz durch meinen Unterleib stach. »Ich glaube, ich bekomme meine Tage.«

»Wärmflasche und Schokolade, ja? Oder was machst du normalerweise?«

Ich erstarrte. »Was ich mache?«

»Ja, kleine Maus.« Er trat näher und strich mir mit dem Fingerrücken über die Wange. »Womit wirst du dich besser fühlen? Willst du ficken? Das könnte helfen. Ich weiß, dass manche Frauen ganz schön rollig werden, wenn sie ihre Tage haben ...«

Hitze durchfuhr meinen Körper.

»Bist du rollig, kleine Schwester? Du kannst uns den ganzen Tag reiten, wenn dir das gegen die Krämpfe hilft.«

»Was für Krämpfe?«, murmelte Nick, als er vorbeiging und an seinem Hemd zerrte.

»Ryth bekommt ihre Tage«, erklärte Tobias, wandte den Blick aber nicht von mir ab.

Nick begegnete meinem Blick. »Oh. Willst du ficken, oder willst du in Ruhe gelassen werden?«

»Was ist nur mit euch los?«, brummte ich und trat einen Schritt zurück. »Ich will nur zur Schule gehen und mein letztes Jahr bestehen.«

»Damit du uns verlassen kannst?« Tobias' Augen verengten sich und sein eindringlicher Blick nahm überhand.

»Nein, du Idiot.« Ich gab ihm eine spielerische Ohrfeige. »Damit ich mir einen verdammten Job besorgen kann und an der Gesellschaft teilnehmen kann.«

»Scheiß auf die Gesellschaft«, knurrte Tobias.

»Da bin ich ganz deiner Meinung«, fügte Nick hinzu. »Scheiß auf die Gesellschaft.«

Ich stieß einen tiefen Seufzer aus und verschränkte meine Arme. »Schön, dass ihr das sagt. Fährst du mich jetzt zur Schule, Nick, oder muss ich wieder mit deinem Jeep fahren, Tobias?«

»Verdammt, nein«, schnauzte er, dann zuckte er zusammen und korrigierte sich. »Wenn du unbedingt gehen willst, dann wird Nick dich fahren. Aber wenn du Gio oder einen von diesen Wichsern siehst, rufst du mich sofort an. Hast du das verstanden?«

Ich nickte.

»Ich meine es ernst, Ryth. Keine verdammten Abenteuer mehr.«

»Ich hab's verstanden«, murmelte ich, als sich der Krampf erneut bemerkbar machte.

Nick fuhr mich schweigend, hielt an der Abholzone an und musterte die Autos in der Nähe, bevor er nickte. »Ich werde sowieso in der Nähe sein«, sagte er. »Wenn dir also jemand Schwierigkeiten macht, sag mir Bescheid.«

»Verstanden.« Ich nahm meinen Laptop in die Hand und riss am Türgriff.

»Und Ryth«, fügte er hinzu, als ich ausstieg. »Ich bin stolz auf dich, Prinzessin. Du hast dich gestern Abend und heute gut geschlagen.«

Ich schenkte ihm ein kleines Lächeln und nickte, schloss die Tür hinter mir und wandte mich dem Eingang der Schule zu. Ich würde nicht einknicken und schon gar nicht aufgeben. Das tiefe Dröhnen des Mustang-Motors hallte hinter mir, als ich zur Eingangstür schritt. Die Schüler, die draußen herumlungerten, starrten mich an, wie ich es von ihnen kannte.

Aber dieses Mal hielt ich den Kopf hoch erhoben.

Schließlich ... war ich jetzt eine Banks.

Kapitel 44

RYTH

Keiner sprach mit mir. Zumindest nicht in der ersten Stunde. Ich warf einen Blick auf den leeren Platz, auf dem normalerweise Gio saß, und mein Herz schlug mir bis zum Hals. Als der Lehrer uns zur Ruhe aufforderte, kamen die Erinnerungen wieder hoch. Der Angriff gestern Abend. Moms Hochzeit. Ich presste meine Hand gegen das Stechen in meinem Kopf, als Moms Stimme wieder erklang.

Er braucht nur Zeit, das ist alles, Schatz. Ihm geht es gut ... Du vertraust mir doch, oder?

Sie hatte mich angelogen.

Aber warum?

Sie musste doch wissen, dass Dad gestohlen hatte ...

Ist er tot? Lazarus' Worte kamen mir wieder in den Sinn.

Nein. Nein, er war nicht tot und ich war nicht so naiv zu glauben, dass die Rossis keine Reichweite im Gefängnis hatten. Ich schob die panischen Gedanken beiseite und versuchte, mich auf den Unterricht zu konzentrieren. Ich hatte mein letztes Jahr zu beenden, das war es, was ich im Moment kontrollieren konnte, auch wenn der Rest meines Lebens ein Chaos war.

Jemand räusperte sich. »*Schlampe.*«

Ich erstarrte angesichts des Wortes.

»*Bruderfickerin.*«

Meine Kehle wurde trocken und Hitze kroch in meine Wangen.

»*Dreckige Scheißfotze.*«

»Okay«, der Lehrer riss seinen Kopf von der Tafel. »Das reicht jetzt. Wer hat das gesagt?«

Das Feuer loderte und brannte mir bis in den Magen. Mein Handy piepte, und einen Moment lang war ich dankbar dafür.

Ich hielt mein Handy unter den Tisch, um die Bewegung zu verbergen, während ich über den Bildschirm wischte.

Creed ...

Ich zuckte zusammen, als mir das Herz in die Hose rutschte. Wir hatten in den letzten Tagen versucht, ihn und Mom anzurufen. Jedes Mal war die Mailbox rangegangen. Zuerst waren wir nicht beunruhigt gewesen, aber nach dem gestrigen Tag wurden die Nachrichten, die wir ihnen hinterließen, immer verzweifelter und fordernder.

Creed: Triff mich draußen vor der Schule. Ich werde dich zu deinem Dad bringen.

Ich las die Nachricht immer wieder und mein Herz raste, als ich meinen Blick zu dem Lehrer hob.

»Und?« Er blickte die anderen Schüler an. »Wer zum Teufel hat das gesagt?«

Ich richtete mich auf und zog damit alle Blicke auf mich. »Entschuldigt mich.« Ich schnappte mir meine Tasche und meinen Laptop und eilte zur Tür.

Dad. Ich dachte nur an ihn, als ich den Flur entlang rannte und mich durch die Eingangstür schob. Creeds dunkelgrauer Mercedes parkte am Bordstein, der Motor lief. Ich umklammerte meinen Laptop fester und rannte zum Auto.

Das Fenster wurde heruntergekurbelt. Creed schaute mich an. Doch statt des ruhigen, entspannten Mannes, der in den Flitterwochen gewesen war, sah ich den hektischen Creed.

»Steig ein«, forderte er.

Ich riss am Griff und öffnete die Tür, dann bemerkte ich das helle Blut auf seinem Hemd. *Was zum ...*

»Was ist das?« Ich erstarrte, als ich auf dem Bordstein stehen blieb. »Was ist passiert?«

»Ich habe keine Zeit für Erklärungen, Ryth. Steig ins Auto, verdammt nochmal!«

Die Art, wie er sprach.

Die Art, wie er aussah.

Diese dunklen Augen wurden immer kälter. Er war nicht mehr der Mann, der mich zum Einkaufen mitgenommen hatte, oder der Mann, der beim gemeinsamen Pizzaessen Witze gemacht hatte. Dieser Mann zitterte, zitterte vor Wut oder Angst, ich war mir nicht sicher. Mein Magen verkrampfte sich, als ich nach meinem Handy griff. »Ich rufe einfach Nick an und sage ihm Bescheid ...«

»Mach dir keine Mühe, er wartet schon auf dich, zusammen mit den anderen.«

»Wirklich?« Meine Hand erstarrte.

»Wir haben keine Zeit für so was, Ryth. Steig einfach ein, verdammt. Wir müssen jetzt los.«

Er schaute in den Rückspiegel und zwang mich, auf die Straße hinter ihm zu schauen. »Folgt dir jemand?«

»Was denkst du denn?« Er legte den Gang ein und rollte langsam vorwärts. »Bleib hier, wenn du willst, aber wir fahren alle weg ... *jetzt*.«

»Warte!« Ich stürzte los und warf mich auf den Beifahrersitz.

Tobias. Nick. Caleb. Sie waren alles, was mich antrieb. »Die Jungs ... sie gehen weg?«

»Das tun wir alle, hier ist es nicht sicher. Nicht mehr.« Er drückte aufs Gaspedal und riss das Lenkrad herum, sodass der Wagen eine Kehrtwende machte, bevor er stark beschleunigte.

Ich kramte nach meinem Sicherheitsgurt. »Warum, was zum Teufel ist passiert?«

Er war wie versteinert, sein Blick konzentrierte sich auf die Straße vor mir. Panik machte sich breit ... Mein Verstand raste und beschwor Bilder herauf, die ich nicht glauben wollte. Alles, woran ich dachte, waren sie ...

»Sind sie verletzt?«

»Wer?« Creed starrte mich mit einem harten Blick an.

»Die Jungs, Nick, Tobias und Caleb?«

Er schüttelte nur den Kopf, aber das war nicht überzeugend. Ich sah mir die Sauerei auf seinem Hemd an. Der Fleck war zu groß, um nur ein Schnitt zu sein ... aber eine Stichwunde? »Wessen Blut ist das, Creed?«

Er antwortete nicht.

»Creed.« Der Schrecken zog sich in meinen Bauch zusammen und ließ meinen Mund trocken werden. »Sag es mir.«

Ich griff nach meinem Handy und tippte auf den Bildschirm, aber er schlug es mir aus der Hand, als er den Knopf für sein Fenster drückte.

Ehe ich mich versah, war es weg, flog durch die Luft und schlug hinter uns auf die Straße.

»*Was zum Teufel, Creed!*«, schrie ich und richtete mich in meinem Sitz auf.

»Du brauchst es nicht.« Er ballte seine Fäuste um das Lenkrad und fuhr weiter, wohin, wusste ich nicht.

Ich warf ihm einen Blick zu. »Was meinst du mit ›*Ich brauche es nicht*‹?«

Er fuhr einfach weiter und beschleunigte den Mercedes, als wir um die Kurven fuhren und die Reifen quietschten. Ich stieß meine Hand gegen den Sitz und drückte mich so weit von ihm weg, wie ich konnte. »Du machst mir Angst.«

»Du wirst es verstehen«, sagte er und bremste stark ab.

Ich schaute mich auf der Straße um und sah eine große Metallhalle auf uns zurasen, das riesige Sicherheitstor offen und das Rolltor bereits hochgefahren.

»Sag mir, was passiert ist. Sind sie da drin? Ist Tobias da drin?«

»Ja«, antwortete er. »Sie warten auf dich.«

Ich wollte sie unbedingt anrufen, wollte unbedingt verstehen, als der Wagen in die Einfahrt fuhr und auf die offene Tür des Lagerhauses zusteuerte. Die Dunkelheit verschluckte das Auto und machte es schwer, etwas zu erkennen, als Creed den Motor abstellte.

Ich hatte keine andere Wahl, als ihm zu folgen, als er seine Tür aufriss und ausstieg.

»Nick?«, rief ich und stieg aus. »*Tobias?*«

Mein Kopf pochte immer noch, aber die Angst brannte in mir, als ich die Autotür offen ließ. »Caleb ... *Caleb, wo seid ihr?*«

»Hier drinnen, Ry«, rief Mom.

»Mom?« Ich stürmte los und suchte in der Dunkelheit nach ihr.

Etwas bewegte sich in den Schatten, schwarz auf schwarz.

»Hier drüben, Schatz«, rief Mom und lenkte meinen Blick nach links. Ich bewegte mich vorsichtig vorwärts, da ich in der Dunkelheit immer noch nicht gut sehen konnte. »Mom, was ist los?«

»Es ist alles in Ordnung«, sagte sie, als sie nach vorne trat.

Aber sie öffnete ihre Arme nicht, um mich zu umarmen. Stattdessen stand sie einfach nur da, die Arme an den Seiten, und hielt ihr Handy in einer Hand.

Creeds Schritte erklangen und ein Schaudern lief mir über den Rücken. Ich warf meinem Stiefvater einen Blick zu, als er mich anstarrte.

»Wir mussten früher zurückkommen«, sagte Mom und schaute mich dabei unverwandt an.

»Wir haben euch Nachrichten hinterlassen«, begann ich, als sie ihre Hand hob.

»Das wissen wir«, gab Creed zu. »Aber wir waren ... beschäftigt.«

Der Blutfleck auf seinem Hemd lenkte meine Aufmerksamkeit wieder auf ihn.

»Uns wurde ein Video geschickt, Ryth«, murmelte Mom, während sie mit dem Daumen über den Bildschirm ihres Handys strich. »Ein beunruhigendes Video. Eines, das viele Leute verwirren und unsere Pläne durchkreuzen wird.«

»Pläne?«, fragte ich, als ein tiefes Stöhnen durch die Dunkelheit schallte.

Ich richtete meinen Blick auf das Geräusch, das von ihrem Handy kam. Dieses Stöhnen hatte etwas Vertrautes an sich. Etwas, das mich wie eine Faust in die Brust traf.

Das Stöhnen ertönte lauter. Die Geräusche von Sex ließen meinen Magen verkrampfen. Ich wusste es ... ich wusste es sofort. Es war die Aufnahme von Nick. Die, die er sich immer wieder auf seinem Handy angesehen hatte. Die Aufnahme von uns allen.

»Mom«, flüsterte ich und mein Blick fand den ihren, als das Stöhnen in der Dunkelheit wieder erklang.

»Ryth«, sagte Nicks leises Stöhnen.

»*Nick?*« Ich ging vorwärts, als sich die Schatten erneut bewegten.

Drei Männer traten aus der Dunkelheit hervor und kamen von dort, wo Nick stöhnte ... und in der Mitte war der Priester. Der von der Hochzeit ... Mein Blick fiel auf den Namen, der auf seine schwarze Jacke genäht war: *Hale Order of the Lost.*

»Das darf unsere Pläne nicht durchkreuzen«, murmelte Mom, als der Priester und seine Männer nach vorne traten.

Sie umringten mich und kamen mit bedrohlichen, steinernen Blicken näher.

»Du kommst mit uns, Ryth«, erklärte der Priester und nickte den beiden anderen zu. Einer von ihnen packte mich und hielt mich wie in einem Schraubstock am Arm fest.

»Nein ...«, ächzte Nick.

Ich riss meinen Arm aus dem Griff meines Angreifers, löste mich von ihnen und stolperte rückwärts.

»Es ist besser so«, antwortete Mom mit kalter und gefühlloser Stimme, während sie auf das Display ihres Handys blickte. »Wo du hingehst, bist du sicher.«

»*Nick!*«, schrie ich, riss meinen Blick von ihr los und suchte verzweifelt die Dunkelheit ab.

Aber sie waren augenblicklich auf mir und rissen mich zurück. Ich sah die dunklen Umrisse meines Stiefbruders, seine Arme auf dem Rücken gefesselt ... ein dunkler Fleck durchnässte sein weißes Hemd.

»Nimm sie«, befahl Mom. »Bringt sie zum Orden ... haltet sie von der Wahrheit fern.«

Panik machte sich breit. Ich kämpfte und schlug mit allem, was ich hatte, um mich, bis eine Hand meinen Mund umklammerte und der stechende, bittere Geruch von Chemikalien in meine Nase drang.

Das Lagerhaus schwankte. Ich versuchte weiter zu kämpfen, wand mich in ihren Händen, den Blick auf meinen Bruder gerichtet.

»Nick ...«, rief ich, meine Stimme war seltsam und verzerrt. *»Nick ... hilf mir ...«*

Bis ich mit dem Kopf voran in die Dunkelheit stürzte und nichts mehr mitbekam.

Epilog
TOBIAS

»Geh an dein verdammtes Handy, du Arschloch«, knurrte ich und hörte mir zum zehnten Mal die Mailbox meines Bruders an. Ich zuckte zusammen und hasste das Gefühl der Vorahnung, das in mir brodelte. Ich konnte es nicht abschütteln, so sehr ich es auch versuchte.

Diese verdammte Sache verfolgte mich, seit ich zum Laufen aufgebrochen war, und mit jeder Meile, die ich lief, wurde sie dunkler ... bis ich den Lauf abbrach und nach Hause kam. Ich atmete tief ein, der Schweiß klebte an meinem Hemd, während ich mein Wasser trank.

»Gibt es ein Problem?« Caleb trat in die Küche und schaute in meine Richtung.

»Nur Nick, das verdammte Arschloch«, antwortete ich und sah zu, wie Caleb um den Tresen herumging und sich einen weiteren Kaffee einschenkte. »Hast du etwas gefunden?«

»Nein«, seufzte er und stützte seine Hände auf den Tresen. »Nichts, was wir nicht schon wissen.«

Stunden waren vergangen. Er hatte mir gesagt, er würde mir eine Nachricht schicken, sobald er Ryth abgesetzt hatte. »Ich glaube, etwas ist los ...«

Das Geräusch der Eingangstür riss mich aus meinen Gedanken. Ich hatte den Mustang nicht gehört. Aber trotzdem ...

»Das wurde auch Zeit, du Arschloch«, schnauzte ich und stürmte aus der Küche. »Du hast gesagt, du würdest mir eine Nachricht schicken, nachdem du Ryth abgesetzt hast ...«

Dad stand im Foyer, mit einem blutigen Hemd bekleidet.

»Was zum Teufel! Wessen Blut ist das?« Ich war wie gefesselt von dem Fleck, als ich näher trat.

Elle trat hinter ihm ein. Sie schaute von mir zu Caleb.

»Dad?«, meldete sich Caleb zu Wort und schritt an mir vorbei. »Willst du uns sagen, was los ist?«

Das dunkle Gefühl in mir wuchs und öffnete sich wie ein klaffender Abgrund.

Ich stand am Rande dieses Abgrunds ... der Boden sank unter meinen Füßen weg.

»Nick«, flüsterte ich, als die Verbindung zum Blut wieder an die Oberfläche kam.

»Ihm geht es gut«, antwortete Dad und trat näher heran. »Er ist im Krankenhaus.«

Aber das Donnern in meinem Herzen sagte etwas anderes.

»Ryth?«, fragte Caleb.

Als wüsste er ...

»Sie ist weg«, antwortete Dad und starrte mich mit demselben unverwandten Blick an.

»Was?« Caleb trat näher heran. »Was meinst du mit ›weg‹?«

»Sie wurde zum Orden geschickt«, sagte Elle und trat näher, ihren Blick auf mich gerichtet. »Wir haben das Video gesehen, wir wissen, was ihr getan habt.«

Aber in der Art, wie sie es sagte, lag kein Anflug von Abscheu.

Nein, diese Schlampe war kalkuliert.

Bis auf die verdammten Knochen.

»Du verdammte Fotze«, brüllte ich, als ich näher kam. »Ich bringe dich um ... *ich bringe dich um, verdammt!*«

Ich stürzte mich auf sie und schleuderte mich durch die Luft auf sie zu. »Bring sie zu mir zurück! *BRING SIE ZURÜCK!*«

━━

Ryth

DIE DUNKELHEIT ... die Dunkelheit hielt mich nieder. Ich versuchte aufzutauchen, versuchte zu treten, um mich zu befreien. Ein schwerer Atem saugte den Stoff gegen meinen Mund. Meine Sinne waren vernebelt ... bis ein leises Stöhnen mich aus dem Schlaf riss und eine Erinnerung auslöste.

Ich riss die Augen auf und spürte das Aufprallen und Rütteln eines Autos. Aber ich konnte nichts sehen. Ich zuckte zusammen und zerrte an meinen Händen. Stahlglieder schnitten in meine Haut.

»Hör auf, dich zu bewegen.« Der Befehl erklang neben mir. »Es hat keinen Sinn.«

Ich stieß ein Stöhnen aus, als die Erinnerung mich einholte. Nick ... Nick war verletzt gewesen und hatte auf dem Boden einer Lagerhalle gelegen. »Was habt ihr mit ihm gemacht?«

»Nick geht es gut«, antwortete mein Entführer. »Aber du, Ryth ... du solltest besser bereit sein, vom Orden gerettet zu werden.«

»*Nick!*«, schrie ich, auch wenn ich wusste, dass es nichts brachte. Ich bäumte mich auf, meine Sinne rauschten und durchdrangen den düsteren Schleier in meinem Kopf. »*NICK!*«

Hol dir diese verdammt heiße Szene mit Caleb als kostenlosen Bonus.

Preorder your copy here

Mein Bruder blutet.

Meine Stiefschwester ist weg.

Die Verantwortlichen bezeichneten sich als Familie.

Durch Blut und jetzt durch Heirat.

Ich will sie für das, was sie getan haben, vernichten.

Alles, was sie haben, niederbrennen.

Aber zuerst muss ich sie finden.

Ryth.

Die erbärmliche kleine Maus, die sich in unser Leben geschlichen
und ein Zuhause gefunden hat.

Ich kann sie nicht vergessen, kann sie nicht aus meinem Kopf
bekommen.

Sie hat etwas Gefährliches in mir ausgelöst.

Etwas, das mich dazu brachte, sie zu ruinieren.

Und dabei habe ich mich selbst ruiniert.

Sie war einmal ein Spiel für mich ...

Das ist sie immer noch ... *nur dass es diesmal für immer ist.*

www.ingramcontent.com/pod-product-compliance
Lightning Source LLC
Chambersburg PA
CBHW070151120726
47909CB00001B/64